KB138876

런던의
마지막 서점

런던의 마지막 서점

THE LAST BOOKSHOP IN LONDON

매들린 마틴

김미선 옮김

문학서재

내가 읽은 모든 책들의 작가들에게 —

무사히 살아남게 해 주어서,

내게 지식을 선사해 주고

지금의 나를 만들어 주어서 고맙습니다.

1

1939년 8월, 영국 런던

그레이스 베넷은 언젠가 런던에서 살게 될 날을 매일 꿈꿔 왔다. 그렇다고는 해도 런던이 그녀에게 유일한 선택지가 될 줄은 상상도 하지 못했다. 특히나 이런 전쟁 직전 상황에.

열차는 패딩턴 역에 정차했다. 역의 이름이 빨간색 원 안의 파란 줄무늬 속에 선명히 표시되어 있었다. 플랫폼에는 사람들이 서성거렸고, 이에 못지않게 열차 안은 얼른 내리고 싶어 안달이 난 승객들로 북적였다. 도시의 세련된 스타일을 대변하는 듯 사람들은 깔끔하게 정돈된 옷차림이었다.

노포크Norfolk의 드레이튼Drayton보다 훨씬 더 멋있구나.

마음속에서 긴장과 열망이 동시에 요동을 쳤다.

"도착했어."

그레이스는 옆에 있는 비브를 바라보았다.

친구는 립스틱 뚜껑을 탁 닫고는 상큼한 주홍색 미소를 지어 보였다. 그녀는 창문 밖을 힐끔 쳐다보며 굴곡진 벽을 따라 이어진 흑백 광고판들을 훑어보았다.

"드디어 그렇게 오랫동안 바라던 런던에 왔네."

비브는 그레이스의 손을 재빨리 꾹 잡았다.

"마침내 이곳에 온 거야."

어린 시절, 비브가 먼저 따분한 드레이튼에서 벗어나 저 멀리 신나는 도시 생활을 만끽하러 떠나자고 운을 띄웠었다. 그때는 어처구니없는 생각이라고 여겼더랬다. 교외의 느릿느릿하고 익숙한 곳에서 벗어나 북적북적하고 뭐든지 빠르게 지나가는 런던이라니. 그레이스는 그날이 언젠가 꼭 와야 한다고 생각해 본 적도 없었다.

하지만 드레이튼에는 그레이스에게 더 이상 남아 있는 것이 없었다. 적어도 이제 신경 써야 할 일은 없다.

두 친구는 플러시 천으로 만든 의자에서 일어나 여행 가방을 들었다. 각자에게 여행 가방이라고는 오직 하나, 그 안에는 빛바랜 물건들, 너무 많이 써서라기보다는 세월 때문에 낡고 해진 것들뿐이었다. 두 사람 모두 가방이 터질 정도로 물건을 꽉꽉 채워 넣어 도무지 들 수 없을 정도로 무거웠고, 여기에 더해 어깨에 걸친 방독면 상자까지 챙기느라 자세도 엉거주춤했다. 그 무시무시한 물건들은 정부 방침에 따라 혹시 일어날지 모를 가스 공격에 대비해 어디를 가든 챙겨야 했다.

다행히 브리튼가Britton Street 는 웨더포드 아주머니가 말한 대로 걸어서 2분 거리에 있었다.

그레이스 엄마의 어릴 적 친구, 웨더포드 아주머니에게는 세놓을 방이 하나 있었는데, 바로 엄마가 세상을 떠나기 일 년 전 빌려주겠다고 했던 그 방이었다. 조건도 후했다. 그레이스가 직장을 구하는 동안 두 달은 무료로 빌려주고, 그 이후에도 방세를 깎아주는 것. 그토록 오랫동안 런던에 가고 싶어 했고, 게다가 비브가 열성을 다해 용기를 불어넣어 주었지만, 산산이 부서져 버린 마음을 다시 다잡느라 거의 일 년을 드레이튼에 남아 있었다.

그때는 태어났을 때부터 자신이 살았던 집이 사실은 삼촌의 소유였다는 것을 알기 전이었다. 삼촌이 강압적인 성격의 아내와 아이 다섯을 데리고 그 집으로 이사 오기 전의 일이었다. 삶이 지금보다도 더 와르르 무너지고 말았다는 사실을 알기 전이었다.

자신이 살던 집이었지만 그레이스에게는 자기만의 공간이 없었다. 숙모는 그 점을 자주 주지시켰다. 한때 편안하고 사랑이 넘치던 장소가 이제는 자신을 환영해 주지 않았다. 숙모가 결국 그레이스에게 나가라고 엄포를 놓자 이제 더 이상 다른 선택권이 없다는 것을 알게 되었다.

지난 달 웨더포드 아주머니에게 편지를 쓰면서 그 기회가 여전히 유효한지 물어보는 일은 그레이스가 지금까지 했던 일 중 가장 힘들었다. 자신이 맞닥뜨렸던 도전에 대한 항복이요, 끔찍하고 영혼을 짓밟아 버리는 것 같은 실패였다. 마치 가장 큰 실패를 증명해 버리는 항복문서랄까.

그레이스는 그런 용기라고는 가져 본 적이 없었다. 지금도 비브가 같이 가자고 우기지 않았더라면 런던까지 나서서 올 수 있었을까 의문이었다.

열차의 번쩍이는 철제문이 열리고 완전히 새로운 세상이 눈앞에 펼쳐지기를 기다리는 동안 두려움이 그레이스를 옥죄었다.

"멋진 세상이 펼쳐질 거야."

비브가 숨을 참고 속삭였다.

"훨씬 좋은 일이 생길 거라고, 그레이스. 내가 장담해."

전동차의 문이 쇳소리를 내며 열리자 두 사람은 한꺼번에 밀고 당기는 사람들 틈에서 플랫폼으로 발을 디뎠다. 그때 그들 뒤로 문이 쉬익 하고 닫히고, 기차가 출발하며 일으키는 돌풍이 두 사람의 치마와 머리카락을 휙 잡아당겼다.

저 멀리 보이는 체스터필드Chesterfields(남성용 외투의 일종–옮긴이) 광고에는 잘생긴 안전 요원이 담배를 피우는 모습이 그려져 있었고, 그 옆에는 런던의 남자들에게 입대하라는 내용의 포스터가 붙어 있었다.

광고는 그들의 나라가 머지않아 직면하게 될 전쟁을 새삼 상기시켜 줄 뿐만 아니라, 도시에서의 삶이 얼마나 더 큰 위험을 안고 있는지 보여주는 상징물이기도 했다. 히틀러가 영국을 점령하려 한다면 런던부터 노릴 것이다.

"아, 그레이스, 봐!"

비브가 소리쳤다.

그레이스는 포스터에서 철제 계단으로 고개를 돌렸다. 계단은 보이지 않는 벨트 위에서 미끄러지듯 올라가더니 아치형 천장 위로 사라졌다. 그들이 꿈꿔왔던 그 도시 속으로.

그레이스와 비브가 에스컬레이터로 빠르게 달려가는 순간 광고는 두 사람의 머릿속에서 사라졌다. 그들은 에스컬레이터가 힘들이지 않고도 위로 죽죽 올려주자 기쁨을 애써 꾹 눌러 담았다.

비브는 행복한 마음을 억누르느라 어깨를 움츠렸다.

"내가 이거 엄청 신기하다고 얘기하지 않았어?"

어마어마한 광경이 한꺼번에 그레이스의 눈앞에 펼쳐졌다. 몇 년간 꿈꾸고 계획해 온 결과, 두 사람은 여기 런던에 온 것이다.

그레이스는 삼촌의 괴롭힘에서, 비브는 엄한 부모님에게서 벗어났다.

그동안 겪었던 모든 어려움을 뒤로하고, 그레이스와 비브는 날개를 활짝 펼칠 준비가 된 새장 안의 새처럼 역을 휩쓸고 다녔다.

사방에는 빌딩들이 하늘 높이 솟아 있었고, 꼭대기가 어디인지 손바닥으로 해를 가리고 바라보아야 했다. 인근 몇몇 상점들은 샌드위치, 미용사, 약국 등이 쓰인 알록달록한 간판을 달고 그들을 맞이했다. 거리에는 트럭들이 덜컹거리며 지나가고 반대 방향에서는 2층 버스가 부릉부릉 소리를 내며 달려왔는데 옆면이 비브의 손톱처럼 빨갛게 반짝거렸다.

그레이스는 그저 비브의 팔을 꼭 붙잡고 저기 보라며 소리 지르는 것밖에 할 수 없었다. 비브도 그 크고 반짝이는 눈으로 그레이스와 똑같은 반응을 보였다. 비브는 완벽한 스타일의 적갈색 곱슬머리에 요새 유행하는 드레스를 입었지만 그레이스 못지않게 도시의 모습에 푹 빠진 모양새였다.

그레이스는 비브만큼 예쁘게 차려입지는 못했다. 혹시 몰라 가장 좋은 드레스를 입긴 했지만, 치맛단은 무릎 바로 아래로 떨어졌고 낮은 굽으로 된 구두에 맞춘 얇고 검은 벨트는 허리에 꽉 끼었다. 비브가 입은 흑백 물방울무늬 드레스와 비교해서 그다지 멋스럽지는 않았지만 옅은 하늘색 면이 그레이스의 회색 눈과 금발머리를 돋보이게 해 주었다. 물론 그레이스의 옷도 비브가 만들어 준 것이었다. 하지만 이와 별개로 자신과 그레이스를 향한 비브의 시선은 훨씬 더 원대한 열망이 담겨 있었다.

두 사람은 드레스를 만들고 머리를 말아 올리며 우정을 쌓아 나갔고, 수년 동안 패션과 에티켓에 대한 내용을 담은 《여성과 여성의 삶 *Woman and Woman's Life*》을 읽으며 '드레이튼 사투리를 완전히 없애 버리기' 위해 말투를 수없이 고치고 또 고쳤다. 이제 비브는 자신의 높은 광대뼈와 길게 쭉 뻗은 갈색 속눈썹으로 그러한 잡지들 표지를 장식할 수 있을 정도가 되었다.

그레이스가 브리튼가로 길을 이끄는 동안 두 사람은 여행 가방을 이 손에서 저 손으로 옮겨 잡으며 부산히 움직이는 인파에 합류했다. 다행히 웨더포드 아주머니가 마지막 편지에서 알려준 지도는 꽤 자세해서 따라가기 쉬웠다.

하지만 그녀가 알려준 사항에서 빠진 것이 있다면 바로 전쟁의 징후였다. 광고 대부분은 남자들에게 자신의 의무를 다하라는 내용이었지만, 한편으로는 히틀러의 위협 따위는 무시하고 여름휴가나 예약하라고 부추기는 것도 있었다. 길 바로 건너편에는 모래주머니들로 벽을 만들어 입구를 둘러싸고 있었는데, 흑백 표지판에 쓰인 간판에서 저곳이 '공습 대피소'라는 사실을 분명히 알 수 있었다.

웨더포드 아주머니가 알려준 대로 찾아가니 두 사람은 정말 2분도 채 안 되어 브리튼가에 도착했다. 두 사람의 눈에 벽돌로 만든 연립주택이 들어왔다. 초록색 문에는 매끈하게 닦인 황동 문고리가 달려 있었고, 창문에 놓인 화분에는 자주색과 흰색 페튜니아가 피어 있었다. 아주머니가 써준 내용에 따르면 여기가 틀림없이 그녀의 집이었다.

그리고 두 사람의 새로운 집이기도 했다.

비브는 곱슬머리를 찰랑거리며 신나게 계단을 오르고는 문을 두드렸다. 그레이스도 잔뜩 기대에 부푼 모습으로 계단 위로 올라 비브와 함께 문 앞에 섰다. 무엇보다도 웨더포드 아주머니는 엄마의 가장 친한 친구이면서 그레이스가 어렸을 때 드레이튼에 몇 번 놀러오기도 했다.

엄마와 웨더포드 아주머니의 우정은 그녀가 드레이튼에 살기 시작했을 때부터였다. 그 후 아주머니가 이사를 간 뒤에도, 1차 세계대전 때 각자 남편을 잃고 그레이스의 엄마가 결국 병으로 세상을 떠났을 때에도 두 사람의 우정은 계속되었다.

문이 열리자 그레이스가 기억한 것보다 더 나이가 들어 보이는 웨더포드 아주머니가 활짝 웃고 있었다. 아주머니는 언제나 그랬던 것처럼 사과처럼 빨갛게 상기된 볼과 반짝이는 눈에 통통한 모습이었다. 달라진 점이 있다면 둥근 안경을 쓰고 어두운색 머리에 드문드문 반짝이는 은빛 머리카락이 보인다는 것뿐이었다. 그녀의 시선이 가장 먼저 그레이스에게 닿았다.

웨더포드 아주머니는 나지막하게 헉 소리를 내고는 손가락을 자신의 입에 갖다 댔다.

"그레이스, 너 엄마랑 판박이구나. 베아트리스도 회색 눈이 정말 예뻤는데."

아주머니가 문을 활짝 열자 파란 잔가지 꽃과 파란색 단추가 어우러진 그녀의 하얀색 면 드레스가 드러났다. 뒤로 보이는 출입구 통로는 작지만 깔끔했고 다른 층으로 올라가는 계단으로 곧바로 이어져 있었다.

"어서 들어오렴."

그레이스는 작게 웅얼거리며 감사 인사를 했다. 웨더포드 아주머니의 칭찬이 마음 한구석 여전히 엄마를 그리워하는 심정을 끄집어내었지만 애써 무시해 버렸다.

그레이스는 가방을 집어 들고 현관을 지나 집 안으로 들어갔다. 따뜻한 분위기 속에서 향긋한 고기와 채소 풍미가 실내를 가득 채웠다. 그레이스의 입안에서 군침이 돌았다.

엄마가 돌아가신 뒤로는 제대로 된 집밥을 먹어 본 적이 없었다. 하다못해 단 한 번도. 숙모의 요리 실력은 그다지 좋지 않았고, 그레이스 역시 삼촌의 가게를 꾸려 나가느라 밖에서 너무 많은 시간을 보냈다.

한 발씩 디딜 때마다 파스텔 톤 꽃무늬의 크림색 양탄자가 폭신하게 밟혔다. 깨끗하기는 했지만 군데군데 기운 자국으로 어딘가 낡아 보였다.

"비비안."

웨더포드 아주머니는 그레이스와 함께 현관에 들어서는 비브에게 말을 걸었다.

"제 친구들은 모두 비브라고 불러요."

비브는 아주머니에게 그 특유의 매력적인 웃음을 지어 보이면서 말했다.

"너희 둘 다 아주 예쁘게 자랐구나. 우리 아들 얼굴이 빨개지겠는걸."

웨더포드 아주머니는 두 사람에게 가방을 바닥에 내려놓으라는 시늉을 했다.

"콜린."

그러고는 매끈하게 닦인 계단 위를 향해 소리쳤다.

"엄마 주전자 올려놓는 동안 여기 와서 아가씨들에게 인사 좀 하렴."

"콜린은 어떻게 지내요?"

그레이스가 예의 바르게 물었다.

그레이스처럼 콜린 역시 외동이었고 그녀와 마찬가지로 1차 세계대전이 일어났을 때 아버지를 떠나보냈다. 그레이스보다 두 살 아래지만 어렸을 때는 함께 놀곤 했다. 그레이스는 그 시절이 참 좋은 기억으로 남아 있었다. 콜린은 늘 온화한 성품을 잊지 않았다. 눈에는 예리한 총기가 어려 있지만 천성은 정말 착했다.

아주머니는 짜증을 내며 두 손을 위로 휙 들어 올렸다.

"세상을 구하려는지 짐승을 한 번에 한 마리씩 집으로 데려온다니까."

하지만 곧바로 다정한 웃음을 지으며 사실은 투정 부린 만큼 신경 쓰지 않는다는 것을 보여주었다.

그레이스는 콜린을 기다리는 동안 감탄하는 눈길로 현관을 바라보았다. 계단 옆 탁자 위에는 까맣게 윤기가 흐르는 전화기가 놓여 있었다. 벽지는 청백색 양단으로 발라져 있었는데, 조금 색이 바랬지만 하얗게 페인트칠한 문과 문틀에 잘 어울렸다. 디자인은 수수했지만 모든 것이 티 하나 없이 깔끔했다. 정말이지 엄마 친구의 물건은 무엇이든 먼지 한 점 보이지 않을 것 같았다.

끼익하는 소리가 들리고 뒤이어 계단을 내려오는 발걸음과 함께 키가 크고 마른 남자의 모습이 보였다. 어두운 머리는 단정하게 빗어 넘겼고 칼라가 달린 셔츠에 갈색 바지 차림이었다.

콜린이 수줍게 웃자 이목구비도 순해 보였고 스물한 살인 현재 나이보다도 훨씬 어리게 느껴졌다.

"안녕, 그레이스 누나."

"콜린?"

그레이스가 놀라며 물었다. 콜린은 그레이스보다 20센티미터는 더 커 보였다. 한때 콜린보다 그레이스가 컸을 때에 비해 훌쩍 자란 것이다.

콜린의 뺨이 붉어졌다.

콜린의 반응은 너무나 사랑스러웠고 두 사람이 떨어져 있던 그 세월 동안에도 여전히 상냥함을 잃지 않은 모습에 그레이스의 마음이 따스해졌다.

그레이스는 콜린을 올려다보았다.

"마지막으로 봤을 때보다 훨씬 더 자랐는걸."

콜린은 깡마른 어깨를 으쓱해 보였다. 비브에게 고개를 끄덕이기 전이었지만, 한눈에 봐도 부끄러움이 가득했다. 콜린은 어릴 적에 비브하고도 곧잘 놀았다. 그도 그럴 것이 두 소녀는 한 번도 떨어진 적이 없기 때문이다.

"비브 누나도 런던에 온 걸 환영해. 엄마랑 내가 누나들 얼마나 기다렸는데."

콜린은 그레이스에게 옅게 미소 짓고는 몸을 굽혀 두 숙녀가 가지고 온 여행 가방을 들었다. 그러다 잠시 주춤했다.

"이거 가지고 가도 될까?"

"그럼."

비브가 답했다.

"고마워, 콜린."

콜린은 고개를 끄덕이고는 양손에 가방을 하나씩 들고 거뜬히 위로 올라갔다.

"콜린이랑 놀러갔던 거 기억나니?"

아주머니가 물었다.

"그럼요."

그레이스가 대답했다.

"그때처럼 변함없이 착한 것 같아요."

"키만 컸어요."

비브가 덧붙였다.

웨더포드 아주머니는 아직도 콜린의 모습이 보이는 듯 사랑 가득 담긴 눈으로 계단을 바라보았다.

"착한 녀석이지. 자, 이쪽으로 와서 차 마시자. 그리고 집 구경 시켜 줄게."

아주머니는 따라오라고 손짓하고는 문을 열고 주방으로 안내했다. 햇빛이 싱크대 위 창문과 뒷문에서 얇디얇은 흰 커튼을 뚫고 쏟아져 내렸다. 입구에서 그랬던 것처럼 그녀의 좁은 주방 역시 깔끔 그 자체였다. 하얀 햇살이 깨끗한 주방 조리대를 비추었고 접시 몇 개는 말리느라 선반 위에 깔끔하게 놓여 있었다. 레몬 색깔 수건이 선반에 걸쳐 있었고, 아주머니가 만들고 있는 음식은 무엇이든 군침을 돌게 만들었다.

아주머니는 그레이스와 비브에게 하얀 의자 네 개가 있는 작은 탁자를 가리키고는 스토브 위에 있던 주전자를 들어 올렸다.

"전쟁이 곧 닥쳐오는 와중에 네 삼촌은 너의 집이 자기 것이라고 주장하다니, 시기 한 번 기가 막히는구나."

아주머니는 주전자를 개수대로 가져가 물을 틀었다.

"정말이지 호레이스다워."

그녀는 콸콸 쏟아지는 물을 보며 불쾌함을 숨기지 않았다.

"베아트리스는 네 삼촌이 그렇게 나올까 봐 걱정했었지. 그런데 병이 그렇게 갑자기……."

웨더포드 아주머니는 주전자에 물이 채워지는 모습을 보다가 그레이스를 힐끔 쳐다보았다.

"내가 이런 식으로 나오면 안 되지. 너희들 이제 막 먼 길 여행해서 왔는데. 여기서 보니 무척 반갑구나. 너희들에게 더 좋은 환경이 되기를 바란다."

그레이스는 어떻게 대꾸해야 할지 몰라 아랫입술만 꾹 물었다.

"집이 무척 예뻐요, 아주머니."

비브가 재빨리 대답했다.

그레이스가 고맙다는 눈빛을 보내자 비브는 둘만의 비밀이라는 듯 윙크로 답했다.

"고마워."

나이 든 부인은 물을 잠그고 밝은 표정으로 햇살 가득한 주방을 둘러보았다.

"우리 토마스 가문은 몇 세대에 걸쳐 이 집을 소유했지. 예전처럼 좋지는 않지만 이 정도만 해도 뭐."

그레이스와 비브는 각자 의자에 앉았다. 레몬 무늬 쿠션은 딱딱한 나무 바닥의 느낌을 충분히 상쇄해 주었다.

"여기에 머물게 해 주셔서 감사해요. 이렇게 너그럽게 받아주시고요."

"그렇게 생각하지 마라."

아주머니는 주전자를 스토브 위에 올려놓고 손잡이를 돌려 불을 켰다.

"내 가장 친한 친구의 딸인데 이 정도는 아무것도 아니지."

"여기서 일자리를 찾는 건 어려울까요?"

비브가 물었다. 목소리는 여전히 밝았지만 그레이스는 친구가 얼마나 상점 점원으로 취직하고 싶어 하는지 알고 있었다.

사실 그레이스도 구미가 당기는 일이라고 생각했다. 백화점에서 하는 일은 퍽 매력적으로 보였는데, 울워스 Woolworth 처럼 아주 멋지고 큰 곳에 처음부터 끝까지 물건들이 가득 차 있기 때문이었다.

웨더포드 아주머니는 알쏭달쏭한 미소를 지었다.

"마침 내가 런던에 있는 가게 주인 몇몇을 알고 있거든. 틀림없이 도움이 될 거야. 그리고 콜린도 해롯에서 일하고 있고 말이야. 콜린이 너희들에 대해 말을 잘 전달해 줄 수도 있어."

아주머니의 입에서 백화점 이름이 나오는 순간 비브가 눈을 반짝거리며 흥분을 간신히 억눌렀다.

아주머니는 노란 수건을 집어 선반에 있는 접시를 들고는 몇 방울 남아 있는 물기를 쓱쓱 문질러 없앴다.

"그런데 정말이지, 너희 둘은 드레이튼 말투를 거의 쓰지 않는구나."

비브가 턱을 높이 추켜올렸다.

"고마워요. 얼마나 많이 노력했다고요. 취직하는 데 도움이 되면 좋겠어요."

"어쩜 기특하기도 하지."

아주머니는 찬장을 열어 접시를 안에 다시 놓았다.

"추천서는 이미 구해 왔겠지?"

비브는 런던으로 떠나기 전날 타자기를 빌려 자기 자신을 소개하는 추천서를 썼다. 그레이스에게도 쓰라고 권했지만 그녀는 마다했다.

"추천서 가지고 왔지요."

비브가 모두에게 자신 있게 말했다. 그레이스에게 줄 두 번째 추천서도 어떻게 쓸지 이미 계획을 하고 있을 게 분명했다.

"비브는 가져왔어요."

그레이스가 정정했다.

"안타깝게도 저는 가져올 수 없었어요. 삼촌이 가게에서 했던 일로 추천서를 써주지는 않겠다고 하셨거든요."

그것이 삼촌의 마지막 공격이었다. 그레이스가 거의 평생을 일해 온 '가게를 떠난다'는 이유로 앙갚음을 한 것이다. 숙모는 그레이스가 따로 살 곳을 찾아줘야 한다고 주장했지만 삼촌은 그 말에 관심이 없어 보였다. 오직 그레이스를 마음대로 부리지 못한다는 데에만 골이 나 있었다.

주전자에서 새된 소리가 나오고 코에서 수증기가 몽실몽실 피어올랐다. 아주머니는 스토브 위에 있던 주전자를 들어 즉시 소리를 꺼트리고는 삼발이 위에 올렸다.

그다음 티스푼으로 찻잎 한술을 떠서 티 볼(차를 우려내는 망-옮긴이) 위에 놓은 다음, 찻주전자에 뜨거운 물을 부었다.

"정말 못났다, 못났어."

아주머니는 숨을 죽이고 호레이스에 대해 뭐라고 중얼거리더니, 찻잔 세 개와 설탕, 크림과 함께 찻주전자를 은색 쟁반에 내었다. 그리고 그레이스를 보며 딱하다는 표정을 지었다.

"추천서가 없으면 백화점에 취직하기 힘들 텐데."

그레이스의 심장이 쿵 내려앉는 것 같았다. 그냥 비브가 가짜 추천서를 쓰도록 내버려 둘걸.

"하지만."

아주머니가 쟁반을 탁자 위에 내려놓고 각각의 컵에 차를 부으며 느릿느릿 말을 이었다.

"6개월 동안 일을 하고 적절한 추천서를 받을 만한 곳이 하나 있기는 해."

"그레이스는 아주머니가 생각하시는 곳이 어디든 아주 잘 맞을 거예요."

비브는 그릇에서 설탕 한 덩어리를 집어 찻잔 속으로 톡 떨어뜨렸다.

"학교에서도 공부를 얼마나 잘했다고요. 특히 수학을 잘했어요. 삼촌 가게도 혼자 운영한 거나 마찬가지예요. 거기서 일하는 동안 장사가 엄청 잘되었죠."

"그러면 내가 생각한 그곳에서도 아주 잘하겠구나."

아주머니는 차를 한 모금 홀짝였다.

무언가 그레이스의 발꿈치를 꾹 찔렀다. 아래를 내려다보니 어린 태비(얼룩말과 같은 줄무늬의 털-옮긴이) 고양이가 커다란 호박색 눈으로 애원하듯 자신을 쳐다보고 있었다.

그레이스가 고양이의 귀 뒤에 있는 부드러운 털을 어루만지자 갸르릉 소리를 냈다.

"고양이를 키우고 계셨네요."

"딱 며칠만이야, 너희만 괜찮다면."

아주머니는 고양이에게 쉿 하며 가라는 손짓을 했지만 고양이는 그레이스 옆에서 고집을 부리듯 꼼짝도 하지 않았다.

"저 야옹이 녀석, 음식 냄새만 났다 하면 주방을 떠나려 하지 않는다니까."

아주머니는 고양이가 죄책감이나 부끄러움 따위는 없다고 생각하며 그 작은 동물을 짜증난다는 눈길로 바라보았다.

"콜린이 동물만 보면 정신을 못 차리거든. 다친 동물들을 집에 들이도록 죄다 허락한다면 우리 집은 완전히 동물원이 되어 버릴 거야."

아주머니가 큭큭 웃자 차 위로 피어오르던 수증기가 잠시 사라졌다.

고양이가 배를 드러내 놓고 뒹굴거리자 가슴에 작고 하얀 별 모양이 보였다. 그레이스가 그곳을 긁자 고양이의 갸르릉거리는 소리가 그레이스의 손가락을 타고 리듬감 있게 춤을 추었다.

"뭐라고 불러요?"

"태비."

아주머니가 쾌활한 얼굴로 곁눈질을 했다.

"우리 아들은 동물들 이름 짓는 것보다 구조하는 걸 훨씬 잘한단다."

마치 자기를 불렀냐는 듯, 때마침 콜린이 주방으로 들어왔다. 태비가 콜린의 발 위로 뛰어오르며 마치 구세주를 만난 것처럼 깡충거렸다. 콜린은 그 큰 손으로 고양이를 들어 올렸다. 사랑스럽게 코를 비비는 그 작은 생물에게 콜린의 부드러운 손길이 닿았다.

이번에 아주머니가 쉬잇 하고 내보내려는 대상은 콜린이었다.

"주방 밖으로 데리고 나가렴."

"죄송해요, 엄마."

콜린이 그레이스와 비브에게 재빨리 미안하다는 미소를 짓고는 고양이를 끌어안고 주방을 슬쩍 빠져나갔다.

아주머니는 콜린이 나가는 모습을 보며 애정 어린 표정으로 고개를 절레절레 저었다.

"에번스 씨에게 가서 가게에서 일할 만한 자리가 있는지 알아봐야겠다."

아주머니는 의자를 바로 하고는 한숨을 쉬며 정원 밖을 멍하니 바라보았다.

그레이스도 밖을 힐끗 쳐다보았다. 땅속에 커다란 구멍이 보였는데, 그 옆으로 가엾게 파헤쳐진 꽃 무더기와 알루미늄판으로 보이는 더미가 있었다. 필시 앤더슨Anderson(2차 세계대전 때 만들어진 방공호의 애칭. 민방위대 책임자의 이름에서 따왔다.–옮긴이) 방공호의 입구이리라.

드레이튼에 살 때에는 폭탄 공격을 받을 가능성이 높지 않기 때문에 방공호를 본 적이 없었다. 하지만 몇몇 도시에 앤디Andy가 있다는 말은 들어 봤다. 이 작은 방공호는 히틀러가 영국을 공격할 때를 대비해 정원에 묻어 두었다.

순간 그레이스의 등골이 서늘해졌다. 이러나저러나 겨우 런던에 도착했는데 전쟁의 시작이라니. 이제 그들은 폭탄의 주요 목표물이 된 것이다.

그렇다고 드레이튼으로 다시 돌아갈 수는 없다. 삼촌의 적대감과 맞서 싸우느니 차라리 위험의 가능성에 맞서는 게 나았으니까.

비브는 호기심 어린 눈길로 밖을 쳐다보다가 금세 시선을 집 안으로 돌렸다. 평생 시골에서 살아왔던 비브는 말 그대로 '흙에는 이골이 났다.'

웨더포드 아주머니는 다시 한숨을 쉬고는 차를 한 모금 마셨다.

"한때는 참 멋진 정원이었는데."

"다시 그렇게 될 거예요."

그레이스는 넘치는 자신감을 가지고 아주머니를 다독여 주었다. 만약 폭탄이 터진다면 정원이 정말 예전과 같아질 수 있을까? 누가 그 문제에 대해 감히 말할 수 있을까?

그러한 생각들이 그녀의 마음 한구석으로 스쳐 지나가며 어두운 그림자를 드리웠다.

"아주머니."

그레이스는 전쟁이나 폭탄 생각을 떨쳐 버리고 싶어 불쑥 말을 내뱉었다.

"에번스 씨가 어떤 가게를 하시는지 여쭤봐도 될까요?"

"물론이지, 얘야."

웨더포드 아주머니는 딸칵 소리를 내며 찻잔을 접시에 올려놓았다. 그녀의 눈이 신이 나 반짝였다.

"서점이야."

그레이스는 찌르르하게 올라오는 실망감을 애써 감추었다. 무엇보다도 그녀는 책에 대해 아는 것이 거의 없었다. 책을 읽어 보려고 아무리 시도해도 수많은 방해로 어그러졌다. 삼촌 가게에서는 엄마와 함께 살아남기 위해 돈을 버느라 너무 바빠 책을 볼 여유가 없었다. 그러다 엄마가 병을 앓게 되고…….

호레이스 삼촌의 가게를 운영하는 일은 퍽 쉬웠다. 그도 그럴 것이 가재도구는 집에서도 개인적으로 쓰던 물건들이었기 때문이다.

찻잔이나 수건, 꽃병, 여타 물건들을 파는 일은 원래부터 익숙했다. 하지만 문학에 대해서는 아는 것이 없었다.

음, 글쎄 완전히 맞는 말은 아니다.

엄마가 읽어주었던 《그림형제 동화 *Grimm's Fairy Tales*》가 떠올랐다. 전면에 우아한 공주가 그려진 그림책이었다. 엄마가 목소리로 동화책에 마법을 불어넣는 동안 알록달록한 그림을 이리저리 보는 일이 어찌나 좋았던지. 하지만 《그림형제 동화》말고는 책을 읽을 시간이 전혀 나지 않았다.

"아주 좋네요."

그레이스는 걱정을 뒤로하고 밝게 웃음 지었다. 누가 뭐라 해도 그레이스는 해낼 것이다. 무슨 일이든 삼촌 가게에서 일하는 것보다는 나을 테니까.

하지만 제대로 알지 못하는 것을 어떻게 팔 수 있을까?

그레이스와 프림로즈 힐 Primrose Hill 서점의 첫 번째 만남은 계획대로 흘러가지 않았다. 잘 되리라는 원대한 기대를 품은 것은 아니었지만, 그래도 주인이 최소한 자신을 맞이할 준비는 되어 있을 거라고 예상했다.

그레이스는 별다른 어려움 없이 서점을 찾았다. 역시 웨더포드 아주머니는 길을 찾아주는 데 탁월한 능력이 있었다. 좁은 서점의 입구는 이름처럼 프림로즈 언덕에 있지 않았다. 그보다는 호시어 레인 Hosier Lane 을 따라 길게 늘어져 있는 많은 상점들 중 하나였는데, 창문마다 구름 낀 오후의 햇살을 받아 침울해 보였다. 서점의 2층까지는 검게 칠해져 있었고 그 위로는 노란색 벽토를 입혔는데 세월이 흐르며 금이 가고 희미해져 있었다. 하얀 간판에 검게 반

런던의 마지막 서점

짝이는 이탤릭체로 쓴 글씨만이 프림로즈 힐 서점이라는 것을 확실히 알 수 있었다. 뭔가 고결한 느낌을 주고자 쓴 것이 분명했지만 그레이스에게는 왠지 따분하고 힘이 없어 보였다.

그 분위기는 가게의 우중충한 창문으로까지 메아리쳤다. 창문은 사람들의 이목을 끌기 위해 의도적으로 진열을 하기보다는 흰색 스크림 테이프(창문이나 벽을 수리할 때 쓰는 너비가 넓은 테이프-옮긴이)를 비스듬하게 덕지덕지 붙인 것에 지나지 않았다. 그런 테이프는 드물지 않았는데, 많은 이들이 폭탄 공격에 창문이 산산이 깨질 것을 대비해 가게나 집의 창문에 붙였다. 하지만 대개 깔끔하면서도 신경을 써서 붙였다.

두려움이 다시 한 번 그레이스를 잡아끌었다. 에번스가 자신에게 가장 마지막으로 읽은 책이 무엇인지 물어보면 어쩌나? 그녀는 한숨을 쉬며 마음을 다잡고 가게 안으로 들어섰다. 문 위에 달린 작은 종이 울렸는데, 음울한 분위기와 어울리지 않게 기쁨이 넘치는 소리였다. 가게 안에는 축축한 양털을 연상시키는 냄새와 섞여 퀴퀴한 분위기가 흘렀다. 책장에 쌓인 먼지를 보니 퍽 오랫동안 사람의 손길이 닿지 않았다는 것을 알 수 있었고, 여기저기 긁힌 나무 바닥 위에 쌓인 책들은 혼란한 느낌을 주었다. 오른쪽에 있는 계산대로 가니 음울한 분위기가 절정을 이루었는데, 장부 같은 것들이 연필 무더기와 가지각색 쓰레기 가운데 아무렇게나 쌓여 있어 어수선했다.

에번스가 보조 사원을 원하는 것도 무리는 아니었다.

"필요한 게 있으면 부르세요."

보이지 않는 목소리는 책만큼이나 건조했고 크게 도움이 되지 않았다.

"에번스 씨?"

그레이스는 작은 가게 안으로 더 깊숙이 들어갔다.

표기가 되지 않은 책장들이 그레이스의 머리보다도 더 높이 솟아 있었는데, 책장 사이의 거리가 너무 가까워서 여기서 책을 제대로 읽을 수 있을까 의문이 들 정도였다. 우뚝 솟은 책장 위로 보이는 2층 발코니는 1층 주위를 둥글게 감쌌는데, 1층만큼이나 꽉 들어차고 지저분했다. 외관은 꽤 규모가 있었지만 가게의 내부는 너무 작고 비좁았다.

백발에 짙은 눈썹을 하고 약간 우둥퉁한 남자가 발을 끌며 그레이스에게 다가왔다. 남자는 손에 책을 펼친 채 좁은 복도를 겨우 빠져나왔다. 그는 책을 보다 고개를 들더니 오랫동안 아무 말 없이 그레이스를 빤히 쳐다보았다.

"에번스 씨이신가요?"

그레이스는 무릎 높이까지 쌓인 책들 사이에서 조심스럽게 발걸음을 옮겼다.

그가 안경 위로 눈썹을 치켜올렸다.

"누구시오?"

그레이스는 그저 책장의 숲에서 서점 출구로 빠져나가는 길을 찾고 싶었다. 하지만 목적을 갖고 이곳에 왔으니 엄마가 항상 용기를 불어넣어 준 대로 허리를 꼿꼿이 폈다.

"안녕하세요, 에번스 씨. 저는 그레이스 베넷이라고 합니다. 웨더포드 아주머니가 서점 보조 업무에 대해 이야기를 나누어 보라고 여기에 보내셨어요."

그가 안경 뒤의 파란 눈을 가늘게 떴다.

"그 오지랖 넓은 여자에게 도움 같은 거 필요 없다고 말했는데."

"네?"

그레이스가 깜짝 놀라 물었다.

그는 다시 책 쪽으로 고개를 묻고 돌아섰다.

"여기에 당신이 할 일은 없어요, 베넷 양."

그레이스는 본능적으로 문 쪽으로 다가서며 말을 더듬었다.

"아…… 알겠습니다. 시간 내주셔서 감사했습니다."

그는 분명히 거절하는 표시로, 다시 한 번 책장 사이로 성큼성큼 걸어가며 그레이스의 말을 묵살했다.

그레이스는 충격 받은 얼굴로 에번스를 바라보았다. 자신을 고용하지 않는다면 추천서 없이 취직할 수 있는 곳이 또 있을까? 그레이스는 웨더포드 아주머니와 콜린, 비브 말고는 따로 아는 사람이 없었다. 그녀는 지금 고향을 떠나 낯선 도시, 더 이상 자신을 환영해 줄 것 같지 않은 곳에 와 있다. 이제부터 어찌해야 하나?

갑작스러운 당혹감에 온몸이 찌릿해지고 손바닥은 열기로 화끈 달아올랐다. 그레이스는 여기 머물면서 어떻게든 일자리를 찾아야 한다. 무엇보다도 일이 필요하다.

2개월 안에 깎아준 방세조차도 내지 못하면 어떡하지? 무엇보다도 아주머니가 자신에게 이미 도움을 주었는데 또 도와 달라고 요청할 수는 없다. 비브의 도움에 의지할 수도 없고.

좁아터진 가게 안에서 별안간 숨이 막혔고, 높게 솟아오른 책장을 보니 압박감이 밀려왔다. 여기에서 버티며 싸워야 한다. 하지만 그러기에는 감정이 너무 요동치고 있었다. 아, 엄마의 강인함 그리고 엄마의 격려와 사랑이 너무나도 그립다.

그레이스는 꽉 들어찬 책장과 책 무더기를 뒤로하고 한마디 말도 못한 채 입구로 나간 뒤 서점을 떠났다.

종종걸음을 치며 브리튼가로 돌아온 그레이스는 다른 것은 다 필요 없고 그저 혼자 있고 싶은 마음뿐이었다. 하지만 고독은 언감생심이었다. 비브는 아주머니와 함께 응접실에서 태비를 어르고 있었다. 콜린은 새로 태어난 아기 코끼리를 돌보느라 밤새 해롯 백화점에 있다가 퇴근했는데, 고양이 옆에 웅크리고 앉아 숟가락에 고기 한 점을 얹어 막 먹으려던 참이었다. 그러니까 그 순간 모두의 시선이 현관을 닫고 들어선 그레이스에게 향했다는 말이다.

친구들이 좋은 의도로 자신을 바라본다는 것을 알고 있었지만, 그레이스는 첫날 얼마나 어려운 일을 겪었는지 말해주기보다는 그들의 시선에서 슬쩍 벗어나고 싶었다.

"에번스 씨하고는 어떻게 됐니?"

아주머니가 버건디 색 흔들의자를 앞으로 하며 물었다.

그레이스의 뺨이 확 달아올랐다. 하지만 아무렇지 않은 듯 억지로 웃음을 지어 보였다.

"직원을 채용할 계획이 없는 것 같았어요."

"왜 그렇게 생각해?"

아주머니가 물었다.

그레이스는 무게 중심을 한쪽에서 다른 한쪽으로 옮겼다. 가느다란 끈에 달린 방독면 상자가 그레이스의 엉덩이에 부딪혔다.

"그렇게 말했으니까요."

아주머니가 헛기침을 하며 일어섰다.

"콜린, 주전자 좀 올려놔라."

콜린은 태비 옆 바닥에 앉아 그 커다란 손가락으로 수저를 들고 있다 자신의 어머니를 쳐다보았다.

"여기서 차 좀 꺼내줄래?"

아주머니가 서둘러 계단 위를 올라갔다.

"그레이스가 마실 차야. 지금 차 한잔이 절실히 필요할 때니까. 그동안 나는 에번스 씨와 이야기 좀 나누고 올게."

"잠시만."

콜린이 일어나기도 전에 비브가 콜린의 어깨에 손을 얹었다.

비브는 태비의 머리를 긁어주고는 둘 옆에 있던 바닥에서 벌떡 일어났다.

"차보다 더 좋은 게 있어. 런던 구경하러 나가자."

비브는 그레이스를 보며 손부채질을 했다.

"너 이미 멋지게 차려입었잖아. 그리고 나도 내일 오후까지는 약속도 없고. 도시에 뭐가 있나 보러 나가자."

비브의 약속은 해롯에서 볼 면접이었다. 콜린이 몇 년 동안 그곳에서 일을 해서 영향력도 있고 추천서도 있기 때문에 어느 정도 보장된 면접이었다. 비브의 현재 상황이 샘이 날 법도 하지만, 그레이스는 자신의 친구가 누리는 행복을 시기할 생각은 결코 하지 않았다.

그레이스는 집 밖으로 나가고 싶지 않았지만, 그에 못지않게 비브가 너무나 신이 난 표정으로 웃고 있어서 차마 거절할 수가 없었다.

비브는 서둘러 나갈 채비를 하고 계단을 내려왔다. 그와 동시에 웨더포드 아주머니가 모자를 핀으로 꼽고 잘 닦인 나무 표면 위를 또각거리며 걸어갔다.

"내 말 잘 들으렴."

아주머니는 현관 뒤에 걸린 작은 거울을 흘끗 보고는 검정 모자의 각을 이리저리 매만졌다.

"에번스 씨가 자신에게 뭐가 좋은지 알게 되면 분명히 널 고용할걸."

그레이스는 자신이 꼭 일을 해야 한다는 사실, 또는 아주머니가 내미는 친절한 손길을 단호히 뿌리칠 수 있으면 좋겠다고 생각했다. 하지만 유감스럽게도 그녀의 호의를 거절할 수 없다. 호레이스 삼촌은 추천서 써주기를 거부하지 않았던가. 삼촌의 가게를 궤도에 올려놓으며 그 수많은 세월을 보냈는데, 정말이지 분할 정도로 불공평하다. 불공평하고 잔인해.

웨더포드 아주머니는 말릴 틈도 없이 투지에 넘쳐 씩씩거리며 현관 밖으로 사라져 버렸다.

비브가 그레이스의 손을 잡았다.

"런던이라는 보석을 보러 가자, 친구."

비브는 자기가 할 수 있는 최고의 '상류 사회' 말투로 말했다.

그레이스는 절로 웃음이 나왔다. 그리고 콜린과 태비를 뒤로한 채 친구의 손에 이끌려 런던을 탐험하러 나섰다.

두 사람은 빠르게 굴러가는 도시의 모습에 압도당했다. 도시는 알록달록 화려한 광고와 요란하게 경적을 울리며 지나가는 자동차 소음으로 점철된 고층 빌딩으로 에워싸여 있었다. 둘은 빠른 속도를 뽐내는 도시에 맞추어 서둘러 발걸음을 이리저리 옮겼다.

하지만 런던은 그들이 예상한 만큼 보석은 아니었다. 스크럼 테이프와 두려움이 뒤섞여, 머지않아 일어날 전쟁의 영향 때문인지 생기 넘치던 그레이스도 금세 주눅이 들고 말았다. 그녀의 반짝이던 얼굴은 모래주머니로 만든 벽 뒤로 숨어 버렸고 영혼도 대피소와 참호를 찾는 데 여념이 없었다.

그러한 경고는 도저히 무시할 수 없었다.

드레이튼처럼 좀처럼 공격이 일어나지 않는 곳에서도 준비는 확실히 했다. 하지만 그곳에서 창문에 테이프를 두르는 일은 그저 쓸데없는 놀이에 지나지 않았고, 사람들은 폭탄 맞는 것보다 배급 문제를 훨씬 더 두려워했다. 런던에서 이렇게 대비하는 것은 생사가 걸린 일이나 다름없었다.

물론 저런 흔적은 일시적으로 무시할 수 있다. 그레이스와 비브가 처음으로 해롯 백화점에 들어가 천장을 따라 정교하게 새긴 소용돌이무늬와 기둥에 그린 이집트인들 그리고 너무나 아름다운 실링팬 조명과 마주할 때처럼 말이다. 백화점은 드레이튼의 들판만큼이나 드넓었고, 각각의 매장에 들어설수록 더욱 흥미진진하고 정성을 들인 티가 났다. 무척이나 아름다운 실크 스카프를 보고 그레이스는 마치 공기를 만지는 것 같다고 느꼈다. 게다가 반짝이는 유리 진열장 뒤에는 값비싼 사향 향이 은은하게 퍼졌다.

무엇보다도 가장 환상적인 것은 콜린이 일하는 펫 킹덤 Pet Kingdom이었다. 그가 밤을 새워 가며 달래주었던 아기 코끼리는 이제 깨끗한 건초 더미 속에서 이리저리 돌아다녔고, 아기 표범은 독특한 질감이 있는 분홍색 혀로 자신의 가죽을 핥다가 호기심 어린 녹색 눈으로 그들을 쳐다보았다.

"상상해 봐."

그레이스가 백화점 다른 구역으로 이동하며 꿈꾸듯 말했다.

"너도 머지않아 여기서 점원으로 일하게 될 거야."

"그리고 너도 나와 함께 할 거고."

비브가 속삭였다.

"내가 네 추천서를 쓰도록 내버려 둔다면 말이야."

그레이스는 한창 들떠 있다가 이내 풀이 죽어 버렸다. 에번스가 웨더포드 아주머니에게 항복한다면 자신의 행선지가 어떻게 끝이

런던의 마지막 서점

날지 머릿속에 그려졌기 때문이다. 그는 그레이스가 거의 알지 못하는 물건들로 가득 찬 가게의 무뚝뚝한 사람으로 보일 뿐이었다.

그렇다고 해서 가짜 추천서를 스스로 쓸 수는 없었다. 거짓말에는 완전히 젬병이었기 때문에, 금세 얼굴이 시뻘겋게 된다거나 말을 더듬게 될 것이 뻔했다. 틀림없이 비브는 거짓 정보를 엄청나게 부풀렸을 것이다. 그래도 비브는 자신이 동의하지 않는다면 추천서에 대한 이야기를 그만두지 않을 거라는 것을 알고 있었다.

"더 이상 기회가 오지 않는다면 한 번 생각해 볼게."

그레이스가 느릿하게 말했다.

비브의 얼굴이 환해졌다.

"맡겨만 줘."

"더 이상 기회가 없을 때만이야."

그레이스가 거듭 말했다. 별안간 웨더포드 아주머니가 에번스와 이야기가 잘 되었을지 모른다는 희망 섞인 생각이 들었다.

하지만 비브는 스타킹을 살펴보러 고개를 돌렸고, 그레이스가 신중히 내뱉은 말은 그저 웅얼거리다가 끝났다. 비브는 스타킹을 한쪽으로 치우고 손을 벌려 주름진 분홍색 포장 위로 가져갔다.

"아직 뭘 안 했는지 알아?"

비브는 완전히 신이 나서 그레이스를 향해 빙글빙글 돌며 다가갔다. 초록색 스커트가 그녀의 무릎 주변에서 팔랑거렸다.

"하이드파크 Hyde Park 에는 아직 안 가봤잖아."

그레이스가 씩 웃었다. 햇빛에 달궈진 풀밭에 누워 하이드파크에 있는 척하며 그 달콤한 향기를 들이마시는 데 얼마나 수많은 여름날을 보냈던가?

"저 길 위로 가면 바로 나와."

비브가 눈썹을 치켜올리며 말했다.

그레이스는 목을 쭉 빼고 찾아보았지만 뭐가 제대로 보이지는 않았다. 길을 찾느라 생각보다 오래 걸렸는데, 그러다 침구 코너와 화덕 코너 사이에서 길을 잃기까지 했다. 하지만 결국에는 출구를 찾아내 하이드파크에 이르는 길로 나아갔다.

두 사람이 기대한 것은 화려한 옷을 입고 접이식 의자에 앉은 사람들과 반짝이는 다이아몬드처럼 햇살을 가득 머금고 광활하게 펼쳐진 서펜타인Serpentine 호수 그리고 신발을 벗고 싶은 충동이 들 정도로 보드라운 초록색 풀이 끝없이 펼쳐진 잔디밭이었다. 벌어진 상처처럼 땅에 파인 참호, 여기에 더해 거대한 총을 예상한 것은 아니었다.

그 거대한 쇳덩이는 성인 남성보다도 더 컸고 그레이스의 허리만큼 올 정도로 엄청나게 큰 바퀴가 달려 있었다. 기다란 총구가 그 짐승 같은 몸통에서 튀어나와 하늘을 향해 쭉 뻗어 있었고, 어떤 공격에도 즉각 준비가 되어 있었다.

그레이스는 짙게 낀 먹구름을 올려다보았다. 저 탁한 곳 깊숙한 어딘가에서 비행기 한 대가 나오지 않을까 반쯤 예상하면서.

"독일 때문에 걱정하느라 괴로워할 필요 없어요, 아가씨들."

나이 지긋한 누군가가 두 사람 앞에 잠시 멈춰 섰다.

"전투기가 우리를 공격하기도 전에 저 총으로 먼저 쏘아 버릴 테니까."

그는 스스로 확신하는 듯 고개를 끄덕였다.

"당신들은 안전할 거요."

그레이스는 속이 조여 오는 느낌이 들다가 할 말을 잃고 말았다. 비브도 비슷하게 충격을 받은 듯 엷은 미소만 지을 뿐이었다.

남자는 모자 각에 살짝 손을 대고는 팔꿈치에 뉴스를 끼고 공원을 가로질러 가던 길을 이어갔다.

"전쟁이 정말 임박했나 봐, 그렇지?"

비브가 나직한 목소리로 말했다.

그랬다. 인정하고 싶지 않았지만 모두가 그렇게 알고 있었다.

이미 휴가 일정도 축소되었고, 교사들은 일찍 귀가하여 혹시라도 수천 명의 아이들을 런던에서 구출하는 일에 대비한 준비를 시작해야 했다. 만약 아이들을 시골로 보낼 계획을 짜고 있다면 전쟁은 틀림없이 닥쳐올 것이다.

하지만 비브의 말 속에는 여전히 그 어떤 어려움도 감수하겠다는 의미가 내포되어 있었다. 그레이스는 확 죄책감이 들었다.

"너는 여기에 있지 않아도 돼, 비브. 이곳은 안전하지 않아. 넌 그저 날 도우려고 여기에 온 거잖아. 왜냐하면 나는 혼자 무언가를 하기에 너무 겁이 많으니까. 너는……."

"드레이튼으로 돌아가라고?"

비브가 입꼬리를 올리며 웃었다.

"거기로 돌아가서 팔꿈치까지 흙 속에 파묻히느니 차라리 죽는 게 더 나아."

그럴지도 모르지, 그래도.

그레이스는 그 섬뜩한 생각을 입 밖으로 내뱉지는 않았다. 하지만 오후의 하늘을 뒤로하고 솟아 있는, 그 어둡고 불길한 느낌의 대공포를 다시 한 번 되돌아보았다.

"아직 전쟁을 선포하지도 않았어."

비브는 어깨에 메고 있던 핸드백 끈과 방독면 상자 끈의 균형을 맞추었다.

"자, 다시 아주머니 집으로 돌아가자. 에번스 씨와 이야기가 잘 통했는지 알아봐야지."

그레이스는 친구를 보며 떨떠름한 표정을 지었다.

"내가 거기에 가고 싶은 만큼 그분은 나를 원하지 않아. 가게도 너무 낡았고 먼지투성이인 데다가 내가 잘 모르는 책들로만 가득하단 말이야."

비브의 눈이 반짝거렸다.

"그래서 거기가 너에게 안성맞춤이라는 거야, 꽥꽥아."

그레이스는 비브의 애정 어린 표현을 듣고 미소를 짓지 않을 수 없었다. 그 애칭은 그레이스가 아기였을 때 엄마가 지어준 것으로 곱슬거리는 금발 머리가 목 아래쪽에서 삐져나왔을 때 불러준 것이었다. 엄마는 그것이 아기 오리의 꼬리 같다고 말하곤 했다. 그 별명은 정말 찰떡같았다. 엄마가 돌아가신 지금, 비브가 그 별명을 알고 불러주는 유일한 사람이었다.

"네 삼촌 가게도 너 오기 전에는 먼지투성이에 아무것도 없었잖아."

비브는 엉덩이에 손을 얹었다.

"그리고 왠지 에번스 씨가 거절을 한다면 아주머니가 완력을 써서라도 추천서를 써주게 할 것 같단 말이지."

웨더포드 아주머니가 에번스를 압박하며 장광설을 늘어놓는 모습을 그리자니 웃음이 절로 나왔다.

"이제부터는 의지력의 싸움이야."

"나는 누구에게 돈을 걸지 알지."

비브가 눈을 찡긋했다.

"자, 가서 아주머니가 어떻게 했는지 한 번 보자."

브리튼가로 돌아오니, 아주머니는 이미 응접실에서 차 한잔을 마시고 있었다. 고기구이 냄새가 집안을 가득 메웠다. 와…… 또 이번에도 맛있겠다, 틀림없이. 그녀는 그레이스의 엄마처럼 요리에 일가견이 있었다.

아주머니가 찻잔에서 고개를 들더니 안경 위로 피어오르는 김을 없애느라 손을 흔들었다.

"아, 왔구나. 에번스 씨가 급여를 적당히 쳐줄 거야. 그리고 내일 즉시 8시까지 출근하기를 바라셔."

그레이스는 구두를 벗은 뒤 슬리퍼로 갈아 신을 생각도 못하고 응접실의 두꺼운 카펫에 발을 디뎠다.

"그러니까……?"

의기양양한 미소가 아주머니의 입술로 퍼져 나갔다.

"그래 얘야. 너는 프림로즈 힐 서점의 새로운 보조 점원이 된 거란다."

안도와 두려움이 뒤엉켰다. 이것은 그레이스가 런던에서 살아가도록 보장해 주는 일이다. 일만 있으면 마침내 드레이튼과 삼촌을 완전히 잊어버릴 수 있을 것이다.

"에번스 씨와 이야기 나눠주셔서 고마워요, 아주머니."

그레이스가 기쁜 목소리로 말했다.

"정말 사려가 깊으세요."

"별일도 아닌데, 뭐."

이 나이 든 아주머니에게 이렇게 살짝 칭찬의 말을 늘어놓는 것이야말로 아주머니가 이 일을 하는 기쁨과 보람이라는 것을 알 수 있었다.

그레이스가 잠시 말을 멈추었다.

"프림로즈 힐 서점이 프림로즈 언덕에 있지 않은데도 왜 이름을 그렇게 지었는지 여쭤봐도 될까요?"

웨더포드 아주머니는 꿈을 꾸는 듯한 미소를 지으며 그레이스에게 좋은 질문이라고 말했다.

"에번스 씨와 에번스 부인은, 참 부인은 하나님 곁에서 평안하시지, 프림로즈 언덕에서 만났단다. 두 사람은 같은 나무에 등을 기대고 같은 책을 읽고 있다는 것을 알게 되었어. 상상이 가니?"

아주머니는 차와 함께 먹을 케이크를 접시에 담아 가져왔다.

"그 두 사람이 서점을 열었을 때, 둘이 함께 추억을 나눈 곳이 서점 이름으로 제격이라고 말했지. 정말 로맨틱하지 않니?"

그 무미건조한 늙은 가게 주인이 젊었을 때 사랑에 빠졌던 적이 있었다는 사실을 상상하기란 불가능에 가까웠다. 하지만 서점 이름만큼은 매력적이었다. 이야기로 말이다. 그레이스는 아마도 그 가게에서 일하는 게 완전히 골치 아픈 일만은 아닐지도 모른다는 생각이 들었다.

뭐 어쨌든 앞으로 6개월만 하면 되니까.

3

그레이스는 그다음 날 아침, 8시 10분 전에 곱슬머리를 완벽하게 단장하고 신경이 곤두선 상태로 도착했다. 비브가 전날 밤에 머리를 매만져 주고, 아침 일찍 일어나 그레이스에게 행운을 빌어 주었다. 정작 본인은 오후 늦게 해롯 면접이 있는데도 말이다.

그레이스는 온 우주의 기운이 필요하다고 생각했다.

그레이스가 도착했을 때 에번스는 어수선한 계산대 뒤에 있었다. 트위드 재킷 안에 칼라가 달린 셔츠를 입고 있었는데 누가 왔다는 종이 울려도 쳐다볼 생각조차 하지 않았다.

"안녕, 베넷 양."

그는 예의 그 무미건조한 목소리로 말했다.

그레이스는 한 발짝 다가서서 상쾌한 출발을 하겠다고 작심한

런던의 마지막 서점

듯 그를 향해 웃어 보였다. 그렇지 않더라도 생각하기 나름이니까 애써 참기로 다짐했다.

"안녕하세요, 사장님. 서점에서 일할 기회를 주셔서 감사드려요."

그는 고개를 들어 두꺼운 안경 너머로 그레이스를 천천히 바라보았다. 듬성듬성 나 있는 흰머리와 마구 자라나 있는 눈썹이 언제나 그랬던 것처럼 죽 처져 있었다.

"도움은 필요 없지만 그 오지랖 넓은 부인이 내가 동의할 때까지 내버려 둘 것 같지 않아서 말이지."

그는 통통한 손가락으로 그레이스를 가리켰다.

"그리고 여기 일에 너무 애정을 쏟지 마시오, 베넷 양. 단 6개월 뿐이니까."

그레이스는 왠지 모를 안도감에 어깨 긴장이 풀렸다. 최소한 그녀의 남은 인생을 평생 이 가게에서 함께하리라는 기대는 하지 않을 테니까.

"너무 애착 갖지는 않을게요."

그레이스는 진심으로 대답했다. 이렇게 칙칙하고 적막한 곳에 어떻게 정착할 수 있단 말인가?

서점 안을 대충 둘러본 그레이스는 공간이 무척 비좁다고 새삼 느꼈다. 책장은 아무렇게나 흩어져 있는 책 더미 속에 마치 작은 입속의 커다란 치아처럼 꽉 들어차 있었다. 규칙이나 이유 따위는 없었다.

그래도 삼촌 가게에서 처음 일했을 때에는 곁에서 보기에 비슷한 것끼리 정리 정돈은 되어 있었다. 이 뒤죽박죽 혼돈 속에서 뭘 해야 한담?

그레이스는 절망감이 스멀스멀 밀려들어 왔다. 어쨌든 어디에서 부터 시작해야 하나? 에번스는 그레이스에게 기대가 있기는 할까?

그레이스는 어떻게 해야 할지 몰라 어깨에 핸드백과 방독면 상자를 메고 모자도 벗지 않은 채 어색하게 서 있었다. 에번스는 거래 원장을 휘갈겨 쓰는 동안에도 그레이스에게 어떤 귀띔도 해 줄 것 같지 않았다. 그는 손가락 끝으로 연필 촉을 쥐고 있었다. 한 번만 더 뾰족하게 깎으면 아예 소멸되어 버릴 것 같았다.

그레이스가 헛기침을 했다.

"제 물건을 어디에 놓으면 좋을까요?"

"안쪽 방에."

그는 종이에 계속 써 내려가며 중얼거렸다.

그레이스가 가게 뒤편을 힐끗 보니 문이 하나 보였다. 아마도 에번스가 가리킨 곳이리라.

"그러면 이제 뭘 하면 될까요?"

연필심이 뚝 부러지고 에번스가 불만스러운 한숨을 내쉬었다. 그는 그레이스를 노려보듯 바라보았다.

"내가 말했잖소. 도움 필요 없다고. 안쪽 방에 앉아 바느질이나 하든지 아니면 구석에 앉아 책이나 읽어요. 그도 싫으면 손톱이나 다듬든가. 나는 아무래도 상관없소."

그레이스는 고개를 끄덕이고는 그가 가리킨 대로 뒤죽박죽 책이 꽂힌 복도를 따라 미끄러지듯 내려갔다. 그 위에는 우중충한 느낌의 녹색 간판에 '프림로즈 힐 서점'이라고 새겨 있었고 그 아래에는 작은 글씨로 '독자들이 사랑을 찾는 곳'이라고 쓰여 있었다. 저 글귀가 앞으로의 6개월이 그저 나쁘지만은 않으리라는 징조가 되기를.

방은 작았고 조잡한 탁자와 의자에 덮개도 없는 전구가 희미하게 빛나고 있었다. 상자가 벽마다 두, 세 층씩 쌓여 있어 한 사람이 겨우 움직일 수 있을 만큼 좁았다. 애초에 어이없다고 생각했던 가게 자체보다도 훨씬 더 우중충한 곳이었다. 그녀는 벽에 달린 고리 몇 개를 찾아 물건을 걸어 놓고는 매장 안으로 돌아갔다.

그레이스는 바느질을 한 번도 해 본 적이 없었다. 그건 비브의 전문 영역이니까. 그리고 책을 제자리에 꽂는 건 고사하고 어떤 책부터 읽어야 할지 감이 오지 않았다. 손톱도 한 번 보았지만 안타깝게도 손톱 다듬는 줄을 집에 놓고 왔다.

찾을 수 있는 일거리라고는 아무것도 없었다. 책꽂이에 두껍게 쌓인 먼지는 제발 깨끗이 치워 달라고 애원하고 있었다. 물론 가게의 먼지를 털어내는 일은 에번스가 제안한 목록에 없었지만 가게는 당장이라도 청소가 필요해 보였다.

세 시간 뒤, 공중에 떠다니는 먼지로 인해 거의 질식 직전에 이르고 나서야 그레이스는 자신의 선택을 후회하고 말았다. 아끼는 분홍색 꽃가지 무늬의 하얀 블라우스는 때가 덕지덕지 묻었고, 에번스는 콜록콜록 기침을 할 때마다 그녀가 있는 곳을 노려보았다.

그 와중에 손님 몇몇이 오고 갔다. 그레이스는 손님 곁에 머물면서 먼지가 그들 쪽으로 가지 않도록 조심했지만 손님들이 도움을 요청한다면 어쩔 수 없이 가까이 가야 했다.

손님들이 질문을 한다 해도 그레이스는 무엇을 해야 할지 알 수 없었다. 다행히 에번스가 근처 카페로 차를 마시러 간 뒤 5분이 지날 때까지는 아무도 질문하지 않았다.

체크무늬 원피스를 입은 한 여인이 그레이스와 눈을 마주치며 다가왔다.

"실례지만 혹시 《검은 안경 *The Black Spectacles*》(미국의 추리 소설가 존 딕슨 카가 1939년에 지은 소설 — 옮긴이) 있나요?"

그레이스가 가볍게 웃었다. 이 정도는 자기도 대답할 수 있는 질문이니까.

"저희는 안경을 취급하지 않습니다. 정말 죄송해요."

여인은 그 크고 파란 눈을 끔뻑끔뻑거렸다.

"책이에요. 존 딕슨 카가 지은 거요. 어젯밤에 《구부러진 경첩 *The Crooked Hinge*》을 다 읽은 참이었거든요. 그리고 《기드온 폴즈 *Gideon Falls*》 시리즈의 다음 편도 찾아야 해요."

그 순간 지구가 갈라져 그레이스를 통째로 삼킨다 해도 별다른 저항을 하지 않았을 것이다.

책 두 권의 이름과 작업해야 할 일이 줄줄이 있었지만 그것들이 어디에 있는지 알 길이 없었다. 청소하는 동안 책을 정렬하는 순서를 알아내려고 했지만 소용없었다.

"아, 물론이죠."

그레이스는 책이 우연히 보였으면 하는 바보 같은 희망을 품으며 여인에게 따라오라는 손짓을 했다. 아니면 가다가 벼락을 맞아 버리든가. 그 상황에서는 둘 중 무엇이든 받아들일 것이다.

《구부러진 경첩》은 재미있게 읽으셨어요?"

그레이스는 자신이 찾는 책이 어떤 종류인지 알아보려고 머뭇거리며 물었다.

여인은 손바닥을 가슴에 대고 꾹 눌렀다.

"아, 정말 최고의 미스터리 소설이에요. 마지막 장을 읽을 때에는 아이들이 방해하지 않도록 아예 문을 걸어 잠가 버렸답니다."

오, 그래. 미스터리. 아마 지금 여인과 함께 가려는 곳에서 뒤쪽에 위치하고 있을 것 같다.

"이 벽 어딘가에 있을 거예요."

그레이스는 다양한 책들의 책등을 훑어보았다. 제목, 이름, 심지어 책 표지 색깔까지 순서대로 놓인 책들이 단 한 권도 없었다.

"실례가 되지 않는다면 제가……."

그레이스 뒤에서 굵은 목소리가 들렸다.

그레이스가 깜짝 놀라 돌아봤다. 그곳에는 회색 맞춤 재킷에 검은 머리를 깔끔하게 옆으로 빗은 남자가 서 있었다. 그는 아까부터 눈에 띄었다. 어느 여자가 저렇게 잘생긴 남자를 보고 그냥 지나칠 수 있을까? 하지만 그때는 한참 전이었고 이미 가게를 떠났다고 생각했던 터였다.

"저쪽 벽 서가에 있는 것 같은데요."

그는 가게의 반대편을 눈으로 가리켰다.

"아, 감사합니다."

그레이스의 볼이 확 달아올랐다. 아니, 온몸이 부끄러움에 불타올랐고 자신을 바라보는 남자의 시선에 까맣게 타 버린 재가 되어 버릴 것만 같았다. 그레이스는 여인에게 다시 한 번 따라오라는 시늉을 했다.

"이쪽으로 오시겠어요?"

"괜찮으시다면⋯⋯."

여인은 그 잘생긴 남자를 빤히 쳐다보더니 얼굴을 붉혔다.

"이분이 보여주시는 게 낫겠어요."

그가 놀라서 눈썹을 치켜올렸다.

"좋고말고요."

그는 환한 미소를 지으며 그 여인에게 자신의 팔을 내밀었다.

남자가 빨간 활자로 쓰인 검은색 책을 내려놓을 때, 그레이스는 두 사람을 신기하다는 듯 바라보았다. 여인은 남자에게 고맙다고 인사한 뒤 어수선한 계산대 앞에 있던 그레이스에게 다가왔다.

"어쩜 저렇게 멋있대."

여인은 빨개진 볼을 톡톡 두드리고는 지갑에서 돈을 꺼냈다.

"내가 그쪽처럼 젊고 예뻤다면 이름도 묻지 않고 그냥 내보내지는 않을 거예요."

그레이스는 혹시라도 남자가 여인이 하는 말을 듣지 않았을까 걱정되어 남자 쪽을 향해 눈을 깜빡였다. 남자는 전혀 의식하지 못하고 몇 걸음 떨어진 책장 앞에 그대로 남아 있었다. 하나님, 감사합니다.

어깨를 짓눌렀던 긴장이 다소 풀렸다. 그레이스는 여인에게 줄 잔돈을 센 후 감사하다는 인사를 하며 책을 건넸다. 부인은 그레이스를 보며 눈을 찡긋하고는 종을 울리며 서점 밖으로 나갔다.

종소리가 잦아들자 무거운 침묵이 비좁은 공간을 가득 메웠다. 그레이스는 남자가 일찍부터 서점에 머물러 있었다는 사실을 의식하지 못했지만 이제는 완전히 알고 있다. 드레이튼에 있는 가게였다면 몇 개 추천도 하며 남자를 도우려 했을 것이다. 지금 상황에서는 그가 그레이스보다 더 많이 알고 있는 모양새다.

그레이스는 옷에 남아 있는 먼지를 최대한 조심스럽게 털어내고는 가게가 완전히 깨끗해질 때까지 다시는 하얀 옷을 입지 않겠다고 다짐했다. 그러고는 남자가 책을 고를 때까지 기다리면서 계산대 위에 널브러져 있는 잡동사니들을 치우기로 마음먹었다. 아래에 있는 캐비닛 중 하나를 보니 오래된 컵이 있었고, 거기에 연필 자루들을 모았는데 연필은 끝이 거의 닳아 있었다. 다음으로는 쓰레기 더미였는데 실제 장부가 아니라는 것을 확인한 뒤에야 처리했다. 종종 둘이 많이 비슷해 보였기 때문이다.

그레이스가 계산대를 다 치우고 나서 고개를 들자 앞에 남자가 서 있었다. 그레이스에게 미소를 짓고 있는 그 남자는 너무나 매력적인 녹색 눈으로 그녀를 바라보고 있었다. 그의 턱에는 약간 갈라진 틈이 있었는데, 덕분에 턱의 날카로움이 멋지게 보완되었고 마치 영화에서나 나오는 배우 중 한 명처럼 매력적으로 보였다. 그레이스는 마음속으로 무언가 환상적인 말을 내뱉으려다 재빨리 입을 다물었다.

"제가 뭐 도와드릴 거라도 있을까요?"

그는 그레이스를 향해 책 무더기를 내밀었다. 그의 아름다운 눈매에 정신이 팔려 책이 눈에 들어오지 않았던 것이다.

"이것 좀 사고 싶은데요."

그는 아무렇지도 않게 주머니에 손을 넣고 대화를 하려는 자세를 취했다.

"에번스 씨 서점에 점원이 있는지 몰랐어요."

그레이스가 낡은 금전 등록기의 버튼을 누르자 빈 가게 안으로 둔탁한 소리가 울려 퍼졌다.

"오늘이 첫날이에요."

다음 책에 손을 대려다가 남자의 멋쩍어 하는 표정이 눈에 들어왔다.

"좀 전에 도와줘서 고마웠어요."

그의 얼굴이 환해지고 매끄러운 눈가에 주름이 졌다.

"이 정도는 아무것도 아니에요. 어렸을 때부터 여기에 자주 들렀거든요. 당신이 여기를 조금 청소했다는 걸 알아차렸어요. 퍽 어려웠을 텐데."

"저는 즐거운 마음으로 도전을 기다린답니다."

그레이스는 대답하다가 자신의 말에 진심이 담겨 있다는 것을 깨달았다. 최소한 가게 정리라도 하면 남은 6개월을 채우는 데 도움은 될 테니까.

"맞아요, 그건 정말 도전이죠."

남자는 찡그린 표정을 부풀리며 뒤를 힐끗 돌아보았다.

"특히 당신이 책 애호가라면요. 미스터리는 스릴러 장르가 되는 게 당연하고 고전은 대개 로맨스로 이어지지요. 그렇게 해서 계속 이어지는 거예요."

"저는 그렇지 않아요."

그레이스는 솔직하게 말했다.

"그러니까 책 애호가 말이에요. 책 읽을 시간이 그다지 많지 않았어요."

그는 그레이스의 대답에 안타까운 듯 살짝 가까이 섰다. 그 와중에도 미소는 잃지 않았다.

"음, 만약 어느 것 중에 하나부터 시작한다면 《몬테크리스토 백작 *The Count of Monte Cristo*》을 추천해요. 제가 가장 좋아하는 고전이거든요."

그는 고개를 살짝 기울였다.

"그리고 연애 소설이기도 하지요."

"생각해 볼게요."

그레이스는 마지막 책을 들며 계산을 했다.

"추천해 주어서 고마워요."

그는 지갑을 꺼내 책값을 지불했다.

"성함 좀 여쭤봐도 되겠습니까?"

"그레이스 베넷이에요."

"베넷 양."

그가 예의를 갖추어 고개를 끄덕였다.

"저는 조지 앤더슨입니다. 서점을 어떻게 만들지 기대하고 있을 게요."

그레이스는 말없이 고개를 끄덕였고 그는 뒷걸음질을 치며 그녀에게 함박웃음을 이끌어 내고는 서점을 떠났다.

어머나, 세상에!

그레이스는 쿵쿵 뛰는 심장을 가라앉히려고 가슴에 손을 얹었다. 바로 그때 입구에 종이 울리며 에번스가 들어오자 가게는 원래 그 괴팍한 분위기로 돌아왔다.

그의 시선이 계산대를 샅샅이 훑어 내려갔고 아연실색하여 북슬북슬한 눈썹이 꿈틀거렸다.

"이런 제길, 여기 어떻게 된 거지? 도둑이라도 들었나?"

"제가 정리했어요."

그레이스가 대답했다.

에번스는 가게 안을 무섭게 노려보았다.

"그래서 여기가 이렇게 먼지 구덩이가 되었군."

그는 공기 그 자체가 어마어마한 공격을 한다는 양 접은 신문으로 자기 앞을 흔들어 댔다.

그레이스는 바짝 긴장했다. 삼촌이 너무나 자주 그랬던 것처럼 모진 말이 자신에게 향하기를 기다렸다. 삼촌을 위해 일했던 그 수많은 세월 동안, 드레이튼에 있는 학교에서 졸업을 하고 시작한 첫날부터 런던으로 떠나기까지 삼촌은 그레이스의 잘못을 엄청나고 상세하게 지적했었다. 그녀의 직업의식은 삼촌의 기대에 미치지 못했다. 아직도 쓸 수 있는 상품을 낭비해 버렸다. 그녀가 좀 더 똑똑하며 이해도 빠르고 주도적이라면 손님들에게 적극적으로 권하면서 물건을 더 팔 수 있었을 것이다. 경쟁력이 부족했다.

그레이스는 자신의 개인적인 결점으로 크게 상처받을 것에 대비하려 주먹을 꽉 쥐었다.

"그거는 문질러 닦아야 할 것 같은데."

에번스는 떨떠름한 마음을 숨기려는 듯 투덜거렸다.

그레이스의 주먹이 풀렸다.

"네?"

"여기에 먼지가 좀 많아서. 그리고 도통 치울 시간이 나야 말이지. 내 장부를 보지 않은 건 감사하네."

그는 계산대 위의 종이를 턱 치고는 영수증 무더기를 가져갔다. 몇 장이 펄럭거리며 날아갔지만 그저 무심히 지나갔다.

"그런 생각은 해 본 적도 없는걸요."

그레이스는 허리를 굽혀 영수증 몇 장을 집고는 에번스에게 건넸다. 정돈된 인쇄물에 시선을 두지 않도록 신경 쓰면서.

그는 종이 더미를 밀어 넣고는 가게 뒤편의 작은 방으로 사라졌다. 그러고는 한동안 나타나지 않다가 방에서 나오고 나서도 계속 뒤에서 책을 샅샅이 살펴보았는데 그 모습이 마치 서점 주인이 아니라 손님 같았다.

그레이스는 남은 오후 시간을 먼지 털고 계산대를 닦는 데 보냈다. 세월의 흔적을 입은 계산대는 퍽 멋졌는데 각 모서리에 소용돌이무늬가 새겨져 있고 사랑스러운 밤나무 빛깔을 띠었다. 다행히 다른 손님들은 책을 찾아 달라고 요청하지 않았고 그레이스가 해야 할 고객과 관련된 일은 책값을 받는 것뿐이었다.

퇴근할 시간이 되어 에번스에게 알렸지만 그저 알겠다는 퉁명스러운 대답 외에 다른 말은 없었다.

먼지를 뒤집어쓰고 완전히 녹초가 된 데다 생각만큼 충분히 했다는 생각이 들지 않았지만, 그레이스는 비브의 면접이 어땠는지 얼른 듣고 싶어 서둘러 집으로 달려갔다.

집에 다다르자 문을 활짝 열었다.

"비브! 면접은……?"

라디오가 최대 볼륨으로 켜져 있고 응접실에 치직거리는 목소리가 울려 퍼졌다. 함대가 움직인다고 알리는 소식이었다.

무슨 함대?

아주머니와 비브는 라디오 앞에 앉아 집중해서 듣고 있었다. 비브는 심란한 표정으로 그레이스를 바라보더니 손을 흔들었다.

그레이스는 재빨리 친구 곁으로 다가가 파란색 모헤어 소파에

런던의 마지막 서점

앉았다.

"무슨 일이야?"

그레이스가 속삭였다.

"왜 방송이 나오지? 6시도 아니잖아."

비브가 불안한 눈빛을 내비쳤다.

"오늘 오후에 들어온 소식이야. 예비군이 소집됐대. 예전에는 전쟁을 피할 수 없다고 단정 짓지 말라는 통보를 받았잖아. 하지만 함대가 움직이고 있고 모든 해군과 남아 있는 영국 공군 요원들이 의무적으로 보고해야 한다고 말하고 있는데 어떻게 아니라고 할 수 있어?"

그레이스는 충격을 받고 소파에 털썩 쓰러졌다. 이 소식을 어떻게 모르고 있었지? 하지만 그때는 청소를 하느라 정신이 없었고, 마음을 다잡고 일을 시작하던 참이었다. 게다가 손님도 거의 없었고 멀리 떨어져 있었다.

불길한 예감은 이제 그레이스의 핏줄을 뚫고 들어왔다. 올 것이 왔구나.

전쟁이다.

웨더포드 아주머니는 굳은 표정으로 아무 말도 하지 않았다. 그러다 자리를 박차고 일어나더니 라디오를 껐다.

"오늘은 이 정도면 됐다."

그녀는 한숨을 길게 내쉬고는 그레이스를 바라보았다.

"첫날인데 잘 끝났겠지?"

"네, 감사해요."

그레이스가 나긋나긋하게 말했다.

"좋아."

아주머니가 형식적으로 고개를 끄덕였다.

"괜찮다면 오늘 저녁에는 키드니 파이(소나 양의 콩팥을 넣은 파이-옮긴이)를 먹을 거야. 그게 아니면 저녁에 먹을 게 없다."

아주머니는 대답을 들을 새도 없이 방 밖으로 성큼성큼 빠져나갔다. 그녀의 등이 부자연스럽게 꼿꼿했다.

비브가 목소리를 낮추었다.

"내일 아이들을 구출할 거래. 전부 다 시골로 보내는 거야. 부모 중 한 명이라도 보내겠다고 서명만 한다면."

그레이스는 명치를 얻어맞은 것 같았다. 비브의 말이 맞았어. 저런 조치를 내리는데 어떻게 전쟁이 일어나지 않을 거라 예상할 수 있다는 거지?

그레이스는 서점에서 만났던 부인을 떠올렸다. 다음 날에 자신의 아이들이 떠날 거라는 것도 알지 못한 채 책을 고르던 그 여인. 런던의 모든 어머니들은 구출 작전 때문에 아이들을 떠나보내야 한다. 그리고 그들 중 대다수가 남편 역시 전쟁터로 보내야 할 것이다.

자원병이 충분치 않으면 징집될 수도 있다. 그레이스는 속이 조금 조여 오는 느낌을 받았다.

콜린도 소집될지 몰라.

웨더포드 아주머니가 더 이상 듣고 싶어 하지 않는 것도 놀랄 일이 아니었다.

비브는 침울해져서 아래만 뚫어져라 바라보았다. 공포가 그레이스의 가슴을 옭아매었고, 두 사람 다 절망에 빠져 버릴 수는 없어서 억지로 가벼운 말을 꺼냈다.

"아이들은 괜찮을 거야. 우리 삼촌 집으로만 가지 않으면 돼."

비브는 동의하는 체하며 슬픈 미소를 지었다.

"애들한테 공간조차 주지 않을걸."

그때 그레이스는 비브가 아직도 남색 정장을 입고 있다는 사실을 알아차렸다.

"면접 봤어?"

비브가 고개를 끄덕였다.

"매장 보조로 채용되었어. 내일부터 시작이야. 얼마나 오래 하게 될지는 몰라도."

"오랫동안 하게 될 거야. 장담해."

그레이스는 친구의 손을 꽉 잡았다.

"누구나 스타킹 한 켤레와 새 블라우스를 사면서 기분 전환하고 싶잖아."

"아니면 코끼리도?"

비브가 고개를 까닥였다.

"아마 웜뱃도?"

그레이스가 고개를 으쓱했다.

비브가 뭐에 홀린 표정을 지어 보였다.

"그럼 치타도?"

"목줄 잊으면 안 돼."

그레이스가 주의를 주었다.

비브의 표정이 다시 심각해졌다.

"우리는 이 상황을 헤쳐 나가야만 해, 그레이스 베넷. 너도 알다시피."

비브는 그레이스의 손을 움켜잡았다. 어릴 적부터 나누었던 동지애를 다시 한 번 일깨워주는 징표였다. 두 사람 사이의 끈끈한 유대감은 그레이스의 엄마가 돌아가셨을 때, 드레이튼에서 겪었던 고된 삶, 고압적인 비브의 부모님과 얼간이 제프리 시몬스의 놀림에 이르기까지 모든 고통을 이겨내는 힘이 되었다.

이제 그 어떤 상황에 놓여도 함께라면 헤쳐 나갈 수 있다. 그것이 심술궂은 가게 주인이나 전쟁이라 할지라도.

4

너무나 마음 아프게도 아이들의 줄은 끝이 없었다.

사실 그레이스는 아이들의 대피 조치에 대해 그다지 생각해 볼 기회가 많지 않았다. 정부가 등화관제 명령을 내린 첫 번째 밤을 준비하느라 그 전날 저녁에 너무나 많은 일이 있었기 때문이다. 그 동안 콜린은 아주머니의 망가진 정원 안 방공호를 마지막으로 손보고 있었다.

웨더포드 아주머니는 조금도 신경 쓰지 않는다는 듯 콧방귀를 뀌었지만 화단이 망가진 데 대해 몇 번씩 이야기를 하곤 했다.

그 모든 과정 속에서, 그레이스는 아이들에 대해 기억나는 게 없다는 사실이 부끄러웠다. 브리튼가를 나서서 프림로즈 힐 서점으로 갈 때에도 없었고, 특히 하늘에서 이상한 은빛 풍선들을 보았을 때에도 그랬다. 풍선은 집 한 채만했는데 은색 물고기가 부풀어 오른 것 같은 모습으로 도시 위에 둥둥 떠 있었다.

그레이스는 풍선 하나를 유심히 쳐다보다가 알비온 플레이스 Albion Place로 꺾어 내려갔다. 그러다 파란색 울로 만든 영국 공군 유니폼을 입은 남자와 부딪힐 뻔했다.

"죄송합니다."

그레이스가 말했다.

"제가……."

무슨 말이라도 하려 했지만 아이들의 모습을 본 순간 입을 다물고 말았다. 아이들의 줄이 끝을 모르게 이어져 있었고 하나같이 모두 패링던 역을 향하고 있었다.

공군은 뭐라 대답했지만 그레이스는 그가 바삐 지나가는 와중에도 뭐라고 했는지 듣지 못했다. 그녀는 끝없는 아이들의 행렬을 보고도 믿을 수 없었다. 아이들은 끈 달린 방독면을 옆구리에 끼고 자신의 정보를 재킷과 소지품 가방에 핀으로 꽂은 채 줄지어가고 있었다. 오랫동안 집을 떠나 있을 예정인데 가방이 저리 작다니. 아이들이 언제 돌아올 수 있을지 그 누가 알까?

몇몇은 적극적이었다. 모험을 떠난다는 기대로 가득 찬 얼굴이었다. 어떤 아이들은 눈물범벅이 되어 어머니에게 매달려 있었다. 아이들을 따라온 여인들은 하나 같이 얼굴이 창백했고 앞으로 닥칠 고난의 걱정 때문에 표정이 딱딱하게 굳어 있었다.

아이를 시골의 낯선 이와 살도록 보내거나 위험한 도시 안에 그

런던의 마지막 서점

대로 두는 것 중에 단 하나. 그 어떤 어머니도 이런 선택을 강요받아서는 안 된다.

서로 떨어져 지내야 하는 것도 고통이지만 그토록 많은 아이들을 보내는 일은 상당한 위험이 따를 터였다. 물론 여기에 그대로 두는 것보다는 훨씬 낫다. 언제 폭탄이 떨어질지 모를 위협을 지속적으로 받아야 하기 때문이다.

그레이스에게는 자식이 없지만 언젠가 어머니가 되고 싶다는 희망이 있었다. 그래서 비통해하는 얼굴 하나하나를 볼 때마다 가슴이 미어졌다. 여인들은 아이들의 안전을 확보하기 위해 스스로를 희생하고 있었다.

그레이스는 망연자실한 얼굴로 걸어가다 패링던 역 입구에 모여 있는 아이들 무리와 마주쳤다. 반대 방향에서도 또 다른 아이들 행렬이 오고 있었다. 수백 명, 아니면 수천 명일까.

많은 엄마들이 오늘 밤에는 아이들을 품에 안지 못하겠구나.

저 여인들과 다른 이들의 보살핌 속으로 떠나야 하는 아이들 생각에 가슴이 무겁게 짓눌렸다. 그 광경을 차마 더 볼 수 없어 그레이스는 얼른 발걸음을 재촉했다.

그레이스가 서점 안으로 허겁지겁 뛰어들자 에번스는 그 모습을 보고 날카로운 시선을 보냈다.

"전쟁이 벌써 시작됐나?"

그는 무미건조하게 묻고는 자기 앞에 있는 책에 집중했다.

"그럴 수도요."

그레이스는 거리에서 어머니가 두 아이들과 함께 서둘러 지하철 역으로 가는 모습을 힐끔 바라보았다.

"아이들을 모두 보내고 있어요."

그는 듣는 둥 마는 둥 건성으로 웅얼거렸다.

그레이스는 그 커다란 은색 물체를 찾느라 하늘을 유심히 바라보았다.

"저 풍선들은."

"방공 기구."

그레이스가 고개를 돌렸다.

"도대체 저게 뭐예요?"

"강철 케이블로 고정시켜 놓고 항공기가 너무 낮게 날지 않도록 방지하는 거지. 우리를 보호하기 위해서야."

"그러면 우리에게 폭탄을 터뜨리지 못하는 건가요?"

그레이스가 솔깃해서 물었다.

에번스가 코웃음을 쳤다.

"그래도 폭탄은 충분히 떨어뜨릴 수 있지. 지난 1차 세계대전 때 비행기가 높이 날 수 없었을 때에는 풍선이 효과적이었지만 이제는 대공포의 사정거리 안에 들 정도로 위협하게 되었거든."

그레이스는 온몸에 소름이 돋았다. 더 물어보고 싶었지만 에번스는 다시 책에 머리를 파묻어 버렸다.

그날은 서점에 손님도 거의 없었다. 아이들을 어디론가 보내고, 남자들은 전쟁터로 떠났으며, 모든 어머니들은 슬픔 속에 남겨졌으니 손님이 거의 없는 이유는 자명했다.

그레이스는 책 정리를 해야겠다고 생각했지만 머릿속에 맴도는 아이들의 모습을 지울 수 없었다. 그러기에는 아이들이 너무나 많았다. 아이들을 반드시 지켜야 한다는 어려움에도 불구하고 강인한 모습을 보인 어머니들의 얼굴이 자꾸 떠올랐다.

그레이스는 어렸을 때 엄마가 웨더포드 아주머니를 만나러 떠났던 때를 떠올렸다. 비브의 가족과 일주일 동안 지내기는 했지만 엄마가 자신을 떠났다는 상실감에 얼마나 엄마를 그리워했는지 아직도 기억이 났다. 그 기간이 일주일뿐이었는데도 말이다.

너무나 가엾은 아이들.

결국 그레이스는 창문에 지저분하게 붙어 있는 스크림 테이프를 처리하는 일에 몰두했다. 우선 테이프를 벗겨내고, 유리를 따라 끈적끈적한 자국으로 남아 있는 접착제를 뜯어냈다. 이 일은 골치가 아픈 것도 아니었고 나름 자신과 잘 맞는 일이었지만 이미 마음은 완전히 과부화 상태였다.

이제 두 줄만 남게 되자 집중해서 테이프 작업을 더 할 수 있을까 갈등하던 중에 에번스가 다가왔다.

"집에 가게, 베넷 양. 가게 문을 더 열어 둔다고 무슨 의미가 있을까 싶어. 오늘은 아닌 것 같아. 게다가 등화관제를 할 준비도 아직 못했고."

에번스가 가슴께에 팔짱을 끼고 서점을 둘러보면서 숨을 들이마시는 순간 코에서 휘파람 소리가 났다.

"전쟁이 곧 닥칠 텐데 사람들이 책을 사러 오겠나."

그레이스는 버릴 테이프를 그러모으고 일어섰다.

"하지만 사람들도 즐길 거리가 필요해요."

그는 창문을 향해 고개를 끄덕였다.

"내일은 신문을 가져오겠네."

그레이스는 신문지 반죽으로 그 넓은 창문을 켜켜이 막아 놓는다는 생각에 혐오감이 들었지만 애써 감정을 숨겼다.

"제가 커튼을 만들 수 있어요. 웨더포드 아주머니가 이미 천을 좀 구해 놓으셨거든요. 여분이 있을 거예요."

웨더포드 아주머니는 무거운 검정 새틴을 1야드당 단 2실링에 아주 많이 얻었다는 사실에 무척 의기양양해 있었다.

그레이스는 아주머니가 어째서 에번스를 도우려고 하는지 알지 못했다. 그가 점원을 고용하도록 하는 지원 사업에 관심이 없다고 말을 흘렸는데도 말이다. 하지만 그레이스와 웨더포드 아주머니에게는 여분의 천이 있으므로 추천서를 얻기 위해서라면 무슨 일이든 기꺼이 할 것이다.

그레이스는 조금이라도 더 시간을 벌고 싶어 핸드백과 모자, 방독면을 재빨리 챙겼다.

에번스는 입구에서 그레이스를 배웅하고는 '영업 중' 간판을 '영업 종료'로 바꾸었다.

"잘 가시게, 베넷 양."

그는 문을 닫고 걸어 잠갔다. 아이들은 그 시각, 거리에서 이미

   런던의 마지막 서점

사라지고 없었다. 마치 질서 정연하게 떠났던 사실 자체가 없었던 것 같았다. 그레이스는 집으로 돌아가는 길에 고통스러운 기억을 억지로 밀어내고 어떻게 하면 프림로즈 힐 서점에 손님들을 더 끌어모을 수 있을까 곰곰이 생각했다.

그레이스는 이미 삼촌네 가게에서 했던 경험이 있었다. 창문에 문구를 몇 개 붙이고 몇몇 아이템을 계획에 맞추어 할인하였더니 모든 것이 달라졌다. 이윽고 고객들이 정기적으로 찾아왔다.

물론 프림로즈 힐 서점은 그보다 손님이 훨씬 적었고 게다가 다들 신경이 곤두서 있는 상태였다. 하지만 책은 사람들에게 도움이 된다. 언제나 신경을 분산시켜 줄 무언가가 필요하다. 분쟁의 시대에는 거의 대부분 그렇다.

그녀는 이미 먼저 성공을 거둔 바 있으니 기필코 또다시 할 수 있을 것이다. 그리고 이번에는 자신이 노력한 대가인 빛나는 추천서를 기쁘게 받아들일 것이다.

그레이스는 집 바로 앞에서 팔에 짐이 잔뜩 들려 있는 웨더포드 아주머니를 만났다. 그녀는 손가락만 겨우 까닥하며 그레이스에게 인사했다. 움직일 만한 것이 손가락밖에 없었기 때문이다.

"시간이 아주 기가 막히게 잘 맞았구나, 그레이스. 이리 좀 와 보렴."

그레이스는 아주머니에게 달려가 팔에 들린 짐 몇 개를 받았다. 생각지 못한 무게가 그레이스의 손을 짓누르는 바람에 물건을 거의 떨어뜨릴 뻔했다.

"여기에 뭐가 들어 있는 거예요? 모래주머니라도 있나요?"

아주머니는 음모를 꾸미는 듯한 눈길로 주위를 둘러보더니 몸을 기울여 속삭였다.

"차."

그러고는 한쪽 어깨에 다른 자루를 들어 올렸다.

"그리고 설탕. 자 이제, 얼른 안으로 들어가자."

아주머니는 물건을 집 안으로 슬그머니 들이고 주방에 안전하게 밀어 넣을 때까지 아무 말도 하지 않았다. 주방 창문에는 쾌활한 분위기의 주방과 대조적으로 무겁고 어두운 커튼이 쳐져 있었다. 그날 저녁 등화관제가 시작되었다는 표식이었다. 지난달 시범적으로 몇 번 했는데 이번에는 실전이었다.

아주머니는 짐을 아주 조심스럽게 내려놓고는 안도의 한숨을 쉬었다.

"아이구야, 정말 무거웠어."

"이게 전부 차랑 설탕이에요?"

그레이스는 솔기로 밀봉된 가방을 유심히 살펴보았다.

"그중에 밀가루도 있어."

아주머니가 손가락을 까딱까딱했다.

"날 그런 눈으로 쳐다보지 마, 그레이스 베넷. 전쟁이 이제 머지 않았으니 내 말을 주의 깊게 들어야 해. 앞으로 배급이 있을 거야. 호더(물건을 비정상적으로 모아 두는 사람-옮긴이)들보다 더 먼저 이 물건들을 확보해 놓아야 한다고."

그레이스는 건조식품이 담긴 꾸러미들을 보며 생각에 잠겼다.

"호더요?"

아주머니는 자신의 비축물을 풀며 작업을 시작했다.

"네스빗 부인은 두 배나 더 가져갔다고. 혼자 살면서 욕심은."

아주머니는 조리대 앞에서 몸을 굽혀 찬장에 있는 물건들을 정리한 뒤 새로 사 온 물건들을 넣을 공간을 만들었다.

"네스빗 부인 알지. 네스빗츠 파인 리즈Nesbitt's Fine Reads 주인 말이야. 패터노스터가Paternoster Row에 있는 수많은 그림책 서점 중에 하나."

그녀는 대답을 들으려는 듯 그레이스를 힐끗 보았다.

그레이스는 고개를 흔들었다.

아주머니가 미간을 찌푸렸다.

"에번스 씨가 패터노스터가에 대해 당연히 이야기한 줄 알았는데?"

"안 했어요."

그레이스는 열린 찬장 안의 빈 공간에 설탕 꾸러미 몇 개를 집어넣었다.

아주머니는 상자 몇 개를 옆으로 치우고 그곳에 차가 들어 있는 통들을 넣었다.

"음, 그 거리는 독서광들이 돈을 아끼지 않고 쓰는 곳이지. 내가 에번스 씨에게 서점을 그곳으로 옮겨야 한다고 수십 번은 이야기했거든."

아주머니는 뒤로 물러나 만족스러운 듯 고개를 끄덕이며 꽉 찬 찬장을 유심히 바라보았다.

"언제 한 번 가 봐. 좋은 서점이란 어떤 곳인지 보라고. 위치가 어디인지 알려줄게."

좋은 서점이라. 프림로즈 힐 서점을 개선하기 위해 공부해야 할 바로 그것이었다.

"정말 좋을 것 같아요. 그런데 아주머니, 검정 새틴 천 좀 가져가도 될까요? 가게에 칠 커튼을 만들려고요."

아주머니는 뿌듯하다는 표정으로 그레이스를 향해 미소를 지었다. 언젠가 그레이스의 엄마가 지었던 것과 비슷한 표정이었다. 그 표정은 그레이스의 마음 깊숙이 상처 입은 곳을 건드려 부드럽게 어루만져 주었다.

"물론이지, 가져가도 되고말고."

그녀가 말했다.

"적어도 세 겹은 해 놔야지 안 그러면 빛을 완전히 차단할 수 없을 거야. 에번스 씨가 너의 노력에 반드시 감사할 것이라고 장담한다."

아주머니는 수도를 틀고 주전자에 물을 채웠다.

"말로는 표현하지 않아도 말이지."

콜린이 주방으로 들어왔다. 콜린의 구두 바로 옆으로는 태비가 끈질기게 야옹거리며 졸졸 따라왔다.

"누나, 안녕."

그의 볼이 살짝 붉어졌다. 방에 들어왔을 때 비브나 그레이스가 있으면 꼭 그렇게 수줍어했다.

"오늘 아침에는 아기 치타가 들어왔어. 별 거 없긴 한데 약간 복슬복슬하고 성격이 사나워."

그는 동물의 크기를 알려주려는 의미로 손가락으로 공 모양을 만들었다.

"정말 예쁠 것 같아."

"다음에 해롯에 오면 꼭 보러 와."

그가 자신의 어머니를 힐끔 쳐다보았다.

"참치 캔 좀 주시겠어요, 엄마?"

아주머니의 입이 삐죽 나왔지만 어쨌든 콜린에게 캔을 건넸다.

"내가 보기에 태비는 집을 찾을 정도로 컸어. 이제 고양이는 고사하고 우리 먹을 것 찾기도 힘들어질걸."

콜린은 애달픈 표정으로 캔을 받았다.

"둘 다 내가 미쳤다고 생각하겠지만 정말로 이제 모든 걸 다 배급받게 될 거야."

아주머니는 빈 가방을 접고 나서 물을 가득 채운 주전자를 스토브에 올렸다. 콜린은 묵묵히 캔 따개로 깡통 뚜껑을 벗겼다.

톡 쏘는 생선 냄새가 작은 공간을 가득 메우자 태비가 난리가 나서 야옹댔다. 아주머니는 공중에 대고 손을 휘휘 저었다.

"얼른 나가 봐라, 그레이스. 차를 가져오는 동안에 라디오 틀어 보렴."

그레이스는 두 번 들을 것도 없이 잽싸게 냄새나는 방을 나섰다. 하지만 라디오를 툭 켜자 그레이스를 반기는 뉴스는 생선 냄새보다도 더 지독했다.

라이오넬 마슨Lionel Marson(영국의 국군 장교이자 배우-옮긴이)의 중후한 목소리가 스피커에서 흘러나왔다.

"독일이 폴란드를 침공하여 수많은 마을을 폭격하고 있으며……."

그레이스는 꼼짝도 하지 않고 서 있었다. 철제 손잡이를 잡은 손이 벌벌 떨렸다. 마슨은 폴란드가 그날 아침 어떻게 공격당했는지, 폴란드 주요 도시 폭격 소식과 프랑스 참전 등을 자세하게 전했다. 그 전날 폴란드와 상호 협약을 맺은 이상 달리 할 수 있는 것이 없었다. 영국과 프랑스가 개입하는 수밖에.

그날 오후와 저녁에는 응접실에서 새롭게 올라오는 소식을 들으며 보냈고, 모두 정보를 조금이라도 더 듣기 위해 필사적으로 매달렸다. 대부분의 소식은 이미 다 알고 있는 내용이었지만 그래도 집중해서 귀를 기울였다.

그동안 그레이스는 비브의 도움을 받으며 서점에 걸 커튼을 만들었다. 비브는 해롯에서 첫날을 성공적으로 보내고 온 참이었다. 모두 신경이 곤두선 채 웨더포드 아주머니가 만들어 준 돼지고기 파이를 먹고 해가 완전히 지기 전에 등화관제를 준비했다.

히틀러는 폴란드에 저질렀던 짓을 영국에도 똑같이 할 수 있다. 창문에 빛이 조금이라도 보이면 여기에 폭탄을 떨어뜨려도 된다는 말과 같다.

서늘한 예감에 그레이스의 등골이 오싹해졌다. 등화관제와 이와 관련한 규칙이 너무나도 무서웠다. 이제 정부의 선견지명에 감사해야 할 차례다. 어두운 밤에 훤히 드러나는 목표물이 되지 않도록 막아주고 있기 때문이다.

이와 마찬가지로 뒷마당에 앤더슨 방공호가 있다는 사실도 감사했다. 그렇게 가까운 곳에 몸을 피할 곳이 있다고 생각하니 안전하다는 안도감이 들었다.

첫 번째 등화관제 날, 그 철저한 어둠 속에서도 그레이스는 좀처럼 잠이 오지 않았다. 특히 전쟁에 관한 이야기와 그날 아침 보았던 아이들 생각이 자꾸 떠올라 머릿속을 꽉 메웠다.

확실히 그 무거운 커튼은 역할을 제대로 해 주었다. 마침내 까무룩 잠이 들었지만 그다음 날 아침 생각보다 30분이나 늦게 일어났다. 서둘러 준비해서 달려갔으나 결국 서점에는 몇 분 늦게 도착하고 말았다.

에번스는 부루퉁한 얼굴로 그레이스를 흘끔 쳐다보았다. 이제 분명히 혼날 거야.

그레이스는 등화관제용 세 겹 커튼이 들어 있는 가방을 꼭 쥐고 기다렸다.

"명분이 없어져서 그만둔 줄 알았네."

서점 뒤쪽으로 천천히 걸어가는 에번스의 입꼬리가 실룩 올라갔다.

"그렇다고 해서 자네를 원망하려던 것은 아니야."

"늦어서 죄송해요."

그레이스는 뒤에서 소리치고는 천천히 숨을 내뱉었다.

"커튼을 가져왔어요."

그는 어깨너머로 그레이스 손에 들린 가방을 보고는 고개를 한 번 끄덕였다.

그것은 그레이스가 예상할 수 있는 최대한도의 감사 인사였다. 그레이스는 우선 영수증 더미와 에번스가 계산대 위에 남겨 둔 쓰레기를 치우며 서점을 청소했다. 서점에서 파는 책에 대해서는 아는 것이 별로 없지만, 사람들의 이목을 끌 만한 표지를 골라 커다란 창문 안 구부러진 가판대에 책을 진열했다.

시작해 볼까.

작은 사다리를 놓고 무거운 커튼을 달기 위해 준비하는 순간, 누군가 들어왔다는 종이 울렸다. 나이 지긋한 남자가 날카로운 눈매로 그레이스를 빤히 바라보았다.

"누구시오?"

"베넷이라고 합니다."

그레이스는 사다리에서 내려왔다.

"새로 온 서점 보조 직원이에요."

눈높이에서 남자의 얼굴을 보자니 추운 날 매서운 바람을 맞으며 날아가는 새와 너무나 닮았다는 생각이 절로 들었다. 축 처진 흰머리는 움츠린 어깨에 낮게 드리워졌고, 막대기 같은 다리는 어두운색 재킷에서 툭 튀어나와 있었다. 그는 창문에 걸리기만을 기다리는 커튼을 스윽 보더니 쯧쯧 소리를 냈다.

"타르Tar(석탄을 증류할 때 나오는 검은 액체-옮긴이)도 효과가 좋아서 커튼은 필요 없을 텐데."

그레이스는 유리에 타르를 치덕치덕 바른다는 생각에 당혹스러웠다.

"어떤 일을 도와드릴까요?"

"에번스는 어디에 있소?"

"프릿차드, 자네인가?"

에번스가 빽빽한 책장 사이에서 나타났다. 언제나 그래왔던 것처럼 그의 배 바로 위에 책을 들고 있었다. 그는 책을 탁 닫고 콧등 위 안경을 밀어 올렸다.

"점원을 채용했나?"

그는 가게 안을 둘러보았다. 코끝이 안 그래도 새처럼 생긴 그의 모습을 돋보이게 만들었다.

"그간 잘 지냈나?"

"전쟁이 일어나면 무엇이 필요할지 알 수 없으니까."

에번스가 냉담하게 말했다.

"또 우리 가게와 비교하러 온 건가, 프릿차드?"

남자가 혀를 끌끌 찼다.

"하! 아직 전쟁을 선포하지도 않았어. 그리고 폴란드하고 난리

를 치며 우리를 압박하면, 우리도 전투를 벌여 히틀러와 그의 낫
씨 Nastys(역겨운이라는 뜻으로 Nazi(나치)를 잘못 발음한 것. 평소에 발음을 정확하
게 하지 않는 프릿차드의 특징을 반영한 것으로 보인다.-옮긴이) 당원들에게 혼쭐
을 내줄 것이네. 내 말 잘 기억해 둬. 크리스마스 전까지는 다 끝
날 테니."

"그때까지 커튼은 계속 달아 놓고 있겠네."

에번스는 고개를 끄덕이며 그레이스가 그 대화의 중심에서 벗어
나도록 도와주었다.

"다른 건 몰라도 그 지독한 공습 감시원이 우리 가게 문을 두드
리는 일은 막을 수 있겠지."

남자들이 책 판매와 정치에 대해 논하고 있는 동안, 그레이스는
팔에 들고 있던 미끄러운 천을 수습한 뒤 사다리에 올라 계속 커
튼을 달았다.

"어떻게 서점에 그 망할 쥐 한 마리 안 보이나?"

그레이스가 일을 막 끝내는 참에 프릿차드가 별안간 물었다.

"처음부터 그놈들이 아주 골칫거리였는데."

"나는 한 번도 골칫거리였던 적이 없었는데."

에번스는 건성으로 대답했다. 이제 대화를 마치고 싶다는 분명
한 의사표현이었다. 하지만 프릿차드는 눈치를 채지 못했다.

남자는 어깨 깊숙이 머리를 밀어 넣고 얼굴을 찌푸렸다.

"아마도 여기, 자네 가게가 템스강과 그다지 가깝지 않기 때문일
것 같아. 나처럼 패터노스터가에 있지 않으니 말일세."

"고양이가 있어야겠는데요."

그레이스가 사다리에서 내려와 자신이 막 마친 일을 살펴보며 말했다.

"웨더포드 아주머니의 아들이 태비 고양이를 데리고 있는데 입양갈 곳을 찾고 있어요."

프릿차드 씨가 콧방귀를 뀌었다.

"그 오지랖 넓은 여편네 말인가?"

그레이스는 사다리를 접으며 찌푸린 자신의 얼굴을 숨겼다. 자신에게 그토록 많은 도움을 준 웨더포드 아주머니를 두고 저렇게 불쾌하게 이러쿵저러쿵하다니.

"고양이가 있으면 쥐 문제를 해결하는 데 도움이 될 거예요. 오늘 아침까지는 아주머니에게 별다른 계획이 없었으니 전화 주시면 고마워하실 거예요."

그래도 태비가 새로운 집을 찾는 일이 중요하니까.

프릿차드는 천천히 고개를 끄덕였다.

"알겠소. 음, 그러면 그 고양이를 한 번 보는 것도 좋겠군. 좋은 하루 보내시게, 에번스."

에번스는 잘 가라는 의미로 뭐라 중얼거렸고 프릿차드 씨는 서점을 떠났다. 커튼도 제대로 달았겠다, 창문에 책도 잘 진열했으니 그레이스는 이제 다음 프로젝트에 착수했다. 바닥에 널브러져 있는 책 더미를 재배치하는 것.

그 일은 그레이스가 예상한 것보다 훨씬 더 힘이 많이 들어갔다. 에번스가 언젠가 한 번은 해 봤음직한 정렬 방식은 이제 존재하지 않았고, 그 말은 결국 그레이스가 자신만의 방법으로 만들어야 한다는 것을 뜻했다. 결국. 지금까지는 그저 버릴 책을 놓을 만큼의 공간만 찾았을 뿐이었다.

그레이스는 이윽고 자신의 일에 완전히 푹 빠져 버렸다. 에번스가 그레이스에게 퇴근 시간이 지났다고 몇 번이고 알려주어야 했다. 그럴 때마다 그레이스는 거의 다 했다며 그를 뒤로 물렸다. 그리고 그때마다 그레이스는 정말 다 했다고 생각했지만 또 다른 일거리가 속속 나왔다.

천둥이 우르릉거리는 소리에 그레이스가 퍼뜩 정신을 차렸다. 에번스가 손에 우산을 들고 그레이스 앞에 나타났다.

"베넷 양. 집에 가게. 서점도 이제 닫을 거고 비가 오기 시작했어."

그레이스는 서로 빽빽하게 자리를 차지하고 있는 일렬의 책등 앞에서 고개를 들고 바라보았다. 꽂아야 할 책이 아직도 스무 권 이상 남아 있었지만 단 한 권도 들어갈 것 같지 않았다. 순서도 뒤죽박죽이었다. 아직까지는. 그래도 이제 바닥에 널브러져 있는 책은 없다.

그레이스가 창문을 힐끗 보니 커튼이 드리워져 있었다. 등화관제에 확실히 효과가 있었다.

정말 너무 늦었나?

"내일은 집에 머물러 있어요."

에번스가 말했다.

"오늘 하루에 너무 많은 일을 했어."

"하지만 어제……."

"오늘은 오후에 퇴근 예정이었지만 지금은 밤이야."

에번스는 다시 한 번 우산을 그레이스에게 들이밀었다.

"웨더포드 부인이 한 번 더 자네 찾는 전화를 한다면 날 가만 놔두지 않을 거야."

아 참, 그렇지. 웨더포드 아주머니. 그레이스의 퇴근이 늦는다면 그녀가 걱정할 것이 뻔하다.

그레이스는 우산을 받아들고 재빨리 자신의 물건을 챙겼다. 에번스가 입구까지 따라와 문을 열어주었다. 반대편에 아무것도 보이지 않을 만큼 칠흑 같은 어둠이 밀려들어 왔다. 그레이스는 어둠에 적응하려고 눈을 깜빡였지만 완전히 새까만 어둠에는 별 소용이 없었다. 등화관제가 이렇게 완벽하다는 것을 미처 깨닫지 못했다.

"집까지 데려다줘야겠는데."

에번스가 그레이스보다는 스스로에게 하듯 말했다.

"괜찮아요."

그레이스는 턱을 살짝 올렸다. 비브가 자신감이 충만하다는 모습을 한껏 보여줄 때 하는 방식이었다. 그레이스의 경우에는 허세에 지나지 않았지만.

"10분도 안 걸릴 거예요. 둘 다 비에 흠뻑 젖을 필요는 없지요."

에번스가 얼굴을 찡그리고는 뭐라 말하려고 입을 열었다. 그때 날카로운 호루라기 소리가 공기를 갈랐다.

"거기 불 꺼요."

멀리서 누군가 외쳤다.

자못 거만한 어조로 말하는 것을 보니 공습 감시단Air Raid Precaution, ARP 요원의 목소리 같았다. 이웃 주민들로 구성된 자원봉사로, 등화관제를 제대로 하는지 감시하는 역할이었다.

"안녕히 계세요, 사장님."

그레이스는 우산을 쫙 펴고 바로 가게를 빠져나갔다. 에번스는 문을 연 채 여전히 꼼짝 않고 서 있었다.

"불 끄라고요, 에번스 씨."

공습 감시원이 다시 소리쳤다. 이번에는 더 가까이 들렸다.

결국 문이 알아서 닫히도록 내버려 두었고 새까만 어둠이 그레이스를 덮고 말았다. 마치 무언가 눈을 짓눌러서 앞을 볼 수 없도록 막는 것 같았다. 그 어떤 것도. 어떻게 해도 보이지 않도록.

여느 때 같으면 사람들도 있고 밝은 헤드라이트가 달린 차들이 칠흑 같은 어둠을 헤치고 지나가는 곳이다. 그리고 그 아래로는 가로등이 황금빛으로 반짝반짝 빛나곤 했다. 하지만 지금은 아니다. 등화관제 시에는 예외다.

그레이스는 방향을 잡으려고 서 있다가 망설였다. 어느 길로 가도 딱히 답이 나올 것 같지 않았기 때문이다. 한곳에 오도카니 서 있으니 비가 그레이스의 우산 위로 후드득 떨어졌다.

시야가 막힌 가운데 기억에만 의존해서 앞으로 가야 했다. 런던에서 지낸 지 고작 일주일인데 브리튼가로 가는 길을 그리도 쉽게 그려낼 수 있다니 참 신기하다고 생각했다. 단 주변을 제대로 알아볼 수 있다는 전제 하에서만 말이다.

그레이스는 조심조심 발걸음을 옮겼다. 구두로 땅을 밟을 때마다 나는 또각또각 소리는 텅 빈 거리에서 더욱 크게 들렸다. 앞에 장애물이 있으면 어쩌나 생각도 했다. 하지만 없었다. 다음 걸음에도, 또 그다음 걸음에도 부딪히는 것은 없었다. 계속 주저하며 인도 위로 발을 질질 끌고 걸어가자 신발이 끌리는 거친 소리가 들렸다.

지금까지 몇 걸음 걸었더라? 어느새 발걸음이 주춤거렸고 허공에 대고 손을 뻗어 이리저리 휘젓고 있었다.

그냥 돌아가서 사장님에게 집까지 데려다 달라고 부탁하는 게 낫겠다. 하지만 그러면 사장님은 어떻게 서점까지 돌아가지?

눈먼 발걸음을 뗄 때마다 신경이 마디마디 끊어지는 것 같았고 감각의 긴장은 최고조에 달했다. 부르릉거리는 자동차 소리가 밤의 정적을 깨웠다. 어찌나 급하게 달려오는지 그레이스는 뒤로 재빨리 물러나다가 비틀거렸다. 헤드라이트를 끈 자동차가 쌩하고 속도를 높이자 돌풍이 불면서 그레이스의 치마를 휙 잡아끌었다. 동시에 덤으로 웅덩이에 고인 물을 한 바가지나 흩뿌리고 가 버렸다. 드레스는 더러운 빗물에 젖어 얼음장처럼 차가워진 채로 그레이스의 몸에 달라붙었다. 그레이스는 우산을 꼭 쥐며 양팔로 팔짱을 꼭 끼었다. 지금 당장 비가 자신에게 떨어지든 말든 중요하지 않았다.

머리 위로 번개가 번쩍였다. 마치 세상을 빛으로 씻어주는 것 같았다. 어느 방향으로 가야 할지 번개만으로도 충분히 알 수 있었다. 여기에 자신을 향해 달려오는 차가 없다는 것도 확인할 수 있었다.

쫄딱 젖은 데다가 앞도 안 보이고 덜덜 떨리는 가운데, 그레이스는 한순간 번쩍하는 번갯불에 의지하여 조심스럽게 발걸음을 옮기고 브리튼가로 비틀비틀 걸어갔다. 보통 10분이면 도착하는 거리가 영원히 끝나지 않을 것만 같았다. 맞는 문을 찾는다고 몇 번을 허탕 치며 아주머니의 집을 지나갈 줄 그 누가 알았겠는가?

마침내 겨우 집을 찾은 그레이스는 조심조심 계단을 올랐다. 신발은 완전히 홀딱 젖어 버려 각각 몇 킬로그램은 나갈 것 같았고 발을 디딜 때마다 물이 발가락 주위까지 차올랐다. 그레이스는 아무것도 들지 않은 손으로 문을 두드렸다. 차가운 철제가 손바닥에 닿자 손가락을 오므렸다. 문은 잠기지 않은 상태여서 딸깍하고 안으로 열렸다.

안에서 나오는 불빛은 어둠 속에서 장님이나 마찬가지였던 그레이스의 눈에 폭탄을 터뜨린 것 같았다. 그레이스는 비틀비틀 걸어가다 거의 쓰러질 뻔했다.

"그레이스."

웨더포드 아주머니가 응접실에서 소리를 질렀다.

"어머나 세상에, 아가, 무슨 일이 있었던 거니? 걱정돼 죽는 줄 알았잖아."

이런 극단적인 시대에는 다른 사람들을 쥐고 흔드는 아주머니의 성격이 너무나도 큰 도움이 되었다. 한 시간도 채 되지 않아 그레이스는 깨끗한 옷으로 갈아입고 따끈한 차를 한잔 마시고는 잠자리에 들었다.

따뜻하면서도 안전한 이불 속에서 그레이스는 침대 깊숙이 파고들어 다시 한 번 어둠을 친구 삼아 깊은 잠에 빠졌다. 하지만 잠이 들기 전, 다음 날 아침 가게 쉬는 시간에 패터노스터가에 가볼 계획을 세웠다. 그곳에 있는 서점들이 책장에 책을 어떻게 꽂고 진열을 어떤 식으로 하는지 볼 수 있다면, 지금 하고 있는 노력에 적절한 방향을 제시해 줄 수 있는 아이디어를 얻을 수 있을지도 모른다.

불행하게도 이렇게 잘 짜인 계획은 다음 날 들려온 소식 때문에 물거품이 되고 말았다.

5

영국은 공식적으로 전쟁을 선포했다.

다음 날 아침 11시 15분, 수상은 특별 담화를 방송했다. 그레이스가 비브와 함께 모헤어 소파에 앉는 순간, 체임벌린 수상의 목소리가 작은 응접실에 울려 퍼졌다. 콜린은 더 이상 바닥에 앉지 않았다. 이제 태비가 프릿차드 씨의 집으로 갔기 때문이다. 대신 이 젊은 총각은 그의 어머니가 앉아 있는 모리스 안락의자의 끄트머리에 바짝 긴장한 채 걸터앉았다. 찻잔이 담긴 쟁반이 그 누구의 손도 닿지 않은 채 작은 테이블 위에 달리아 꽃병과 함께 놓여 있었다.

수상은 독일이 폴란드에서 철수하라는 요구를 무시했다는 소식을 반복해서 전했다. 그레이스는 숨을 죽이고 체임벌린이 그 무시

런던의 마지막 서점

무시한 소식을 전하지 않기를 조용히 빌었다.

하지만 숨도 못 쉬고 듣고 있던 런던의 모든 이들은 수상이 이어서 하는 말을 막지 못했다.

"……마침내 우리나라는 독일과의 전쟁을 선포합니다."

전쟁 선포를 하리라 예상은 했지만 그레이스는 큰 충격에 휩싸였다. 이미 다 미리 생각한 일인데 어떻게 그런 강한 충격을 줄 수 있을까?

그레이스는 혼자가 아니었다.

비브는 레이스가 달린 어여쁜 손수건으로 눈물을 닦았다. 드레이튼에서 떠나기 전에 직접 만든 손수건이었다. 웨더포드 아주머니는 한숨을 깊게 내쉬었다. 콜린이 얼른 어머니의 손을 잡았다.

이제부터는 전시 상황이다.

하지만 그게 무엇을 의미하는 것일까? 폭탄이 떨어진다는 건가? 남자들은 징집될까? 식량도 배급받을 거고?

그레이스는 엄마로부터 1차 세계대전에 대한 이야기와 그때가 얼마나 힘겨운 시대였는지 들었던 기억이 떠올랐다. 하지만 그 시절 이야기는 그레이스가 직접 겪어 보지 않아 상상하기 힘들었기에 그저 먼 이야기였을 뿐이다. 그리고 지금은 이 안갯속 같은 세상이 그들의 새로운 현실로 이제 막 떠오르고 있다.

날카로운 비명 같은 소리가 침묵을 뚫고 지나갔다. 공습경보를 알리는 요란한 소리가 끝도 모르고 여기저기에 울려 퍼졌다. 그레이스는 온몸이 얼어붙고 말았다. 숨도 쉴 수 없었고 꼼짝도 할 수 없었다.

런던에 폭탄이 떨어질 수도 있다. 폴란드처럼. 독일에게 점령당할 수 있어.

"그레이스."

아주머니는 안개처럼 짙게 깔린 두려움을 걷어내고 강한 어조로 그레이스를 불렀다.

"가서 욕조와 개수대에 물을 받아 놓거라. 비브, 창문을 모두 열어. 콜린이 가스를 차단하는 동안 나는 방독면과 필요한 물건을 가져오마."

"하, 하지만 폭탄은요."

비브가 말을 더듬었다. 그레이스가 지금까지 본 비브의 모습 중 가장 공포에 질린 표정이었다.

"그저 비행기만 보였을 뿐이야."

아주머니는 발을 밀어 라디오를 휙 꺼 버렸다.

"우리에게는 앤디에 갈 때까지 최소 5분의 시간이 있어."

그녀의 어조는 침착하면서도 무게가 있었다. 각자 아주머니가 지시한 대로 착착 움직이기 시작했다. 그레이스는 아주머니가 왜 욕조와 개수대에 물을 채우라고 했는지 알 수 없었지만 시키는 대로 했다. 찢어져라 울리는 사이렌과 물이 콸콸 쏟아지는 소리가 뒤섞였다.

물이 언제부터 이렇게 느리게 나왔지.

마지막 개수대에 물을 채우고 나서 그레이스는 발에 불이 붙도

런던의 마지막 서점

록 앤디를 향해 달려갔다. 앤디는 방공호라고 부르기에는 너무 작았다. 단지 흙 바로 아래에 묻혀 있는 구부러진 철제였는데 U 자를 거꾸로 만든 모양이었다. 어떻게 저런 장치가 폭탄을 막아준다는 것인지 그레이스는 상상도 할 수 없었다. 이런 순간이 닥쳐오기 직전까지는 마음에 두지도 않던 생각이었다.

그레이스는 작은 입구를 지나 계단을 내려가 방공호 안에 몸을 구겼다. 방공호 안에서는 먼지와 축축한 쇠 냄새가 났고, 해를 막아 버려 희미한 빛만 남았다. 먼저 도착한 비브는 어둑어둑한 공간 속 작은 의자 위에 앉아 있었다. 콜린이 좁은 공간 양쪽에 둔 것이었다. 비브는 허리를 감싸 안고 눈을 휙 치켜떴다. 긴 속눈썹이 달린 비브의 갈색 눈이 걱정으로 더욱 커졌다.

사이렌 소리가 멈추었다. 날카로운 쇳소리가 사라지고 기분 나쁜 침묵만이 자리 잡았다.

그레이스는 비브 옆에 앉아 친구의 손을 마주 잡았다. 하지만 그 어떤 위안의 말도 건넬 수 없었다. 자신조차도 폭발 때문에 온몸의 근육이 다 긴장한 상태여서 아무 말도 꺼낼 수 없었다.

이것이 전쟁이었다. 폴란드와 같은. 바르샤바가 당했던 것처럼 그들도 폭탄을 맞을 것이다.

그레이스는 폭탄 터지는 소리가 어떤지 알지 못했다. 아니, 상상도 할 수 없었다. 이 좁은 방공호 안에 갇혔을 때 무엇을 해야 할지 모르는 것도 당연했다.

콜린이 방공호에 합류하여 그레이스와 비브 건너편 의자에 그 커다란 몸을 구겨 넣었다. 낮은 아치형 천장에 맞게 고개를 앞으로 숙였다. 웨더포드 아주머니가 어깨에 방독면 네 개를 걸치고 손에는 커다란 상자를 움켜잡고는 마지막으로 방공호에 들어왔다. 아주머니가 움직일 때마다 나오는 달가닥 소리는 철제 프레임에 반사되어 울렸고 다시 방공호 안 사람들의 귀로 되돌아갔다.

콜린이 바로 일어나 어머니가 들고 있던 상자를 향해 손을 뻗었다. 아주머니는 고맙다는 표정으로 미소를 지으며 각자에게 방독면을 나누어 주었다.

그레이스는 방독면을 받는 와중에도 계속 손을 벌벌 떨었다.

"이걸 써야 해요?"

"밖에서 나무로 덜커덕하는 소리가 들릴 때에만."

아주머니가 콜린 옆의 의자에 앉았다.

"공습 감시원들이 신호를 내려고 가지고 다니는 도구야. 그리고 화학 공격 때 쓸 수 있는 항가스 연고도 사 두었어. 노출된 피부에 바르는데 대략 1분 정도 걸린단다. 그 정도면 꽤 충분한 시간이지. 그러니 그렇게 걱정할 필요 없어."

아주머니가 평범하게 생긴 상자의 뚜껑을 열자 수많은 저장품이 나왔다. 노란 뚜껑이 달린 2번 항가스 연고, 스미스 감자칩 통, 레모네이드로 보이는 병 두어 개 그리고 약간의 털실과 뜨개바늘.

"가스 껐니, 콜린?"

웨더포드 아주머니의 목소리는 부드러우면서도 차분했다. 죽기를 기다리며 앉아 있지는 않겠다는 의지였다.

콜린이 고개를 끄덕였다.

"개수대와 욕조도?"

아주머니가 그레이스를 바라보았다.

그레이스도 고개를 끄덕였다. 그 옆에 있던 비브도 맡은 일을 다 끝냈는지 확인을 받기도 전에 똑같이 고갯짓을 했다.

"아주 좋아."

아주머니가 상자를 그레이스와 비브 쪽으로 살짝 옮겼다.

"감자칩 좀 먹을래?"

그레이스는 음식은 고사하고 침도 삼키지 못할 정도로 입이 바싹 말라 있었다. 속이 너무 조여 와 어떤 음식도 받아들일 수 없을 것 같았다. 결국 청록색 감자칩 통만 뚫어져라 보다가 고개를 가로저었다.

"문을 제자리에 놓을까요?"

비브는 열린 입구 옆에 있는 철제문을 가리켰다.

웨더포드 아주머니는 문을 돌아볼 생각조차 하지 않았다.

"비행기 소리가 들리면 그렇게 해야지. 그렇지 않으면 이 안은 등화관제를 한 것처럼 깜깜해질 거야."

"어쩜 그렇게 차분하세요?"

그레이스가 물었다.

"런던이 폭격을 맞은 것은 이번이 처음이 아니란다, 얘야."

아주머니는 비브에게 감자칩 통을 내밀었지만 비브도 조용히 거절했다.

"아는 것이야말로 공포와 싸울 수 있는 최적의 방법이지. 나는 스톡스 씨의 말을 잘 듣고 꽤 오랜 시간 동안 그에 맞게 준비해 왔단다."

"스톡스 씨는 우리 구역 공습 감시원이셔."

콜린은 레모네이드 병의 뚜껑을 탁 열고 그레이스에게 건넸다. 그레이스는 기계적으로 병을 받았다. 그는 비브와 어머니에게도 레모네이드를 건네고 나서야 자신의 몫을 가져갔다.

아주머니는 상자 위에 앉아 레모네이드를 한 모금 마셨다.

"욕조와 개수대에 물을 받아 놓으면 만에 하나 수도가 끊겨도 불을 끌 수 있지. 창문을 열어 놓은 것은 불이 나더라도 당국이 보고 와서 끌 수 있기를 바라기 때문이야. 가스를 차단한 것은 음, 설명이 필요 없으리라 믿는다."

그레이스는 웨더포드 아주머니의 무심한 태도를 보고 긴장이 풀렸다. 자신이 엄마의 친구만큼 폭탄에 동요하지 않을 수 있을까 알 수는 없었지만, 그녀의 이성적인 대처 덕분에 그래도 공포를 밀어낼 수는 있게 되었다.

그레이스가 들고 있는 레모네이드 병은 시원했다. 그녀는 입술에 유리를 대고 고개를 뒤로 젖혔다. 달콤하면서도 톡 쏘는 액체가 목 뒤를 찌르는 신맛과 어우러져 입안을 가득 메웠다. 상큼한 액체가 목구멍을 타고 내려오고 나서야 자신의 입이 어찌나 바싹 말라 있었는지 새삼 깨달았다.

"1차 세계대전은 어땠어요?"

비브가 물었다.

콜린을 비롯해 모두의 시선이 웨더포드 아주머니를 향했다. 그레이스는 엄마에게 들어서 이미 알고는 있었다. 하지만 물론 그 당시 런던은 완전히 달랐을 테니.

"글쎄다."

아주머니는 모두의 얼굴을 한 번씩 훑어보았다.

"달갑지 않았지. 우리가 머지않아 맞닥뜨릴 일인데도 정말 알고 싶은 거야?"

"알고 있는 것이야말로 공포와 싸울 수 있는 최적의 방법이라 하셨잖아요."

비브가 씩 웃었다.

"요렇게 까부는데 어떻게 안 된다고 할 수 있을까?"

아주머니는 치마를 쓱쓱 매만지고는 한숨을 깊게 쉬고 지난날에 있던 일을 이야기했다. 배급이 어찌나 철두철미하게 이루어졌었는지 배급받은 식량을 공원에 있는 비둘기에게 주기만 해도 벌금을 물었다고 했다. 아주머니는 체펠린 Zeppelin(독일 체펠린 백작이 개발한 비행선. 1차 세계대전 때 독일군의 유력한 병기로 활용되었다.-옮긴이) 비행선에 대해서도 말해주었다. 이 경비행기는 폭탄을 투하하기 전에 도시 위로 솟아올랐는데 영국 공군이 닿기에는 너무 높았다고 했다.

하지만 승리를 거둔 일도 있었다. 목표 지점까지 올라갈 수 있는 새로운 기종이 나와 체펠린 비행기를 어떻게 격추시켰는지, 여성들이 어떻게 사회 진출을 하게 되었고 투표권을 얻게 되었는지 그리고 영국인들이 어떻게 서로 간의 동지애로 똘똘 뭉쳐 힘든 시기를 극복했는지도 이야기해 주었다.

"뭐가 가장 힘드셨어요?"

비브가 그레이스를 보며 불안한 시선을 보냈다.

"그래야 우리도 대비할 수 있지요."

아주머니는 콜린을 보며 좀처럼 보기 힘든 슬픈 표정을 지었다. 그러고는 멍하니 허공을 바라보았다.

"남자들이 집으로 돌아오지 못한 것."

그녀의 목소리는 조용했다.

사이렌 소리가 다시 한 번 날카롭게 허공을 뚫고 사람들을 화들짝 놀라게 했다.

그레이스는 계속 초조한 상태였으면서도 사이렌 소리가 이전과는 다르다는 것을 눈치챘다. 처음처럼 위아래로 왔다 갔다 하는 음이 아니라 저음을 똑같이 길게 냈다.

"이제 다 끝났다."

아주머니가 레모네이드를 다 비우고 빈 병을 상자 안에 넣었다.

"너희들 모두 첫 번째 공습경보에서 살아남았어. 지금 이후에는 더 이상 공습경보가 울리지 않기를."

콜린이 상자를 들어 올리는 동안 아주머니는 방독면을 챙겼다. 그리고 모두 그 음울하고 비좁은 방공호에서 빠져나왔다.

그날 저녁이 되어서야 라디오에서는 공습경보가 잘못 나왔다고 발표했다.

하지만 다음 공습경보는 진짜라면?

그레이스는 잠을 청했지만 걱정이 마음 한구석에서 슬며시 떠올랐고 고요함은 가장 어두운 구석에서부터 두려움을 꾀어냈다.

다음 날에도 뉴스가 꼬리에 꼬리를 물고 이어졌지만 어느 하나도 정보를 더 주지는 못했다. 결국 그레이스는 서점으로 발길을 돌려야 했다.

에번스는 그레이스가 들어와도 고개 하나 까닥하지 않았다. 그레이스 역시 이 시점에서는 아무것도 바라지 않는 것이 낫겠다고 생각했다. 계산대 위에는 쓰레기들이 어지러이 늘어져 있었고 등화관제 때 쳐 놓은 커튼도 여전히 아침 햇살을 철저히 막아주었다. 새로 들어온 책 더미들은 우중충한 바닥에 잡초처럼 불쑥 튀어나와 있었다.

"이제 전쟁에 돌입한 것 같아요."

그레이스가 나지막하게 말했다.

에번스가 눈썹을 치켜올리며 고개를 들었다.

"프릿차드 말에 따르면 크리스마스 전까지는 마무리 된다던데."

"어떻게 생각하세요?"

그레이스가 물었다.

"전쟁이란 무릇 예측할 수 없는 것이야, 베넷 양."

에번스는 자신이 읽고 있던 책장 사이에 종이 한 장을 얹고 장부를 닫은 뒤 또 다른 종잇조각을 떨어뜨렸다.

그레이스는 떨어진 종이를 주워 에번스에게 돌려주려 했다.

에번스가 손을 들어 그레이스를 막았다.

"거기에 이곳에서 팔리는 책 중 일부가 종류별로 적혀 있네."

그레이스는 신이 나서 살짝 헉 소리를 내고 종이에 쓰인 리스트를 뚫어져라 바라보았다. 책 제목 옆에 어떤 종류의 책인지 손 글씨로 깔끔하게 정리되어 있었다.

"이 책을 어디에서 찾을 수 있을까요?"

그가 어깨를 으쓱했다.

"하지만 일단 책의 위치를 파악한다면 여기 이 난장판을 정리하는 시작으로 더할 나위 없이 좋겠지?"

그렇게 말하고 에번스는 가게 뒤편으로 돌아섰다.

"2시까지는 퇴근해야 한다는 것을 명심하게."

그는 걸어가면서 어깨너머로 말했다.

"또다시 자네를 저녁까지 붙잡아 두다가 어두워서야 집에 보내는 짓은 하지 않을 테니. 그리고 그 문제로 웨더포드 부인에게서 또 전화를 받는 일은 당연히 없도록 하겠네."

그레이스는 움찔했다. 두 사람 사이에 어떤 이야기가 오갔는지 단지 머릿속으로만 그릴 수 있을 뿐이었다. 에번스에게 미안해해야 하나 곰곰이 생각하다가 그냥 목록에 더 집중하기로 했다.

가장 위에 고전 소설이라는 꼬리표가 붙어 있는 책이 스물다섯 권 있었다. 그 뒤로 역사와 철학, 미스터리가 보였다. 오후까지 그레이스는 고전 소설 중 겨우 네 권의 위치밖에 알아내지 못했다.

그때 입구에 종이 울려 일이 중단되었다. 그레이스는 선반을 골똘히 바라보고 있다가 몸을 빼서 손님 가까이에 있는 서점 입구 쪽으로 가는 길을 찾았다.

그러나 손님은 여느 아무개가 아니었다. 조지 앤더슨이 예의 그 잘생긴 얼굴로 그녀를 맞았다.

"안녕하세요, 베넷 양."

그레이스의 심장이 빠르게 뛰었다.

"안녕하세요, 앤더슨 씨. 뭐 좀 도와 드릴까요?"

그레이스는 지난번 일이 불현듯 떠올라 스스로 내민 도움의 손길에 웃음을 터뜨릴 뻔했다.

"아니면 제가 책을 찾아보는 동안 말동무가 되어 드릴 수도 있고요."

"뭐 찾고 있었나요?"

조지 앤더슨이 그레이스가 들고 있는 목록을 힐끔 바라보았다.

그레이스는 종이를 재빨리 자기 뒤로 숨겼다. 그가 도와주고 싶어 하는 눈치였기 때문이다. 그녀는 고개를 절레절레 흔들며 말했다.

"아무것도 아니에요."

초록빛 눈이 짓궂은 의심을 가득 품고 좁아졌다. 장난기 넘치는 입은 꼬리가 실룩 올라갔다.

"아무것도 아니라고요? 아닌 것 같은데."

그레이스는 입을 열어 뭐라 반박하려 했다. 하지만 그가 자신보다 서점을 더 많이 아는데 반박한다고 해서 무슨 의미가 있담? 그녀는 꾸물거리며 종이 쪼가리를 앞으로 내밀었다.

"서점을 정리하려고요. 우선 여기에서부터 시작하라고 책 제목을 받았어요."

그는 목록을 받아 자세히 살펴보았다. 그의 회색 맞춤 정장과 흠잡을 데 없이 완벽하게 빗은 어두운 머릿결 덕분일까, 뒤죽박죽 놓여 있는 책 때문에 곤란을 겪고 있는 서점 직원을 돕는 손님이라기보다는 중요한 사건을 맡고 있는 변호사처럼 보였다.

그는 무슨 일을 할까?

그레이스는 물어보지 않으려고 입술을 꾹 다물었다.

"《폭풍의 언덕 *Wuthering Heights*》하고《오만과 편견 *Pride and Prejudice*》그리고《두 도시 이야기 *A Tale of Two Cities*》와《프랑켄슈타인 *Frankenstein*》은 찾았어요."

그레이스는 대신 이렇게 말하고는 조지 앤더슨 옆에 서서 제목을 가리켰다. 그에게서 면도할 때 쓰는 비누 향이 나기도 했고 뭐라 칭할 수 없는 매콤한 냄새가 났다. 사람을 끌어당기는 향이다.

"시작이 좋은데요."

그가 그레이스를 보고 찡긋했다.

"그밖에 또 뭘 찾을 수 있는지 보러 갑시다."

두 사람은 함께 책장을 이리저리 훑어보았다. 책장을 보는 동안, 그레이스는 조지 앤더슨에게 프림로즈 힐 서점을 어떻게 하면 가장 잘 알릴 수 있는지 알아보기 위해 패터노스터가에 가려 했다고 고백했다.

"패터노스터가는 출판에 관한 한 최고의 장소이지요."

그의 시선이 책장 아랫부분의 책을 훑어 내려가는 동안 속눈썹이 살짝 기울어졌다.

"인쇄기에 제본기도 있고 다양한 출판사도 있어요. 역사 때문에 종교에 편향된 시각도 적지 않지만요."

"무슨 역사가 있는데요?"

그레이스가 물었다.

"세인트 폴 성당이 그곳에 있어요."

그의 집게손가락이 알록달록한 책등을 따라갔다.

"옛날에는 성직자들이 주기도문을 외우며 그 거리를 행진했다고 해요. 그래서 그런 이름이 붙은 거죠."

그는 황갈색 제본 위에 금박으로 제목을 입힌 책 앞에서 멈춰 서며 말했다.

"《오만과 편견》. 감히 평가하자면 정말 좋은 책이에요. 최고죠."

"그리고 사랑에 관한 이야기이기도 하고요?"

그레이스는 손으로 책을 꺼내 지금까지 찾아낸 자신의 빈약한 책 더미 위에 얹었다.

그는 그레이스가 무척이나 마음에 들어 한다는 것을 알게 되자 따스한 표정으로 함박웃음을 지었다.

"다른 서점들처럼 이곳을 허세 가득한 곳으로 만들지는 않겠지요?"

그가 얼굴을 찡그렸다.

"다른 서점은 아직 가 보지도 않았는걸요."

그레이스는 당황해하며 답했다.

"그리고 그렇게 할 수 있을 것 같지도 않아요. 저는 그저 이곳을 좀 더 고객 친화적으로 만들고 싶을 뿐이에요."

"이곳은 왠지 옛날 느낌이 나요. 저는 이 점이 한결같이 좋았답니다."

그는 어깨를 추켜올렸다.

"네스빗츠 파인 리즈'와 똑같이 만들어 버린다면 수치스러울 거예요. 개성이라고는 하나도 없이 몽땅 새것으로만 채워 놨지요."

"제 눈으로 직접 보기 전까지는 당신 조언을 받아들일게요. 프림로즈 힐 서점의 매력을 좀 더 끌어올릴 수 있는 방법을 찾고 싶어요. 손님들을 더 불러들이기 위해서요."

"서점에 이렇게 관심을 많이 기울이다니 참 좋군요."

"그렇다고 사심이 전혀 없는 것만은 아니에요."

그레이스는 추천서에 관한 이야기와 삼촌의 가게를 확장시켜 주면서 몇 년을 보냈지만 아무런 선택권 없이 런던으로 오게 되었다는 이야기를 했다. 남들에게 자신의 이야기를 해 주는 것은 드문 일이었지만 조지 앤더슨에게는 왠지 마음이 이끌리고 믿음이 생기는 친절함이 있었다.

그는 미간을 살짝 찌푸리고 이따금 알겠다는 듯 고개를 끄덕이며 귀를 기울였다.

"일이 그렇게 되어 버려 유감이군요. 세상에서 가장 빛나는 추천서를 얻을 수만 있다면 서점을 개선하겠다는 당신의 의지에 도움을 주고 싶어요."

그레이스의 얼굴이 화끈 달아올랐다. 그러다 별안간 자신이 예전처럼 곤경에 빠져도 크게 개의치 않는다는 사실을 알아차렸다.

"솔직히, 좋아요."

그는 두 사람이 작업하던 종이를 위로 들어 올리더니 너무나도 정중한 매너로 눈썹 한쪽을 치켜올렸다.

"이걸 다 찾으라고요?"

"그게 가능할지 감도 오지 않아요."

그레이스는 서점 입구 쪽을 흘낏 돌아보며 혹시 들어온 사람은 없는지 확인했다.

두 사람이 하도 대화에 푹 빠져 있어서 혹시 종소리를 놓치지 않았을까 하는 생각이 들었기 때문이다.

"책에 대해 몇 가지 묻고 싶은 게 있는데요, 어떻게 광고할지 결정하려고요."

"오, 독자의 마음속으로 다가가고 싶어 하시는군요."

그가 집게손가락을 들어 올렸다.

"아주 훌륭해요."

또 다른 따뜻한 기운이 그레이스의 얼굴로 퍼져 나갔다.

"독서의 가장 좋은 점이 뭐예요?"

그는 골똘히 생각에 잠겨 손끝을 첨탑 모양으로 만들며 서로 톡톡 두드렸다.

"퍽 어려운 질문인데요. 마치 빙빙 돌아가는 만화경 속 모든 색깔을 다 묘사해 달라는 것 같아요."

"정말 그렇게 복잡해요?"

그레이스가 물었다.

"생각 좀 해 볼게요."

그는 고개를 기울이고 먼 곳을 보며 생각에 집중했다. 대답을 어떻게 하면 좋을까 진심으로 애써 생각하는 모습이었다.

"독서란……."

그의 눈썹이 가운데로 몰리더니 이마에 들어갔던 힘이 다시 스르르 풀렸다.

"마치 기차나 배를 타지 않고 어디론가 가는 것 같아요. 새롭고 놀라운 세상이 펼쳐지는 거죠. 당신이 태어나지 않은 곳에서 살아보는 것이고, 다른 누군가의 관점에서 다채롭게 색칠한 것을 볼 기회가 되기도 해요. 실제로 실패를 겪지 않고 배울 수 있어요. 어떻게 하면 성공할 수 있는지도요."

그는 잠시 망설였다.

"제가 생각하기에는 우리 모두가, 무언가로 채워지길 기다리는 어떤 빈 공간이 있는 것 같아요. 제가 말하는 그 무언가란 책이고 책이 권하는 모든 경험들이랍니다."

그의 입에서 나오는 시적이면서도 애정 어린 표현에 그레이스의 가슴이 따뜻하게 녹아내렸다. 동시에 책뿐만 아니라 그가 책을 통해 찾은 그 만족감이 참 부러웠다. 평생 한 번도 그런 열정이 샘

솟은 적이 없었는데.

"당신이 하는 말을 들어 보니 돌아가는 만화경 속 모든 색깔을 묘사한다는 게 어떤 것인지 알겠어요."

그레이스가 말했다.

"정말 아름답네요."

그는 다시 한 번 그레이스와 눈을 맞추고 멋쩍은 듯 웃었다.

"음, 당신이 서점 광고를 하는 데 도움이 될지 모르겠어요."

그가 헛기침을 했다.

"당연히 도움이 되고말고요."

그레이스는 머릿속 생각을 정리하느라 잠시 잠자코 있었다.

"아마 등화관제를 하는 가운데에서도 독서의 즐거움이 한 줄기 빛이 되어 줄지 몰라요. 아니면 전쟁으로부터 벗어나 새로운 모험을 떠나는 수단이 될 수도 있고요."

그는 마치 거장이라도 만난 듯 손을 활짝 폈다.

"완벽해요. 당신은 이 일을 아주 훌륭하게 해낼 거예요."

"고마워요."

그레이스의 볼과 가슴이 확 달아올랐다.

그는 자신의 시계를 흘끔 보았다.

"죄송해요. 이제 약속이 있어서 가 봐야 해요. 제가 어떻게 하면 당신 일에 도움이 될지 좀 더 이야기해 보고 싶어요. 언제 같이 차 한잔 할 수 있어요?"

이제는 그레이스의 볼이 완전히 활활 타올라 차가운 손으로 꾹 눌러 진정시킬 수밖에 없었다. 그레이스는 고개를 끄덕였다.

"네 좋아요."

"그럼 다음 주 수요일 정오 어때요?"

그가 물었다.

그 시간은 근무시간이었지만, 에번스는 그레이스가 요청한다면 차 한잔 할 시간을 줄 것이다. 아니면 그렇게 해 줄지도 모르겠다는 희망을 품었다.

"그러면 너무 좋을 것 같아요."

"저기 모퉁이를 돌면 딱 맞는 카페가 하나 나와요, 피앤브이P&V요."

그레이스가 고개를 끄덕였다.

"한 번 가 보고 싶어요."

조지 앤더슨이 씩 웃었다.

"저도 그때를 기대하고 있을게요."

그가 까딱하고 목례를 했다.

"그럼 좋은 하루 되시길, 베넷 양."

그레이스는 온몸이 짜릿하게 흥분의 도가니가 되었지만 그가 서점 밖을 완전히 나설 때까지는 감정을 꾹 눌러 담았다. 그의 모습이 보이지 않고 나서야 가슴에 손을 지그시 얹고 쿵쿵 뛰는 가슴을 진정시키며 활활 타오르는 볼도 식혔다.

"수요일에 나가도 괜찮네."

에번스가 서점 어딘가에서 큰 소리로 말했다.

순간 그레이스는 손을 볼 위에 쫙 편 채로 눈이 동그래져서 얼어붙었다.

"뭐…… 뭐라고 하셨어요?"

그녀가 말을 더듬었다.

"들으려고 한 것은 아니었지만 두 사람 목소리가 워낙에 커서 말이야."

에번스가 서점 다른 편에서 불쑥 나타났다. 회갈색 스웨터를 입고 가슴께에 팔짱을 낀 모습이었다.

그레이스는 손을 내리고 재빨리 몸을 쭉 폈다.

에번스는 두 사람이 모으고 있던 책들을 흘끔 보았다.

"조지 앤더슨 같은 녀석에게는 더 못되게 굴어도 괜찮았는데. 그는 엔지니어라서 전쟁에 소집될 확률이 적으니까. 그렇다고는 하지만 자원을 해서 나갈 수도 있는 놈이야."

전쟁 이야기가 나오니 감정이 삐걱거렸다. 그 짧은 순간 그레이스는 잊고 있었다. 눈 깜짝할 사이에 다시 한 번 더없이 행복한 정상 생활로 돌아간 것 같았다.

하지만 실상은 그렇지 않았다. 밖에는 방공 기구가 폭탄을 물리치려 둥둥 떠 있고, 아이들은 시골로 보내져 낯선 이들과 살고 있다. 남자들은 떠나서 영영 돌아오지 않을지도 모르고 언제라도 히틀러는 폭탄을 떨어뜨릴 수 있다.

마치 꿈에서 걸어 나와 악몽의 한복판에 서 있다고 깨닫는 것 같았다. 밖의 어딘가에서 구름이 해 앞을 지나 서점 위에 회색 그림자를 드리웠다.

"앤더슨 씨와 말도 안 되는 짓을 해서 괜히 바보가 되지 않길 바라네."

에번스는 자못 엄한 표정으로 바라보았다. 마치 아버지가 딸에게 말하는 것 같았다.

"모든 여자들이 전쟁터로 끌려 나갈지 모를 남자들과 서둘러 결혼하려 하지."

그는 꾸짖기라도 하는 듯 입을 굳게 다물었다.

"정신 바짝 차리게."

그레이스는 자신이 있는 자리에서 몸을 휙 비틀어 빠져나가고 싶은 것을 겨우 참았다. 그는 정말로 관계에 대해 조언을 해 주려는 걸까?

"전 그렇게 빨리 결혼할 계획 없어요."

그레이스가 답했다.

에번스가 뭐라 구시렁거렸지만 그것이 그레이스를 믿는다는 말인지 아닌지 알 수 없었고, 그는 그렇게 복도 아래로 사라졌다. 오후가 다 지나도록 그레이스는 에번스가 준 목록에서 책 두 권만 겨우 더 찾았다. 조지 앤더슨과 함께하지 않으니 책을 찾는 일은 확실히 재미가 없었다.

마침내 퇴근 시간이 되었고, 그레이스는 패터노스터가로 향했다. 그녀는 런던의 다른 서점이 자신이 일하는 서점에 비해 어떤 장점이 있는지 알아내기로 마음먹었다.

패터노스터가 어디에서나 커다란 창문이 다양한 서점에서 삐죽 튀어나와 저마다 판매하는 책을 뽐내고 있었다. 유리에는 금박으로 서점 이름을 장식했고 알록달록 색깔을 입힌 광고판에는 할인 가격이 적혀 있었는데 저렴한 가격으로 고객을 끌어들이기 위한 전략이었다. 전면에 진열된 책들은 솜씨 좋게 배열한 것부터 특별한 규칙 없이 그저 내부만 가린 상태로 쌓아 올린 책까지 다양했다. 저렇게 하면 암막 커튼 따위는 필요하지 않겠지. 무엇보다도 책이 다섯 겹이나 쌓여 있는데 누가 커튼을 세 겹이나 해야 할까?

그레이스는 좁다란 길 위에 솟아 있는 인도를 따라 종종걸음을 했다. 검게 칠해진 볼라드, 즉 차가 인도로 들어오는 것을 막기 위해 세운 구조물을 피해 높은 빌딩에 딱 붙어 가야 했다.

서점 사이에는 노점상들이 바퀴 달린 카트를 들고 여기저기에 흩어져 있었는데, 레모네이드에서부터 샌드위치까지 무엇이든 다 팔았다. 그리고 피시앤칩스에서 나는 기름진 향이 공기를 따라 풍겨 나왔다.

그레이스는 '롱맨F. G. Longman' 서점의 커다란 사각 창에 솜씨 좋게 진열된 책들을 보고 감탄했다. 그때 누군가 그레이스의 시선을 사로잡았다. 길 맞은편 서점의 입구에 서 있는 사람이었는데 넓은 어깨에 새 부리 같은 코를 하고 다리가 얇은 남자였다. 그의 구두 가까이에는 태비 고양이가 한 마리 있었다.

프릿차드 씨다.

자신을 알아보면 어쩌나 걱정하는 사이, 그는 휙 돌아서서 '프릿차드 앤 팟츠Pritchard & Potts' 서점 안으로 사라졌다. 태비가 자기 뒤를 따라 들어오도록 문을 잠시 잡아주었을 뿐이었다. 그의 서점 창문에는 굵은 손 글씨로 이름이 쓰여 있었는데, 다른 쪽 창문에는 검은색 이외에는 아무것도 없었다.

타르.

그레이스는 뜬금없이 웨더포드 아주머니에게 어두운 천이 남아돌아 프림로즈 힐 서점에 질 좋은 커튼을 달 수 있어 다행이라 생각했다.

프릿차드 앤 팟츠 입구에 놓인 커다란 상자들 속에는 책들이 아무렇게나 들어 있었다. 심지어 제대로 쌓여 있지도 않았다. 서점 내부는 그에 못지않게 난장판일 것으로 상상이 되었다.

아마 에번스의 서점보다 엉망일지도.

그레이스는 몸서리나는 걸 간신히 억누르고 패터노스터가를 따라 계속 내려갔다. 그중에 유독 한 서점의 입구가 눈에 띄었는데, 빨갛고 아름답게 색을 입혀 놓았다. 커다란 유리창에는 엄선된 책 몇 권만 깔끔하게 진열되어 있었다. '네스빗츠 파인 리즈'라는 이름이 반짝이는 검은색과 은은한 금빛 색에 구부러진 글씨체로 자랑스럽게 박혀 있었다.

프림로즈 힐 서점이 저 정도로 우아해질 수는 없겠지만 그레이스는 무엇을 할 수 있을지 정보를 모아 보기로 결심했다. 물론 조지 앤더슨이 말했던 것을 염두에 두고.

출입문을 열고 들어가다가 문이 기름을 잘 먹은 경첩 덕분에 정말 쉽게 열린다는 사실을 즉각 알아차렸다. 머리 위에서는 은은한 소리가 그녀를 반겼다.

네스빗츠 파인 리즈 서점에는 책장이 몇 줄씩 있었지만, 공간이 훨씬 더 여유가 있었고 책들이 완벽한 순서대로 ─그리고 또한 분류도 잘 되어 있었다─ 꽂혀 있었다. 상대적으로 높은 책장들은 바깥쪽 가장자리에 놓여 있었고, 가운데 탁자는 작은 가판이 되어 밝고 알록달록한 책들로 독자들을 끌어모았다. 2층 위에 설치되어 있는 하얀색 붙박이장 전체에 책들이 가지런하게 가득 차 있었다.

그레이스의 시선이 닿는 곳은 어디든 깨끗하고 새것 같았다. 나무는 예리하게 각져 있었고 반짝반짝 윤이 났으며, 유리는 고급

조명에서 나오는 빛을 반사해 반짝거렸다. 먼지라고는 한 톨도 찾을 수 없었다. 책의 커버마저도 빳빳하고 깨끗해 보였는데 조금 전 포장용 상자에서 꺼내 온 것이 아닐까 생각이 들 정도였다.

네스빗츠 파인 리즈는 감탄이 절로 나올 정도로 훌륭했다.

"뭐 찾는지 도와드려도 될까요?"

그레이스가 몸을 획 돌리자 뾰족한 코에 은회색 머리를 틀어 올린 여자가 있었다.

"그냥 구경하고 있었어요. 감사합니다."

그레이스가 답했다.

여자는 움직이지 않았다. 깔끔하게 차려입은 암회색 정장을 보니 더욱 가냘프게 말라 보였고, 어두운 눈으로 그레이스를 골똘히 바라보고 있었다.

"그 작고 낡아 빠진 웨더포드 부인네 세입자 중 하나 아닌가?"

여자는 그런 모욕적인 말을 하며 마치 말을 뜯어 먹듯 자음을 하나하나 똑 부러지게 발음했다. 웨더포드 아주머니를 두둔하고 싶은 말이 혀 속에서 맴돌았다. 갈 곳 없는 그레이스를 기꺼이 받아준 분인데. 네스빗 부인을 이제 처음 만났지만, 그레이스는 이 여자가 어떤 사람인지 대번에 알 수 있었다. 저런 류의 사람은 작은 시골 마을이든 대도시든 어디에나 있다. 호탕하게 받아친 다음 한바탕 웃어줘야겠다.

그레이스는 아주머니 편을 들어줘야겠다는 생각에 턱을 살짝 높이 들고 허리도 세워 당당히 섰다.

"맞아요."

그레이스가 답했다.

"그래서요?"

그레이스의 무례한 언동에 네스빗 부인이 눈을 가늘게 뜨며 반응했다.

"여기에 염탐하러 온 거니?"

여자가 따지듯 물었다.

"퍼시벌 에번스가 운영하는 그 돼지우리 같은 서점에서 일한다는 것도 알고 있지."

"그렇게 돼지우리 같은 곳인데, 제가 여기 있는 게 왜 그렇게 위협적이라고 생각하세요?"

그레이스는 자신의 대담함에 놀라 온몸이 짜릿해졌다. 남들 앞에서 한 번도 당당하게 서 본 적이 없었지만 네스빗 부인과 같이 고약한 사람의 경우에는 자기도 모르게 대담해졌다.

네스빗 부인은 콧방귀를 뀌고는 머리를 치켜들었다.

"여기 와서 내 가게를 베끼려는 생각이거들랑 하기만 해 봐."

"베낄 생각 없어요."

그레이스도 지지 않고 대꾸했다.

"훨씬 더 좋게 만들 거라고요."

그렇게 말하고는 서점을 쌩하니 빠져나갔다.

그레이스는 승리에 취해 그리고 자신의 아이디어를 얼른 종이에 남기고 싶어 서둘러 집으로 돌아왔다. 패터노스터가의 커다란 창문에서 본 것과 네스빗츠 파인 리즈의 서가 구성 그리고 조지 앤더슨이 세심하게 알려준 독자의 성향 등 사이에서 자신이 원하는 바가 무엇인지 정확하게 파악했다.

조지 앤더슨에 대해 생각하자니 너무도 신이 나 온몸이 간지러울 정도였다. 비브는 다음 주에 있을 데이트 소식을 듣고 거의 기절초풍했다.

그날 저녁, 그레이스가 프림로즈 힐 서점에서 하고 싶은 일의 목록을 꼼꼼하게 적고 있을 때 방문이 열리더니 방을 함께 쓰는 친구가 새로운 꽃 향수를 들고 불쑥 들어왔다.

비브야 언제나 세련되기는 했지만 런던에서의 그 짧은 시간 사이에 패션 센스가 더 업그레이드되었다. 해롯에서 산 파란색 스웨터는 그저께 입었던 트위드 펜슬 스커트와 예쁘게 어울렸고, 솜씨 좋게 정돈한 곱슬머리는 마치 잡지 표지에서나 보던 여인 같았다.

"그레이스, 내 친구야. 여기 있을 줄 알았지."

작은 가방이 그녀의 팔꿈치 안쪽에서 달랑거렸다.

그레이스가 자리에서 벌떡 일어났다.

"네가 빨리 퇴근하기만을 기다리고 있었지. 뉴스가 있어."

그레이스는 친구를 보며 히죽 웃었다.

비브가 잔뜩 기대를 하며 손을 문질렀다.

"와, 먼저 얘기해."

그레이스는 새초롬하게 어깨를 꿈틀거렸다.

"나 데이트 신청받았다."

비브가 꺅 소리를 내며 어쩔 줄 몰라 했다.

"그 서점에서 본 남자?"

둘은 각자 몫의 작은 침대에서 잠들 때 수다를 떨곤 했는데 그때 비브에게 조지 앤더슨에 대해 지나가듯 말한 적이 있었다.

그레이스는 신나게 고개를 끄덕이고는 어떻게 카페에서 아이디어를 더 나누어 보자고 이야기하게 되었는지 설명했다.

"그리고 넌 알았다고 했고?"

비브는 가슴 위에 손을 포개고 팔로 가방을 빙빙 돌렸다.

"물론이지."

비브는 손뼉을 짝짝 쳤다. 그 예쁜 얼굴이 기쁨에 겨워 반짝였다. 그레이스는 자신의 데이트를 고대한 만큼, 이제 비브가 어떤 성과를 자랑스레 보여줄지 두 배로 열렬히 기다렸다.

"나도 너한테 줄 게 있어."

비브는 팔에 걸려 있던 가방 안에서 작은 상자를 꺼냈다.

그레이스가 상자를 받아 뚜껑을 열자 팔찌가 나왔다. 금속 체인이 달린 단순한 모양이었는데, 한쪽 가운데는 흰색의 납작한 타원형이었고 다른 쪽은 작은 메달 모양이었다. 같이 붙어 있는 카드에는 공습경보 인증 팔찌라고 적혀 있었다.

"나도 있어."

비브가 손목을 들었다. 비브에게 어울리는 장신구와 함께 팔찌가 뽐내듯 채워져 있었다. 팔찌에는 그레이스에게 준 것과 똑같이 자신의 이름과 주소를 썼다.

"울워스 백화점에서 찾아냈어."

그레이스는 자신의 팔찌를 다시 한 번 뚫어져라 바라보았다. 두려움이 불현듯 그녀의 앞을 가렸다.

"신분을 확인하는 팔찌?"

"우리가 폭탄을 맞았을 때를 대비해서야."

비브의 입술이 옆으로 살짝 비틀어졌다. 이렇게 입술 안쪽을 물어뜯는 행동은 비브가 어렸을 때부터 했던 버릇이라는 것을 그레이스도 알고 있었다.

"이 팔찌는 우리 신분증보다 훨씬 더 튼튼해. 그러니 우리가 누군지 알게 할 수 있지."

작년에 국립 등기소National Registry에서는 영국에 있는 모든 사람이 언제 어디에서나 지니고 다닐 수 있는 신분증을 발행했다. 하지만 비브의 말이 옳았다. 그까짓 종이 쪼가리, 아무리 두껍다 한들 쉽게 망가진다.

"비브……."

그레이스는 무슨 말을 해야 할지 몰라 침만 꿀꺽 삼켰다.

"만약 무슨 일이 일어나면 알아야 하지 않겠어?"

비브는 상자를 탁자 한쪽에 놓았다. 그 옆에는 전날 사 놓은 옅은 노란 시폰 천 꾸러미가 있었다.

"혹시라도 네가 집에 돌아오지 않는다면 무슨 일이 생겼는지 전혀 알 수 없다는 생각만 해도 못 견디겠어. 지난밤 네가 등화관제 때 길을 잃어버려서……."

걱정 때문에 비브의 이마에 주름이 잡혔다.

"너무너무 걱정했었단 말이야."

그레이스가 친구에게 다가가 안아주려 했지만 비브가 손을 들었다.

"아냐, 그러면 나 울어 버리고 말 거야. 기껏 메이크업한 게 얼굴에서 흘러내려."

비브는 집게손가락으로 눈 아래쪽을 누르며 눈가의 물기를 세심하게 닦아냈다.

"넌 내가 이상하다고 생각할지 몰라."

그레이스는 반박하려는 마음을 억누르려 입을 꾹 다물었다. 오랜 기간 우정을 쌓은 덕분에 둘은 서로에 대해 너무 잘 알았다.

"위에 있는 건 성 크리스토퍼야. 안전한 여행의 수호신이지."

비브가 메달을 톡톡 두드렸다.

"너는 굳이 차지 않아도 돼. 하지만 난 찰 거야. 나는 폭탄 공포증이 어마어마하거든. 버스가 출발하려는데 거리에 있던 사람들이 절반이나 펄쩍 뛰었어. 폭탄인 줄 알고."

비브가 자조적인 웃음을 지었다.

"나까지 포함해서 말이야."

"나를 위해 이런 것도 사주고, 넌 정말 자상한 친구야."

팔찌는 그레이스의 손목에 무겁게 매달려 있었다. 목적의 충격과 맞먹는 무게였다. 폭탄으로 사람이 박살나 버릴 때 신원을 알 수 있게 해 주는 도구.

그레이스의 등골이 서늘해졌다.

"나는 아무래도 좀 나중에 차는 게 좋을 것 같아."

그레이스가 조심스레 말했다.

비브는 이해한다는 듯 고개를 끄덕였다.

"나중에."

그레이스는 자신의 침대 옆 작은 서랍장 안에 팔찌를 넣었다.

비브는 어디선가 풍겨 오는 향긋한 냄새를 맡고 침실 문을 향해 홀린 듯 몸을 옮겼다.

"아주머니가 오늘 밤에는 '토드 인 더 홀 Toad in the Hole(소시지에 튀김옷을 입혀 튀긴 요리-옮긴이)'을 만드신다고 했어. 너희 엄마랑 같은 레시피로. 다 되었을까?"

그레이스가 어렸을 때 엄마는 툭하면 그 요리를 하곤 했다. 그레이스는 너무 먹어서 싫증이 났더랬다. 이제 그 음식 없이 지낸 지 몇 년이 흘렀고 엄마가 다시는 만들어 줄 수 없다는 걸 알게 된 지금, 먹고 싶은 생각이 간절하다니 참 재미있다.

"가서 보면 되지."

그레이스가 절절한 친구의 마음을 받아주었다.

"팔찌 고마워. 그리고 날 생각해 준 것도."

비브가 그레이스의 팔짱을 꼭 끼었다.

"물론이지, 내 친구."

비브의 배에서 꼬르륵 소리가 났다. 그러자 킥킥거리며 손뼉을 쳤다.

두 사람은 함께 방에서 나와 계단을 내려갔다. 요크셔푸딩과 갈색으로 맛있게 익은 소시지의 향이 코를 찔렀다. 그때 계단 아래쪽에서 아주머니가 조용한 목소리로 속삭이는 소리가 들렸다.

"안녕하세요, 시몬스 씨, 웨더포드입니다."

비브가 그레이스 앞에 서더니 입모양으로만 말했다.

"콜린의 상관이야."

"콜린이 필수 직원이라는 보장을 확실히 받을 수 있는지 확인하고 싶어서요."

웨더포드 아주머니는 평소답지 않게 조용한 목소리로 말했다. 콜린이 듣지 않기를 바라는 것이 분명했다.

두 사람도 계속 들어서는 안 될 대화였다.

그레이스는 비브에게 고개를 흔들며 위로 다시 올라가야 한다고 알렸다. 비브는 손을 흔들어 그레이스에게 걱정하지 말라고 한 뒤, 조용히 그 자리에 계속 서 있었다.

"답변을 받을 때까지 얼마나 걸릴까요?"

아주머니의 질문 뒤에 긴 침묵이 이어졌다.

"알겠습니다."

마침내 아주머니가 말했다.

"그럼 내일 다시 전화해서 답변을 받았는지 알아봐야겠군요."

또 다른 침묵, 이번에는 다소 짧았다.

"네, 내일이요."

그녀는 단호한 어조로 말했다.

"안녕히 계세요."

수화기를 딸깍하고 놓는 소리와 동시에 통화가 끝났다. 비브는 두 사람의 귀에 절대로 들어가서는 안 될 그 은밀한 대화를 못 들은 척하며 계단을 가볍게 내려갔다.

"토드 인 더 홀 냄새가 기가 막혀요."

비브가 외쳤다.

"식사 시간 거의 다 된 거죠?"

"저녁 7시니?"

아주머니는 라벤더 꽃무늬 실내복 위의 앞치마에 손을 슥슥 문질렀다. 비브만큼 자못 침착하고 아무렇지 않은 모습이었다.

뭔가 뜨끔해하는 대답이 그녀의 눈썹에서 보이는 걱정 한 줄기와 짝을 이루고 있었다. 틀림없이 머릿속이 매우 복잡해 보였다.

"정확히 7시예요."

비브가 밝은 목소리로 답했다.

"그럼, 그래. 저녁도 준비되었단다."

아주머니는 식당 쪽으로 손을 흔들었다.

그레이스는 죄책감에 무슨 말이 나올지 몰라 아무 말도 하지 않고 잠자코 있었다.

"누구랑 통화했어요, 엄마?"

콜린이 마지막 접시를 탁자 위에 놓으며 물었다. 아무런 의도가 없는 순수한 궁금증이었다. 그레이스는 콜린이 통화의 진위를 의심하지 않는다는 것을 확신했다.

그의 시선이 비브와 그레이스에게 스치자 수줍게 미소 지으며 뺨을 붉혔다. 그는 젊고 말이 없는 남자였지만, 한편으로는 저 파랗고 날카로운 눈 뒤에 무엇이 있을까 궁금하게 만들기도 했다.

"아, 그냥 깁슨 양이랑 통화했어. 식료품 가게 불평을 늘어놓더라고."

아주머니는 긴 칼을 들어 폭신폭신한 푸딩 위에 놓인 소시지를 슥 잘랐다.

"듣자 하니 설탕이 거의 없나 봐. 내가 말했지, 요새 사람들이 무더기로 사재기하고 있다고……."

아주머니가 혀를 끌끌 찼다.

"부끄러운 줄 알아야지."

그녀는 칼을 옆에 놓고 세 사람을 향해 밝게 웃었다.

"양파 소스 필요한 사람?"

저녁을 먹으며 그레이스는 콜린의 얼굴을 다시 한 번 살폈다. 참 좋은 사람이며 예의 바르고 진실로 착했다.

그는 다 쓴 전구를 교체하는 일부터 소소한 수리까지 집 안의 모든 잡일을 마다하지 않았다. 해롯의 동물들을 돌보는 것뿐만 아니라 그의 주요 관심사는 모두가 안전하고 편안하게 살도록 하는 것이었다.

하지만 만약 기회가 주어진다면 그도 전쟁에 나가려 할까?

대부분의 남자들이 그럴 것이다.

왜 사람들은 총상에 쓰러질지 모를 전쟁터에 자신을 내몰고 싶어 안달일까. 정반대로 그레이스는 그러한 용기를 한 번도 가져 본 적이 없었다. 영국인들의 안전을 위해 자신의 목숨을 기꺼이 맞바꿀 의지가 있는 남자들과는 달랐다.

그날 밤 깜깜한 방, 놋 침대로 기어 들어가 이불을 어깨 위로 끌어당기며 어떻게 그런 용기가 날까 내내 생각했다. 소위 그러한 영웅의식과 비교해 볼 때 자신은 겁쟁이에 가까웠다.

그것은 한편으로 그레이스가 정면으로 대응해야 할 결함이기도 했다. 엄마는 그레이스에게 남들이 자신을 괴롭히도록 내버려 두지 말고 스스로를 위해 목소리를 높이라고 용기를 주었다. 그리고 이제는 그렇게 할 작정이다. 결국은.

프림로즈 힐 서점을 바로잡기 위해 나선 것처럼.

다음 날 아침, 그레이스는 손에 아이디어 목록을 들고 10분 일찍 서점에 도착했다. 문을 벌컥 열고 들어서자 새된 소리가 그레이스의 출근을 알렸다.

에번스가 고개를 들고 눈살을 찌푸렸다.

그레이스가 움찔했다.

"죄송해요, 문을 이렇게 확 열고 들어올 생각은 없었는데."

그는 찌푸린 표정을 여전히 거두지 않았다.

"정말이에요."

그레이스가 말했다.

"제…… 제가 가져온 아이디어에 너무 신나서 그만……."

에번스는 갈색으로 포장한 소포와 그 위에 놓인 쪽지를 들어 그레이스에게 주었다.

"자네에게 온 것이네."

그가 무심하게 말했다.

그레이스는 손 글씨로 '베넷 양'이라고 쓰인 크림색 봉투를 물끄러미 바라보았다.

"유감이네."

에번스는 여기저기 흩어진 종이 쪼가리들과 다 쓴 몽당연필을 뒤로한 채 발을 질질 끌며 계산대에서 벗어났다.

뭐가 유감이라는 거지?

그레이스는 봉투를 열고 그 안에 있는 쪽지를 꺼냈다. 그 순간 무거운 침묵이 흐르던 서점에서 부드럽게 사각거리는 소리가 났다. 쪽지 아래를 훑어보니 조지의 사인이 눈에 들어왔다.

앤더슨이 아니고 조지라고 쓰여 있었다.

격식을 차리지 않은 서명에 그레이스의 심장이 쿵쿵 뛰었다. 영국 공군에 자원했다고 고백하는 대목을 읽을 때였다. 그가 단순 엔지니어가 아니라 비행 경험도 꽤 있다는 사실을 알고 깜짝 놀랐다. 그는 단지 그렇게 빨리 소집 명령이 오리라고는 예상하지 못했던 것이다. 하지만 자원하고 이틀 만에 그 소식을 듣고 말았다.

조지 앤더슨은 데이트를 취소할 수밖에 없는 상황에 많은 유감을 표했고, 가게를 개선시키는 데 별다른 도움을 주지 못해 미안해했다. 이미 서점을 광고하는 데 쓸 만한 문구를 몇 개나 알려주었는데도 말이다. 그리고 다음번에 만날 때 그레이스와 함께 논의 했으면 하는 몇 가지 제안을 남겼는데 자신이 독서를 사랑하는 데 영향을 주었던 것들이었다.

실망과 불안이 뒤섞여 심장이 조였다. 전투기는 전쟁 중에 격추 되기도 한다. 조종사로 전쟁에 나간다면 지속적으로 생명을 위협 받을 것이 뻔하다.

그레이스는 눈을 질끈 감았다. 안 돼, 그렇게 생각해서는 안 된 다고. 다시 볼 수 있을 거야.

하지만 언제?

그레이스는 쪽지를 살포시 옆에 놓고 선물을 자기 쪽으로 가까 이 끌어당겼다. 소포는 밋밋한 갈색 포장지로 싸여 있었는데 모양 과 무게로 봐서 책이 분명했다. 조지가 깔끔한 글씨로 종이 가운 데에 이런 문구를 인쇄해 놓았다.

고전 그리고 사랑 이야기.

혼자 미소 지으며 포장지를 벗기자 가죽으로 제본된 책이 한 권 나왔다. 표지에 흠집이 나 있고 한때는 뾰족했을 모서리가 무더지 고 안으로 감긴 걸 보니 퍽 애독한 책으로 보였다. 그레이스는 책 을 옆으로 세워 책등을 보았다. 제목은 거의 닳아 없어졌지만 금 박 글씨가 나지막하게 속삭이고 있었다.

《몬테크리스토 백작》, 알렉상드르 뒤마 지음.

그레이스가 좋아하리라 생각했기 때문에 선물한 것도 있지만, 조지 자신이 어렸을 때 읽었던 책이라 주고 싶었던 것으로 보였다.

지난번에 말했듯이 그가 그 책을 얼마나 사랑했는지 대번에 알 수 있었다.

그레이스는 손가락으로 닳아빠진 표지를 따라가며 조지의 어렸을 때 모습을 상상해 보았다. 자신의 마음이 새로운 세상으로 가도록 내버려 두는 소년 시절의 조지를. 이제 그가 지금까지 평생 읽으며 떠났던 모험을 그레이스가 경험할 차례다. 그저 자신도 책을 통해 조지와 같은 열정을 가지길 바랄 뿐이었다. 그리고 그를 다시 만나 책을 돌려주며 책 내용에 대해 이야기를 나눌 수 있는 그 기회를 더욱 간절하게 바랐다.

하지만 그의 멋진 미소를 다시 볼 수 없다면 서점은 예전 같지 않을 것이다.

"자원할 것 같다고 내가 얘기했지."

에번스가 책장 뒤에서 큰 소리로 말했다.

그레이스는 밀려오는 걱정을 애써 참으며 눈을 꾹 감았다. 바쁘게 보내면 이 상황을 극복할 수 있으리라. 무엇보다도 엄마가 아팠을 때 이미 걱정과 상처를 겪을 대로 겪어 보았다. 심지어 엄마가 돌아가시고 난 후에도. 그레이스는 눈을 깜빡이고는 허공에 대고 밝게 미소를 지었다.

"그 사람이랑 결혼 먼저 할 걸 그랬나 봐요."

그레이스가 짐짓 과장된 기색을 하고 큰 소리로 말했다. 그러고는 눈치를 살폈다.

에번스가 책장 사이에서 고개를 쑥 내밀고는 눈썹을 꿈틀거리며 그레이스를 빤히 바라보았다.

"그 말 농담이었길 바라네."

"지금 하고 계시는 일에서 빠져나오시도록 뭘 좀 해야겠는걸요."

그레이스가 지금까지 모은 목록을 들어 올렸다.

"가게를 바꿀 방법을 논의하고 싶어서요."

"싫어."

그는 다시 한 번 몸을 숨겼다. 마치 세상과 마주하고 싶지 않은 거북이 같았다.

그레이스는 조지가 보낸 쪽지를 조심조심 접어 다시 봉투에 넣고는 핸드백 안에 잘 간직했다. 그리고 책은 계산대 위에 올려놓았다.

"작은 데부터 시작할 거예요."

그레이스가 달래는 투로 말했다.

"자네는 이미 서점도 다 청소하고 내 파일도 몽땅 뒤집어 놓았어. 더 남았나?"

"좀 보세요."

그레이스가 선반을 슬쩍 둘러보자 마치 심통 난 아이처럼 자신을 쏘아보고 있는 에번스의 모습이 보였다. 그러거나 말거나 자신이 적은 목록을 에번스에게 쑥 내밀고는, 그를 내버려 두고 자신의 물건을 놓으러 안쪽 방으로 들어갔다.

그레이스가 돌아오자 에번스는 경계하는 눈초리를 보냈다.

그는 늘어서 있는 책 위에 목록을 올려놓았다.

"적절히 정리하는 데 도움이 된다면 물건들을 옮겨도 되네. 하지만 광고에 너무 신경을 많이 쓰지 않도록 해. 그리고 포일스처럼 책을 되사거나 중고품은 팔지 않을 거야."

"물론이죠."

그레이스가 약속했다.

그는 낮은 목소리로 뭐라 중얼거렸다. 알겠다는 말투였다.

"뭐라고 하셨어요?"

그레이스가 천진난만하게 물었다.

"프림로즈 힐 서점을 바꾸는 걸 허락하신다고요?"

그가 한숨을 쉬었다.

"그래."

그녀는 목록을 휙 낚아챘다. 어디에서부터 시작할지는 이미 알고 있었다.

"후회하지 않으실 거예요."

"자네가 옳기를 바라네."

그는 끙 소리를 내고는 책장에서 책을 꺼내 손바닥 위에 올려놓았다.

앞으로 몇 개월 동안 실행에 옮기려면 일이 꽤나 많아지겠지만, 그레이스는 결국 에번스도 만족해하리라 확신했다. 다만 자신에게 주어진 서점에서의 시간보다 더 걸리지 않기만을 바랄 뿐이었다.

그다음 두 달 동안 런던은 소강상태만 지루하게 이어졌다. 만반의 준비와 난무하는 예상 속에 신경도 내내 곤두섰지만 모든 것이 다 무효로 돌아갔다. 더 이상 공습경보도, 배급이며 가스 공격 따위도 없었다. 라디오에서 흘러나오는 뉴스도 지겨울 만큼 똑같은 뉴스뿐이었다.

그레이스는 조지로부터 아무 소식도 듣지 못했다. 조지에게 보낼 주소가 없었기에 그가 서점으로 편지 한 통 보내주기를 바랐다.

그래도 그레이스는 책을 정리하고, 책장도 옮기고 생각보다 더 많이 청소를 하며 정신없는 나날을 보냈다. 시간이 가는 줄도 모르고 매일 바쁘게 일하다 보니 어느덧 11월이 되었다.

프림로즈 힐 서점은 여전히 완벽함과는 거리가 멀었지만 그레이스는 서점 안을 걸을 때마다 뿌듯해서 몸이 절로 펴졌다. 특히 그녀의 작품이라 할 수 있는, 탁 트이고 사람들을 반갑게 맞이하는 장소를 보면 그레이스가 얼마나 심혈을 기울였는지 알 수 있었다.

가게 한가운데에 새 탁자를 놓았는데, 그 위에는 손님들을 맞이하는 입구와 마주 보도록 책이 놓여 있었다. 책은 종류별로 하얀 보드지에 까만 잉크로 표시했다.

사실 프림로즈 힐 서점은 보유하고 있는 책 중 4분의 1만 전시하고 있었다. 그동안 분류 작업을 그만큼밖에 할 수 없었기 때문이다. 하지만 에번스가 현재 가지고 있는 어마어마한 재고와 비교해 볼 때 그 정도만 해도 꽤 많은 양이었다. 남은 재고는 안쪽 방에 쌓여 그렇지 않아도 옴짝달싹할 수 없을 정도로 비좁은 공간을 꽉 메우고 있다. 그리고 2층에도 책이 층층이 쌓여 있어 엉망으로 늘어진 책들을 분류하는 동안에도 길목을 막아 세웠다.

어느 쌀쌀한 아침, 상자를 하나 들고 나선형 계단을 내려오는데 종이 울리며 손님이 새로 들어왔다. 그레이스는 얼른 상자를 계단 발치 움푹 팬 공간 옆에 놓고, '출입 금지'라는 팻말을 다시 붙이고 입구로 갔다.

프릿차드 씨가 그 큰 재킷에 얼굴을 푹 묻은 채 입구를 슬금슬금 돌아다녔다. 그의 뒤에는 여느 때처럼 태비가 발꿈치 근처에서 총총거리고 있었다.

"안녕하세요, 프릿차드 씨."

그레이스가 밝게 인사했다.

"사장님은 지금 역사책 서가 뒤에 계세요."

그 나이 든 남자는 팻말을 읽으며 얼굴을 북북 문질렀다.

"이것들은 다 새것이로군."

"몇 주 전에 놓았어요."

프릿차드 씨가 노려보았다.

"요 고양이보다 이것들이 자네에게 더 효과가 좋기를 바라겠네."

그는 태비를 내려다보았다. 태비는 아까부터 계속 발을 핥고 있었다.

"저 고양이는 곧 있으면 쥐 잡다가도 꼬박꼬박 졸 기세야."

이에 응답이라도 하듯 태비는 귀와 얼굴에 복슬복슬한 발을 문질렀다.

"그렇게 된다니 유감이네요."

그레이스가 말했다.

"그래도 태비는 선생님을 퍽 좋아하는 것 같아요."

"그렇다고 내 쥐 문제를 해결해 주진 않아."

프릿차드 씨가 쯧쯧 혀를 찼다.

"꽤 바빠 보이는군, 배셋 양."

그레이스는 굳이 자신의 이름을 정정하려 들지 않았다. 그가 계산대 위에 붙은 팻말을 뚫어져라 바라보고 있었기 때문이다. 팻말에는 조지와 함께 이야기를 나눌 때 그가 제안한 문구 중 하나가 쓰여 있었다.

'좋은 책으로 깜깜한 밤을 밝히세요.'

그레이스는 종종 조지 생각이 났지만, 그럴 때마다 《몬테크리스토 백작》을 더 읽지 못해 살짝 죄책감도 들었다. 감당할 수 없을 정도로 일을 벌이다 보니 집중하기에는 주위가 너무 산만하거나, 깨어 있기조차도 힘들 정도로 피곤에 절어 있을 때도 있었고 아니면 두 가지 이유가 겹쳤기 때문이었다. 그래서 첫 번째 챕터에서 몇 장 넘기지도 못한 채 여전히 침대 옆 탁자 위에 그대로였다.

게다가 끝이 보이지 않을 정도로 많은 할 일 목록도 있었다. 늘 서점에서 일을 하거나 아니면 집에서 광고나 정리 아이디어를 끼적이거나 둘 중에 하나였다. 그리고 마침내 겨우 한숨 돌릴 수 있는 시간이 찾아왔다 해도 금세 잠이 들어 버려 다시 그다음 날이 쳇바퀴 돌 듯 시작되었다.

"이쪽은 매출이 늘어났다고 들었는데."

프릿차드 씨가 팻말 앞에서 몸을 쭉 펴고는 새 부리 같은 코로 그레이스를 눈여겨보았다.

"이 광고 덕분이라고 생각하나?"

그레이스는 모호한 표정으로 어깨를 으쓱했다. 에번스가 어떤 정보를 알려줘도 된다고 할지 알 수 없었기 때문이다.

프릿차드 씨가 그레이스에게 좀 더 가까이 다가섰다. 그에게서 박하 향과 좀약 냄새가 풍겼다.

"프릿차드 앤 팟츠로 오면 현재 보수에서 시간당 1실링을 더 주겠네."

"프릿차드."

에번스가 그의 뒤에서 나타났다.

그레이스는 프릿차드 씨가 한 시간에 1파운드를 더 준다 해도 일하지 않겠다고 받아치려 했지만, 그 전에 에번스가 차분한 어조로 말을 이었다.

"우리 서점에 와서 둘러보고 싶으면 언제든지 환영이네. 세상에 대한 불만을 얼마든지 표출해도 좋고 전쟁에 대해 과격한 신념도 말하고 싶으면 해."

안경 너머로 에번스의 파란 눈이 가늘어졌다.

"하지만 베넷 양을 빼돌리려고 여기에 온 거라면 당장 나가 달라고 요청할 수밖에 없네."

그레이스는 너무도 기분이 좋아 소름이 돋았다. 삼촌은 이렇게 자신의 편에 서 준 적이 단 한 번도 없었다. 프릿차드 씨는 약이 올라 꼿꼿이 선 채 혀만 끌끌 찼다. 정수리 위의 머리카락 몇 가닥이 바들바들 떨렸다.

"패터노스터가에 있는 서점에서 훨씬 더 유용하게 쓰일걸. 호시어 레인보다 훨씬 고급스러운 곳이니 말일세."

그는 말을 마치고는 입을 삐죽거렸다. 그와 동시에 막대기 같은 다리로 성큼성큼 서점을 빠져나갔다. 태비가 그의 뒤를 천천히 따랐다.

"그 제안 받아들이지 않으려고 했어요."

그레이스가 말했다.

"나도 그럴 거라 생각했네."

에번스가 고개를 숙이고는 안경테 너머로 그레이스를 찬찬히 보며 말했다.

"여기에서 일하기로 한 시간 중에 벌써 두 달이나 보냈으니까."

그의 감정이 없는 유머는 지난 몇 달 동안 그레이스가 그에게 감사히 여기던 것 중 하나였다. 그레이스는 대답 대신 빙그레 웃어 주었다.

"정말 제가 더 오래 있지 않아도 된다는 거지요?"

에번스는 무시하듯 손을 흔들며 계산대를 향해 느릿느릿 걸어가서 몇 주 전에 그레이스가 정리한 거래 원장과 인기 도서 목록, 판매 추이를 살펴보았다. 그는 자료들을 자주 들여다보면서 그날그날 판매량과 비교해서 의견을 내놓곤 했다.

그 주 후반 급여가 나오던 날, 그레이스는 에번스가 시간당 1실링을 더 주었다는 것을 알아차렸다. 고맙다는 인사는 사양하겠다는 친절이라기보다는, 그녀의 계약 기간은 6개월뿐이라는 것을 상기시켜 주는 매개체일 뿐이었다. 이제 여기에서 틀림없이 빛나는 추천서를 받게 되겠지.

비브 역시 그레이스 못지않게 해롯에서 열심히 일했다. 비브의 상사는 그녀가 손님들에게 딱 어울리는 옷을 찾아주는 데 탁월한 능력이 있다며 칭찬했다. 그레이스와 비브는 둘 다 오후 4시가 되면 퇴근하고 일상으로 돌아왔다. 둘은 주방에서 차를 마시며 그날 있었던 일에 대해 이야기를 나누기도 하고, 때로 웨더포드 아주머니가 별일이 없을 때에는 대화에 합류했다.

비가 창문을 톡톡 두드리던 어느 날 오후, 두 사람은 함께 앉아 있었다. 두 사람 사이에서 편안한 침묵이 흐르다가 비브가 별안간 긴 한숨을 내쉬었다.

"뭐 좀 미치게 만드는 거 없을까?"

그레이스는 빗물이 서로 합쳐지다가 창문으로 뚝뚝 떨어지는 모습을 넋 놓고 보다가 고개를 들었다.

"날 미치게 만드는 거 없느냐고?"

비브가 아련한 눈빛으로 밖을 바라보았다.

"지루해."

그레이스는 웃음이 나왔다. 서점에서 너무나 바쁘게 지내서 지루할 틈이 없었기 때문이다.

비브가 곁눈질을 했다.

"나도 알아, 너는 지루하지 않은 거. 하지만 이 전쟁은 언제 끝날지 몰라."

"하지만 아무 일도 일어나지 않았잖아."

그레이스가 맞받아쳤다. 아무튼 그동안 공습경보는 나온 적이 없었다. 물론 소문은 있었다. 하지만 소문은 언제나 소문일 뿐이었고 지금까지 밝혀진 것은 없었다.

"맞아."

비브가 화가 나서 눈을 크게 떴다.

"나는 런던이 극장 공연에 밤샘 댄스파티까지 현란함의 도가니일 거라 생각했어."

"극장은 다시 갈 수 있을 거야."

그레이스가 망설이는 투로 말했다.

비브는 뚱한 눈빛으로 꿈쩍하지 않았다. 지난번 극장에 가 보려다 실패한 일이 떠오른 게 분명했다. 건물은 마치 죽음의 망토를 두른 것처럼 캄캄했고, 매표소로 이어지는 복도에서 칸막이로 만든 무언가에 걸려 몇 번이고 넘어질 뻔했다. 내부도 너무나 어두워서 동전도 겨우 셀 정도였다. 집으로 가는 길에도 새롭게 강화된 속도제한을 훨씬 뛰어넘는 차에 치일 뻔했다.

특히 극장에 갔을 때는 마찬가지로 끝도 좋지 않았는데, 최근 자주 그러긴 했지만 방독면을 잊고 가는 바람에 다시 집으로 되돌아가야 했다. 집에 돌아간 것은 그렇다 쳐도 아주머니에게서 방독면이 얼마나 중요한지 그리고 애초에 왜 집을 나서면 안 되는지 일장 연설을 들어야 했다.

게다가 그레이스는 이미 등화관제 때 충분히 모험을 했다. 첫 주에 겪었던 그 끔찍한 모험 사이에도, 극장에서 나오다 차에 치일 뻔한 사건 그리고 유례없이 어두워진 도시에 줄곧 벌어지는 강도, 상해 사건을 보고 두 사람은 저녁 늦게 나가는 모험은 강행하지 말자고 다짐했었다.

그런데도 저렇게 지루하다고 몸을 배배 꼬는 비브의 모습이 보기 싫었다.

"도로 경계석에 흰 페인트칠을 했대."

비브가 옷깃을 어루만졌다. 그녀가 직접 만든 또 다른 정장이었다. 2주 혹은 일주일에 한 번은 비브 본인뿐만 아니라 그레이스와 웨더포드 아주머니 옷까지 만들었다.

"그리고 공습 감시원은 야광 망토를 입는다더라."

그레이스가 차를 저었다. 가라앉았던 침전물이 위로 떠오르며 작은 소용돌이를 만들었다.

"그래, 그런데 아직도 천 명이 넘게 차에 치이고 있어. 밤에 너무 어두워서 부둣가에서 일하는 남자들은 물에 빠져 죽기도 한대."

창문 밖으로 빛이 깜빡깜빡거렸다. 두 달 전까지만 해도 두 사람은 폭탄일지 모른다는 공포감에 펄쩍펄쩍 뛰었다. 이제는 맥박 하나 꿈쩍하지 않았다.

비브의 말이 맞았다. 전쟁 중이었지만 아무 일도 일어나지 않았다. 오히려 지루한 전쟁이라고 불릴 만했다.

"내가 생각하기에는……."

비브가 빨갛게 반짝이는 손톱으로 구부러진 찻잔 테두리를 톡톡 두드렸다.

"나 영국 여성 국방군ATS에 지원할까 해."

그레이스가 스푼을 떨어뜨렸다. 그 바람에 컵 옆으로 땡그랑하는 소리가 났다. 여성 국방군은 영국군의 여성 분과로, 비브가 이곳에 들어가려면 훈련에도 참가해야 하고 런던이 아닌 다른 곳으로 발령 날 가능성도 있었다.

"왜 지원하려는데?"

"안 될 이유 없잖아?"

비브가 어깨를 추켜올렸다.

"내가 듣기로는 여자들은 주로 점원이나 보조로밖에 쓰이지 않아. 지금 하고 있는 일과 비슷하겠지만 그래도 이 상황을 끝내는 데 도움이 되겠지."

비브는 현재 상황을 모두 암시하는 듯 허공에 대고 손을 흔들었다.

"나는 전쟁을 끝낼 준비가 되어 있어. 그래야 우리가 극장도 가고 춤추러 갈 수 있지. 집까지 뛰어가야 한다는 두려움 없이 말이야. 그리고 남자들이 모두 전쟁에서 돌아온다면 길을 가다가 잘생긴 낯선 이와 만날 수도 있고 어쩌면 데이트도 갈 수 있을지 모르지. 이제는 폭탄이 떨어질지 모른다는 생각에 사로잡혀 걱정만 하고 싶지 않아. 아니면 우리가 배급을 받아야 할지 모른다는 걱정도 마찬가지고. 삶을 다시 정상으로 돌리고 싶어."

"하지만 넌 해롯에서 일하는 걸 너무 좋아하잖아."

그레이스가 반박했다.

"정말 재미있어."

비브가 무릎에서 손을 뗐다.

"아니, 처음에는 그랬지. 이제 패션에 관심을 두는 여자들이 별로 없어. 우리 매장에 오는 사람들은 자기들이 얼마나 힘든지 이야기해. 모두 전쟁터에 나간 남자 가족들과 시골에서 낯선 사람들의 보살핌을 받고 있는 아이들 걱정뿐이야. 이 중에 몇몇이 받은 편지는 너무나도 끔찍하게 슬퍼. 어린아이들은 다시 집으로 오고 싫어 해. 착한 아이가 되겠다고 맹세할 테니 다시는 보내지 말아 달라고 하면서."

비 오는 날 고요했던 집 안, 갑자기 컥컥거리는 비명소리에 정적이 깨졌다.

비브와 그레이스는 소스라치게 놀라 서로를 뚫어져라 바라보았다. 그러다 탁자에서 벌떡 일어나 도대체 어디에서 나는 소리인지 살펴보았다. 웨더포드 아주머니가 문 앞에 서서 손가락으로 입을 꾹 누르고 있었고, 봉투 몇 개가 그녀의 발에 떨어져 흩어졌다. 콜린은 흰 칼라가 달린 긴소매 셔츠를 입고 아주머니 앞에 서 있었는데 팔뚝으로 그녀를 옆으로 밀고는 손에 들린 편지를 열었다.

"뭐예요?"

비브가 물었다.

"괜찮으세요?"

그레이스가 아주머니에게 달려갔다.

그녀는 안경 뒤 그 커진 눈으로 콜린을 뚫어지게 바라보느라 그레이스가 있다는 것도 눈치채지 못했다.

그레이스가 콜린을 쳐다보았다. 처음으로 자신을 보고도 뺨이 붉어지지 않았다. 분노가 가득한 표정으로 편지만 응시하고 있을 뿐이었다. 콜린이 침을 꿀꺽 삼키자 그 가느다란 목에서 목젖이 까딱였다.

"결국 올 것이 오고 말았네."

그는 몸을 돌려 서신을 보여주었다. 맨 위에 굵은 글씨로 '육군,

1939년' 고용노동부Ministry of Labour and National Service 발신이라고 적혀 있었
다. 11월 11일 토요일까지 신체검사 결과를 의료센터 Medical Board Centre
로 보내라는 낙인이 파란 잉크로 찍혀 있었다.

"너는 면제될 줄 알았는데."

웨더포드 아주머니가 고개를 절레절레 흔들며 도저히 믿기지
않는다는 표정으로 눈을 떨구었다.

"단지 노력해 보겠다고 말했을 뿐이에요, 엄마."

콜린이 침착하게 말했다.

"절대 보장한다는 건 아니었어요. 다른 남자들은 싸우러 가는데
저만 여기에 마냥 있을 수는 없어요."

아주머니의 눈빛이 날카로워졌다.

"너 자원했니?"

"아뇨."

그는 다시 자신에게 온 편지로 고개를 돌리고는 이를 악물었다.

"저 보내고 싶지 않으신 거 알아요, 엄마. 그리고 제가 어디 가
지 않도록 노력 많이 하셨다는 것도요. 하지만 무시하고 넘어갈
수 없어요. 그러지도 않을 거고요."

그레이스는 콜린이 아주머니와 이야기하는 동안 그의 표정을
살폈다. 그 커다랗고 부드러운 손에 들린 편지가 미세하게 떨렸다.
비록 옳은 일을 행하기로 다짐하며 어깨를 활짝 폈지만 말이다.
그리고 그레이스도 몹시 마음이 아팠다.

콜린과 같은 남자들은 전쟁터에 끌려가서는 안 된다.

"휴전 기념일에 소집 명령을 내렸구나."

아주머니는 비브가 만들어 준 파란 꽃무늬 드레스를 손으로 쓸어내렸다. 그레이스가 언젠가 본 적이 있는 그녀의 저런 모습은 내면의 폭풍 같은 감정을 다스릴 때 나오는 행동이었다.

"네 아버지는 그날을 쟁취하기 위해 돌아가셨지."

아주머니가 말을 이었다.

"하고 많은 날 중에 어떻게 그날 널 부를 수 있지?"

그녀의 목소리가 공포와 원망으로 높아졌다.

그레이스가 다가갔지만 아주머니는 그녀의 손길을 마다했다.

"시몬스 씨에게 전화 좀 해 봐야겠다. 나한테는 꼭 있어야 할 직원이라고 말했다고 했는데. 아마도……."

콜린이 자신의 어머니에게 다가가 말을 가로막았다. 결국 아주머니는 우두커니 서서 그 크고 촉촉한 눈으로 콜린을 바라보았다.

"저는 제 의무를 다할 거예요, 엄마."

그가 마른 가슴을 쭉 폈다.

"국가가 나를 필요로 한다고요."

그레이스의 목이 뜨겁게 타올랐다. 이렇게 상냥하고 착한 젊은 이가, 천성도 순하고 아직 앳된 티가 나는 이 청년이 저런 용기를 보이다니.

그레이스는 웨더포드 아주머니가 아들 없이 사는 모습만큼이나 그가 없는 이 집을 상상할 수 없었다. 아주머니가 그렇게 애지중지하는 마음으로 그를 아꼈을 때나, 얼마나 자랑스럽고 애정 어린 눈으로 그를 바라보았는지 생각하면 도저히 말이 되지 않았다.

웨더포드 아주머니의 턱이 가늘게 떨렸다. 입을 굳게 다물었지만 그래도 멈추지 않았다. 빠르게 깜빡거리는 눈도 마찬가지였다.

"미안하지만."

그녀가 목멘 소리로 말했다.

"나는……"

아주머니는 재빨리 계단 위로 도망치듯 올라갔다.

잠시 뒤 2층 방문이 쾅 하고 닫히는 소리가 나고, 가슴을 짓찧으며 흐느끼는 소리가 침묵을 갈랐다.

콜린은 표정을 감추며 고개를 숙였다.

그레이스는 그의 부드러운 면 소매에 손을 얹었다.

"아주머니에게 가 봐. 내가 물 좀 끓일게."

그는 그레이스의 얼굴을 외면한 채 고개만 끄덕이고는 계단으로 무거운 발걸음을 옮겼다. 그레이스는 비브와 함께 주방으로 갔다.

두 사람만 남게 되자 그레이스는 가슴에 손을 올렸다. 둔탁한 아픔이 느껴지기 시작했다.

콜린. 전쟁이라니.

먼저는 조지. 이번에는 콜린.

런던에 있는 남자들이 이제 곧 모두 가 버리는 걸까?

비브를 바라보자 슬픔의 무게가 그녀를 짓누르고 있었다. 비브도 머지않아 떠날 것이다.

마치 그레이스의 생각을 읽은 듯 비브가 붉은 곱슬머리를 힘차게 흔들며 단호한 표정으로 고개를 저었다.

"괜히 말했다, 그레이스."

비브가 깊은숨을 들이마셨다.

"나 여군에 들어가지 않을 거야. 콜린이 가게 된 이상."

비브가 팔짱을 끼자 그녀가 가장 최근에 뿌린 '잇츠 유 It's You'의 달콤한 꽃향기가 비브 주위를 감쌌다.

"나는 떠나지 않아."

비브가 단언했다.

"아주머니에게는 우리 둘 다 있어야 할 거야."

그레이스가 친구의 어깨를 향해 고개를 끄덕였다. 조지와 콜린에 이어 비브마저 잃지 않게 되어 감사했다. 진심으로 그레이스는 감당하지 못할 것이다.

다음 날, 콜린은 떠나기 전에 집에 손봐야 할 것이 없는지 확인하느라 바쁘게 보냈다. 그는 자신이 다니던 펫 킹덤에 즉각적으로 알리고 삐걱거리는 계단과 끼익 소리가 나는 경첩을 모조리 고치는 데 시간을 보냈다. 여기에 더해 그레이스와 비브에게 자기가 없는 동안 수도꼭지가 새거나 문고리가 느슨해질 때 등 소소하게 고쳐야 할 사항에 대해서도 알려주었다.

그레이스가 퇴근하고 집에 돌아오던 어느 날, 콜린이 응접실 옆 창문에 웅크리고 앉아 꼼꼼하게 스크림 테이프를 바르고 있는 모습이 보였다. 혹시 폭탄이 떨어져도 유리가 산산조각 나지 않도록 방지하기 위함이었다. 폭탄이 터질 가능성은 그다지 높지 않아 보였지만 말이다.

비브는 일 때문에 늦을 것이라 일러두었고, 그레이스는 그간 고민했던 예비 광고 문구 목록을 옆에 제쳐 두고는 콜린 옆에 무릎을 꿇고 앉았다. 굳이 도와줄까 물어볼 생각은 하지 않았다. 어차피 거절할 테니까. 대신 테이프를 잘라주고 뒤에 물을 바른 다음 유리 표면을 매끈하게 만들며 콜린이 정성 들여 하는 과정을 따라했다.

콜린은 그 온화한 파란 눈으로 그레이스를 잠시 살펴보고는 감사하다는 미소를 지었다.

"아주머니는 테이프 바른 창문을 못 견뎌 하실 거라 생각했는데?"

그레이스는 또 다른 스크림 테이프를 잘랐다.

"그래야 모두가 안전하지."

콜린은 그레이스가 붙인 조각을 그 큰 손으로 문지르며 작은 공기방울도 남김없이 꾹꾹 눌렀다.

"엄마가 남겨 놓은 꽃에 내가 무슨 짓을 했는지 봐야 해."

그레이스의 입이 쩍 벌어졌다.

"너 그러니까…… '승리를 위해 땅을 파자Dig for Victory'에 참여한 거야?"

10월 이후, 정부는 화단을 모두 엎어 버리고 '승리를 위해 땅을 파자' 명령에 맞추어 채소밭으로 바꾸어야 한다고 발표했다. 웨더포드 아주머니는 배급이 실시되지 않을 것이라 장담했지만, 집에서 채소를 길러 확보해 놓아야 한다는 명령은 이제 발표가 임박했음을 알리는 징표였다.

그렇다고 해서 웨더포드 아주머니가 얼마 남지 않은 장미와 히아신스를 자신이 사랑하는 정원에서 뽑아 버릴 준비가 되었다는 말은 아니었다.

콜린은 천천히 고개를 끄덕이며 자신이 하고 있던 일을 둘러보았다.

"나는 채소랑 별로 친하지 않아. 하지만 설명서를 보며 최대한 노력은 했어."

그는 무력한 몸짓으로 어깨를 들어 올렸다.

"비브에게 물어보지 그랬어."

그레이스가 말했다.

"여기 오기 전에 농장에서 살았잖아."

"그래서 내가 비브 누나가 없을 때 한 거야."

콜린은 일어서서 윗부분부터 시작했다.

"비브 누나는 뭐든 너무 열성적이라 정원으로 나가 흙더미에 묻혀 손톱을 망가뜨리게 만들 수는 없어."

그레이스는 바닥에서 일어나 콜린 옆에 섰다. 키가 콜린의 가슴까지밖에 닿지 않아서 벽 가장 위까지 뻗어 있는 창문에 닿기에는 팔이 너무 짧았다.

"그리고 고집이 너무 세서 거절을 받아들이지 못한다는 것도 알고 있지."

이제 직접 손을 뻗는 것은 포기하고 대신 테이프를 자르고 물을 발라서 콜린에게 건네주었다.

그는 스크림 테이프를 받으며 씩 웃었다.

"누나가 말한 거다, 내가 아니라."

"아주머니가 정원을 아직 못 보신 거야?"

그레이스가 롤에서 끈적이는 종이를 풀며 말했다.

콜린이 고개를 가로저었다.

"엄마는 여성 자원봉사회 Women's Voluntary Service에 가입해서 오늘 첫 번째 모임에 가셨어. 엄마가 보면 무슨 일이 일어날지 불 보듯 뻔하지."

그는 창밖 거리를 찬찬히 살펴보았다. 그의 얼굴에서 웃음기가 사라졌다.

"내가 가 있는 동안 엄마는 도움이 필요할 거야, 누나."

"내가 여기 있을게."

그레이스는 굳은 어조로 말했다.

콜린이 고개를 숙였다.

"엄마를 떠나는 게 너무나도 싫어. 독일이 런던에 폭탄을 터뜨리면 어떡하지? 세 사람 모두 안전하지 않을 거야."

콜린이 하늘에서 떨어지는 폭탄을 막을 수 있는 가능성은 거의 없었지만 그레이스는 아무 말도 하지 않았다.

"네가 뒷마당에 파 놓은 앤디도 있잖아. 테이프로 창문도 막아 놓은 데다, 정원에 채소밭도 마련해 주고. 그리고 너도 알다시피 아주머니는 식량을 쟁여 놓는 데 재주가 있으시니."

그는 고개를 들어 살짝 웃었다.

"아, 그렇지. 호더들이 처음에 몽땅 사재기하는 걸 막기 위해."

그는 그레이스를 보며 찡긋했다.

"그렇지."

그레이스가 콜린을 침착하게 바라보았다.

"우리는 여기서 괜찮을 거야, 콜린. 너도 몸조심해야 해. 그리고 언젠가 네가 돌아오면 아주 멋진 환영 파티를 열자."

그가 대답 대신 보여주는 미소가 너무나도 순수하고 맑아 그레이스는 심장이 터질 것만 같았다.

"정말 그러면 좋겠다."

콜린이 대답했다.

현관문이 열고 닫히는 소리가 들렸다. 뒤이어 가볍게 부딪히는 소리와 달그락거리며 신발을 벗는 소리 그리고 가방과 방독면을 거는 소리가 잇따랐다.

콜린이 얼굴을 찡그리고 벽 주위를 둘러보았다.

"아주머니인가?"

그레이스가 입으로 뻥긋거렸다.

콜린은 움찔하며 고개만 끄덕였다.

"아주머니에게 말해야 할까?"

그레이스가 물었다.

콜린이 너무 격렬하게 고개를 저어서 그레이스는 터져 나오는
웃음을 막느라 손으로 입을 꾹 막아야 했다.

집 안쪽에서 문이 열리더니 다시 탁 하고 닫혔다. 그제야 둘은
아주머니에게 화단이 희생당했다고 전할 필요가 없다는 걸 깨달
았다. 그녀의 날카로운 비명소리로 이미 다 증명되었기 때문이다.

웨더포드 아주머니가 '보기 흉하다'고 말한 망가진 화단과 테이
프가 덕지덕지 붙은 창문은 사실 엄청난 손실이라고 보기는 힘들
었다. 가장 큰 상실은 콜린이 떠난다는 것이었기 때문이다.

휴전 협정일 아침, 콜린은 신체검사를 받으러 집을 나섰다. 이틀
후에는 소집하라는 명령이 떨어졌다.

일이 너무 일사천리로 진행되는 바람에 콜린이 떠나는 날 아침
에는 모두 망연자실하며 일어나야 했다.

콜린은 우선 비브와 포옹을 했다. 이번만큼은 그를 떠나보내며
미소를 지을 수 없었다.

다음에는 그레이스를 안았다.

"엄마 잘 부탁해."

콜린이 속삭였다.

그레이스는 그의 가슴 앞에서 고개를 끄덕였다.

"약속할게."

마지막으로 웨더포드 아주머니에게 작별 인사를 할 때 그의 눈
에서 눈물이 그렁거렸다. 콜린은 세게 코를 훌쩍이며 눈을 깜빡이

고는 그답지 않은 모습으로 몸을 휙 돌리고 집을 떠났다. 물론 그의 어머니는 아들을 바래다주고 싶어 했지만 콜린은 기어이 혼자 가야 한다며 어머니를 뿌리쳤다.

그의 뒤에서 문이 닫히고 집은 평소와 다르게 침묵에 빠졌다. 그가 이제 집에 없다는 사실을 너무 빨리 애통해하는 것 같았다. 아주머니는 응접실 창문 앞으로 가서 콜린이 거리를 따라 내려가는 모습을 지켜보았다.

남은 하루 내내 웨더포드 아주머니는 그 자리에 그대로 남아 있었다. 콜린이 여전히 그곳을 지나가고 있는 듯 계속해서 그와 작별을 고하고 있었다.

하루 전까지만 해도 전쟁은 지극히 지루한 일상일 뿐이었다. 아무 일도 일어나지 않는. 그러나 지금, 전쟁이 현실로 다가와 가장 아픈 곳을 마구 찌르고 있었다.

이미 많은 목숨이 희생되고 말았다. 하지만 이것은 앞으로 다가올 더 많은 희생의 서막에 불과했다.

점점 더 많은 남자들이 런던 거리에서 사라지고 있었지만, 프림 로즈 힐 서점은 손님들이 계속 늘어났다. 부인들은 새로운 소설을 찾았고, 나이 든 남자들은 현 상황을 빠르게 반영해 주는 정치 서적을 찾았다. 전쟁터로 가기에 너무 어린 남자들과 여자들, 시골로 피난 가기에 너무 나이가 많은 사람들이 서점을 차지했고, 그레이스는 손님들이 읽을 책을 골라주는 데 푹 빠져 내내 행복감을 만끽했다. 게다가 서점을 새롭게 단장한 이후로 손님들이 두 배는 더 오래 머무르고 책도 세 배는 더 사 간다는 걸 알게 되었다.

이전과 다른 점이라면 손님들이 구하는 것을 바로 찾을 수 있다는 것이었다. 단 한 번 예외를 꼽자면 은퇴한 교수가 너무 심하게 깨끗한 책방을 보며 투덜댔을 때였다. 이전에 뒤죽박죽 난장판처럼 분류해 놓았던 상태가 이 서점의 전통이었는데 그게 사라졌다나 뭐라나. 서점의 원래 모습을 대놓고 칭찬하는 그의 모습을 보니 조지가 오래되고 먼지 자욱한 서점을 좋아했던 때가 생각나 그레이스의 입가에 미소가 절로 지어졌다.

그레이스는 여기에 더해 에번스에게 국가에서 하는 '상품권 시스템'을 도입하자고 설득하려 애썼다. 상품권 카드를 사서 누군가에게 선물하면 받은 사람이 원하는 책으로 교환할 수 있는 방식으로, 이것이야말로 아주 훌륭한 광고 기회였다. 그녀는 포일스 Foyles 서점에 갔을 때 이 기발한 방식을 알게 되었다. 포일스 서점은 6층이나 되는 매장에 중고 서적과 고급 차도 팔았고 유명 인사들도 많이 찾았다. 한 번은 그곳에서 상품권 카드를 본 적이 있었는데, 이 카드가 어디에서나 쓰인다는 사실을 알게 되었고 이 때문에 에번스의 서점이 심각한 불이익을 받고 있다는 점도 깨닫게 되었다.

지금까지는.

크리스마스가 다가올 무렵 프림로즈 힐 서점에 책 상품권이 있다고 광고를 낸 첫날, 책이 수십 권이나 팔렸다.

"솔직히 말해서, 베넷 양."

에번스가 마지막 금전 입력을 끝낸 손님이 서점을 나서자 마지못해 인정했다.

"책 표를 팔자고 한 자네의 아이디어는 정말 좋았어."

그레이스는 에번스가 상품권을 표라고 버릇처럼 잘못 말하는 것을 듣고 웃음을 겨우 참았다.

"효과가 좋아서 참 다행이에요."

그레이스는 접힌 은색 종이 주위를 노끈으로 묶고는 끈을 잡아 떼어 장식용 공으로 만들었다. 다가오는 겨울, 창문에 꾸미기 좋은 완벽한 아이템이다.

"12월도 거의 끝나 가는군."

에번스는 금전 등록기 옆에 놓은 작은 장부에 무언가를 적었다. 그레이스가 초반부터 같은 요율로 책 판매량을 표시해 놓은 것이었다. 필기가 끝나자 그는 연필을 가지런히 놓고 찢어진 종이 쪼가리는 계산대 옆 휴지통에 던져 넣었다. 그러고 보니 이제는 손가락 끝 사이를 꼬집을 필요가 없는 연필이다.

"1940년에는 전쟁이 끝났으면 좋겠어요."

그레이스가 은색 종이 뭉치를 함께 묶었다. 하나만 더 하면 이제 끝이다.

"6개월 중에 벌써 3분의 2가 지났군."

에번스가 거래 원장이 저절로 닫히기 전까지 유심히 바라보았다.

"그렇죠."

그레이스는 에번스의 표정을 살폈지만 그저 무심해 보였다.

그가 무언가 더 말을 하려고 입을 벌리는 순간, 턱수염을 짙게 기른 호리호리한 남자가 종을 울리며 서점 안으로 들어왔다. 에번스는 휴우 한숨을 쉬었다.

"안녕하세요, 스톡스 씨. 우리가 뭐 위반한 거라도?"

그레이스는 남자의 이름을 어디선가 들어 본 것 같았지만 잘 기억나지 않았다.

"오늘은 비번입니다."

위압감이 느껴지는 어조 덕분에 그레이스의 기억이 퍼뜩 되살아나며 생각이 났다.

스톡스 씨는 지역 공습 감시원이었다.

"솔직히 요즘은 좀 따분하네요."

스톡스 씨는 미간을 찡그리며 서가를 둘러보았다. 이마의 주름이 더욱 깊어졌는데 자주 그러한 표정을 짓는다는 표시였다.

"밤을 지새우려면 책이 필요할 것 같아서요. 제 동료는 새파란 젊은인데 대화를 별로 좋아하지 않아요. 크리스마스 축제라면 불빛이 더 많이 보이리라 생각하겠지요. 하지만…… 아무것도 없을 거요."

더 이상 힐난할 구석이 없다는 데에 실망한 것인지 그의 입꼬리가 축 처졌다.

"재미있는 미스터리 어때요?"

에번스가 손을 흔들며 따라오라는 시늉을 했다.

이것이 바로 에번스의 뛰어난 점이었다. 그리고 그레이스에게 부족한 점이었다. 가게를 정리하는 데에만 너무 오랫동안 집중하다 보니 서점에 있는 책들을 읽을 시간이 없었다. 특히 손님들에게 적절한 책을 권할 만한 밑천이 없었던 것이다. 그래서 에번스가 그레이스에게 이제 곧 프림로즈 힐 서점을 떠날 때가 되었다고 말하려던 것일까?

그레이스는 에번스의 의중을 파악할 기회가 나지 않았다. 오후 나머지 시간 동안은 너무나 바빴고 에번스는 다시 말을 꺼내지 않았다. 이제 새해도 다가오니 지금 팔고 있는 책들을 읽을 시간을 꼭 확보하리라 다짐했다. 그러면 가장 인기가 많아 보이는 책들을 중심으로 권하는 것이 아니라 정말 제대로 된 추천을 할 수 있으리라.

콜린이 없으니 크리스마스는 그저 침통하기 짝이 없었다. 웨더포드 아주머니는 곧 있을 배급을 감안하여 잔치를 벌였다. 1월에 배급을 시작할지 모른다고 소문이 나던 중이었다. 저녁 식탁에는 통통한 칠면조구이와 파스닙(배추 뿌리처럼 생긴 채소-옮긴이), 감자, 방울 양배추를 차려 놓았다. 무거운 분위기를 밝게 바꾸어 보려고 선물도 주고받았다. 효과는 잠깐뿐이었지만. 집안을 따스하게 밝혀 주는 콜린이 없으니 집은 예전 같지 않았다.

그레이스는 웨더포드 아주머니에게 책 상품권을 주었다. 책 상품권이야말로 정말이지 간편한 선물이니까. 그리고 비브에게는 멋진 새 모자를 선물로 주었다. 비브는 아주머니와 그레이스에게 드레스를 새로 만들어 주었다. 아주머니는 두 사람에게 방독면에 꼭 맞는 핸드백을 선물했다.

바닥이 둥그런 통이었는데 안을 열어 보면 방독면이 꼭 들어맞도록 주머니가 들어 있었다. 핸드백은 검은색 가죽에 금색 똑딱단

추가 달려 있어 무척 세련되었다. 확실히 어떤 여성들이든 당당하게 가지고 다닐 수 있는 가방이었다.

"이제 밖에 나가도 잊어버리고 나갈 일은 없겠지."

웨더포드 아주머니는 앞으로 외출할 때 방독면을 놓고 나가면 더 이상 용서는 없다고 마지막으로 힘주어 말했다.

많은 사람들이 낙관적으로 예측했던 것과 달리 크리스마스는 전쟁의 종식을 가져다주지 못했다. 뿐만 아니라 오히려 앞으로 배급을 받아야 할지 모른다는 조짐만 보였다. 베이컨과 버터, 설탕을 제한하자 안 그래도 추운 런던을 더욱 비참하게 만들었다.

영국에 사는 사람이라면 누구나, 왕과 왕비 할 것 없이, 도장이 찍힌 작은 책자를 받고 한도 안에서만 배급 물품을 살 수 있었다. 어찌된 일인지 아주머니가 지난달 안전한 곳에 설탕을 잘 비축해 두었는데 그레이스와 비브는 종종 부족하다고 생각했다.

그러다 그레이스가 예상 밖 햇살 한 줄기를 찾은 곳은 칙칙한 회색빛 세상에서였다.

어느 날 오후, 살을 에는 것처럼 추운 날씨 속에 프림로즈 힐 서점에서 나오는데 오늘따라 자유 시간이 많다는 생각이 들었다. 이럴 때 남은 시간을 어떻게 보내야 하는지 그레이스는 정확히 알고 있었다. 우선 차 한잔을 만든 다음, 안락의자에 파고 들어가 무릎에 두꺼운 담요를 덮고 그 위에 《몬테크리스토 백작》을 올려놓았다.

그레이스는 손가락으로 해진 표지 위를 쓸어내리면서 조지 앤더슨을 생각했다. 그뿐만 아니라 징집된 남자들 모두.

그들은 어디에 있을까? 그들도 따분해하고 지루해할까?

그레이스는 참말로 그러기를 바랐다. 위험에 빠져 있느니 지루한 게 낫다.

천천히, 그레이스는 책을 펼쳤다. 세월의 기름을 먹은 것처럼 책 등에서 소리가 나지 않을까 집중하면서.

이제 책을 읽기 시작했다.

책 속의 문장들은 학교에서 읽었던 것처럼 무미건조한 수학식이나 단어가 어떻게 만들어지는지 설명하는 문장구조 같은 류가 아니었다. 아니야, 이 책은. 과연 제대로 집중하고 나니 그레이스가 도저히 벗어날 틈을 주지 않았다.

처음에는 비난으로 시작하다가 배반으로 소용돌이쳤고 종국엔 엄청난 배신으로 고꾸라졌다. 단어에 단어를 거듭할수록 페이지를 하나하나 넘길수록 한 번도 경험하지 못한 곳으로 자꾸 빨려 들어갔고, 한 번도 간 적이 없는 사람의 발자취를 따라갔다.

그레이스는 이야기에 모든 감정을 쏟아부었다. 모든 단어를 집어 삼키듯 페이지를 넘기는 눈빛이 더더욱 빨라지고 에드몽이 어떻게 되었는지 알고 싶어 어찌할 바를 몰랐는데…….

"그레이스?"

웨더포드 아주머니의 목소리가 이야기를 뚫었다. 그레이스의 머릿속에서 춤추던 장면들이 산산이 흩어졌다.

그레이스는 깜짝 놀라 고개를 들고 아주머니를 쳐다보았다.

"저녁 준비 거의 다 됐어."

아주머니가 슬쩍 보더니 혀를 끌끌 찼다.

"커튼을 아직 치지도 않았구나. 나중에 스톡스 씨에게서 한 소리 듣겠어."

그레이스는 잠시 혼란스러워 눈을 깜빡였다. 밖은 벌써 어두워져 있었다. 그제야 정신을 차리고 불을 켜려 했지만, 그때야말로 메르세데스와 에드몽이 약혼 파티를 열고 사악한 음모가 이제 막 펼쳐지려 할 때였다.

불이 딸칵 켜지고 밝은 빛 덕분에 그레이스의 눈앞에 펼쳐져 있는 책이 환해지면서 글씨가 더욱 도드라져 보였다.

"뭐 읽고 있었니?"

아주머니가 가까이 다가와 표지 쪽으로 고개를 돌리며 물었다.

"《몬테크리스토 백작》이요."

그레이스의 볼이 홍조를 띠었다.

"앤더슨 씨가 소집되기 전에 제게 남기고 간 책이에요."

아주머니의 눈빛이 아련해졌다.

"콜린이 가장 좋아하던 책 중에 하나였는데."

"콜린 소식은 들으셨어요?"

그레이스가 물었다.

웨더포드 아주머니는 방 주위를 정처 없이 돌아다니다가 어지러이 놓인 잡지 더미를 세우기도 하고 더 이상 부풀어질 리도 없는 베개를 탁탁 두드렸다.

"아니 아직. 그래도 곧 듣지 않을까 기대하고 있어. 너도 알다시

피 아이들을 얼마나 혹독하게 훈련시키겠니. 그리고 나서……."

그녀의 목소리가 잦아들었다.

그러고 나서 전쟁터로 내보낸다.

이 말은 결국 입 밖으로 나오지 못한 채 허공에 맴돌았다. 그것은 또한 위험에 내몰린다는 의미를 내포하기도 했다.

"제가 다 읽고 나서 아주머니도 읽으시면 좋겠어요. 빌려 가셔도 돼요."

그레이스는 분위기를 전환하기 위해 책을 권했다.

"고마워. 그런데 네가 준 상품권으로 산 제인 오스틴 소설이 있어. 《에마 Emma》부터 다 읽고. 아주 사랑스러운 책이지."

아주머니는 암막 커튼을 만지작거리며 제대로 쳐졌는지 꼼꼼하게 확인했다.

"그리고 여성 자원봉사회에서 만난 사람들과 퍽 바쁘게 지내고 있단다. 이제 내려오렴. 음식 다 식겠다."

여성 자원봉사회는 웨더포드 아주머니에게 콜린의 부재를 메꿀 수 있는 좋은 대안이 되어 주었다. 덕분에 석탄산(살균제로 쓰이는 약품-옮긴이)으로 마룻바닥이 닳아 없어지도록 문지르지 않아도 되었고, 아들을 전쟁터로 보낸 비슷한 상황에 놓인 엄마들과 친분을 쌓을 수도 있었다.

그레이스는 고분고분 책을 옆에 놓고 주방으로 가서 식사를 했다. 아주머니의 맞은편에 콜린이 없으니 식당이 너무도 커 보였다.

비브는 그레이스가 들어오자 활짝 웃었다.

"오늘은 티타임을 건너뛰고 싶어 할 것 같았지. 조지가 준 책을 엄청 정신없이 읽고 있더라."

그레이스는 다른 세계에 푹 빠져 있다가 이제 막 현실로 돌아오는 길을 찾은 것 같았다. 왠지 모르게 바보 같다는 느낌이 들어서 웃음이 나왔다.

"미안, 네가 들어오는지도 모르고 있었어. 방이 어두워졌다는 것도 알아채지 못했는걸."

저녁 시간, 수다를 떨며 아주머니가 구워준 텐더 치킨을 먹고 있었지만 그레이스는 여전히 자신이 에드몽 당테스에게서 빠져나오지 못하고 있다는 걸 깨달았다. 게다가 에드몽이 겪은 경험이 책 속 인물이 아니라 자신이 겪은 것처럼 생생하게 떠올랐다.

이는 조지가 독서에 대한 느낌을 설명할 때 확실히 의미했던 부분이었다.

그날 밤, 에드몽의 이야기로 되돌아간 그레이스는 머리끝까지 이불을 덮고 손전등으로 책의 페이지만 비추며 밤을 지새웠다. 각 장을 넘길 때마다 이번이 마지막이라고 다짐했지만 결국 눈이 스르르 감기고 나서야 책 읽기가 끝났다. 꿈속에서 그레이스의 머릿속에는 이야기 속 이미지가 뒤섞였다.

다음 날 아침, 그레이스는 소스라치게 놀라 일어났다. 눈도 통통 부은 데다가 늦기 일보 직전이었다. 일부러 설탕을 넣지 않은 차를 만들어 마시고 버터도 대충 발라 토스트를 한입 문 다음, 짐을 마구 싸서 혹독한 추위를 뚫고 프림로즈 힐 서점으로 향했다.

여름과 가을에는 참 가볍고 즐거운 걸음걸이였는데 겨울이 되니 몸이 천근만근 무거웠다. 축축하고 찬 기운이 뼈를 파고드는 가운데 바람이 그레이스의 앞을 가로막아 안 그래도 어려운 걸음을 더 어렵게 만들었다.

패링던 역으로 오는 동안 내내 여전히 지난 밤 읽었던 《몬테크리스토 백작》에 빠져 있는데, 옆길에서 들리는 한바탕 웃음소리에 그레이스의 시선이 저절로 돌아갔다. 음산한 날씨 속에 옷을 단단히 껴입은 아이들이 술래잡기를 하는 듯 앞뒤로 서로를 쫓으며 뛰어다니고 있었다. 아이들의 볼은 차가운 추위에 빨갛게 달아올랐고 입에서 김을 내뿜으며 웃음을 터뜨렸다.

한때는 저렇게 즐거운 웃음소리와 자동차가 부릉부릉하고 지나다니는 소리가 사람들의 이야기 소리와 뒤섞여 도처에 넘쳐 났다. 그 순간 아이들의 웃음소리가 참 낯설다는 생각이 들었다.

물론 모든 엄마들이 아이들을 시골로 보낸 것은 아니었다. 하지만 이미 너무나 많은 사람들이 아이들을 보냈고 남은 아이들은 거의 없었다.

그레이스가 아침에 목격한 것 중에는 비단 아이들의 노는 모습만 있는 것은 아니었다. 서점으로 가는 길에 어린 소녀 몇몇이 인형을 들고 장난감 유모차를 가지고 뭐라 자그마한 소리로 이야기하고 있었다.

아이들이 돌아온 것일까?

전쟁이 끝났다는 의미가 될 수 있다는 가능성에 들뜬 그레이스가 얼른 문을 열고 들어가 에번스에게 알렸다.

"아이들 보셨어요? 집에 다시 돌아온 것 같아요."

에번스는 손사래를 치다 뾰족하게 깎은 연필이 들어 있는 병을 거의 쏟을 뻔했다.

"문 좀 닫아요, 베넷 양. 밖이 얼어 죽을 듯이 춥잖아."

그레이스는 순순히 하라는 대로 했다. 얼음처럼 차가운 바람이 들어오지 않도록 문을 막았다. 차가운 바람을 완전히 차단하고 나니 이제야 서점 안의 따뜻한 기운이 그레이스의 볼과 손에 맴돌며 두껍게 껴입은 몸까지 후끈 더워졌다.

"크리스마스 이후로 아이들이 돌아오고 있는 중이야."

에번스는 눈을 찡그리며 장부에 있는 무언가를 바라보았다.

"뭐라고 써 있지?"

그가 그레이스에게 장부를 내밀었다.

그레이스는 그가 휘갈겨 쓴 글씨를 내려다보며 수면 부족으로 머리가 지끈거리는 것을 애써 무시했다.

"사본 다섯 부라고 써 있어요."

그는 알았다는 뜻으로 흠 하는 소리를 내고는 노트 뒤에 뭐라고 썼다.

"내가 쓴 걸 어떻게 나보다 더 잘 알아보는지 모르겠단 말이야."

"아동서를 더 주문하고 어린이 서가를 따로 구성하는 것이 좋겠어요."

그레이스는 계산대 옆에 핸드백을 쿵 내려놓았다. 방독면에 책까지 들어 있어 무게가 꽤 나갔다.

"크리스마스가 끝났으니 이제 다시 돌려보낼 거야, 틀림없이."

에번스는 글을 쓰며 이제야 알아보기 쉽다는 듯 한결 부드러워진 표정으로 눈썹을 들어 올렸다.

"그럼 작게라도요."

그레이스가 코트의 벨트를 풀고 목에 둘렀던 목도리를 잡아당기며 아이들의 책을 놓을 만한 공간을 찾아보았다.

가운데 있는 탁자에는 가장 인기 있는 최신 서적인 《히틀러가 원하는 것 *What Hitler Wants*》이 놓여 있었다. 사람들의 시선을 잡아끄는 주황색 책 표지는 히틀러의 자서전인 《나의 투쟁 *Mein Kampf*》을 파헤쳐 히틀러의 결정을 이끌어 낸 것이 무엇이고, 히틀러가 일을 추진하도록 만든 동기부여가 무엇인지 파헤쳐 보겠다는 의도를 분명히 했다.

그레이스는 개인적으로 형편없는 책이라 여겼지만 대중은 이에 동의하지 않았고 지금보다 더 많이 알고 싶어 했다.

아마도 웨더포드 아주머니가 주장했듯이 아는 것이야말로 두려움에 대처할 수 있는 가장 좋은 방법일지도 모른다.

그레이스는 히틀러의 책을 놓으려 마련한 탁자 옆을 가리켰다.

"여기예요."

이 공간은 어린이 서가로 더 잘 쓰일 것이다.

에번스는 끙 하는 소리를 냈다. 그레이스는 이를 동의한다는 의미로 해석했다. 최소한 거절의 의미는 아니다.

오후가 되자 그레이스는 바로 작업에 착수했다. 우선 심프킨 마샬Simpkin Marshalls에 주문할 책 목록을 넣었다. 심프킨 마샬은 패터노스터가에 있는 도매 서점으로 재고를 대량으로 비축하고 있어 놀라울 정도로 신속하게 배달해 주는 재주가 있었다.

역시 이 모든 과정에서도 그레이스는 《몬테크리스토 백작》을 머릿속에서 완전히 몰아내지 못하고 있었다. 에드몽이 막 터널을 지나 파리아 신부의 독방을 향해 기어들어 가려던 참이었다.

그는 거기에서 무엇을 찾을까? 잡히면 어떻게 하지? 온갖 생각이 맴돌며 그녀의 심장이 두근거렸다.

그레이스는 집에 돌아온 아이들을 위해 새 책을 더 주문한 뒤, 서점 안쪽 커다란 책장 사이에 자리를 잡고 핸드백에서 두꺼운 책을 꺼냈다. 거의 동시에 이야기에 푹 빠져 안갯속 같던 머릿속이 단번에 깔끔하게 정리되었다.

"베넷 양"

에번스의 목소리가 돌로 만든 지하 감옥을 뚫고 내려와 그레이스를 서점 한복판에 휙 던져 놓았다.

그레이스는 벌떡 일어나 책을 탁 덮었다. 순간 어디까지 읽었는지 표시하지 않은 걸 후회했다. 삼촌 가게에서 일할 때에는 한시도 짬을 내어 쉬어 본 적이 없었다. 그레이스는 죄책감에 긴장된 눈빛으로 느릿느릿 고개를 들었다.

그가 몸을 굽혀 책등에 쓰인 제목을 보는 동안 짙은 눈썹이 꿈틀거렸다.

"《몬테크리스토 백작》을 읽고 있었나?"

그레이스가 고개를 끄덕였다.

"네, 그게……."

뭔가 변명거리가 입속을 맴돌았지만 이내 그만두었다. 뭐라 한들 지금 했던 행동을 정당화할 수는 없다.

"죄송해요."

에번스의 입꼬리가 씰룩 올라갔다.

"앤더슨 씨의 제안을 받아들인 것 같군."

그는 책을 보며 고개를 끄덕였다.

"계속 읽어요, 베넷 양. 그 책이 그렇게까지 자네 마음을 사로잡았다면 자네 추천을 바탕으로 꽤 많이 팔 수 있으리라 기대할 수 있겠군."

긴장으로 잔뜩 움츠린 어깨가 스르륵 풀렸다.

"심프킨 마샬에서 몇 부 더 주문할게요."

"그렇게 하게."

그는 자신의 트위드 재킷에 달린 보풀을 집었다.

"다음 책으로는 제인 오스틴도 한 번 고려해 보게. 여자들이 그 책 주인공을 아주 좋아하는 것 같아."

호기심이 발동한 그레이스는 제인 오스틴의 책을 사야겠다고 머릿속에 기록해 놓았다. 아마도 《에마》겠지. 웨더포드 아주머니가 그 책을 좋아하는 것 같으니.

"자네가 여기에 있는 동안 책을 좋아하게 되어 기쁘네."

에번스가 안경을 벗고 이리저리 살펴보았다. 그의 눈이 안경을 썼을 때보다 다소 작아 보였다.

"우리 계약에서 이제 겨우 한 달밖에 남지 않았지만 말이야."

정말로 한 달밖에 안 남았다고? 그 음울한 크리스마스 시즌이 어떻게 그렇게 눈 깜짝할 사이에 지나갈 수 있단 말인가?

그레이스는 뭐라 대답할지 몰라 고개만 끄덕였다. 그리고 뒤늦게야 그가 그레이스를 보고 있지 않다는 것을 알게 되었다.

에번스는 손수건을 꺼내 렌즈 가운데를 문질러 닦은 다음 얼굴에 다시 끼고는 부엉이처럼 눈을 깜빡였다.

"프림로즈 힐 서점에 애착을 갖게 된 건 아니겠지?"

그레이스는 질문을 듣고 어리둥절했다. 정말로 애착을 가지게 되었지만 그렇다고 그 사실을 바로 알아차리지는 못했다.

그레이스는 새롭게 단장한 매장에서 손님들이 쉽게 책을 찾는 모습이 좋았다. 그리고 책 표지 보는 것도 좋았고 출판사들이 얼마나 창의적으로 디자인하는지 보는 일도 좋았다. 심지어 아무리 쓸고 닦아도 서점 안에 남아 있는 쿰쿰한 냄새도 좋았고 에번스의 무미건조한 농담 등 모든 것이 다 좋아지기 시작했다.

뭐라 대답할까 머리를 굴리고 있는 사이, 입구의 종이 울리며 손님이 들어왔음을 알렸다.

"에번스?"

프릿차드 씨의 목소리가 입구에서부터 울렸다.

"여기에 있나?"

에번스는 위를 보며 곁눈질을 하고는 프릿차드 씨를 맞이하러 저벅저벅 걸어갔다. 그레이스가 보기에 프릿차드 씨는 친구인지 적인지 알 수 없는 사람이었다.

"어서 오시게, 프릿차드."

"최근에 워링턴 식당에서 피시앤칩스 먹어 봤나?"

프릿차드 씨가 물었다.

"방금 먹고 오는 길인데 정말이지 너무 끔찍해. 제대로 된 피시앤칩스를 먹을 수 없는 상황이라니 어쩌다 런던이 이렇게 되었는지 모르겠네. 물론 튀김을 할 정도로 기름이 충분하지 않다는 것을 알지만 그렇게 오랫동안 줄을 서서 돈을 냈는데……."

두 남자는 배급으로 인해 자신들의 미식 생활에 지장이 생겼다는 둥, 마가린은 버터를 절대 대체할 수 없다는 둥 이런저런 이야기를 시작했다. 그동안 그레이스는 이제 서점에서 더 이상 일할 수 없을지도 모른다는 우울한 현실에 고심했다.

무엇보다도 해롯 백화점의 스타일리시한 옷들과 고급 향수의 향이 맴도는 분위기 속에서 비브와 함께 있기를 꿈꿔 왔지만, 그 가운데에서도 자신이 지금의 상황을 얼마나 진심으로 만끽하고 있는지는 아직 생각해 본 적이 없었다.

그레이스는 속이 쥐어짜는 느낌이 들자 조지가 준 책을 손으로 꼭 쥐었다. 그래야 혼돈에 빠진 감정을 어떻게든 다잡을 수 있을 것 같았다.

이제 한 달만 지나면 그레이스는 추천서를 받을 테고 그러면 프림로즈 힐 서점 일은 끝난다.

에번스는 처음부터 그레이스에게 너무 애착을 갖지 말라 했었다. 그레이스는 그렇게 하지 않으려 했으나 결국 애착을 가지게 되고 말았다.

그리고 이제는 정말이지 이렇게 끝내고 싶지 않았다.

9

그레이스는 더 이상 프림로즈 힐 서점에서 일할 수 없다는 생각
에 내내 우울했다. 그러나 그 후 3주 동안은 에번스에게 계속 일
할 수 있는지 물어볼 용기가 나지 않았다. 특히 그가 그레이스에
게 정을 붙이지 말라며 단호하게 말했기 때문에 더더욱 그랬다.

하지만 《몬테크리스토 백작》을 완전히 만족스럽게 읽고 나서는
손님들에게도 권하고 싶었다. 에번스가 열의를 다해 책을 논평했
듯이 그레이스 역시 이미 보유하고 있었던 다섯 부보다도 더 많이
주문해야 했다.

그레이스는 마지막 장을 읽을 때 에드몽이 복수를 했는지 그리
고 그의 삶이 마침내 행복하게 끝을 맺었는지 알고 싶어 참을 수
없었다. 하지만 그 이야기를 그토록 좋아한 만큼 아무도 그레이스

에게는 달콤쌉싸름한 결말을 준비해 주지 않았다. 그 책을 다 읽고 나면 상실감에 빠질 거라고 아무도 이야기해 주지 않았다. 마치 가장 친한 친구에게 마지막 작별 인사를 고하는 것과 같았다.

에번스에게 이에 대해 언급하니 그저 미소만 지으며 다른 책도 읽어 보라고 권했다. 그렇게 해서 이번에는 《에마》를 읽으며 위안을 얻었다. 과연 놀랍게도 상실감을 완전히 상쇄시켜 주었다.

하지만 이 모든 과정 속에서도 그레이스는 비브가 왠지 나사가 풀려 있다는 느낌이 자꾸만 들었다. 특히 햇살이 잘 들어오던 날 오후, 웨더포드 아주머니네 연노랑 주방에서 차를 마시던 날 분명히 그랬다. 처음에는 스토브 불 켜는 것을 잊어버리고 찬물이 들어 있는 주전자를 마냥 올려놓고만 있다가 컵도 가져오지 않고 차만 가지고 왔다.

이 모든 행동이 비브답지 않았다. 무슨 일이든 항상 즐겁게 참여하던 아이였다. 심지어 오후에 차 마시는 일과 같은 일상적인 일과까지도. 그레이스는 재빨리 컵 두 개를 들고 와서 비브의 얼굴을 살폈다.

"무슨 고민이라도 있어? 왜 그래?"

비브가 반대편 의자에 무너지듯 앉으며 한숨을 쉬었다. 비브의 시선이 바깥의 황량한 정원을 따라 방황하고 있었다. 콜린이 '승리를 위해 땅을 파자'를 따라 열심히 작물을 심어 놓은 정원은 혹독한 겨울 추위에 모두 얼어 버리고 말았다. 말라비틀어진 화단 가운데에는 흙구덩이가 봉긋이 솟아 있었고, 그 아래에는 앤디가 묻혀 있었다. 보통 겨울 휴지기에는 정원을 잠가 놓지만 지금은 다 발가벗겨져 황량한 맨땅뿐이었다.

"뭔가 부족하다고 느낀 적 있어?"

비브가 차를 한 모금 마시자 컵의 테두리에 반달 모양으로 빨간 립스틱 자국이 남았다.

그레이스는 찻잔의 열기를 느끼려 손으로 잔을 감쌌다. 지난주에는 눈도 내렸고 땅까지 얼어서 부족하지 않을 만큼 추웠다. 주방이 그나마 집에서 가장 따뜻한 공간이지만 손이 완전히 녹을 것 같지 않았다.

"이 전쟁은 우리가 뭐라도 할 때까지 지속될 거야."

비브의 커다란 갈색 눈에 두려움이 서렸다. 자신이 뭐라고 말하든 그레이스가 좋아하지 않으리라는 것도 알았다.

불안함에 그레이스의 속이 쓰렸다.

"뭐 하려고 그래?"

비브가 입을 삐죽였다. 입술을 깨물려는 행동, 확실히 불안할 때 나오는 모습이다.

"더 이상 못 참겠어. 너도 알잖아. 내가 무슨 일이 일어날 때까지 마냥 앉아서 기다리는 성격이 아니라는 거."

그레이스가 찻잔을 놓았다. 그레이스도 알고 있었다. 비브는 항상 앞서 갔다. 앞에 어떤 일이 닥치든 온몸으로 맞이할 준비가 되어 있었다.

"여성 국방군 말이야?"

그레이스가 넌지시 물었다.

비브가 고개를 끄덕였다.

"거기서 입는 유니폼은 정말 끔찍해. 그건 나도 알아. 그래도 그곳에서 하는 일은 나랑 딱 맞아. 그리고 랜드 걸 Land Girl 보다는 이게 훨씬 나아."

랜드 걸은 여성 육군 부대 소속으로, 작물을 기르는 데 도움을 주는 여성 단체였다. 이곳에서 하는 일은 자원봉사이지만, 비브가 부모님의 농장에서 일한 이력이 있다는 것이 알려진다면 랜드 걸에 지원하라는 압력이 들어올 수도 있다는 걸 의미했다.

비브는 런던에 도착한 이후 딱 한 번 부모님으로부터 이 이야기를 들었다. 비브의 어머니는 편지에서 비브가 너무 갑작스럽게 떠나 몹시 실망했으며 굳이 돌아올 필요가 없다고 말했다. 비브는 가벼운 농담이라는 듯 무심하게 편지를 치워 버렸지만 그레이스는 그녀가 깊은 상처를 받았다는 것을 알고 있었다.

"너는 훌륭한 랜드 걸이 될 거야."

그레이스가 살짝 웃어 보이며 말했다.

비브가 입을 쩍 벌리며 과장해서 공격적인 표정을 지었다.

"너 정말 못됐어, 그레이스 베넷."

비브는 장난으로 그레이스의 발가락을 슬쩍 쳤다.

"알잖아, 너도 나랑 같이 갈 수 있다는 거."

비브는 완벽해질 때까지 눈썹을 매일매일 뽑아서 적갈색 눈썹이 아름답게 아치형을 이루었다. 그 눈썹이 이제 그레이스에게 유혹의 눈길을 보냈다.

"상상해 봐. 우리 둘이 같이 여성 국방군에, 우리의 엉덩이를 길고 각지게 만드는 그 끔찍한 갈색 유니폼을 입으며 서로 동정하는 모습을. 그리고 영국을 위해 젊음과 패션을 희생하는 우리들."

"음, 그렇게 장사를 하시면……."

그레이스가 웃었다. 입으로 웃고는 있지만 자신도 나라를 위해 무언가 해야 한다는 것은 알고 있었다. 남자들은 전쟁터로 불려 나갔고, 엄마들은 안전을 위해 아이들을 시골로 보냈다. 낯선 사람들이 아이들을 돌보고 있고 여성들은 자원해서 일을 하고 있다.

그런데 나는 뭘 하고 있지?

아무것도.

"나랑 같이 가자, 꽥꽥아."

비브는 한껏 애교를 부리며 눈을 찡긋했다.

"함께라면 할 수 있어."

그레이스는 나라를 돕는 의무와는 별개로 여성 국방군에 합류한다는 말의 뜻을 생각하니 가슴이 미어졌다. 그러면 프림로즈 힐 서점을 뒤로한 채 떠나야 하고 더 이상 이곳에서 일할 수 없다는 실망감이 들 것이다. 비브가 없다면 해롯에서 일할 필요도 없다. 무엇보다도 계속 친구 곁에 있고 싶다. 어릴 때부터 쭉 함께 있던 것처럼.

하지만 그것은 또한 웨더포드 아주머니를 집에 홀로 두어야 한다는 것을 뜻한다. 여성 자원봉사회 덕분에 엄마의 친구가 이제 막 근심을 걷어 버리고 헝클어진 실타래를 풀기 시작했는데.

웨더포드 아주머니는 앞에서 이끄는 역할을 선호했지만 현 지역 모임을 이끄는 여성에게 그 자리를 양보했다. 그녀가 지금 맡고 있는 리더 자리를 넘겨줄 생각이 없었기 때문이다. 대신 아주머니는 자신의 무대를 집으로 옮겼다.

아주머니가 타르 냄새나는 석탄산 비누로 바닥을 박박 문질러 닦을 때마다 냄새가 그 안으로 스며들었다. 수건은 수건걸이 바로 가운데에 아주 깔끔하게 걸렸고, 통조림통들은 마치 일렬종대로 서 있는 군인들처럼 라벨이 밖으로 보이도록 하여 가지런히 놓였다. 심지어 찻잔들도 손잡이가 모두 같은 방향으로 놓였다.

그레이스가 떠나 버리면 아주머니 곁에는 아무도 없게 된다. 그리고 콜린에게 어머니를 잘 돌봐주겠다고 약속해 놓은 터였다.

그레이스는 고개를 저었다.

"나는 못 가."

"웨더포드 아주머니 때문이지."

비브가 말했다.

그레이스는 찻잔 깊은 곳을 뚫어져라 바라보았다. 보이는 것은 그저 짙은 색 액체의 바닥뿐이었지만.

"아주머니를 혼자 두고 여기를 떠날 수 없어. 그리고 너도 알다시피 난 너처럼 용감하지 않아. 나는 여성 국방군이나 그런 비슷한 병역에 소질이 없어."

"넌 네가 생각하는 것보다 더 용감해."

비브가 장미무늬 찻잔을 입술 가까이에 들고 한 모금 마셨다.

그리고 또다시, 이어지는 죄책감.

비브가 일부러 그런 반응을 유도한 것은 아니었지만 그레이스는 자신이 전쟁 관련하여 충분한 노력을 기울이지 않는다는 것을 알고 있었다. 모두가 도움에 나설수록 전쟁은 더 빨리 끝날 것이다.

비브가 찻잔을 내려놓자 그 앞에서 김이 모락모락 피어올랐다.

"나도 이해해, 그레이스. 게다가 너 혼자 방을 쓰면 이제 밤새도록 불을 켜고 책을 읽을 수 있잖아. 매번 손전등을 새로 살 필요 없이."

그레이스는 그 말을 듣고 웃을 수밖에 없었다. 손전등에 들어가는 건전지는 이제 어디에 가도 구하기 힘들다. 안에 넣을 건전지를 사느니 차라리 새 손전등을 사는 게 훨씬 쉽다.

비브가 너무나 지루하다고 고백한 이후 그레이스는 오후와 저녁은 친구를 위해 많은 시간을 보냈다. 낮에는 차도 마시고 카페도 가고, 영화관에 가거나 쇼핑도 하는 한편, 저녁에는 라디오에서 나오는 프로그램을 들었다.

하지만 방송을 듣는 와중에도 그레이스의 마음은 언제나 책에서 본 이야기 속으로 빨려 들어가고 있었다. 새로운 책을 읽느라 밤늦게까지 이불 속에 있기 일쑤였다.

에번스의 말이 옳았다. 그레이스는 제인 오스틴을 너무나 사랑했고 이제는 작가의 작품을 몽땅 섭렵하고 있었다.

"네가 없다면 예전 같지 않을 거야."

그레이스가 친구에게 말했다.

비브가 탁자 건너편으로 손을 뻗어 그레이스의 손을 잡았다.

"휴가 때마다 항상 여기로 올게."

"부모님은 어쩌고?"

"그분들은 당연히 허락하지 않으시겠지."

비브의 눈빛이 흔들리더니 다시 찻잔을 잡았다.

"부모님은 이미 내게 다시는 집에 올 필요가 없다고 말씀하셨어. 그리고 나도 안 갈 거야. 나는 실망했다는 잔소리에 영원히 갇혀 있는 것보다 여기 와서 너를 보는 게 훨씬 좋아."

"여성 국방군은 네가 가면 훨씬 좋아질 거야."

그레이스는 의자에 기대앉아 새삼 뿌듯한 눈빛으로 친구를 바라보았다.

"너는 언제나 용감했으니까."

비브는 칭찬을 듣고 황송하다는 듯 코웃음을 짓고는 차를 한 모금 마셨다.

"해롯에서 같이 일하지 못하게 되어 유감일 뿐이야. 내가 떠나기 전에 잘 말해 놓을게. 내가 하던 일을 네게 넘겨주면 얼마나 좋을까?"

그레이스는 고개를 끄덕이며 긍정의 미소로 보이길 바라는 표정을 지었다. 그레이스는 해롯에서 일하고 싶지 않았다. 특히 비브가 없다면 더더욱.

여기에 더해 그레이스는 서점에서 계속 일하고 싶다는 마음에 확신이 생겼다. 이제 에번스를 설득하는 일만 남았다.

다음 날 아침 서점으로 들어오던 그레이스는 계산대에 놓여 있
는 커다란 상자를 보았다. 에번스가 쌓아 놓은 책들을 밑에서부터
들어 올리며 그레이스를 맞이하고는 깔끔하게 정리된 더미 옆에
놓았다.

그레이스가 안쪽 방으로 가서 소지품을 놓고 다시 입구로 돌아
오는데 에번스가 상자를 막 여는 중이었다.

"심프킨에서 온 새 책인가요?"

그레이스는 짐짓 평온한 표정을 지으려 했지만 왠지 긴장되어
속이 요란하게 요동치는 것 같았다.

그가 고개를 끄덕이며 책을 몇 권 더 꺼냈다.

"이제 제가 여기에서 일할 시간이 일주일도 안 남았어요."

그레이스가 용기를 내어 말을 꺼냈다.

"자네 추천서는 이미 쓰고 있는 중이네."

그가 무뚝뚝하게 말했다.

"그것에 관해서는 걱정할 필요 없어."

실망감이 단전에서부터 밀려들어 왔다. 추천서를 준비하고 있다
는 말을 들으니 모든 게 훨씬 더 실감이 났다.

너무 현실적이야.

이번에는 다른 각도로 시도해 보려는데 에번스가 상자에 손을
뻗어 긴 캔버스 천으로 싸인 양장 책을 꺼냈다. 그는 그 책을 경

건한 자세로 계산대 위에 놓고는 조심조심 천을 벗겼다.

책 속은 매우 더러웠다. 황금색 표지는 먼지 때문에 갈색으로 물들어 있었고, 낡은 표지에서 흘러내린 녹빛 얼룩이 그 아래 페이지로 스며들어 있었다. 그레이스는 고개를 기울여 책등의 제목을 읽어 보았다.

《이상적 기체의 양자 이론 *Quantentheorie des einatomigen idealen Gases*》, 알베르트 아인슈타인 지음.

그레이스는 닭살이 돋는 것처럼 온몸이 쭈뼛 섰다.

"이거 독일어인가요?"

"맞아."

에번스가 입을 굳게 다물고 미간을 찌푸렸다.

"나치가 7년 전쯤 불살랐던 책들 중에서 겨우 구한 것이지. 포일은 그 책들 모두 손에 넣기로 결심하고 심지어 히틀러와도 협상을 했어. 왜 그랬는지 누가 알겠나?"

에번스의 손은 표지 위에 닿지 못하고 허공에서만 맴돌았다.

"내가 아는 포일이라면, 그가 아무렇게나 사용했던 다른 낡은 책들처럼 그 책들도 가게 주변 모래주머니에 쑤셔 박았을 거야."

그레이스는 포일스 서점 앞에 있던 각진 모래주머니들을 보며 모양이 왜 저럴까 궁금해한 적이 있었다. 거기에 낡은 책을 넣었으리라고는 상상도 하지 못했다. 그레이스의 시선이 표지에 적갈색 얼룩이 묻은 낡고 두꺼운 책으로 향했다. 아주 멋지면서도 왠지 모르게 불안해 보였다.

"저건 뭐예요?"

그레이스가 책을 가리켰다.

에번스가 길게 한숨을 내뱉고는 천천히 말을 꺼냈다.

"피."

그는 천에서 빠져나온 책을 완전히 꺼냈다.

"오래된 피. 히틀러는 이 책을 좋아하지 않았기 때문에 불태워서 감추어 버리려 했지."

그가 전해주는 무언의 암시에 그레이스는 공포에 휩싸였다.

"그러니까 이 책을 구하기 위해 누군가가 희생을 했다는 말씀이세요?"

그레이스는 에번스를 따라 안쪽 방으로 들어갔다. 그곳에서 상자 몇 개를 옮기자 벽 속에 숨겨진 금고가 나타났다. 그녀는 놀라서 눈만 끔뻑끔뻑했다. 이런 곳이 있었는지 전혀 몰랐기 때문이다.

"그럴 가능성이 높지."

에번스가 손잡이를 돌렸다. 아래에 열쇠 구멍이 있었지만 그곳은 건들지 않았다. 그러자 문이 열리며 육중한 쇳소리가 났다. 안에는 책등에 독일어로 쓰인 책이 수십 권 더 있었다. 새 책은 아니었지만 알베르트 아인슈타인 책처럼 형편없는 상태는 아니었다.

"여기에는 히틀러가 잠재우고자 하는 많은 목소리가 있어. 특히 유대인들의 책이 그래."

에번스는 새로 가져온 책을 다른 책 옆에 조심스레 놓았다.

"이것은 남은 다른 세상이 지어야 할 의무야. 절대 침묵하지 않

게 해야 한다는.'

그는 《알만조르*Almansor*》(독일의 시인이자 작가인 하인리히 하이네의 희곡-옮긴이)라는 글자가 금박으로 수놓여 있는 노란 책등을 톡톡 두드렸다.

"'책을 불사르는 곳은 인류도 불태워 버린다.' 하인리히 하이네는 유대인은 아니었지만 그의 사상은 히틀러가 지향하는 바에 맞섰어."

에번스가 안전문을 밀어서 닫자 오싹한 쿵 소리가 났다.

"전쟁은 등화관제니 배급제니 하는 것보다 훨씬 더 끔찍한 것이라네, 베넷 양."

그레이스는 침을 꿀꺽 삼켰다.

사람들은 책을 구하기 위해 목숨을 던진다. 생각을 파괴하고 인류를 해치는 것을 막기 위해 말이다.

그레이스는 이를 위해 반의반도 하지 않았다.

"저 여성 육군에 지원할까 해요."

그레이스가 불쑥 말을 꺼냈다.

그의 커다란 눈이 안경 뒤로 끔뻑거렸다.

"별로 현명한 판단이 아닌 것 같은데, 베넷 양. 대신에 공습 감시원을 해 보는 건 어떤가?"

그레이스는 스톡스 씨처럼 하라는 생각에 얼굴을 찌푸렸다. 집집마다 불이 새 나가지 않도록 단속하고 사람들에게 불 끄라고 오만하게 잔소리하는 일이라니.

런던의 마지막 서점

그때 입구 쪽에서 종이 딸랑거리며 손님이 왔음을 알렸다. 그레이스는 서점 일을 보러 갈 수 있다는 안도감에 얼른 에번스 곁을 떠났다. 그레이스를 기다리고 있는 사람은 손님이 아니라 네스빗 부인이었다.

부인은 그 얇은 허리에 벨트가 달린 베이지색 매킨토시(방수용 외투의 일종-옮긴이)를 입고 머리에는 까만 모자를 가운데에 꼭 맞게 쓰고 있었다. 머리는 살벌할 정도로 뒤로 깔끔하게 넘겼다. 꼿꼿한 몸매에 빨갛게 성난 입술은 금방이라도 상대를 베어 버릴 것만 같았다.

"이 구역질 나는 것, 잘 만났다."

네스빗 부인이 오만방자한 태도로 말을 마구 내뱉었다.

너무나 공격적인 태도에 그레이스는 마치 뺨을 맞은 듯 얼얼해져 잠시 할 말을 잃고 말았다.

"뭐…… 뭐라고 하셨어요?"

그레이스가 말을 더듬었다.

"아무것도 모르는 척하지 마, 이 깍쟁이 같은 것아."

네스빗 부인은 까맣고 높은 힐을 군화처럼 쿵쿵 찍으며 다짜고짜 매장 안으로 들어왔다.

"이 정돈된 것 좀 봐. 깨끗하긴 또 얼마나 깨끗해. 종류별로 아주 완벽하게 해 놨네."

부인은 '역사'라고 쓰인 표지판을 손가락으로 꾹 찌르며 말했다.

"그리고 진열한 것도."

부인은 색깔별로 예쁘게 정돈된 어린이책 가판을 슬쩍 노려보았다. 또한 자신이 하는 말에 들어 있는 비난을 굳이 감추려 하지 않았다.

"어떻게 너희 가게만 심프킨 마샬 주문이 더 늘어날 수 있지? 다른 서점들은 있는 재고를 팔기도 힘들어 죽겠는데?"

전에는 이 독설 가득한 여자와 대적할 정도로 대담했던 그레이스였지만 지금은 대놓고 드러내는 적대감에 전의를 상실했고 오직 프림로즈 힐 서점을 지켜야겠다는 생각만 굳어졌다.

그레이스는 꾹 참고 마음을 다잡았다.

"죄송합니다만, 네스빗 부인."

그레이스가 차분하게 답했다.

"저런 식으로 책들을 진열하는 곳은 부인 서점뿐만이 아니에요. 분야별로 책들을 구분하는 것도 역시 댁의 서점만 유일한 것은 아니죠."

"네 진열 방식은 다분히 의도적으로 만들어진 거야."

네스빗 부인이 말을 가로막았다.

그레이스는 창문에 전시해 놓은 책들이 사람들의 눈을 사로잡는다는 것을 알고 있었다. 인기가 많은 미스터리 책들을 어울리게 배치하고, 그 사이에 아이들 책을 섞어 엄마들이 나중에 아이들을 데리고 오도록 이끌어 주었다. 이는 네스빗 부인이 말한 대로 의도적이었지만 패터노스터가의 많은 서점들이 이미 이런 방식으로 책을 진열해 놓고 있었다.

"감사합니다."

에번스가 대답했다.

"그레이스가 정말 열심히 일한 결과이지요. 이것뿐만 아니라 매장에 모든 것도요."

네스빗 부인이 몸을 빙그르르 돌며 에번스와 마주 섰다. 크고 마른 몸이 짧고 땅딸막한 몸과 대비되었다.

"내 말은 내가 한 방식과 너무 비슷하다는 거예요. 당신들이 어떻게 감히?"

에번스는 무심한 표정을 지었다.

"귀사의 매출이 부진한 것을 우리 매장이 번창한 탓으로 돌리지 마시지요."

"어떻게 아닐 수가 있죠?"

네스빗 부인이 목소리를 높였다.

"우리 가게처럼 꾸민 거 말고는 당신네들 성공을 어떻게 달리 설명할 수 있냐고요?"

"경쟁이요."

에번스가 자기편을 들어주자 그레이스도 끼어들었다.

"부인의 서점은 패터노스터가의 여러 서점 한복판에 있으니까요. 저희는 여기 호시어 레인에 하나밖에 없고요."

"그리고 친절한 서비스를 제공하지요."

에번스가 그레이스 쪽으로 온화한 미소를 지어 보였다.

"그런 의미에서 이제 좀 나가 주셨으면 좋겠습니다. 그렇지 않으면 제 손님들이 무서워서 가 버릴 테니까요."

네스빗 부인이 한 방 먹고 입이 쩍 벌어졌다.

"나는 단 한 번도……."

"그런 말을 들은 적이 없다고요?"

에번스가 눈썹을 추켜올렸다.

"흠, 들은 적이 없으시다면 기한이 한참 지난 게 분명하군요."

그는 문을 가리켰다.

네스빗 부인은 콧방귀를 뀌고는 앞이 안 보일 정도로 고개를 높이 쳐들고 서점을 획 나가 버렸다.

에번스가 그레이스를 보며 이맛살을 찌푸렸다.

그레이스는 속으로 움찔했다. 손님들에게 들릴지도 모르는데 서점에서 그런 일이 일어나는 원인을 만들어서 혼날 거라 예상했기 때문이다.

"여성 육군 부대에 지원하지 말아요, 베넷 양. 여기에 있어."

"런던에요?"

"프림로즈 힐 서점에."

그는 자기 주머니에 손을 넣고 고개를 떨어뜨렸다.

"자네가 해롯을 마음에 두고 있다는 거 알아. 그래서 이렇게 요청하는 건 바람직하지 않겠지."

그는 망설이듯 그레이스를 슬쩍 보았다.

"나는 자네가 서점에서 여태까지 해 준 일에 감사하고 있네. 그래서 여기에서 계속 일할지 여부를 고려해 주었으면 해."

그레이스는 자신이 들은 말이 도저히 믿기지 않아 에번스만 빤히 바라보았다. 당연히 그레이스가 꿈꾸어 오던 바다.

"물론 급여는 올려주겠네."

그가 말을 덧붙였다.

그레이스는 에번스를 보며 씩 웃었다.

"그런 제안에 누가 거절을 할 수 있을까요?"

"그렇게 말해주니 기쁘구먼."

그가 고개를 끄덕였다. 누구보다도 자신에게 보내는 수긍이었다.

"정말 기쁘군."

그날 오후 비브와 차를 마실 때, 이제는 해럿에 잘 말해줄 필요가 없다는 사실을 기분 좋게 알렸다. 비브도 여성 육군에 지원하면서 필요한 모든 정보를 다 모았다는 말을 하면서 두 사람은 함께 축배를 들었다.

나중에 안 일이지만 군대에 지원하는 여성들은 남자들이 급하게 했던 것처럼 훈련을 받으러 멀리 갈 필요가 없었다. 비브가 지원서를 다 쓰고 신체검사를 마친 후, 어디에 근무하게 될지 서면으로 정보가 오기를 기다리는 사이에 1월이 지나고 어느덧 2월 말에 들어서고 있었다. 얼음장처럼 차갑던 공기도 온화해지고 땅도 새로운 계절을 맞이해 식물을 새로 심을 수 있을 정도로 녹기 시작했다.

어느 수요일 아침, 웨더포드 아주머니가 햇살이 비치는 주방에 나타났다. 그녀는 벨트가 가슴 밑까지 올라온 갈색 배기 바지를 입고 있었다. 발목이 나올 때까지 여러 번 말아 올린 바지는 올이 막 풀리기 시작한 이끼색 스웨터와 잘 어울렸다. 옷이 엉성하고 너무 큰 것으로 보아 콜린의 것이 분명했다. 그녀가 평소에 입는 깔끔한 파스텔 톤 꽃무늬 옷과는 거리가 멀었다.

그레이스와 비브는 여느 날처럼 토스트에 마가린을 발라 먹고 있었다. 마가린은 정말 아무리 먹어도 적응이 되지 않았다. 아침 식사를 하다 아주머니의 모습을 본 두 사람은 멈칫했다.

"콜린이 자기 정원을 만든다고 이렇게 꽃밭을 다 헤집어 놓았잖아. 그러니 이제 제대로 자라도록 만들어야지."

웨더포드 아주머니는 창문을 바라보며 고개를 끄덕였다. 밖에서 보이는 땅은 여전히 헐벗어 황량했다.

"콜린이 심은 씨앗은 이번 겨울 추위에 다 얼어 버렸으니 내가 직접 채소를 심어 보려고 해."

"어떻게 심는지는 아세요?"

그레이스가 물었다.

"내가 꽃 전문가잖니."

아주머니가 자신만만한 분위기로 바지를 추켜올렸다.

"그리고 콜린도 항상 식물을 심곤 했었고. 그런데 정말, 얼마나 어려운데 그럴까?"

비브가 차를 마시다 켁켁거렸다.

아주머니가 얇은 책자를 쑥 내밀었다. 그 안에는 밝은 색상의 식물 이미지와 표로 보이는 것이 함께 그려져 있었다.

"이걸 보니까 2월에는 양파하고 파스닙, 순무하고 콩을 심으라고 나와 있네."

"순무는 아니에요."

비브가 마지못해 말을 꺼냈다.

"걔네들은 여름에 더 잘 자라요. 그리고 사실 파종은 3월까지 기다려야 해요."

웨더포드 아주머니가 책자를 휙 젖혀서 얼굴 가까이 대고는 눈을 가늘게 뜨고 작은 글씨를 읽었다.

그레이스는 친구를 향해 눈썹을 치켜올리며 도와줄 생각이 없는지 물었다. 비브는 단호하게 고개를 한 번 저었다. 싫어.

"아, 순무는 네가 한 말이 맞아."

아주머니가 종이를 옆에 놓고 낡아 빠진 밀짚모자를 머리에 꾹 눌러썼다.

"그럼 이제, 난 씨앗 심으러 나갈게. 이 시간이 딱 좋아. 최소한 내 수준에서는."

아주머니는 결의에 찬 군인처럼 성큼성큼 문밖으로 나갔다.

"정말 아주머니 혼자 심게 내버려 둘 거야?"

그레이스가 근엄한 어조로 말했다.

비브가 심통이 나서 얼굴이 구겨졌다.

"너도 알잖아. 난 흙 속에서 굴러다니는 거 이제 지긋지긋해."

비브는 창문 밖을 힐끔 보았다. 웨더포드 아주머니는 작업에 들어가기 전에 정원 일에 필요한 물건을 옆에다 두고 있었다.

이 나이 지긋한 여인은 정원 한가운데에서부터 일을 시작했는데 장갑을 낀 손가락으로 땅에 구멍을 내고 있었다.

"아주머니가 어떻게 하는지 알고 있는 것 같아?"

그레이스가 물었다.

비브는 차를 마시고 있었지만 눈은 정원에 고정되어 있었다. 아주머니는 이제 원 모양으로 구멍을 만들고 있던 중이었다.

"아니, 모르셔."

그레이스는 애원하듯 비브를 보며 고개를 기울였다.

그녀의 친구는 의자에 기대앉아 손을 컵에서 놓지 않았다.

"난 도와주지 않을 거야."

아주머니는 구멍을 낸 땅 각각에 놓을 씨앗을 찾기 위해 주머니 세 개를 유심히 살펴보고 있었다.

"저걸 모두 한꺼번에 심으시려는 걸까?"

그레이스는 좀 더 잘 보려고 얇은 쿠션을 덧댄 의자에 기댔다.

"난 밖에 나가지 않아."

비브가 다리를 꼬고 차를 한 모금 마셨다.

아주머니가 씨앗을 넣은 구멍 위에 흙을 쓱쓱 덮고는 60센티미터가량 떨어진 곳으로 후다닥 자리를 옮겼다. 그곳에서 손가락으로 구멍을 뚫으며 두 번째 소용돌이 모양을 만들기 시작했다.

그레이스가 얼굴을 찌푸렸다.

"식물 이름을 표시해 놓지도 않으셨어."

비브가 단호한 손길로 컵을 탁자 위에 탁 내려놓았다. 찻물이 컵 밖으로 몇 방울 튀어나왔다.

"도저히 못 참겠어. 올라가서 낡은 옷으로 갈아입고 아주머니를 도울 수밖에."

그레이스가 애써 웃음을 참고 찻잔을 모았다.

"나도 여기 치우고 바지 입고 갈게."

정원에 식물을 심는데, 한 구역을 적절히 분할하고 나니 일이 훨씬 수월해졌다. 더 따뜻해질 때 뿌릴 수 있도록 미래의 씨앗을 위한 공간을 남겨 놓았음은 물론이다.

"네가 콜린보다 훨씬 더 잘하는 것 같구나."

일을 다 마치고 나서 아주머니가 비브에게 말했다.

"네가 여성 육군에 너무나 지원하고 싶어 한다는 건 알지만 솔직히 말해서 랜드 걸이 훨씬 더 적합한 것 같다."

비브는 아주머니의 칭찬에 딱딱한 미소만 지을 뿐이었다.

일은 힘들었고 완전히 엉망이 되었지만 셋이 함께 수다를 떨며 일하니 너무나 즐거웠다. 이렇게 함께 즐거운 시간을 보내는 것이 그때가 마지막이라는 사실을 당시에는 몰랐다. 그날 오후, 비브는 우편으로 입영 통지를 받고 다음 날 데본Devon에 있는 훈련 캠프로 떠나기로 결정이 났다.

그레이스는 태어나서 처음으로 가장 친애하는 친구 없이 한 치 앞도 알 수 없는 전시 상황의 런던과 맞닥뜨려야 했다.

비브가 없는 삶은 외로웠다. 가장 친한 친구를 잃어버린 상실감도 있었지만 여성 육군에 지원하는 걸 거절한 것 때문에 마음 한 구석이 뻥 뚫린 것 같은 느낌이 들었다.

그레이스는 공습 감시원에 등록하는 대신 웨더포드 아주머니의 권유에 따라 여성 자원봉사 모임에 몇 번 나갔다.

그곳에는 그레이스보다 나이가 더 많은 주부들도 있었지만 대부분 남편과 아이들이 있는 그녀와 비슷한 또래였다. 그레이스는 붕대를 감는 일을 도왔는데, 그동안 여자들은 더러운 기저귀 때문에 고역이라는 이야기, 전쟁 때문에 편지가 너무 늦어진다는 불만 그리고 혼자 살아가는 어려움 등등에 대해 토로했다. 그러면서도 그들은 서로에게 용기를 북돋워주며 배급으로 받은 음식을 어떻

런던의 마지막 서점

게든 맛있게 먹을 수 있도록 조리법을 주고받기도 했다. 특히 3월부터 고기를 제한한 후로는 더욱 그랬다. 약 110그램밖에 되지 않는 고기로 할 수 있는 요리는 많지 않았다.

비브는 언제나 활달한 성격이었고 덕분에 두 사람은 마음 편한 우정을 나누었다. 그레이스가 더 내성적이라는 사실이 그전에는 전혀 문제되지 않았다. 그런 비브가 이제 그녀 곁에 없고, 한 주 한 주 거듭할수록 낯선 이들이 꽉 들어찬 방 안의 자신을 의식하기 시작했다.

결국 4월에 들어서면서 그레이스는 양해를 구하고 모임에 더 이상 참석하지 않겠다는 뜻을 보냈다. 다행히 웨더포드 아주머니는 이에 대해 반대하지 않았다. 그레이스는 대신 자신 앞에 펼쳐진 책과 함께 침대 속에서 몸을 웅크렸다.

아주머니의 정원 일을 돕지 않는 시간에는 제인 오스틴의 나머지 작품들을 정신없이 읽어 댔고 그다음으로는 찰스 디킨스가 쓴 소설들로 넘어갔다. 그러고 나서 매리 셸리가 쓴 《프랑켄슈타인》과 마지막으로 대프니 듀 모리에의 현재 읽고 있는 소설로 이어졌다.

그레이스는 매번 책을 즐길 때마다 프림로즈 힐 서점을 찾는 손님들에게 열정적으로 권했다. 덕분에 책의 매출은 놀랍도록 빠르게 늘기 시작했다. 그만큼 에번스는 그레이스에게 읽을 책을 많이 빌려주었다.

처음에는 에번스가 책을 권할 때 거절하려 했지만 자신이 새로

이 찾은 독서 습관 덕분에 서점의 매출이 많이 올랐다는 사실을 알게 되자 그의 너그러운 제안을 감사히 받아들였다.

그레이스는 자원봉사 모임에서 만난 여성 ―여자는 그레이스를 잘 기억하지 못하는 듯했지만―에게 대프니 듀 모리에가 쓴 최신 책 《레베카*Rebecca*》를 막 추천한 참이었다. 그때 스톡스 씨가 안으로 걸어 들어왔다. 에번스는 시종일관 찌푸린 이맛살을 하고 다니는 이 중년 남자가 들어와도 등화관제 규정을 위반했다는 지적을 받을 걱정은 하지 않았다. 이제 서점의 단골 고객이 되어 그레이스만큼이나 빨리 책을 탐독하곤 했기 때문이다.

"거의 3일 만에 오신 것 같아요."

그레이스가 스톡스 씨를 보며 운을 뗐다. 자원봉사에서 온 여인이 추천받은 책을 사겠다며 계산을 막 마치고 난 뒤였다.

"《몬테크리스토 백작》을 완독하는 데 시간이 좀 걸리셨나 봐요?"

그레이스는 저절로 나오는 미소를 굳이 숨기지 않았다. 그는 다 읽는 데 하룻밤 이상 걸리는 책을 요청했었다. 눈 아래가 퀭해져 있는 걸 보니 저 두꺼운 책을 끝내려고 급히 읽었다는 걸 알 수 있었다.

그레이스는 자신이 어떤 마음으로 스톡스 씨에게 책을 추천했는지 알고 있었다. 조지도 그레이스에게 자신의 낡은 《몬테크리스토 백작》을 주었을 때 어떤 생각이었는지 분명히 알고 있었을 것이다. 조지와 더 이야기를 나누고 싶다는 생각이 퍼뜩 간절해졌다. 그가 준 선물이 얼마나 큰 충격을 안겨다 주었는지 너무나 말하고 싶었는데. 달리 방법이 없다면 그가 있는 곳의 주소라도 알아내어 책에 대한 감사 편지라도 쓰고 싶었다.

"시간을 때우는 데 아주 좋은 책을 소개해 줬더군요."

그가 자신의 목 뒤를 어루만졌다.

"다른 책보다 훨씬 길면서 한시도 눈을 뗄 수 없었어요."

그가 한숨을 쉬었다.

"나와 같이 일하던 젊은이가 징집되는 바람에 그의 자리까지 두 사람 몫을 하고 있었다오. 혹시 아는 사람 중에 공습 감시원에 관심 있는 사람 없소?"

"그레이스가 그 자리 고민하고 있었는데."

에번스가 역사 서가 어딘가에서 말했다.

이제 서가 정리를 모두 제대로 마쳤기 때문에 서점 주인이 어느 분야의 책에 가장 관심 있는지 알아보기가 훨씬 쉬워졌다. 역사와 철학. 에번스는 하루 중 대부분의 시간을 재고를 꼼꼼히 살펴보며 잘못 인쇄된 곳은 없는지 확인하며 보냈다.

그레이스는 에번스가 하는 말을 듣고 얼굴을 찡그리고는 계산대 위를 정리하며 괜히 바쁘게 움직였다. 그러다 순간 웨더포드 아주머니의 얼굴이 떠올랐다. 뭐 어쨌든, 스톡스 씨를 직접 바라보며 같이 참여하게 해 달라고 간청하는 것보다는 낫지 않나.

아무튼 여성 자원봉사회에서 도움을 주려던 일은 무의미하다는 생각이 들었다. 무의미한 것보다 나쁜 것은 왠지 자신이 어색하고 사회적으로 잘 어울리지 못한다는 느낌이 들었다는 점이다. 공습 감시원으로 자원하면 더 나을까? 공습경보 사이렌은 여전히 가끔씩 울린다. 결국 몇 시간 동안 창문을 꼭 닫고 소리가 끝날 때까지 좁은 공간에 숨어 있다가 끝나기는 하지만 말이다. 사람들은 이제 굳이 대피소를 찾으려고 하지도 않는다.

그레이스는 비브가 떠난 이후 드디어 편지 두 통을 받았다. 비브가 아직 영국에 머물러 있기 때문에 둘은 외국에 배치되어 있는 콜린보다 더 자주 연락을 할 수 있게 되었다. 비록 우편배달이 많이 지연되기는 했지만 개의치 않았다. 그래도 서신을 통해 비브가 새로 맡은 임무에 즐거이 적응하고 있다는 걸 알 수 있었다. 그레이스가 여성 자원봉사회에 있었을 때보다 훨씬 더 쉽게 적응한 것 같다.

"베넷 양, 정말로 공습 감시원으로 지원하고 싶은 생각이 있소?"

스톡스 씨가 물었다.

그레이스는 《바비 곰의 한해살이 *Bobby Bear's Annual*》를 계산대 옆 어린이책 진열대 위에 바로 세웠다. 아이 엄마들이 계산 직전 사도록 놓은 일종의 미끼 상품이었다.

"생각 중이었어요."

스톡스 씨의 구레나룻이 씰룩거렸다.

"하지만 당신은 여자잖소."

그레이스는 그의 노골적인 비하 발언에 놀라서 몸이 쭈뼛 섰다.

"그레이스가 못할 거라고 생각한다면 당신은 바보야."

에번스가 역사 서가가 있는 복도에서 나오며 그 두꺼운 안경 너머로 스톡스 씨를 노려보았다.

"베넷 양은 여느 남자들보다도 일을 잘해요. 그것도 훨씬."

스톡스 씨가 콧방귀를 뀌었다.

스톡스 씨가 보인 석연치 않은 반응 그리고 그에 못지않게 자신의 능력을 칭찬해 주던 에번스의 말에 힘입어 그레이스가 턱을 더 치켜올렸다.

"제가 할게요."

스톡스 씨의 이마에 고랑이 깊어졌다.

"하겠다고?"

"자리를 두고 경쟁하듯 행동하지는 마시오, 스톡스 씨."

에번스가 그레이스를 보며 미소 짓고는 다시 자신이 보던 책으로 돌아갔다.

"좋아."

스톡스 씨가 말했다.

"오늘 오후에 초소에 가서 알아보시오."

그가 흠흠 헛기침을 했다.

"그리고 책을 하나 더 추천해 주었으면 하는데."

그날 오후, 그레이스는 일과가 끝난 뒤 스톡스 씨가 말한 대로 초소에 가서 요원에 지원하는 방법을 알아보았다. 며칠 후에는 요원임을 증명하는 W 자가 하얗게 칠해진 철모와 호루라기, 가스 공격이 일어났을 때 사람들에게 알릴 수 있는 가스 딸랑이, 공습 감시원 트레이닝 설명서가 담긴 주황색 제본과 CD 마스크까지 받았다. 그레이스는 그것을 받고 깜짝 놀랐다. 그도 그럴 것이 이 프로급 방독면은 지금 가지고 있는 것보다 훨씬 큰 데다 마이크를 달 수 있도록 만들어진 필터와 커다란 유리 안경까지 들어 있었기 때문이다. 이렇게 흉물스러운 물건을 핸드백에 어떻게 넣는담?

스톡스 씨를 따라서 교대 근무를 하게 된 것은 네 번째 밤이 지난 후였다. 그레이스는 마스크를 자신의 고급 핸드백에 넣는 대신 볼품없는 상자에 넣어 어깨에 걸쳤다. 4월은 아직 쌀쌀했기 때문에 가벼운 코트를 입었는데 덕분에 어깨에 매달린 그 망할 끈이 자꾸 흘러내렸다. 궁여지책으로 옷깃에 꽂아 둔 공습경보 배지가 끈을 제자리에 고정시키는 데 도움이 되었다.

사무실처럼 생긴 아주 깔끔한 초소에서 나올 때까지 등화관제는 효력을 제대로 발휘했다. 달은 자취를 거의 감추었고 달빛도 두꺼운 구름에 가려 흐릿해졌다. 한 치 앞도 보이지 않을 만큼 너무나 어두웠다. 차가운 밤공기 속에서도 그레이스의 손바닥은 땀으로 오싹해졌다.

"이쪽으로 와요."

스톡스 씨는 대담한 발걸음으로 앞서 나아갔다. 그레이스는 조심조심 조금씩 앞으로 나아갔다.

"베넷 양, 초소 앞에서 밤새도록 꾸물거릴 수는 없어요."

스톡스 씨의 말에서 조급함이 묻어났다.

런던의 마지막 서점

그레이스는 후회가 막심했다. 공습 감시원으로 등록하지 말았어야 했다. 어떻게 이렇게 새까만 밤을 매일매일 마주해야 한단 말인가?

그레이스는 스톡스 씨의 목소리만 듣고 어기적어기적 다가갔다.

그의 웃음소리가 크게 들렸다.

"당신네들 같은 신출내기 요원들은 다 똑같아. 백주대낮에 두더지처럼 장님이지. 연석(도로 경계석)에 흰색 선을 찾으시오, 베넷 양. 눈도 곧 적응할 테고 그러면 선을 보며 쉽게 따라갈 수 있을 거요."

알려주는 말투가 설명보다는 생색내는 것에 가깝긴 했지만 그레이스는 그가 하라는 대로 했다. 과연 그의 말대로 눈이 점점 적응하여 두껍게 페인트칠한 선이 보였다.

그레이스와 베테랑 요원은 조심스레 자신들에게 배정된 구역의 새까만 거리를 지나갔다. 낮에는 그렇게 익숙했던 동네가 어둠 속에서는 완전히 알아볼 수 없었다.

스톡스 씨는 순찰을 돌면서 그레이스에게 대피소가 어디인지 보여주었고 폭탄이 떨어지면 크게 문제가 될 수 있는 지역도 알려주었다.

주택을 지나갈 때에는 누가 살고 있는지 줄줄 외웠다. 폭탄이 터질 경우 사람들이 대피소에 들어갈 때 누구인지 하나씩 확인해야 하기 때문이다.

사람들의 이름과 사는 곳을 열거하는 사이, 스톡스 씨는 공습 감시원 훈련 설명서에 나와 있던 사항을 그레이스에게 되풀이해서 설명했다. 하지만 가스가 미치는 영향에 대한 구절은 그다지 생생하지도 않았고 부상에 대한 설명도 쓸데없이 잔인하기만 했다.

스톡스 씨가 그레이스의 얼굴을 볼 수만 있었다면 그의 말을 듣고 얼마나 구역질 나는 표정을 지었는지 알 수 있었을 것이다. 하지만 아마도 그게 포인트였을지도 몰랐다. 그레이스는 스톡스 씨가 자신을 그만두게 하려고 일부러 그런 말을 했으리라 생각했다.

"테일러 씨."

그가 숨죽이며 적대감을 드러냈다.

"저기 보이나?"

그가 이번에는 더 큰 소리로 말했다. 확실히 화가 난 말투였다.

그레이스는 그들 앞에 놓인 어둠 속을 이리저리 살폈다. 눈앞에 어둠이 얼마나 무겁게 짓누르든 말든 애써 무시해야 했다. 저기, 저 멀리에, 사각형 창문으로 금빛 불이 반짝였다.

그레이스는 웃음이 터져 나올 뻔했다. 빛은 거의 보이지 않았다.

"저게 독일 전투기한테 보일 리 없잖아요."

스톡스 씨가 다시 딱딱 소리를 내며 걸음을 계속했다.

"영국 공군RAF은 이미 이와 같은 위반 사항을 테스트했어. 그리고 밤하늘에서도 저런 불빛이 정말로 보일 수 있다는 사실을 확인했지. 독일이 어제서야 노르웨이와 덴마크를 공격했다고. 우리도 그다음이 될 수 있어. 테일러 씨가 창문을 제대로 덮지 않아서 당신네 집이 폭탄을 맞아도 된다는 거요?"

그레이스가 깜짝 놀라 대답했다.

"당연히 아니죠."

"버스는 이미 지나갔소."

스톡스 씨는 체임벌린 수상이 최근 주장했던 말을 언급하며 투덜거렸다.

"우리가 이번 전쟁에서 진다면 그건 정부가 너무 느려 터지게 대처했기 때문일 거야."

그레이스도 그 방송을 들은 적이 있었다. 체임벌린 수상이 히틀러가 '버스를 놓쳤다'고 주장한 그 대목이었다. 즉, 독일은 전쟁 준비를 마치고 영국은 준비를 다 하지 못한 상황에서 독일이 더 일찍 공격을 했어야 했는데 못했다는 말이었다.

그러한 수상의 호언장담은 시의에 맞지 않는 것으로 드러났다. 며칠 뒤에 히틀러가 노르웨이와 덴마크를 공격했기 때문이다. 이제 그다음은 시간문제일 뿐이었다.

영국의 모든 이들은 전쟁에 대처하는 체임벌린의 태도에 신물이 났다.

스톡스 씨는 빠른 속도로 현관 계단을 뛰어 올라갔다. 그레이스는 칠흑 같은 어둠에 어쩜 저렇게 빨리 적응할까 의심스러웠다.

"테일러 씨, 불 끄세요. 아시다시피 다음에 또 그러면 벌금이 있을 거라고 제가 말했지요……."

그레이스는 그림자 속에서 어떻게든 조심스레 움직였다. 그림자는 그레이스를 집어삼키고 남을 정도로 엄청나 보였다. 그녀는 독일의 공격에 마땅히 대비해야 한다고는 생각했지만 커튼을 꼼꼼히 치지 않았다는 이유로 사람들에게 벌금을 물리는 기쁨을 만끽하고 싶지는 않았다.

그 후 한 달 동안 그레이스는 요원들이 쓰는 철모를 쓰고 일주일에 세 번씩 스톡스 씨와 억지로 동행했다. 순찰하는 동안 스톡스 씨는 등화관제에 열심히 협조하지 않았다는 이유로 선량한 런던 시민들을 겁주곤 했다.

그동안 웨더포드 아주머니는 콜린의 소식을 받았다. 주어진 임무 몇 가지도 잘 해내고 있고 훈련도 잘 받고 있다는 내용이었다. 그레이스도 비브에게서 편지를 하나 더 받았다. 친구의 쾌활한 성격이 편지에 그대로 묻어나와 읽는 동안 마치 그녀의 목소리를 듣는 것 같은 위안을 받았다. 비브에게 배정된 일이 무엇이든 편지에 기록되었고 검열을 거쳤다는 표시로 검고 굵은 띠가 둘러졌다. 그래도 비브에게는 모두 다 잘 맞아서 정말로 다행이다 싶었다.

비브에게서 온 편지를 읽는 내내 그레이스는 조지 앤더슨의 소식이 궁금해 견딜 수 없었다. 사실 조지에게서 뭐라도 받았으면 하고 바랐지만 아무것도 오지 않아 다소 실망했다. 그래도 우체국에서 프림로즈 힐 서점으로 온 편지 중에 그가 쓴 것이 혹시라도 있을지 몰라 계속해서 꼼꼼히 읽어 보았다.

어느 날 오후, 가장 최근에 온 우편물을 살펴보고 있는데 프릿차드 씨가 깡마른 손에 신문지를 쥔 채 서점 문을 밀고 들어왔다.

태비가 프릿차드 씨의 발목 주변을 불안한 듯 빙글빙글 돌았고 그는 서점에 큰 소리로 소식을 전했다.

"에번스! 그 낫씨 놈들이 지금 프랑스에 있다네. 그리고 네덜란드하고 벨기에도. 하지만 프랑스는. 에번스, 프랑스는!"

공포가 한순간에 그레이스에게도 밀려들어 왔다. 히틀러는 아직 프랑스를 공격할 정도로 대담하지는 않았다. 하지만 이제 영국과 국경을 마주한 모든 국가를 점령했다. 프랑스가 방어에 실패한다면 영국 해협 말고는 히틀러를 막아줄 방어막이 없어지고 만다.

그레이스는 온몸에 소름이 돋으며 전쟁터에 나가 있는 친구 생각이 퍼뜩 떠올랐다. 이제는 런던 밖의 모든 이들과 똑같이 자신도 두려워할 수밖에 없다는 사실을 깨닫고 말았다.

에번스는 전에 보았을 때보다 더 서둘러서 가게 입구로 나왔다. 책을 덮고 계산대 위에 올려놓았을 때 자신이 읽은 페이지를 표시할 생각도 하지 못했다.

"체임벌린은 아직도 사임하지 않았나?"

프릿차드 씨가 고개를 흔들었다.

"말할 수 없네."

그는 자포자기한 얼굴로 신문을 바라보았다. 작년보다 크기가 절반이나 줄어 있었다. 종이도 배급제로 바뀐 탓이다.

"그가 별 도움이 안 된다면 하늘이 도와주시겠지."

에번스가 안경을 벗고 콧등을 지그시 눌렀다. 안경의 무게 덕분에 나이를 먹은 그의 피부에 자국이 그대로 남았다.

불길한 침묵이 내려앉은 가운데, 이와 대조적으로 입구에서는 차임벨이 새된 소리를 내며 손님이 왔음을 즐겁게 알렸다. 심프킨 마샬에서 온 어린 배달부가 깡마른 팔로 커다란 박스를 들고 왔다.《비둘기 파이 *Pigeon Pie*》최신판으로, 낸시 밋포드가 '따분한 전쟁'을 정치적으로 풍자한 책이었다.

그레이스의 입에서 신음소리가 절로 나왔다.

지금 시국에는 완전히 맞지 않는 책으로 전락할 텐데.

그레이스는 이 책이 출간되기 며칠 전부터 주문하고 싶어 했지만 에번스는 자신이 유행을 따르기보다는 고전을 더 선호한다고 말하며 그녀의 제안에 망설였다. 결국 마지못해 허락하기는 했지만 이제 그 위험부담은 그레이스가 다 떠안게 생겼다.

날을 거듭할수록 전쟁 분위기는 더욱 고조되었고 예상한 대로 그 책은 완전히 실패작이 되고 말았다. 사람들이 집에 있는 소파에 딱 붙어 앉아 필사적으로 뉴스만 들었기 때문에 매출도 내리막길을 걸었다.

어느 하나 좋은 일이 일어나지 않았다.

단 하나 긍정적인 소식은 체임벌린이 수상 자리에서 내려왔다는 것이었다. 그가 일관되게 밀어붙였던 방어 전략은 진력이 났고 이제 위험만 초래하기에 해군 본부의 첫 번째 수장이었던 윈스턴 처칠이 그 자리를 대신했다. 대영제국의 모든 이들에게 깊은 안도감을 주는 일이었다.

전쟁은 많은 사람들의 입에 오르내리며 그들 마음속에 무겁게 내려앉았다. 앉으나 서나 일상의 대화 주제는 오직 온통 전쟁 이야기뿐이었다. 꼬리에 꼬리를 물고 더해지는 소문은 끔찍하기 그지없었다. 가장 무서웠던 이야기는 네덜란드의 로테르담에 폭탄이 떨어져 3만 명이 넘는 사람들이 죽었다는 것이었다.

그레이스에게 그 끔찍한 정보를 알려주는 스톡스 씨의 목소리에는 기이할 정도로 신나는 분위기가 묻어났다. 아무런 액션도 없이 끝이 보이지 않던 전쟁 속에서 드디어 무언가가 스톡스 씨의 내면에 불을 댕긴 것 같았다. 사람들이 사소하게 위반하는 사항을 대하는 그의 접근 방식은 다분히 공격적이었고, 그레이스에게는 폭격을 당했을 때 해야 할 의무를 거듭해서 알려주었다.

하지만 그 와중에도 날씨는 참 신기할 정도로 좋았다. 물론 그걸 알아차린다는 것도 이상하지만 그레이스는 이렇게 아름다운 5월을 본 적이 없었다. 햇빛이 밝게 비치고 하늘은 맑고 청명한 파란색이었다. 정원은 또 어떤가. 새싹들이 건강한 모습으로 고개를 내밀고 넓게 퍼진 나뭇잎과 꽃들은 머지않아 열매를 맺으리라 약속했다.

공공 대피소에 쌓아 놓은 모래주머니와 자원 병사를 모집하는 광고판은 그레이스의 기억 속 저 너머로 희미해져 갔다. 이제 남은 것은 새들이 지저귀는 소리와 햇살 가득한 나날들뿐이었다. 근처에는 동맹국들이 전투와 폭탄 공격으로 매일매일 목숨을 잃고 있는 상황이라고 생각하니 현실과 너무나 동떨어져 보였다.

하지만 사랑스러운 5월은 신기루요, 세상의 현실이 산산조각 나기를 기다리는 예쁘고 연약한 껍질이었다. 히틀러의 군대가 프랑스를 갈기갈기 찢어 놓고 해협 건너편에 주둔하고 있었다.

영국이 그다음이다.

해안가에서는 런던의 아이들이 다시 한 번 시골로 보내지고, 대피가 한창이라는 소문이 이미 소용돌이처럼 몰아쳤다.

프림로즈 힐 서점에서는 《비둘기 파이》가 어마어마한 실패로 돌아갔지만 《히틀러가 원하는 것》은 책장에 놓기 무섭게 팔려 나갔다. 하지만 히틀러의 논리가 무엇인지 알고자 매달리는 사람들만 서점을 꾸준히 찾는 것은 아니었다. 남편을 프랑스의 전장으로 떠나보내며 하루하루 불안에 시달리고, 아이들을 다시 한 번 보낼 수밖에 없는 상황에 우울함을 떨칠 수 없던 주부들도 정기적으로 서점을 오갔다. 여성들은 무겁게 짓눌리는 마음을 어떻게든 다른 것으로 채워 신경을 분산시켜야 했다.

하루는 그레이스와 비슷해 보이는 나이에 흑갈색 머리를 한 젊은 여성이 서점 안으로 들어와서 한 시간은 족히 머물러 있었다. 처음에는 도움을 거절했지만 고전 소설 서가에서 꽤 오랜 시간 그대로 시간을 보내고 있었다. 그레이스가 아무래도 안 되겠다 싶어 다시 여자에게 다가갔다.

"정말 제가 도와드릴 게 없을까요?"

그레이스가 물었다.

여자가 깜짝 놀라 코를 심하게 훌쩍이더니 고개를 돌렸다.

"죄송해요…… 이…… 이러면 안 되는데……."

여자는 갑자기 왈칵하고 울음을 터뜨렸다.

바로 옆 서가에 있던 에번스가 서점 반대편으로 재빨리 종종걸음을 치며 자리를 피해주어 그레이스와 울고 있던 손님만 남게 되었다.

에번스의 서점에 들어와 책을 찾던 주부들은 대부분 굳은 표정에 점잖은 얼굴을 뒤로하고 상처를 숨겼다. 이렇게 대놓고 감정을 드러낸 사람은 여태껏 없었다.

부인의 모습은 보기에도 고통스러워 그레이스의 가슴이 미어지는 것 같았다.

"너무 괴로워하지 마세요."

그레이스는 주머니에서 손수건을 꺼내 여자에게 권했다.

"우리 모두에게 힘든 시기인걸요."

흑갈색 머리를 한 여자는 미안하다는 표정으로 손수건을 받았다. 여자의 빨간 립스틱만큼이나 볼도 새빨개졌다.

"죄송해요."

여자가 눈을 살짝살짝 찍었다.

"남편은 프랑스에 가 있고 저는……."

그녀는 침을 한 번 꿀꺽 삼키고 또다시 밀려오는 절망적인 감정을 억누르려는 듯 입술을 굳게 다물었다.

"딸을 이틀 전에 보냈어요."

여자의 커다란 갈색 눈이 그레이스와 마주쳤다. 속눈썹에 눈물이 그렁그렁 맺혔다.

"아이가 있으신가요?"

"아니요."

그레이스가 나긋하게 말했다.

여성은 세상이 무너진 듯한 표정으로 손수건을 바라보았다. 이제는 너무 울어서 마스카라와 립스틱까지 번지고 말았다.

"처음에는 딸아이를 보내지 않았어요. 나도 알아요, 이기적이었다는 거. 하지만 도저히 참을 수 없었어요. 이제는 프랑스와 일이 이렇게 되어 버리니…… 그리고 히틀러도 너무 가까이에 오고 있고……"

여자는 가슴에 손을 얹고 얼굴을 심하게 일그러뜨렸다.

"아이가 보고 싶어서 못 견디겠어요. 나를 부르는 그 작은 목소리, 아이가 만들어 부르는 귀여운 노래가 듣고 싶어요. 오늘은 빨래를 했는데 실수로 아이의 베개 냄새를 맡았지 뭐예요."

여자의 눈에서 눈물이 주르륵 흘러내렸다.

"여기에서 아이 냄새가 나요. 똑같아요."

여자는 뭉친 손수건을 꼭 쥔 손으로 고개를 숙이고 흐느꼈다.

그레이스도 밀려오는 감정에 못 이겨 목이 메어 왔다. 비록 자신은 아이가 없었지만 상실감이 얼마나 강력하고 감정을 들끓게 하는 일인지 잘 알고 있었다. 그레이스는 말없이 여자를 안아주었다.

"딸이 너무나 보고 싶어요."

여자가 훌쩍였다.

"알아요."

그레이스는 그녀가 슬픈 감정을 추스르는 동안 가만가만 안아 주었다.

"이제 더 좋아질 거예요. 당신은 딸을 안전하게 보호하기 위해 최선의 방법을 선택한 거고요."

흑갈색 머리의 여자는 화장 자국을 문질러 지우며 고개를 끄덕이고 몸을 바로 세웠다.

"이런 상태로 여기에 오는 게 아니었는데. 죄송해요."

여자는 코를 훌쩍이고는 눈 밑을 꾹꾹 눌렀다. 눈 아래의 피부는 이미 마스카라가 번져 회색으로 변해 있었다.

"친구가 책을 읽으며 다른 데에 몰입해 보라고 권해주었어요. 한 권 정도 찾을 수 있을 줄 알았는데 뭘 골라야 할지 도저히 집중이 안 되더라고요."

그레이스는 다행이라고 여기며 살짝 한숨을 내쉬었다. 이것이야 말로 그녀의 전문 분야다.

"그렇다면 제가 도와드릴 수 있겠네요."

그레이스는 책장으로 여자를 안내한 뒤 《에마》를 꺼냈다. 책에 녹아 있는 유머는 특히 그레이스가 가장 좋아하는 부분이었다.

"이 책으로 잠깐 웃고 그다음에는 아쉬워서 한숨짓게 될 거예요."

여자는 손을 책 가까이에 댔다.

"고전 소설인가요?"

"그리고 로맨스이기도 하지요."

그레이스는 자신의 입에서 이 말이 떨어지자마자 불현듯 조지가 떠올랐다.

그 부인은 고맙다는 인사와 함께 연신 미안하다며 책을 산 후 마치 소중한 보물인 것처럼 꼭 끌어안고 재빨리 서점을 나섰다.

며칠 뒤, 그레이스는 계산대 가장자리에 있는 편지 더미 맨 위에 자신에게 배달된 낡은 봉투를 보았다. 그녀의 가슴이 콩닥콩닥 뛰었다.

당연히 조지는 아닐 거야. 지금껏 내내 감히 기대할 수 없는 일이었지만 그레이스는 손을 뻗어 우편물을 집었다. 반송 주소에 깔끔한 글씨로 조지 앤더슨 공군 대위라는 글자를 읽자 그녀의 손이 가늘게 떨렸다.

그레이스는 너무 놀라 숨을 집어삼키고 내용물을 찢지 않도록 조심하며 얼른 봉투를 열었다.

조지가 그녀에게 편지를 썼다.

결국에는 그가 정말로 그레이스에게 편지를 보냈다. 조지는 지금 프랑스에 있는 걸까? 안전하게 잘 있을까? 집에는 언제 올까?

그레이스는 서신을 열다가 멈칫했다. 편지지 사이사이 빈 공간을 보니 어디가 잘렸는지 알 수 있었다. 내용이 거의 절반이나 잘려 나간 나머지는 넝마가 되어 버렸다. 맨 위의 날짜를 보니 지난 2월에 쓴 것이었다.

내용이 너무나 많이 잘려 나가 제대로 잡을 수도 없을 정도였다. 그레이스는 찢어지기 일보 직전인 종이를 평평한 계산대 위에 놓고 손을 대지 않은 채 읽었다.

조지는 편지를 늦게 써서 미안하다고 사과했지만 그 이유는 (잘려 나가) 읽을 수 없었다. 그는 그레이스에게 《몬테크리스토 백작》을 재미있게 읽었길 바라며 자신이 있는 곳에서는 책을 구하기 어렵다고 한탄했다. 그는 짬이 날 때마다 읽을 수 있도록 어떤 책을 가져왔다고 했지만 책의 이름 역시 잘려 나가 보이지 않았다. 언젠가 런던으로 돌아가게 되면 데이트할 시간이 있는지 물어보고 싶다는 말도 전했다.

마지막 대목을 읽고 그레이스의 심장이 더욱 빨리 뛰었다. 게다가 서점을 광고하는 데 도움을 줄 수 있다는 제안 뒤에 숨겨진 속내를 굳이 숨기지 않았다.

데이트라니.

그레이스는 드레이튼에 살 때 데이트를 몇 번 해 보기는 했지만 모두 끝이 좋지 않았다. 톰 피셔는 끔찍할 정도로 재미없었고, 사이먼 존스는 키스를 하고 싶어서 너무 들이댔다. 그리고 해리 헐은 그냥 비브를 마음에 두고 접근했을 뿐이었다.

그들 중 단 한 명도 조지 앤더슨처럼 심장을 뛰게 만든 적이 없었다.

그레이스는 남은 하루를 갈가리 찢어진 편지 생각만 하며 마치 구름 위에 뜬 것처럼 들떠 있었다. 집에 갈 때까지도 귀에 걸린 입은 내려올 줄 몰랐다.

응접실에 들어가니 웨더포드 아주머니가 붕대를 갖가지 모양으로 감고 포장하는 작업을 하고 있었다.

"이제 집에 돌아온대."

아주머니는 바닥에 앉아 신이 난 목소리로 말했다. 그녀의 앞에는 붕대 뭉치 상자가 놓여 있었다.

그레이스는 리넨 천을 꺼내 들고 돌돌 말기 시작했다. 여성 자원봉사 모임에서 다른 이들과 함께 수없이 했던 일들이다.

"누가 집에 와요?"

"우리의 남자들이지."

아주머니의 눈이 어찌나 환하게 빛나던지 스톡스 씨조차도 그녀의 환한 눈빛을 어찌지 못할 것 같았다.

"영국군 BEF이 프랑스에서 돌아오고 있어. 그래서 여성 자원봉사 모임에서도 군인들을 맞이할 준비를 하라고 연락받았단다. 그곳에서 우리가 군인들을 도와줄 거고 음식이나 휴식 거리도 마련해 줄 거야."

아주머니는 휴 하고 숨을 골랐다.

"그레이스, 콜린이 집에 온단다."

영국 해외 파견군이 프랑스에서 벌써 돌아온다면, 둘 중에 하나라는 뜻이 된다. 프랑스가 독일군을 격퇴하고 승리했다는 것, 아니면 프랑스가 무너지고 영국군이 달아나고 있다는 것. 그레이스가 지금까지 들어왔던 공식 정보와 항간에 떠돌아다니는 소문에 따르면 후자일 가능성이 더 높았다.

그레이스는 소식을 듣고 괴로운 기색을 감추었다. 불안하게 속을 죄어 오는 느낌을 보니 파견군의 귀환이 그다지 좋은 징조가 아니라는 의미였기 때문이다. 남자들이 영국 땅으로 돌아오고 있다면 그것은 적에게서 후퇴하고 있다는 뜻이요, 히틀러가 승전 중이라는 말이 된다.

과연 이것이 영국에 의미하는 바가 무엇일까?

11

그레이스가 가진 의혹은 쓰라린 만큼이나 빠르게 현실이 되었
다. 하지만 이는 BBC 방송이나 뉴스로부터 온 것이 아니었다. 누
구보다도 가장 슬픈 정보원으로부터였다. 웨더포드 아주머니.

암막 커튼은 아주머니가 여성 자원봉사 모임에서 돌아온 직후
에야 닫혔다. 됭케르크에서 돌아온 남자들을 돕는 일을 하고 돌
아온 첫날 밤이었다. 그레이스는 자신도 자원봉사 여성들이 하는
일에 동참하고 싶었다. 그래도 이번 일은 귀환한 군인들을 돕는
것이니까. 하지만 자원봉사회의 회원만 군인을 지원하도록 허가받
았다. 그녀는 대신 무릎에 《비둘기 파이》를 꼭 안은 채 응접실에
서 아주머니를 기다렸다. 책의 재고가 계속 제자리였기 때문에 별
수 없이 그레이스가 한 권 사 놓은 것이었다. 히틀러가 프랑스를

공격하기 전에 쓰인 이야기라는 사실을 감안한다면 확실히 유머가 살아 있었다. 정말이지 이렇게 타이밍이 안 맞는 책은 처음이었다.

현관문이 딸깍거리며 웨더포드 아주머니가 들어왔다. 그레이스는 안락의자에서 벌떡 일어나 현관으로 달려갔다.

아주머니의 시선이 먼 곳에 박힌 채 손을 문간에 대고 있었다. 문에 기대어 단화를 벗고 힘겹게 발걸음을 옮기던 중이었다.

"아주머니?"

그레이스가 그녀에게 손을 뻗었다.

놀랍게도 아주머니는 그레이스의 손이 팔뚝의 부드러운 부분에 닿았는데 아무런 반응이 없었다. 사실 그레이스가 어떻게 해도 마찬가지였다.

"웨더포드 아주머니?"

그레이스가 이번에는 약간 더 소리를 높여 말했다.

"어땠어요?"

하지만 이렇게 질문을 하는 스스로도 가슴을 쥐어짜는 긴장감이 드는 것을 보니 대답을 별로 듣고 싶지 않다는 생각이 들었다.

"으응?"

아주머니가 짐짓 과장된 표정으로 눈썹을 추켜들었다.

"남자들을 보셨냐고요!"

그레이스가 못 참고 물었다.

"해외 파병군을 보셨어요?"

아주머니가 천천히 고개를 끄덕였다.

"봤지."

아주머니는 긴 한숨을 내뱉고 고개를 들었다. 시선이 다시 먼 곳에 꽂혔다.

"그게…… 그…… 그게……."

아주머니가 힘겹게 침을 삼켰다.

"너무도 끔찍했어. 남자들이 다 죽어 가고 있었어."

그녀의 목소리가 덜덜 떨렸다.

"눈은 완전히 겁에 질렸고 모두 너무 지쳐 있었어. 우리가 가져 다준 삶은 달걀하고 사과를 씹으면서 그냥 곯아떨어지더라. 내 평 생 이렇게 참담한 현장은 처음 본다."

나쁜 소식일 거라 예상했지만 막상 자세히 들으니 머리가 멍했 다. 콜린도 프랑스에 파병 가 있는데. 그도 됭케르크에 있는 걸까?

하지만 그런 염려를 입 밖에 내지는 않았다. 그의 어머니 얼굴 에 이미 '걱정'이라는 글자가 새겨 있기 때문이었다.

아주머니는 그 후로 매일 다른 자원봉사 여성들과 함께 런던으 로 돌아온 파병 군인들을 도우러 나갔다. 그리고 밤마다 모든 에 너지와 정신을 다 쏟아붓고 완전히 녹초가 되어 돌아왔다.

그레이스가 집에 있는 동안에도 전화벨이 쉴 새 없이 울렸는데, 귀환한 몇몇 남자들이 콜린이 파병 가 있는 구역에 아들과 남편 들이 있는 여자들에게 무시무시한 이야기와 소문을 전해주고 있 기 때문이었다.

그 이야기는 나치의 비행기들이 총알을 뿌려대는 동안 군인들이 아무런 방어막도 없이 해안가를 오도 가도 못하고 있다는 소름끼치는 말이었다. 남자들은 배를 타려고 십몇 킬로미터를 헤엄쳐 갔지만 결국 폭격을 당해 구조되지 못했다. 후퇴하며 도망치거나 스톡스 씨 말처럼 피바다를 피해 후퇴하고 말았다.

그러나 웨더포드 아주머니는 그런 무성한 말들 속에서 불안에 떨면서도 실낱같은 희망을 붙잡고 있었다.

다른 여성들은 억지로 행복한 태도를 연출했지만 그레이스는 웨더포드 아주머니가 앞으로 겪을 일을 상상만 할 수 있을 뿐이었다. 그레이스 자신은 콜린이 그 폭력적인 혼돈 한가운데 있는 모습을 머리에서 떨쳐낼 수 없기 때문에.

상냥한 콜린, 그저 동물들을 도와주는 데에만 열심이었던 그. 콜린의 마음은 그들이 왔을 때만큼이나 금빛으로 빛이 났다. 살아남기 위해 누군가를 죽여야 하는 상황이 벌어진다면 그는 아마 총알을 거두어 갈 것이다. 그리고 누군가가 도움을 원한다면 콜린은 결코 그를 버려두고 가지 않을 터였다.

전쟁은 연약한 영혼들을 위한 것이 아니다.

특히 콜린과 같은 이들에게는 더더욱.

영국 전역에 걸쳐 현관 앞으로 전보가 배달되어 전사하거나 포로로 잡힌 남성들의 가슴 아픈 소식을 전했다.

점점 더 많은 군인들이 기차를 타고 런던으로 몰려들었지만 브리튼가의 연립주택에는 아무 전보도 오지 않았다. 기대가 길어질

수록 아무런 기척도 나지 않는 것이 차라리 다행이었다. 또 그만큼 뭔가 탁 소리가 나거나 집에서 삐걱거리는 소리만 들려도 그레이스와 웨더포드 아주머니는 펄쩍 뛰었다.

처칠은 이틀이 지나서야 인명 손실이 심각하다고 인정했다. 33만 5천 명이 넘는 남자들이 독일군의 손아귀에서 구조되었고 실종과 사망, 부상을 포함 대략 3만 명가량이 피해를 입은 것으로 예측했다. 충격적인 수치에 모든 어머니와 아내, 누이들은 사랑하는 가족의 소식을 애타게 기다렸다.

하지만 영국이 잃어버린 것은 남자들만이 아니었다. 생명을 구하기 위해 장비도 버릴 수밖에 없었다. 가치 있는 희생이었지만 너무나 값비싼, 위험한 희생이기도 했다.

수치로만 보면 우울하기 짝이 없었지만 신문이나 라디오에서는 어선과 민간 선박이 해협에서 영국군 수천 명을 안전하게 구하여 영웅으로 칭송받았다는 등 호평으로만 치우쳐 있었다. 영국은 결코 항복하지 않겠다는 상징적인 표현이었다.

연설에 임하는 처칠의 목소리에는 힘이 있었다. 그레이스의 가슴을 두근거리게 만들었고, 아주머니는 신임 수상의 메시지를 듣고는 고개를 끄덕이며 눈물을 흘렸다.

그래, 위대한 패배였지만 그래도 앞으로 나아가야 했다.

그의 말에 담긴 기백은 힘차게 파지직 소리를 내며 번개처럼 런던을 휩쓸었다.

시간은 째깍째깍 흘러갔다. 보기 드물게 조용한 오후, 아주머니가 응접실에 모습을 보였다. 그레이스는 그곳에서 가장 최신 책인 《인간의 굴레 *Of Human Bondage*》를 읽고 있었다. 가장 잔혹한 인생을 겪으면서 성장하는 한 남자의 놀라운 이야기였다. 그것은 그레이스의 마음 깊은 곳에 있던 상처를 끄집어내었다. 그레이스는 누구나 내면에 그러한 상처를 간직하고 있다고 보았다. 승리를 하든 힘을 과시하든 누구나 속으로는 약한 부분이 있다는 말이다.

그레이스가 고개를 들자 콜린의 낡은 옷을 입은 웨더포드 아주머니가 보였다. 정원에서 '승리를 위해 땅을 파자' 작업을 하며 하도 많이 입은 탓에 옷이 이제는 흙으로 찌들어 있었다.

"장갑 봤니?"

"앤디 안에 있어요. 모종삽하고 물뿌리개랑 같이요."

앤더슨 방공호를 정원용 헛간으로 이용해서는 안 되지만 앤디 안의 벤치 의자가 정원 도구를 놓기 딱 좋았다. 게다가 최근에 내린 비로 바닥에 물이 넘쳐 도구를 놓는 용도 말고는 달리 쓸 데가 없었다. 그리고 집에는 이 두 사람밖에 없었기 때문에 안에 도구 몇 개 정도 넣을 공간이 충분히 있었다.

그렇다. 이따금 공습경보가 울리기는 했지만 특별한 이유 없이 그냥 울렸다. 같은 편 비행기를 독일 전투기나 그 비슷한 것으로 잘못 판별하여 일어나기도 했다. 사람들 대부분은 이제 방공호로 가지도 않았다. 가서 뭐해?

그레이스는 무릎에 얹은 퀼트 담요를 치우고 정원에 있는 아주머니와 함께할 준비를 했다.

"이제 저랑 바꿔요. 제가 도와드릴게요."

"굳이 그럴 필요 없다, 애야."

아주머니가 손사래를 쳤다.

"얼마 전에도 네 몫보다 훨씬 더 많이 했잖니. 이제 잡초 좀 뽑고 물만 주면 돼."

그레이스는 감사하다는 표정으로 싱긋 웃고는 다리 위에 담요를 덮고 소파 더 깊숙이 들어가 다시 책을 읽기 시작했다. 하지만 몇 페이지도 못 넘겼는데 밖에서 무시무시한 비명소리가 들렸다. 뒷마당이었다.

웨더포드 아주머니.

그레이스는 헝클어진 이불 속에 있다가 의자에서 휙 일어났다. 허둥지둥하다 떨어뜨린 책에 걸려 넘어질 뻔했지만 주방에 딸린 뒷문으로 뛰쳐나갔다.

독일군이라도 쳐들어온 걸까?

네덜란드에서 수녀와 경찰관으로 변장한 사람들이 낙하산을 타고 내려와 신뢰라는 가장 큰 무기를 이용하여 선 자리에서 바로 시민들에게 총을 쏘았다는 소문이 있었다. 물론 그런 소문을 내고 다니는 장본인이 스톡스 씨였기 때문에 믿지는 않았다. 그레이스는 주방 밖으로 나가다가 잠시 멈춰 서서 커다란 칼을 잡았다.

웨더포드 아주머니는 상추밭에서 몇 걸음 떨어진 곳에서 장갑을 낀 손으로 웅크린 채 겁에 질려 식물들을 바라보았다.

"뭐예요?"

런던의 마지막 서점

그레이스가 칼날을 정원 쪽으로 뻗치며 말했다.

아주머니가 긴 한숨을 천천히 뱉고는 눈을 감고 몸서리를 쳤다.

"벌레."

"벌레요?"

그레이스가 놀라서 말했다. 나치가 기관총을 들고 런던 사람들에게 세상에서 가장 나쁜 짓을 하려는 줄 알고 있었는데.

"상추가 자꾸 시들어 버리기에 왜 그러는지 보려고 갔다가……"

아주머니가 몸을 바들바들 떨었다.

"해충에 관한 책자를 가지고 와야겠어."

그녀는 힘없이 말하고는 다시 앤더슨 방공호로 돌아갔다. 방공호 안에는 '승리를 위해 땅을 파자'를 장려하는 공공 유인물이 파란색 깡통 안에 가지런히 정리되어 있었다.

그레이스는 겁을 잔뜩 먹은 채 가장 가까이에 있는 흐물흐물한 상추 곁으로 기어가서 칼끝으로 잎사귀를 들어 올렸다. 통통한 소시지 같이 굵은 갈색의 어떤 것들이 꿈틀거리며 상추 바닥 가운데에서 똬리를 틀고 있었다. 그중에 특히 뚱뚱한 한 마리가 잎사귀 위에서 칼날 바로 위에 털썩하고 떨어졌다.

그레이스는 너무나 무서운 나머지 숨이 턱 막혀 뒤로 펄쩍 뛰어갔다. 그 바람에 칼이 떨어지고 말았다.

좀 전까지만 해도 투지가 넘쳤었는데.

아주머니가 책자를 손에 들고 앤디에서 불쑥 나왔다.

"바로 여기 있네. 뭐라고 부르냐면……"

아주머니가 눈을 찡그리고 안내문을 보았다.

"야도충. 이름도 정말 끔찍하네."

그녀의 시선이 책자에 꽂혔다. 설명서를 읽던 아주머니의 입꼬리가 점점 내려가며 역겨운 표정으로 찡그렸다.

"뭐라고 써 있어요?"

그레이스가 책자를 슬쩍 엿보았다.

"어떻게 해야 없앨 수 있대요?"

아주머니가 얼굴을 찌푸렸다.

"반으로 잘라서 으깨 버리거나 갈가리 찢어 버려야 한대."

두 사람 모두 경악하며 인상을 쓰고 책자에서 시선을 돌렸다. 칼은 그레이스가 살펴보고 있던 식물 앞에 놓여 햇빛에 번뜩이는 날을 드러냈다.

"그냥 콩이나 열심히 심어야겠지요?"

그레이스가 넌지시 말했다.

"내가 이렇게 상추 편을 들 줄이야."

아주머니가 대답했다.

"약국에 가서 저 못된 녀석을 죽일 수 있는 방법을 찾아봐야겠어. 그러면 제대로 끝장 낼 수 있을 거야."

과연 약국에서는 해결책이 있었다. 하얀색의 가루 물질이었는데, 약제사는 상추를 먹기 전에 완전히 씻어야 한다고 경고했다. 야도충이 독으로 죽어도 아무것도 남지 않는 것은 아니기 때문이었다.

7월 둘째 주, 이탈리아가 독일을 돕기 위해 참전했다. 그리고 런던 전역에 소모되지 못하고 있던 잠재적 에너지는 정확하게 쓰일 곳을 찾아내고야 말았다. 그레이스와 스톡스 씨는 그날 밤 어두운 런던의 밤거리를 순찰하고 있었다. 그때 민첩한 발걸음 소리가 길 건너편에서 들리더니 실랑이하는 고함소리가 잇따랐다.

그레이스는 몹시 놀라 소리가 나는 곳으로 있는 힘을 다해 집중했다. 눈이 어둠 사이를 찾아다녔다. 주머니에서 덮개가 달린 램프와 땅을 약하게 비추어 주는 종 모양 물건을 꺼내 들었다. 자주 쓰는 도구는 아니었다. 스톡스 씨가 야간에 맨눈이 적응해야 한다고 우겼기 때문이었다.

등화관제는 슬프게도 사람들의 가장 밑바닥을 보여주었다. 어둠 속에서는 사악한 부류의 절도나 폭행의 유혹이 너무나도 많았다.

스톡스 씨는 그레이스와 함께 소리가 들리는 곳 사이에 자리를 잡고 혹시 자신들의 변변치 않은 권위와 날카로운 호루라기로 개입해야 하는 일은 아닌지 기다려 보았다.

공습경보 활동을 하는 동안, 달이 드리우는 절묘한 그림자에 의지해 어둠 속에서 움직이는 법을 배웠다. 그날은 겨우 초승달이었지만 경찰관 두 명과 여행 가방을 들고 있는 남자 그리고 그 옆에 여자 한 명을 알아보았다.

그 장면은 도둑질하는 모습이 전혀 아니었다. 체포 장면이었다. 남자가 뭐라고 빠르게 말을 했는데 영어가 아니라 이탈리아어 같았다.

"우리는 폭력을 쓰길 원하지 않습니다."

경찰관 중 한 명이 무미건조한 어투로 말했다.

"당장 우리와 같이 가시죠."

남자는 경찰관을 따라가려는지 여자에게서 돌아섰다. 여자가 흐느껴 울며 남자를 향해 손을 뻗었다.

"무슨 일이에요?"

그레이스가 물었다.

"우리가 알 바 아니야."

스톡스 씨는 가던 길을 계속 가야 한다며 손으로 가리켰다.

그레이스는 따라가지 않았다.

"저 남자를 체포하는 거예요?"

"당연히 그러고 있지."

스톡스 씨는 짜증을 내며 대답했다.

"저 남자들 딱 봐도 그렇잖아. 영국에 있는 이탈리아 놈들을 모두 잡아들이고 있어. 그래야 히틀러 스파이 노릇을 못하지."

길 아래로 무언가 충돌하는 소리가 나더니 쨍그랑 유리 깨지는 소리도 뒤따라 들렸다. 두 사람이 소리가 나는 곳으로 서둘러 달려가자 스무 명 남짓한 남자들이 이탈리안 카페의 깨진 창문으로 기어 올라가 나치의 편에 선 이탈리아인들이라며 저주의 말을 퍼붓고 있었다.

그레이스는 몹시 충격을 받아 얼어붙었다. 저 카페는 비브와 함께 몇 번 간 적도 있는 곳이다. 주인과 부인은 언제나 친절했고,

런던의 상황에 두려움을 숨기지 않았다. 차를 마칠 때 비스킷을 무료로 더 주기도 했고 심지어 배급을 받아야 했던 때에도 마찬가지였다. 이제 이민자들이 20년이 넘도록 운영해 오던 시설이 수색당하고 있다.

한 남자가 의자 하나를 손에 들고 깨진 창문에서 나왔다.

"도둑이야."

그레이스가 입술에 호루라기를 가져다 대려 했다.

스톡스가 그레이스 입가로 손을 올려 입에 있던 쇳덩이를 밀어 냈다.

"앙갚음을 하는 거야."

그레이스는 고개를 획 돌려 그를 노려보았다. 어둑어둑한 밤 그의 반짝이는 눈이 보였다.

"뭐라고 하셨죠?"

"이탈리아는 충성을 맹세했어."

스톡스가 건조한 어조로 말했다.

"그리고 우리 편에 서지 않았지."

그레이스가 경악하여 그를 노려보았다.

"저들은 영국 시민이에요."

"저들은 이탈리아 사람이야."

그는 고개를 더 높이 쳐들었다. 그때 또 다른 남자가 밀가루로 보이는 자루를 들고 빠져나갔다.

"대부분 스파이들이지."

"저들은 런던에서 스스로 사업을 일구며 열심히 일한 가게 주인들이에요. 이 도시를 우리만큼이나 사랑했다고요."

그레이스의 목소리가 한층 격렬하게 높아졌다. 이 광기 어린 모습에 마음속이 마구 요동쳤다.

"우리가 이 상황을 막아야 해요."

그레이스가 성큼성큼 앞으로 다가갔지만 스톡스 씨가 그레이스의 팔을 잡고 살살 뒤로 잡아당겼다.

"베넷 양, 지각 있게 행동해."

그가 쉿 하고 말했다.

"저기에 있는 남자들은 열두 명 이상이고 당신은 그저 한 명의 요원에 불과해."

그레이스가 벌게진 눈에 눈물을 글썽이며 쏘아보았다.

"겨우 한 명이라고요?"

그는 슬쩍 시선을 돌렸다.

그때 카페에서 또 큰 소리가 들리더니 건물 안에서 불이 번쩍하고 터졌다.

"당장 그만하세요!"

그레이스가 어둠을 향해 소리쳤다. 그녀가 명령을 내렸지만 안에서는 웃음소리와 야유가 터져 나왔다.

"조심해, 그렇지 않으면 나치 지지자로 찍힐 수 있을 테니."

스톡스 씨의 낮은 목소리는 그레이스가 잠시 멈칫할 정도로 주의를 주기에 충분했다.

그레이스는 자신의 무력감에 너무나도 화가 나 주먹을 꾹 쥐었다. 볼에서는 뜨거운 눈물이 흘러내렸다. 그녀는 스톡스 씨를 밀쳐버렸다.

"어떻게 이걸 보고도 그냥 둘 수가 있어요?"

"거기 불 끄시오."

스톡스 씨는 냉철하면서도 삐걱거리는 목소리로 남자들을 향해 말했다.

"머리 위로 폭탄이 떨어지는 꼴을 보고 싶지 않으면 말이오."

불길이 잡히고 놀랍도록 깜깜한 어둠이 증오로 촉발된 밝은 불꽃을 대신하자 스톡스 씨는 그레이스를 다시는 바라보지 않았다.

교대는 끝났지만 그레이스는 좀처럼 잠을 이룰 수 없었다. 여전히 소식을 알 수 없는 콜린도 걱정이었지만 스스로의 무기력함도 자신을 괴롭혔다.

그레이스는 도움이 되기 위해 공습경보에 참여했다. 하지만 그날 밤, 그녀는 전혀 도움이 되지 못했다. 노략질을 하는 남자들을 막지 못해서가 아니라 그녀 자신 역시 문제의 일부가 되고 말았다. 책을 읽으려고 했지만 그조차도 마음의 짐을 덜어주지는 못했다.

다음 날은 서점 일을 쉬었고 그레이스와 웨더포드 아주머니는 집에 남아 있었다. 그동안 됭케르크에서 찔끔찔끔 철수하던 군인들의 행렬이 멈추었다. 영국에 도착하는 군인들의 수를 보고 웨더포드 아주머니는 희망이 점점 사라지기 시작했다. 특히 콜린의 주둔 지역에서 돌아온 군인들은 거의 보이지 않았기 때문이었다.

그레이스는 오전 내내 정원에서 잡초도 뽑고 식물의 상태도 살폈다. 토마토에서는 노란 꽃이 피었고 호박꽃은 연노랑 구체가 되어 부풀어 오르기 시작했다. 그레이스는 정원에서 시간을 보내고 신선한 공기를 마시면서 기분 전환이 되기를 바랐지만 상한 마음을 계속 곱씹으며 스스로를 괴롭히고 있었다.

일을 마친 그레이스는 장갑과 나막신을 벗고 주방으로 가서 손에 남은 흙을 씻었다. 손 씻기를 막 마치려는 찰나, 콸콸 쏟아지는 수돗물 너머 문 쪽에서 똑똑 두드리는 소리가 들렸다.

집에 올 사람이 없는데.

우편이라면 출입문의 우편물 투입구로 들어올 터였다.

누군가가 현관문을 두드릴 이유가 없다. 그 이유만 아니라면……

그레이스는 손가락으로 휙 물을 잠그고 서둘러서 손을 닦았다. 심장 뛰는 소리가 귀에도 들릴 정도였지만 웨더포드 아주머니가 현관으로 머뭇거리며 걸어가는 발소리를 잠재울 만큼은 아니었다. 그레이스는 주방 문을 밀어젖혔다. 아주머니가 배달부 소년에게서 주황색 직사각형 봉투 안에 든 무언가를 받고 있었다.

우체국에서 온 전보다.

숨을 쉴 수 없을 정도의 고통이 폐부에서부터 밀려들어 왔다.

웨더포드 아주머니가 전보를 받을 이유는 거의 없었다. 그리고 그 어떤 전보도 좋은 소식은 아니다.

아주머니는 기계적으로 문을 닫았다. 시선은 주황색 봉투에 고정되어 있었다. 그레이스가 조심스럽게 다가갔지만 웨더포드 아주머니는 그녀가 온 줄도 모르고 있었다.

두 사람 모두 아무 말도 하지 않은 채 오랜 시간 잠자코 있었다. 둘 다 숨도 쉬지 못하고 남은 인생을 바꿀 수도 있는 그 잠깐 중단된 순간에 갇혀 있었다.

그레이스는 자신이 읽어 보겠다고 나서야 했지만, 그녀조차도 전보에 인쇄된 글자를 차마 볼 수 없을 정도로 겁쟁이였다.

아주머니가 깊은 한숨을 내쉬고 천천히 전보를 꺼냈다. 봉투가 그녀의 덜덜 떨리는 손에서 펄럭거렸다. 그레이스는 죄책감이 들었다. 이 상황에서 누가 더 두려워할까 비교하는 마음의 목소리. 그것만 해도 대답을 이끌어 내기 충분했다. 어찌 되었든 아주머니를 이러한 일과 맞닥뜨리도록 내버려 두는 것은 너무나 잔인하다.

그레이스는 마음을 다잡고 조그만 소리로 말했다.

"봉투 제가 열까요?"

아주머니가 고개를 저었다.

"내가 해야지……."

그녀가 목멘 목소리로 말했다.

"알아야 해."

웨더포드 아주머니의 손이 하도 떨려서 봉투를 열어서 꺼낼 수 있을까 의문일 정도였다.

그레이스는 자신의 행동을 의식하기도 전에 아주머니의 팔을 잡았다. '이렇게 알려드리게 되어 깊은 유감을 표합니다……'라는 글이 한 글자씩 보이는 동안 그대로 팔을 붙잡고 있었다.

아주머니는 날카롭게 숨을 집어삼키며 전보의 나머지 내용을 천천히 꺼냈다.

글자는 흰색 띠에 굵은 대문자로 쓰여 있었다. 그 말들은 이제 그들의 삶을 다시는 되돌릴 수 없는 방향으로 바꾸어 버린다는 선언문이었다.

"이렇게 알려드리게 되어 깊은 유감을 표합니다. 귀하의 자제인 프티 콜린 웨더포드 군은 현재 됭케르크 공격으로 사망한 것으로 보고되었……"

아주머니의 손에서 봉투와 전보가 소용돌이를 그리며 바닥으로 떨어졌다. 떨어져도 상관없다. 더 이상의 내용은 읽어 볼 필요가 없으니까.

콜린이 죽었다.

"내 아들."

웨더포드 아주머니가 흐느껴 울었다.

"내 아들. 내 아들. 내 사랑하는 착한 아들."

아주머니는 편지가 떨어져 나간 떨리는 손을 바라보았다. 마치 지금 현실이 도저히 믿기지 않는다는 듯이.

그레이스는 먹먹해지며 목이 메었고 눈에서는 쓰디쓴 눈물이 흘러내렸다. 콜린이 이제 없다는 사실에 그레이스의 마음속에 큰 구멍이 난 것 같았다.

런던의 마지막 서점

분노와 슬픔 그리고 무력감이 그녀를 마구 짓눌렀다. 콜린은 그런 식으로 죽어서는 안 된다. 그는 그냥 3만 명의 희생자 중 한 사람으로 치부하기에는 너무나도 특별했다.

이제 다시는 상처 입은 동물을 집에 데리고 오거나 부끄러운 듯 상기된 볼로 그레이스와 인사하지 못한다. 이 어둡고 어두운 세상에는 그의 빛이 필요한데, 이제 콜린과 함께하는 나날은 영영 돌아오지 않는다.

비통한 울음소리가 방 안에 낮게 울려 퍼졌다. 아주머니는 털썩 주저앉아 맹목적으로 봉투를 꼭 쥔 채 주먹으로 마구 구겼다.

영국에서는 전국에 몇천 명도 넘는 여자들이 비슷한 전보를 받았다. 타이핑된 몇 글자들이 그들의 가슴 가장 연약한 부분을 완전히 찢어 버리고 크나큰 상실로 그들의 삶을 영원히 바꾸어 놓았다.

이제 그 어떤 때보다도 간절히, 그레이스는 비브와 조지의 소식을 듣고 싶었다. 그들이 그토록 불확실하고 슬픔만 가득한 곳에서 안전하게 잘 있는지 알고 싶었다.

다음 날 아침에는 그레이스만이 유일하게 집 안에서 움직였다. 웨더포드 아주머니는 침대에서 꼼짝도 하지 않았다.

보통 그레이스가 일어날 즈음 깨끗이 씻겨 건조대에 놓여 있던 컵은 보이지 않았다. 아주머니에게 차를 가지고 올라가 권했지만 아무 대답도 돌아오지 않았다. 그레이스는 작은 쟁반을 문 앞에 놓고 그녀가 조금이라도 안정을 찾기를 바랐다.

아무래도 에번스에게 전화를 걸어 그날은 쉬어야겠다고 말해야 했지만, 그레이스는 자신부터 생각과 슬픔에 짓눌려 집에 갇혀 있고 싶지 않았다. 이미 두 사람은 밤새도록 슬픔에 지쳐 있었다. 이탈리안 카페에서 일어났던 불 때문에 그레이스의 마음속에서 천 불이 일어났고, 콜린의 죽음으로 인해 도저히 감당할 수 없을 만큼 큰 폭풍우가 일었다.

그레이스는 새 책을 주문하고 프림로즈 힐 서점의 손님들과 대화를 나누며 하루를 채우고 싶었다. 날은 이미 따뜻해졌고 건조한 바람에 눈이 꺼끌꺼끌했다. 마스카라를 더 바르고 파우더도 평소보다 더 두드렸지만 빨갛게 퉁퉁 부어오른 눈은 숨길 수 없었다.

그레이스가 들어오자 에번스가 고개를 들며 원장을 보느라 굽혔던 몸을 세웠다.

"무슨 일이지?"

"전보요."

그레이스가 할 수 있는 말은 이게 다였다.

그가 입을 굳게 다물었다.

"콜린?"

그레이스가 끄덕였다.

에번스는 안경 너머 눈을 감고 오랫동안 그대로 있다가 깜빡이며 다시 떴다.

"그 아이는 이런 잔인한 전쟁에 희생되기에는 너무나 좋은 사람

런던의 마지막 서점

이었어."

그레이스는 익숙한 애도의 말에 목이 메었다.

"집에 가요, 베넷 양."

그의 코끝이 분홍색으로 물들었다.

"다음 주 급여까지 다 쳐주겠네."

그레이스는 단호히 고개를 저었다.

"일하고 싶어요, 정말로요."

그레이스의 목소리에서마저 떨림이 묻어났다.

그는 그레이스의 표정을 오랫동안 살펴보고는 고개를 끄덕였다.

"하지만 집에 가고 싶다면 언제든지 요청만 하게."

그레이스는 슬픔을 밀어낼 기회를 주어서 감사하다는 얼굴로 고개를 끄덕였다.

결론적으로 우울함은 완전히 떨쳐낼 수 없었다. 우울은 그림자처럼 따라다니며 등 뒤를 살금살금 밟았다. 또한 그레이스가 집중하지 못하는 매 순간마다 머릿속을 슬그머니 잠식했다. 그럴 때마다 콜린이 그 커다랗고 부드러운 손으로 상처 입은 생명을 안고 있는 모습 그리고 이탈리안 카페의 창문이 축축한 밤공기 속에서 산산이 부서져 나갔던 때가 떠올랐다. 생각이 계속 꼬리를 물고 다시 또다시 이어져 그녀를 완전히 무기력하게 초토화시켰다.

그레이스는 안쪽 방에 잠시 있다가 울음을 터뜨렸다. 그때 에번스가 들어왔다. 그는 더럭 걸음을 멈춰 서서는 어찌할 바를 모르고 눈이 커진 채 그레이스를 빤히 바라보았다. 그레이스는 고개를 반대편으로 돌리고 그 전날 흐느끼는 웨더포드 아주머니에게 자신이 했던 것처럼 에번스가 그냥 가 주기를 바랐다.

대신 그는 성큼성큼 가까이 다가와 그레이스 앞에 손수건을 내밀었다. 그레이스는 손수건을 받아들고 눈을 문질렀다. 이미 그레이스가 가지고 있던 손수건은 흠뻑 젖어 있었다.

"죄송해요……."

"감정에 미안해하지 말게."

그는 그녀 가까이에 있는 책 더미에 기대었다.

"감정에 미안해할 것 전혀 없어. 자네 혹시……."

그는 확신하지 못하는 손짓으로 손을 벌렸다.

"말하고 싶은 게 있나?"

그레이스는 그 말이 진심인지 알고 싶어 에번스를 유심히 바라보았다. 그는 눈도 깜빡이지 않고 그레이스를 지그시 바라보았다. 그의 표정은 진심이었다. 진지했다.

그레이스는 거절하려고 했다. 아무리 수없이 이야기해 본다 한들 콜린은 돌아오지 못한다. 자신의 고통을 목소리로 낼 수 있을 정도로 목이 편해졌는지도 알 수 없었다.

하지만 그러다 이탈리안 카페 일이 떠올랐다. 자신의 침묵 그리고 죄책감이 다시 속에서 불을 댕겼다.

"어떤 부끄러운 일을 한 적이 있으세요?"

그의 짙은 눈썹이 위로 올라갔다. 그레이스가 무슨 말을 하든지

간에 그 말은 예상하지 못했다는 표정이었다.

"그럼."

에번스는 잠시 생각하고 나서 내답했다.

"내 생각에는 사람들 대부분이 그럴걸."

그는 팔짱을 꼈다.

"이게 콜린과 관련된 일이라면 콜린은 자네를 용서할 걸세. 그는 그런 사람이니까."

그레이스의 목이 다시 메어 왔다. 그녀는 침을 꿀꺽 삼키고 고개를 저었다. 마음이 바뀌기 전에 에번스에게 그 전날 밤 이탈리안 카페에서 있었던 일을 이야기했다. 양심을 저버리고 충격적인 현장을 그냥 떠나 버린 그날 밤 이야기를.

그레이스가 말하는 동안 에번스는 그대로 벽에 기대 있었다. 팔은 느슨한 상태로 끼고 있는 채였다. 그레이스가 말을 마치자 그는 천천히 책을 담은 커다란 상자를 탁자 쪽으로 옮기고 그 위에 앉았다. 이제 그레이스와 눈높이가 맞았다.

그의 눈은 청량하면서도 날카로웠다. 그레이스가 본 그의 눈빛 중 가장 관심 있게 집중하는 모습이었다.

"지금은 전쟁 중이야, 베넷 양. 자네는 전쟁을 치르고 있는 많은 사람 중 하나일 뿐이고. 그래, 이런 혼돈의 상황에서 카페는 약탈당할 수 있어. 하지만 불에 타 버리지는 않았잖아. 자네가 세상을 구할 수는 없어. 그래도 자네가 할 수 있는 가장 작은 일은 계속해 나가게."

그는 조금 당황스럽다는 표정으로 입꼬리를 들어 올렸다.

"이를테면 한 노인이 책에 담긴 목소리들을 지켜 내기 위해 낡고 불에 그슬린 책을 모으는 일 같은 거 말이지."

그는 반점이 난 쭈글쭈글한 손을 그레이스의 손 위에 올리며 따뜻한 위로를 건넸다.

"아니면 젊은 어머니가 고통을 잊을 수 있도록 이야기를 찾아주는 일도."

그는 손을 치우고 몸을 곧게 일으켰다.

"자네가 어떻게 싸우든 관계없어. 하지만 절대, 결코 그만두지는 말게."

그레이스가 고개를 끄덕였다.

"그만두지 않을 게요."

마음속으로 이렇게 다짐하자 온몸에서 소름이 일었다.

"절대 그만두지 않을 거예요."

"그게 바로 내가 아는 젊은 여성이지."

그는 상자에서 일어섰다.

"말이 나온 김에, 나는 자네에게 빌려 온 전략으로 나만의 싸움에서 이기고 있다네. 한 번 볼 텐가?"

호기심이 발동한 그레이스는 혹시 눈가에 화장이 번졌을지 몰라 슥슥 지우고 에번스를 따라 가게로 나섰다.

"이미 봤을지도 모르겠지만."

그는 뒤쪽 모퉁이에 《비둘기 파이》 책이 놓인 작은 탁자를 가리켰다.

사실 그레이스는 그때까지만 해도 자신의 실패작이라고 여겨 탁자를 외면해 왔다. 그레이스는 눈앞의 광경을 보고 깜짝 놀랐다.

한때 깔끔하게 쌓여 있던 백 권의 책이 이제 얼마 남지 않았다. 탁자 가운데에 받쳐 놓은 판지에는 이렇게 쓰여 있었다.

'체임벌린이 아직도 수상이었을 때 쓰인 책.'

에번스가 그레이스를 보며 씩 웃었다.

"이렇게 쓴 이후로 버터처럼 팔리고 있다네."

그레이스는 자신의 상황 속에서도 웃음을 터뜨리고 말았다.

"사장님 정말 천재 같아요."

에번스가 수줍은 듯 고개를 기울였고 안경 아래 나이 든 볼이 살짝 붉게 물들었다.

"나도 좀 뿌듯해. 그래도 이건 자네 아이디어야. 나는 이걸 조금 비틀어 본 것일 뿐."

지난 3월부터 비극적인 운명에 놓였던 《비둘기 파이》는 이제 다 팔렸고 에번스가 해 준 조언은 더욱 가슴 아프게 다가왔다.

몇 주가 지나고 프랑스가 함락되고 말았다. 그리고 그다음, 그들이 가장 두려워하는 상황이 성큼 다가왔다. 영국 폭탄 공격.

독일 폭격기들이 카디프Cardiff와 플리머스Plymouth에 가장 먼저 도
착해 부두를 겨냥하고 영국 공군과 공중전을 벌였다. 런던은 아직
공격을 받지 않았지만 사람들은 마음속으로 그날이 머지않았다고
예상했다.

모두가 토씨 하나 놓치지 않고 BBC 방송에 귀를 기울였고 입에
서 입으로 전했다. 또한 자신이 들은 것에 대해 서로 의견을 나누
며 폭격 가능성에 대해 분석했다.

그레이스는 조지가 어디로 파병을 갔는지 알 수 없었지만 전투
기 조종사라면 두말할 것도 없이 위험 한복판에 놓여 있으리라는
것을 잘 알고 있었다.

그러던 어느 날 그레이스는 조지로부터 또 한 통의 편지를 받았

다. 이번 편지도 저번처럼 검열을 받아 잘려 나갔지만 안부를 확인하기에는 충분했다. 비브의 편지 또한 검정색 마커가 주기적으로 칠해져 있었지만 그녀가 어디에 있든 잘 지낸다는 것을 알 수 있었다.

하지만 그레이스가 가장 염려한 사람은 웨더포드 아주머니였다. 그녀가 평생 알고 지내던 아주머니는 그 헤아릴 수 없는 에너지로 세상을 움직이던 사람이었다. 아주머니가 해결하지 못하거나 고칠 수 없는 문제는 없었다.

이제 아주머니는 멍한 눈빛으로 집 안을 느릿느릿 걸어 다녔다. 더 이상 누구에게나 조언을 아끼지 않던 —사람들이 그 조언을 원하든 원하지 않든— 밝고 활달한 사람이 아니었다. 창백한 얼굴에 회색 머리가 납작하게 눌린 허깨비나 다름없었다. 생명의 빛이라고는 보이지 않는.

아주머니는 더 이상 여성 자원봉사 모임에도 나가지 않았다. 또한 예전처럼 규칙적으로 집을 청소하는 모습도 볼 수 없었다. 그레이스는 현관에서 석탄산 냄새를 맡지 못하게 될 줄은 상상도 하지 못했다. 그리고 차와 마가린이 배급 꾸러미에 추가된다는 소식을 들었을 때에도 아주머니는 비축량이 늘어났다며 좋아하기는커녕 그저 체념한 듯 고개만 끄덕이며 답할 뿐이었다.

하지만 나머지 런던은 이제 전쟁이 곧 자신이 사는 땅을 강타하리라는 예상 속에 점점 불안이 고조되어 갔다. 됭케르크 이후에도 그러한 액션을 바라는 게 이상하기는 했지만 '지루한 전쟁'은 시침 없이 막 망가진 시계를 보는 것 같았다.

이제 드디어 무언가 일어나려 하고 있다.

화창한 토요일, 그레이스는 하루를 마무리하는 업무로 서점 입구의 어린이책을 치웠다. 많은 어린아이들이 또다시 시골로 가게 되면 가장 눈에 잘 띄는 창문 앞에는 뒤에 남겨진 어른들을 끌어들일 수 있는 책을 놓는 게 가장 좋아 보였다.

오후에 일을 마친 뒤에는 집으로 곧장 가지 않았다. 대신 야외 카페에 앉아 차와 다과를 즐기고 머리 위로 쏟아지는 찬란한 태양 빛을 쬐었다. 식당은 시민들과는 다른 배급을 받았기 때문에 재료를 조금 더 쓸 수 있었다. 다시 말해 차의 맛이 더 풍부하고 달았으며 페이스트리 역시 마가린을 거의 쓰지 않았다. 거의.

하지만 그러한 노력에도 불구하고 그레이스가 바라는 만큼 힘이 나지는 않았다. 오히려 건너편에 앉아 웃고 떠들며 해롯에서 들었던 최신 이야깃거리를 재잘거리던 비브가 그리워졌다. 그리고 아주머니를 생각하자니 마음이 아릿했다. 그녀는 삶의 다른 즐거움은 고사하고 그 햇살 좋은 오후를 즐길 여유조차 부릴 수 없었다.

콜린이 죽었는데 어떻게 그럴 수 있단 말인가?

이렇게 좋은 날에 슬픔에 빠져 허우적거리지 않기로 결심한 그레이스는 킹 스퀘어 가든으로 갔다. 노점 상인들은 밝고 반짝이는 색깔로 칠한 수레를 세워 놓고 에메랄드빛 풀밭을 따라 벤치와 캔버스 천 접이식 의자에 앉아 있던 사람들을 끌어모았다.

공원 이곳저곳에는 '승리를 위해 땅을 파자' 일환으로 채소밭이 군데군데 자리를 잡고 있었다. 재스민이 있던 자리에는 콩이, 한때 장미꽃이 활짝 피었던 곳은 양배추가 자리를 차지했다.

그레이스는 빈 접이식 의자에 자리를 잡았다. 햇볕에 따스해진 두꺼운 천을 느끼며 머리를 내키는 대로 뒤로 젖혔다. 공기에서는 풀 냄새가 달콤하게 났고 근처 노점상의 소시지 향도 솔솔 풍겨 왔다. 그리고 지나가는 발걸음과 희미한 대화 소리가 평온한 분위기 속에서 배경음악처럼 흘러나왔다.

하지만 일순간에 공습경보 사이렌이 계속 울리며 평화로운 고요가 산산조각이 나고 말았다.

그레이스는 자리에 그대로 남아 요란한 훼방꾼을 참고 받아들이기로 했다. 공습경보는 그저 흔해 빠진 모래주머니처럼 일상다반사였기 때문이다.

전쟁 초기에는 그 울부짖는 소리를 듣기만 해도 말 그대로 심장이 입 밖으로 튀어나올 것만 같았다. 이제는 그저 골칫거리로 전락했지만.

몇몇 사람이 짜증을 내며 의자에서 일어나 방공호를 찾았다. 하지만 그런 반응을 보인 사람은 일부였고 대부분은 원래 있던 자리에 머물며 햇살을 만끽했다. 공습경보가 하도 많이 잘못 울렸던 터라 이렇게 사이렌이 울려도 그저 어린아이가 징징대며 우는 것처럼 여기기 일쑤였다.

공습경보는 결국 끊겼고 무인 항공기는 그레이스의 머릿속에 꿀에 취해 공중을 헤매고 다니는 게으른 꿀벌과 같은 인상을 남겼다. 예외라면 무인 항공기의 소리가 점점 더 커지고 계속 울려 댔다는 것이다.

그레이스는 눈을 가늘게 뜨고 솜털처럼 흰 구름이 떠 있는 하늘 위를 유심히 바라보았다.

"저게 뭐지?"

그레이스의 옆에 있던 누군가가 하늘을 향해 목을 쭉 빼고 쳐다보았다.

그레이스는 눈부신 태양을 마주 보며 눈을 깜빡였다. 새까만 점들이 짙은 파란 하늘을 얼룩덜룩하게 만들고 있었다. 멀리서 쾅쾅 하는 소리가 메아리치고, 뒤이어 도시 어딘가에서 검은 연기가 위로 피어올랐다. 그레이스는 그 점들이 전투기라는 것을 깨닫는 순간 망연자실할 수밖에 없었다. 비행기들이 이스트엔드 East End로 보이는 어딘가에 폭탄을 떨어뜨리고 있었다.

그렇게 더운 날이었는데도 그레이스는 핏줄이 얼음처럼 완전히 얼어붙고 온몸의 털이 곤두섰다.

런던이 폭격당하고 있었다.

그레이스는 의자를 밀고 일어났다. 하지만 마치 물속에 있는 것처럼 움직임이 굼떴다. 얼른 달려가서 근처의 다른 이들이 방공호로 가도록 인도해야 하고, 그들을 담당하는 공습 감시원들에게 알릴 수 있도록 사람들 이름을 받아 적어야 했다. 무엇이든 해야 해.

어떻게든.

런던의 마지막 서점

무엇보다도 지금 이 순간을 위해 지난 몇 달간 그렇게 훈련을 받았으니까.

하지만 폭탄이 쾅 하고 터지던 그 순간에도 그레이스는 발이 땅에 붙은 것처럼 꼼짝할 수 없었다. 언제까지고 계속.

누군가의 손이 그레이스의 어깨를 움켜잡았다.

"방공호로 가야 해요, 아가씨."

그레이스는 고개를 끄덕였다. 누가 자신에게 말을 하든 상관없었다. 폭격기가 자신의 시선을 붙잡아 두는 이 끔찍한 순간에 그녀가 무엇을 할 수 있단 말인가?

근처에 있던 여자가 비명을 질렀다. 공포에 질려 추하게 악을 쓰는 소리였다. 그때 그레이스는 자신의 다리에 시선이 갔다. 하지만 방공호로 가지 않았다. 웨더포드 아주머니가 집에 있을 때는 모두들 그랬던 것처럼 공습경보를 무시했을 가능성이 컸다.

남자가 이미 사람들을 근처 방공호로 안내하고 있었다. 그레이스의 동료 요원으로 불편한 다리 때문에 징집되지 않은 게 틀림없었다. 그는 그레이스에게 고개를 돌리고는 창백한 얼굴로 눈을 동그랗게 뜨며 얼른 따라오라고 손으로 가리켰다.

그레이스는 고개를 저었다.

"집이 아주 가까이에 있어요. 집에도 방공호가 있다고요."

그의 시선은 이스트엔드에서 여전히 무자비하게 공격을 퍼붓고 있는 비행기 떼로 향하다가 말없이 수긍하며 돌아섰다. 지체할 시간이 없이 그레이스는 브리튼가로 가는 지름길로 들어갔다.

집에 도착한 바로 그때, 회색과 검은색이었던 하늘이 성난 주황빛 붉은색으로 바뀌었다. 마치 런던 일부 지역에서 불길이 활활 타오르는 것처럼 보였다. 그레이스는 현관문을 벌컥 열고 들어가 아주머니를 찾아 울부짖었다.

현관 앞에 쌓인 우편물들도 그대로 밟고 지나갔다. 평소처럼 편지들을 집어 탁자 위의 우편물 더미에 올려놓을 여유 따위는 없었다.

나이 든 여인의 발이 응접실의 벽 너머로 막 보이기 시작했다. 아주머니가 앉아서 대부분의 시간을 보낼 가능성이 높은 안락의자였다.

"런던이 폭격당하고 있어요."

그레이스는 엄마의 친구 곁으로 다가가며 어떻게든 목소리에 공포를 지워내려 애썼다

"당장 방공호로 들어가야 해요."

하지만 아주머니는 가려 하지 않았다. 실의에 빠진 멍한 시선으로 앉은 자리에 계속 있으려 고집했다. 아주머니를 안전한 곳으로 몇 번씩 밀고 가다 결국 실패하자, 그레이스는 응접실을 나와 집 현관의 계단에 서서 독일 폭격기를 바라보았다. 폭격기가 가까이 오면 아주머니를 어떻게든 방공호로 데리고 가야 했다. 끌고 가는 한이 있더라도.

하지만 폭격기는 가까이 오지 않았다. 결국 브리튼가의 거주민들은 모두 그레이스처럼 현관 계단으로 내려와 조용히 하늘을 지

켜보았다. 폭격기는 여전히 불타는 하늘을 뚫고 무자비하게 공격을 퍼붓고 있었다.

그 모든 과정을 지켜보며 그레이스는 사람들 생각에 머리가 어지러웠다. 저곳에 있는 사람들도 런던의 다른 지역에 있는 그 많은 이들처럼 방공호를 거부했을까? 방공호는 저 맹공을 제대로 막아주기는 했을까?

얼마나 많은 사람이 죽었을까?

죽은 사람들만 생각해도 몸서리가 쳐졌다.

기나긴 공격 끝에 드디어 폭탄 떨어지는 소리가 잦아들더니 완전히 사라졌다. 그레이스가 다시 집으로 들어가려는데 네스빗 부인이 이웃집 계단에서 꼿꼿이 서 있는 모습이 보였다. 부인은 그레이스를 보고 눈썹을 추켜들었다.

"흥, 저게 다일 줄 알았어."

그레이스는 아무 말 없이 아주머니를 찾으러 안으로 들어갔다. 웨더포드 아주머니는 아까부터 있던 그 자리, 안락의자에 그대로 앉아 있었다.

그날 밤, 그레이스는 공습경보 순찰 스케줄을 잡지 않았다. 일주일에 세 번만 있기 때문이었다. 하지만 잠자리에 들 준비를 하기도 전에 공습경보 사이렌이 또다시 울렸다.

그레이스는 온몸에 전율이 일어났다. 그리고 이번에는 아주머니가 싫다고 해도 받아주지 않았다. 창문을 열고, 가스를 잠근 후 욕조에 물을 채우고는 그녀를 억지로 앤디로 데리고 갔다. 두 사람은 어둠 속에서 발을 헛디뎌 화분과 정원 도구를 넘어뜨리며 방공호로 걸어갔다.

방공호에서는 습기를 먹은 철제, 흙이며 묵은내가 났다. 오랫동안 머물 곳이라기보다는 창고에 가까웠다. 사이렌은 금세 그치고 침묵이 그 빈자리를 채웠다. 그날 오후 런던에서 맞닥뜨린 것보다 더 큰 일이 벌어질 것만 같은 고요함이었다. 그레이스는 근육의 긴장이 여전히 풀리지 않았고 피부는 갑자기 팽팽하게 당기는 느낌이 들었다.

그레이스가 성냥을 꺼내 방독면과 함께 가져왔던 초에 불을 붙였다. 불꽃은 작았지만 비좁은 방공호 안을 전깃불처럼 환히 밝혀주었다. 멀리서 익숙한 무인 정찰기가 오고 있었는데 금속제 테두리에서 증폭된 불길하게 단조로운 신호음이 그레이스의 가슴을 실제 진동하게 만들었다.

다시 쿵 하는 소리가 들리며 폭탄이 더 떨어지고 있다는 것을 알렸다. 그레이스는 그럴 때마다 움츠러들지 않으려 하는 수밖에 없었다.

"이게 콜린이 마지막으로 들었던 소리일까?"

웨더포드 아주머니가 반짝이는 촛불을 가만히 바라보며 골똘히 생각에 잠겼다.

"콜린도 무서웠겠지?"

"용감했을 거예요."

그레이스가 힘주어 대답했다.

"제가 아는 콜린이라면, 한 사람이라도 더 구하려고 했을 거예요."

"당연하지."

아주머니가 고개를 끄덕였다. 눈가에 눈물이 반짝 맺혔다.

"내가 그 아이를 죽인 거나 마찬가지야. 독일도 물론 그렇겠지만."

아주머니가 코를 훌쩍였다.

"아이가 너무 착하게, 다정하게 자랐어. 그렇게…… 그렇게 세심한 아이로 키우지 말았어야 했는데."

그레이스는 물결 모양의 금속 벽에 기대어 있다가 다시 고쳐 앉았다.

"그러면 그가 아닌 다른 사람이 되도록 강요했겠지요."

"맞아."

아주머니가 딱 잘라 말했다.

"하지만 살아남았겠지."

"우리가 그토록 사랑하는 그런 사람이 되지 못했을 거예요."

"알아."

아주머니가 손에 얼굴을 묻고 나지막하게 흐느꼈다.

"나도 안다고."

"아주머니는 콜린을 올곧게 키우셨어요."

그레이스는 다른 벤치로 바꿔 앉고 웨더포드 아주머니의 어깨를 가만가만 어루만졌다. 그렇게 젊은 나이에 죽기에는 너무나 선한 한 남자의 죽음을 비통해하면서.

"아주머니는 콜린이 되고 싶어 하는 사람으로 성장할 수 있도록 해 주셨어요. 그리고 지지해 주시고 사랑하셨죠. 콜린도 다른 길로는 생각지도 않았을 거예요."

그레이스는 잠시 멈칫했다. 그다음 이어질 말이 쓰라릴 수 있기에. 하지만 그럼에도 불구하고 넘어가야 했다.

"그리고 아주머니도 아시잖아요. 이런 모습 보이시는 거 콜린이 싫어할 거예요."

아주머니는 머리를 홱 숙였다.

그날 밤 남은 시간 동안 두 사람은 아무 말도 하지 않았다. 결국 그레이스는 방공호 맞은편에 자기 자리로 돌아갔다. 멀리서 폭탄 소리가 계속되었고, 머리는 불편한 각도로 자꾸 젖혀지고 딱딱한 의자에 앉아 있느라 엉덩이가 저려 왔지만 어떻게든 잠을 청해야 했다.

다음 날 아침, 그레이스는 상황이 깨끗하게 종결되고 나서야 잠에서 깼다. 불편한 벤치에서 잤던 탓에 거의 소스라치게 놀라 일어났다.

"폭탄이 가까이 오지는 않았어."

아주머니가 앉았던 자리에서 뻐근한지 등 아랫부분을 손으로 지그시 누르며 일어섰다.

"주전자에 물 좀 올려야겠다."

아주머니는 촛농으로 가득한 촛대와 까맣게 타 버린 심지를 그러모으고 방공호에서 절뚝거리며 빠져나갔다. 그레이스도 집 안으로 들어왔지만 차를 마시고 싶은 생각은 없었다. 계속 불편한 자세로 있던 탓에 온몸이 아팠고 눈은 피곤에 절어 자꾸 감겼다. 서점을 가지 않는 날이라는 것이 오늘처럼 감사한 적은 없었다.

그레이스는 친숙한 타르 냄새를 맡고 느지막하게 일어났다. 문을 열자 석탄산 냄새가 한층 강하게 방으로 밀려들어 왔고 1층으로 내려가는 계단은 반짝반짝 윤이 났다. 아주머니가 아래에서 슬프고도 미안하다는 미소로 그레이스에게 인사를 건넸다. 그녀는 어두운색 홈드레스 차림이었다. 장신구를 하거나 립스틱을 바르지 않았지만 회색 머리를 뒤로 깔끔하게 말아 올린 모습이었다.

"어젯밤에 내게 해 준 얘기 고마워."

아주머니는 부끄러운 듯 머리를 매만졌다.

"네가 콜린에 대해 했던 말이 맞았어. 내가 이렇게 되기를 바라지 않을 거라는 거. 나도 이렇게 할 수 있어."

아주머니가 힘겹게 침을 삼켰다.

"아들을 위해."

그레이스가 아주머니를 힘껏 안았다.

"우리 둘 다 할 수 있어요."

웨더포드 아주머니는 그레이스 어깨너머로 고개를 주억거렸다. 두 사람은 나머지 하루를 집 청소와 정원에서 일을 하며 보냈다. 이제 정원은 콩이며 오이, 토마토와 피망으로 가득 찼다.

그동안에도 이스트엔드에는 흐릿한 구름이 한동안 머물러 있었다. 목숨을 잃은 수많은 사람들을 덮은 수의나 마찬가지였다.

이날도 중간에 또 다른 공습경보가 거의 세 시간 동안이나 울렸다. 단, 이번만은 폭격기 소리에 대공포Anti-aircraft Gun의 굉음도 함께 따라왔다. 이웃에 떠도는 소문은 폭격기의 엔진 소리보다 더 크게 퍼져 나갔다. 이스트엔드에서는 수백 명이 목숨을 잃었다고 했다. 수많은 사람들이 집을 잃었고 전날 밤 일어난 불은 아직도 잡지 못했다고 했다.

그레이스는 뉴스를 하나하나 집중해서 들었다. 마음속으로 뉴스 한 조각 한 조각을 꿰매어 이야기 한 편이라는 기괴한 이불을 만드는 것 같았다. 뉴스를 얼마나 많이 들었든 몇 번을 반복해서 들었든 더더욱 많이 갈망했다. 이렇게 필사적으로 정보를 찾는 사람은 그레이스만이 아니었다. 런던의 모든 라디오 주파수는 뉴스 방송에 맞추어져 있었고 가판의 신문은 무섭게 팔려 나갔다.

그레이스는 그날 저녁에 스톡스와 함께 공습경보 밤 근무가 잡혀 있었다. 7시 30분에 시작하여 다음 날 아침 8시에 끝나는 스케줄이었다. 일주일에 겨우 세 번뿐이었고 에번스도 다음 날에 늦게 출근하도록 허락해 주었지만 그레이스는 자주 피곤해했다.

그날 밤에도 그레이스는 지칠 대로 지쳐 머릿속은 눈꺼풀만큼이나 꺼끌꺼끌했다. 그래도 자신이 맡은 임무는 확실히 해야겠다고 다짐했다. 밤새도록 빛이 보이지 않는지 감시하는 것이야말로 이스트엔드에서 일어난 공습 이후 가장 중요한 일 중 하나가 되었기 때문이다.

"아직도 불타고 있어."

스톡스가 눈을 가늘게 뜬 채 숨죽이며 빨갛게 타오르는 희미한 불빛을 바라보았다.

"동료 중에서 저기 근처 의용 소방대에 근무하는 친구가 있어. 그가 말하길 마치 지옥에서 막 올라온 것 같다더군."

그레이스는 저렇게 무시무시한 화재를 진압하는 특별한 임무를 맡은 의용 소방대Auxiliary Fire Service가 전혀 부럽지 않았다.

그녀는 스톡스의 시선을 따라갔다.

"얼마나 끔찍할지 상상도 못하겠어요."

"끔찍하지."

그가 대답했다.

"해리 말로는 수백 명이 죽었다고 해. 몇몇은 폭탄에 완전히 날아가서 옷이 완전히 찢겨 나갔다더군."

그레이스는 걷다가 멈칫했다. 얼마나 무서울지 가늠조차 할 수 없었다.

"몸이 산산조각 나 거리 여기저기에 널려 있었다던데."

스톡스는 손을 공중에 뻗었다.

"도로에서 운전할 때마다 피투성이가 된 몸뚱이들을 계속 치워야 했대. 그래야 갈 수 있으니까."

그는 유혈이 낭자한 이야기를 매번 부풀려서 이야기하곤 했다. 하지만 그레이스는 이번 경우만은 그가 과장한 것이 아니라고 생각했다. 그리고 그 이전까지는 그런 이야기를 할 때마다 불만을 표하지 않았지만 그 섬뜩한 광경에 대해 불필요하게 관심을 갖는 모습이 신경에 거슬렸다.

그레이스의 무반응을 전혀 눈치채지 못하고 그의 말은 계속 이어졌다.

"방공호도 폭격을 맞았다더군. 컬럼비아 로드에서. 폭탄이 환기구 바로 아래로 떨어져서는…… 그래서……."

그는 두 손을 서서히 벌리며 우르릉 폭발하는 소리를 흉내 냈다.

"가족이 깡그리 그 자리에서 죽었대."

"스톡스 씨."

그레이스가 가시 돋친 말투로 말했다.

"당신 같은 베테랑이 어떻게 본 적도 없는 죽은 사람을 두고 그렇게 무신경하게 말할 수 있죠?"

그가 얼굴을 찌푸리며 고개를 가로저었다.

"나는 베테랑이 아니야. 나를 1차 대전 때 데리고 가지도 않았는걸."

그가 좁은 어깨를 으쓱하자 콧수염이 씰룩거렸다.

"심장이 약하다는 이유로."

심장이 약하다.

조금 더 깊이 들여다볼 수 있다면 그에게는 심장이 아예 없다는 걸 알게 되리라고 확신했다.

별안간 날카롭게 울리는 소리가 허공을 갈랐다. 또 다른 대량 폭탄이 왔다는 울음소리였다. 그레이스는 완전한 공포로 피가 순식간에 얼어붙었다.

전날 밤 폭격이 일어났을 때에는 앤디 안에 안전하게 틀어박혀 있었다. 하지만 공습 감시원들은 사람들을 보호해야 하는 시간에 어디에도 몸을 숨기지 못한다.

그렇다. 요원들은 지정된 구역으로 순찰을 돌아야 하고 폭탄 공격이나 이로 인해 일어날지 모를 상황을 살펴보아야 한다. 그래야 부상을 입은 사람들에게 응급 처치를 할 수 있기 때문이다. 그리고 살아남지 못한 이들을 옮기는 데 도움을 주어야 한다.

그레이스는 길거리에 그대로 노출되어 있었다. 앤더슨 방공호 같은 그 얇디얇은 알루미늄 방공호조차 없었다.

너무나도 취약해.

"빨리 와요. 무섭다고는 말하지 말고."

스톡스가 그레이스의 어깨를 움켜잡았다.

그레이스는 스톡스를 무섭게 쏘아보았지만 그의 잘못을 깨닫게 만들기에는 역부족이었다. 오히려 그는 웃음을 터뜨리며 고개를 절레절레 흔들었다.

"그래서 남자들이 하는 일에 여자들이 자원하도록 허락하면 안 된다니까."

그레이스는 모욕적인 언사에 몸이 뻣뻣해졌다. 뭐라 날카롭게 받아치려 했지만 그는 집에서 빠져나가는 주민들의 행렬을 향해 이미 저만치 흐느적흐느적 걸어가고 있었다. 스톡스는 교통정리를 하듯이 팔을 흔들며 겁먹은 사람들에게 이즐링턴 구역Borough of Islington에 지정된 방공호로 들어가라고 안내했다.

그레이스는 이를 악물고 훈련받은 걸 떠올렸다. 뭐라고 말해야 할지 알고 있었다. 뭘 해야 할지도. 나치가 자신을 이기도록 절대 내버려 둘 수 없었다.

사이렌 소리가 멈추자 사람들의 목소리가 일순간 쏟아져 나왔다.

"비행기들이 어디로 간 거요? 공습경보가 언제까지 울릴까요? 전날 밤만큼 길게 울리나요?"

"폭격을 당할까요?"

그레이스와 스톡스는 그 어떤 질문에도 대답해 줄 수 없었다.

하지만 사람들의 걱정스러운 얼굴과 공황으로 떨리는 목소리에는 무언가가 있었다. 그들을 보며 그레이스는 자기가 있어야 할 이유를 알게 되었다. 한시라도 빨리 사람들을 도와주고 겁에 질렸을 때 침착하게 본보기가 되어야 했다.

그레이스는 차분한 목소리로 스톡스와 함께 사람들을 인도했다. 그동안 열심히 훈련받은 대로 안내하면서 도움을 주었다. 방공호로 데려간 인원이 여느 공습경보 때보다도 훨씬 많았다.

사람들이 모래주머니를 줄줄이 세워 놓은 벽돌식 방공호로 들어갈 때 그레이스는 그들의 이름을 기록하고 스톡스가 밤마다 쓰는 가구 명단으로 모두를 확인했다. 이렇게 이름과 주소를 대조하면서 누가 어디에 살고 안전하게 대피소로 피했는지를 아는 것이 왜 그렇게 중요한지 알게 되었다. 무인 항공기 소리는 그레이스의 귓속을 간지럽히고 등골을 오싹하게 만들며 자꾸 관심을 끌었다.

항공기 소리는 지난번보다 더 컸다.

그리고 소리는 계속해서 커져만 갔다.

스톡스는 사람들 뒤에서 날카로운 눈으로 소리가 나는 쪽을 흘끗 바라보더니 방공호 문을 쾅 닫았다. 그레이스도 같은 방향을 바라보며 어둠 속에서 가까이에 있는 비행기의 위치를 알 수 있는 것이라면 무엇이든 찾아보았다.

대공포가 목표물을 찾는 동안 빛줄기가 하늘을 뚫고 지나가다 자욱한 구름 위에서 떨어졌다. 그레이스가 공원에서 비행기를 봤을 때는 멀리 보이는 부스러기에 지나지 않았다. 이제는 훨씬 더 커졌다. 더 가까이. 마치 거대한 검은 새가 빛의 중심부에 꽂혀 있는 것 같았다.

독일 전투기다.

머리 바로 위는 아니었지만 머리카락이 곤두설 정도로 가까이 와 있었다.

일말의 망설임도 없이 대공포가 쾅 하고 대응에 나섰다. 전투기를 맞추는 중저음 소리가 그레이스의 뼛속까지 울렸다.

어둡고 길쭉한 물체가 전투기 아래에서 미끄러져 나와 아래로 떨어졌다. 폭탄이다.

그레이스와 스톡스는 폭탄이 목표물을 향해 활강하는 동안 꼼짝도 못하고 그대로 서 있었다. 폭탄이 떨어지는 동안 건물을 휩쓰는 휘파람 소리가 들리더니 눈도 깜빡이지 못할 만큼 찰나의 침묵이 이어졌다. 그러다 빛이 번쩍. 그들이 서 있는 땅을 뒤흔드는 무시무시한 굉음. 번쩍이는 불꽃과 함께 연기구름이 마구 뿜어나왔다.

그리고 그렇게 누군가 집을 잃어버렸을지 모른다. 가족 모두가 몰살당했을지도 모른다. 그레이스의 구역에서, 자신이 알지도 모르는 사람들에게 일어난 일은 가슴에 비수를 꽂는 것과 같았다. 하지만 그 끔찍한 일에 벌벌 떨고만 있을 수는 없었다. 그녀가 해야할 일이 있을 때는 더더욱.

폭탄이 그들 구역에 떨어졌는지 아닌지 지금 서 있는 곳에서는 알기 어려웠다. 온몸의 피가 거꾸로 솟았다. 그레이스는 텅 빈 거리를 질주했다. 거리는 근처에서 일어난 불과 또다시 폭격을 당한 것이 분명한 이스트엔드의 타오르는 불빛에 환해졌다.

그레이스가 순찰 구역으로 할당된 곳을 뚫고 지나가는데 전쟁 소리가 점점 더 커졌다. 단, 이번만은 비행기의 덜컹거리는 소리가 떨어지는 폭탄의 휘파람 소리와 전율하는 폭발 소리의 충격에 묻히고 말았다. 이 모든 것이 지속적으로 불을 뿜어내는 대공포와 독일군과 영국 공군이 공중전을 벌이는 소리와 함께 동반되었다. 소리가 소강상태를 보이자 의용 소방대의 사이렌 소리가 들렸다. 런던 전역에 몰아치는 많은 화재 현장 중 한 곳으로 가고 있는 것이다.

그레이스가 뛰어가며 거칠게 숨을 쉬었다. 맹렬한 기세로 달리는 다리는 마치 몸과 분리된 느낌이 들 정도였다. 길을 밟고 갈 때마다 빠각하는 소리가 났는데 길에 깨진 유리 조각들이 어마어마하게 어질러져 있던 탓이었다. 유리 조각들은 런던의 붉은 불빛에 반사되어 루비처럼 반짝였다. 거리 왼편의 집들 창문은 모두 날아가 버렸고, 찢어진 커튼만이 헝클어진 검은 머리처럼 매달려 있었다. 문은 모두 경첩에서 떨어져 나가 바닥에 엎어져 있었다.

집집마다 정성스럽게 붙여 놓았던 스크림 테이프는 온데간데없이 사라져 버렸다.

"베넷 양, 좀 천천히 가요."

스톡스가 가쁜 숨을 내쉬며 말했다.

"내 심장이 어떤지 기억하란 말이야."

하지만 그레이스는 속도를 늦추지 않았다. 죽을지도 모르는 사람이 그의 심장 따위를 고려할 리 없잖아, 그녀는 생각했다. 그렇게 모퉁이를 돌아 미끄러지듯 멈추었다.

그레이스의 앞에 커다란 틈이 보였다. 불길을 등지고 가지런히 늘어선 연립주택 사이였다. 누군가의 집이었던 그곳에는 잔해만 남아 연기가 피어올랐다.

그들의 구역이 폭격을 맞았고 이제야 공습 감시원으로서 그레이스의 진정한 임무가 시작되었다.

13

그레이스는 클러큰웰 로드Clerkenwell Road 위 폭격 당한 집 앞에 멈춰 섰다. 숨도 쉬지 않고 격하게 달려온 탓에 쥐가 날 지경이었다.

한때 집이었던 돌무더기에서 더 이상 주소는 보이지 않았지만, 양쪽에 있는 집을 보고 없어진 집 주소를 알기에는 충분했다. 주소와 이름을 항상 같이 묶어서 머릿속에 담아 두었고 특히 스톡스는 당직일 때마다 일주일에 세 번씩 외웠다.

노부부인 휴스 씨와 휴스 부인은 거의 50년이나 그 집에 살았더랬다. 스톡스는 종종 휴스 부인이 초콜릿을 좋아한다는 것 그리고 스톡스가 어렸을 때 부인이 그에게 초콜릿을 주려고 매번 하나씩 가지고 다녔던 사연 등을 지나가듯 이야기하곤 했다.

스톡스가 그레이스 옆으로 다가서며 발걸음이 점점 느려졌다.

"휴스 아주머니."

그가 조그만 소리로 중얼거렸다. 폐허를 보는 그의 표정이 적나라했다.

"부부는 방공호에 계세요."

그레이스는 사람들이 방공호 문 안으로 들어갈 때 모았던 목록에서 부부의 이름을 기억해 냈다.

"스톡스 씨, 저분들은 안전하다고요."

"다행이다."

그가 고개를 끄덕였다.

"다행이다, 정말 다행이야."

그들은 잔해 속에서 깜빡거리는 작은 불길을 수동 펌프로 끄면서 작업을 시작했고 나머지 구역의 순찰도 계속했다. 밤이 깊어질수록 폭탄이 더 떨어졌지만 그들이 순찰을 도는 구역은 괜찮았다. 두 사람은 폭탄 공격으로 인해 거리에 떨어진 유리를 쓸어 담거나 휴스 부부의 재산을 노리는 약탈자들을 쫓아 버리는 데 대부분의 시간을 보냈다.

스톡스는 경보 해제 음이 울리고 난 뒤에도 휴스 부부를 기다렸다. 이 우울한 소식을 자신이 전해야겠다고 생각하면서. 그들이 겪을 고통은 차마 보기 힘들었다. 무엇보다도 집은 휴스 부인의 자존심이었다. 그리고 휴스 씨는 이 작은 연립주택에 평생 공을 들였다. 한때 제라늄이 피어 있던 화초 재배 통에는 보라색 양배추가 자랐다.

하지만 공습경보가 해제된 후 흙먼지 가득한 잔해 속에서 하나라도 건질 수 있는 것을 찾도록 돕는 이들은 그레이스와 스톡스만이 아니었다. 같은 줄에 사는 연립주택 주민들뿐만 아니라 다른 거리의 이웃들도 나서서 도와주었다. 그들은 자기 집의 창문이 깨지고 문도 날아갔지만 자신보다 훨씬 큰 피해를 입고 고통스러워하는 사람들을 위해 아낌없는 도움을 주었다. 상실 속에 지역사회가 똘똘 뭉쳤다.

부부의 가까운 친구들은 부부를 위해 얼마 되지 않은 소지품 꾸러미를 가져다주었고, 그레이스는 망연자실한 부부에게 새집이 구해질 때까지 지역 임시 구호소로 인도했다.

교대 근무가 끝나고 완전히 녹초가 되어 브리튼가로 돌아온 그레이스는 너무나 피곤한 나머지 발이 제대로 말을 듣지 않아 자기도 모르게 휘청거렸다. 그녀는 더러운 옷 그대로 침대에 쓰러져 완전히 곯아떨어졌고 다음 날 서점 근무시간이 다 되어서야 겨우 일어났다.

목욕은 그레이스에게 기적 같은 효과를 일으켜 주었다. 프림로즈 힐 서점에 들어섰을 때에는 어젯밤 묵은 피로가 씻은 듯 사라졌다. 하지만 에번스는 그레이스의 모습을 보고 얼굴을 찌푸렸다.

"잠은 충분히 잔 건가?"

그는 연필을 원장의 솔기 부분에 나란히 놓았다.

"우리 중 누가 잠을 못 잤나요?"

그레이스가 미소를 지었다.

그는 밤색 스웨터 위로 팔짱을 꼈다. 스웨터는 배급 탓인지 한때 다소 통통했던 그의 체격에 맞지 않고 헐렁해졌다.

"휴스 씨 집이 폭탄을 맞았다 들었네. 자네도 거기에 있었나?"

"떨어지고 난 다음에요."

에번스의 말투가 너무 심각해서 그레이스는 마치 꾸중을 듣는 어린아이가 된 기분이 들었다.

"그 일이 일어났을 때 거기에 있었을 수도……."

그의 새하얀 눈썹이 가운데로 몰렸다.

"만약 폭탄이 떨어졌을 때 근처에 있었으면 어쩔 뻔했나?"

그레이스가 망설였다. 사실 그것에 대해 생각해 본 적은 없었다. 무엇보다도 독일군이 목표물로 삼은 곳은 이스트엔드였다. 그리고 폭탄에 맞을 확률은 자신이 생각하기에 정말 희박해 보였다.

"마음에 들지 않아, 베넷 양."

에번스의 얼굴이 붉으락푸르락해졌다.

"공습 감시원을 그만두어야 한다고 생각하네."

손님이 서점 안으로 들어오자 종이 울렸다. 그레이스가 어깨너머로 흘끗 바라보자 정기적으로 서점에 오는, 도움을 잘 청하지 않던 그 여인이라는 것을 알아차렸다.

"공습 감시원은 그 어느 때보다도 제가 해야 할 일이에요."

그레이스는 목소리를 낮게 깔고 답했다.

"서점도 마찬가지야."

그가 장부를 획 집어 들자 연필이 책등에서 날아가 버렸다. 그는 그대로 아무 말 없이 성큼성큼 서점 안쪽으로 들어갔다.

마음속으로 피곤한 안개가 잔뜩 끼며 그레이스에게 절망감이 스며들었다. 에번스는 그레이스가 서점을 등한시한 채 공습경보 일에만 너무 집중한다고 걱정하는 게 분명했다. 그녀는 그의 생각이 틀렸다는 것을 보여주어야겠다고 다짐했다.

그날 밤 서점 문을 닫을 때가 되자 합판에 미리 깔끔하게 프린트한 새로운 슬로건 두어 개를 놓았다.

'새 책으로 대피소에 활기를 불어넣으세요.'

'그리고 공습경보가 울릴 때도 책 친구를 곁에 놓으세요.'

아주 완벽하지는 않았지만 그래도 일단 시작은 이렇게 했다. 그렇지만 에번스는 그레이스에게 두 마디 이상 말하지 않았고 새로운 광고 문구를 보아도 끙 소리 한 번 내지 않았다.

하지만 그러한 그의 태도를 걱정할 겨를이 거의 없었다. 집에 가자마자 깊이 잠들어 버렸기 때문이다. 한번은 저녁 8시경 또 다른 공습경보 소리에 화들짝 놀라 깨어야 했다. 그레이스는 몸을 질질 끌고 웨더포드 아주머니와 함께 방공호로 들어갔다. 그 바람에 너무나 절실하게 필요했던 잠을 놓치고 말았다.

공격은 밤새도록 계속되었다. 담당 구역에서 사람들을 돕느라 외부에 있던 전날 밤과 똑같았다. 하지만 이번만큼은 앤더슨 방공호의 어두운 골방 안에 갇혀 무슨 일이 일어나고 있는지 알지 못했다. 그래도 소리는 들을 수 있었다.

대공포의 폭발음이 철골을 뒤흔들었고 폭탄 소리가 너무나 가까이 들려 구조물 전체가 무너질 것처럼 흔들렸다. 땅을 한 번 치켜들었다가 그 자리에 그대로 떨어뜨려 박살내는 것 같았다. 고요해지기 직전에 호루라기 소리가 날카롭고 크게 들렸다. 뒤이어 땅이 흔들릴 정도로 무서운 굉음이 이어졌다.

다음 날 아침까지도 공습경보가 해제되지 않았고 두 여자는 조금이라도 편히 잘 수 있도록 딱딱한 벤치 위에 침구를 깔았다. 정원 도구는 이미 싹 치워서 방공호가 제 기능을 하도록 돌려놓은 상태였다.

이제는 독일군이 매일 밤 런던을 폭격하기로 작정한 듯싶었다.

그레이스가 다음 날 아침 늦게 일어났을 때, 성 토머스St. Thomas 병원이 공격을 받았다는 뉴스를 들었다. 주요 구역이 직격탄을 받은 것이다. 인근 학교도 끔찍한 피해를 입었다. 나치는 아주 역겨운 놈들이지만 약자와 어린이를 목표물로 삼다니 정말 저열했다.

그녀는 분노로 활활 타올랐다. 공습경보에서 자신의 임무가 지속적으로 필요하다며 스스로 무장했다. 히틀러와 맞서기 위해.

그레이스는 서점에 가서 에번스에게 그러한 생각을 당당하게 피력할 준비가 되어 있었다. 하지만 어찌된 일인지 도착했을때 서점 문은 단단히 잠겨 있었다. 에번스가 몇 달 전에 열쇠를 주었기 때문에 핸드백을 뒤져 꺼낸 뒤 서점 문을 열었다. 안으로 들어가 영업 중 표지판으로 바꾸고 흐릿한 햇살이 들어오도록 암막 커튼을 건은 후 에번스를 불렀다. 대답은 돌아오지 않았다.

그레이스는 걱정이 되어 뒷목이 뻐근해졌다.

그녀가 이곳에서 일한 이래로, 에번스가 보초병처럼 계산대 옆에 서서 항상 그레이스가 올 때까지 기다리지 않았던 적은 오늘이 유일했다. 그레이스가 도착하는 걸 확인한 후 일을 하러 사라지곤 했는데. 그녀가 추측하기로 그의 일이란 주로 책을 읽으며 하루를 보내는 것이었다.

그리고 지금, 그는 이곳에 없었다.

건물이 공격을 받은 것 같진 않았다. 그 말은 즉, 서점 위의 그의 집도 그대로 있다는 뜻이었다. 스톡스가 말한 끔찍한 이야기들이 뒤섞여 온갖 상상이 머릿속에 떠돌았다.

사장님이 전날 저녁에 나가서 불시에 당했으면 어쩌나?

그레이스는 다시 에번스를 부르며 서점 뒤편으로 급히 달려가 작은 방문을 열었다.

술 냄새가 가장 먼저 훅 끼쳤다.

스카치위스키.

그레이스의 삼촌이 즐겨 마시던 술이다. 파라핀 오일 같은 악취가 나고 맛은 그보다 훨씬 독했다. 그렇다고 그녀가 파라핀 오일을 먹어 보았다는 말은 아니지만.

에번스는 탁자 위에 반쯤 처진 채 의자에 주저앉아 있었다. 접힌 팔꿈치 앞에는 호박색 술병이 놓여 있었고 손은 거의 비어 있는 크리스털 유리컵 주위를 힘없이 감싸고 있었다.

그의 옆에 병이 없었더라면 정말로 걱정했을지 모른다. 그런 상태로 있는 에번스의 모습이 다소 당황스럽기는 했지만.

"사장님?"

그레이스가 조용한 방으로 들어가 핸드백을 한쪽에 놓았다.

그가 고개를 들었다. 안경이 얼굴에 삐뚜름히 놓여 있었지만 구부러진 렌즈에서 그레이스를 바라보는 게슴츠레한 눈빛이 보였다. 평소 청결하게 빗질한 머리는 헝클어졌고, 어제 입은 것과 똑같은 밤색 스웨터는 칼라 셔츠 위에서 구겨져 있었다.

"집에 가요, 베넷 양."

그는 술과 잠에 취해 목소리가 잠겨 있었고 다시 한 번 탁자 위로 머리가 고꾸라졌다.

"집에 못 가요. 지금 아침이고 서점을 열어야 하잖아요."

그레이스는 슬쩍 잔을 잡아 그의 손에서 빼냈다.

그는 막지 않았다. 대신 무성한 눈썹 위로 눈을 가늘게 뜨고 그레이스를 바라보았다.

"내게 딸이 있었다고 얘기했던가?"

"제 기억엔, 아니요."

그레이스는 손바닥으로 유리잔을 감싸 안았다. 표면에서 그의 따뜻한 온기가 묻어났다. 방에 퍽 오래 있었던 게 분명하다.

"따님이 런던에 있나요?"

그가 천천히 흔들흔들하며 앉았다.

"죽었어."

그레이스는 자신의 어처구니없는 실수에 당혹스러웠다.

"죄송해요. 저는 그저……."

"몇 년 전에 그렇게 됐어. 아내와 똑같이 교통사고를 당했지."

그는 어설프게 안경을 매만지며 콧등에 겨우 정확하게 맞췄다.

"지금쯤이면 아마 자네 나이 정도 됐을 거야, 우리 앨리스."

그의 입꼬리에서 희미하게 미소가 지나갔다.

"자네는 내 딸과 많이 닮았어. 그래서 그 참견쟁이 웨더포드 부인이 자네를 우리 서점으로 보낸 게 아닐까 생각했지. 부인의 아들 콜린과 내 딸은 어릴 때부터 죽 친구로 지냈거든. 앨리스를 떠나보낸 고통이라도 덜어줄 수 있을까 싶어서 그런 생각을 했던 게 분명하지. 전부 다 허튼소리야."

그가 찡그린 눈썹을 누그러뜨렸다.

"이제는 부인 스스로도 쓸데없는 짓을 했구나 느끼고 있겠지."

그의 눈빛에는 그레이스가 속 깊은 곳에서부터 느낀 슬픔이 있었다. 애통의 공허함. 엄마가 돌아가신 이후에도 결코 침묵하지 않고 울려 퍼지는 공허함.

그레이스는 그의 손에서 유리잔을 빼내어 조심스럽게 상자 더미 위에 올려놓았다.

"제가 앨리스를 닮아서 신경 쓰이세요?"

그가 그레이스를 가만히 바라보더니 그녀의 얼굴을 이모저모 살펴보는 듯 시선이 그대로 멈추었다. 눈에서는 눈물이 차오르고 턱이 떨리기 시작했다. 그는 얼른 고개를 돌리고 가슴이 저민 듯 크게 코를 훌쩍였다.

"처음에는."

목소리에 떨림이 묻어났지만 이내 목을 가다듬었다.

"자네를 볼 때마다 내 딸 앨리스의 얼굴이 보였어. 나처럼 금발이었지. 이렇게 되기 전에."

그의 손가락이 하얗게 센, 헝클어진 머리 사이에서 춤을 추었다.

그레이스는 아무 말 없이 잠자코 그가 말하도록 내버려 뒀다.

"나는 아이를 여기에 묻었다고 생각했네."

그는 손을 펴서 자기 가슴을 치고는 이것 때문에 너무 아프다는 듯 한숨을 내뱉었다.

"이제 알았어. 담아 두기에는 너무도 크다는걸. 내가 밀어내고 싶어 하는 건 슬픔뿐만이 아니라 내 죄의식까지라는 걸 깨닫고 말았다고."

그의 농도 짙은 말은 술 때문이 아니라 감정에서 우러나온 것이었다. 그레이스는 그의 말을 듣고 마음이 아팠다.

에번스는 병을 기울여 얼마나 남았는지 보려는 듯 아닌 듯 바닥에 남아 있는 술을 찰랑거렸다.

"내가 얼마나 딸아이를 사랑했는지 알아주었으면 했어. 나에게 얼마나 중요한 존재였는지."

그는 병을 자리에 세게 내려놓고 그레이스를 바라보았다.

"공습경보 일에만 신경 쓰느라 화나게 해 드려 죄송해요."

그의 턱 밑에 곱고 하얀 수염이 반짝거렸다.

"자네는 앨리스가 아니야. 알지, 나도 안다고."

그는 시선을 피했다.

"하지만 자네도 잃을 순 없네."

그레이스의 목에 무언가 걸린 듯 턱 막혔다. 삼켜서 없애 버릴 수가 없는. 살면서 단 한 번도 아버지 비슷한 존재와 함께 있어 본 적이 없었다. 태어나기도 전에 이미 세상을 떠나 버린 아버지였기 때문이었다. 그리고 자신을 조카보다는 종업원쯤으로만 여겼던 삼촌도 물론 마찬가지였다.

"조심할게요."

그레이스가 말했다.

"하지만 공습 감시원은 계속할 수밖에 없어요. 사장님, 절대 멈출 수 없어요. 사장님이 말씀하셨던 것처럼요."

그가 입꼬리를 살짝 올리며 엷게 웃었다.

"내가 가끔 이렇게 형편없는 조언을 한다니까."

"제게 아주 훌륭한 조언을 해 주셨어요."

그는 탁자를 밀고 일어나 잠시 멈추는 듯하더니 불안정한 모습으로 일어섰다.

"이런 말은 처음이지만 그레이스, 자네가 자랑스러워."

뿌듯해진 그레이스의 가슴에 따뜻한 기운이 퍼져 나갔다. 전에는 그 누구도 자신에게 이런 말을 해 준 적이 없었다.

에번스는 손가락 끝을 탁자 위에 올려놓았다.

"이제 침대로 가서 좀 쉬어야겠어."

"서점은 제가 볼 수 있어요."

 런던의 마지막 서점

그레이스가 재빨리 말했다.

"자네가 할 수 있다는 거 나도 알지."

그는 손을 뻗어 그레이스의 어깨를 잡으며 애정을 담은 손길로 토닥였다.

"자기 자신도 잘 돌보도록 해, 응?"

"그럴게요."

그레이스가 약속했다.

에번스는 고개를 끄덕이고는 서점 위 자신의 집으로 향하는 문을 향해 휘청휘청 걸어갔다. 안경은 여전히 비뚤어진 채였다.

그레이스는 그날 혼자서 서점을 꾸려 나갔다. 오후에 독일 전투기가 오고 있다는 공습경보가 어김없이 울리자, 공습 감시원으로서의 기술을 활용하여 손님들을 지역 대피소로 서둘러 안내했다. 같은 경보가 그날 밤에도 계속 울리고, 그다음 날도 오후뿐만 아니라 밤에 또 울렸다.

사람들은 이제 사이렌을 듣고 그냥 넘어가지 않았다. 전과는 달랐다. 극심한 피해를 입고 나서부터 달라진 것이다. 그중에 최악은 캐닝 타운Canning Town에 있는 사우스 홀스빌 학교South Hallsville School에서 입은 피해로, 그 안에 대피해 있던 이스트엔드 생존자들의 목숨을 대량으로 앗아갔다.

런던 전역이 큰 타격을 입었다.

그레이스가 담당한 구역은 휴스 씨의 집이 무너진 것 외에는 공습경보 동안 공격받지 않고 무사했다. 그래도 그레이스와 스톡스는 일주일에 세 번 순찰하던 것을 다섯 번으로 늘려 달라는 요청을 받았다. 에번스는 자신의 딸에 대해 다시는 입에 올리지 않았고 공습경보 교대 근무를 추가로 하는 날에는 출근을 더 늦게 하도록 배려해 주었다.

며칠이 지난 어느 오후, 서점 안으로 들어오던 그레이스는 작은 태비 고양이가 문 바로 안쪽에서 햇빛을 받으며 잠을 자고 있는 모습을 보았다. 이 광경과 거의 동시에 프릿차드 씨가 신이 나서 떠들고 있는 목소리가 들렸다. 그는 영국의 현 상황에 대해 변함없는 의견을 전하고 있던 중이었다.

"버킹엄에 있던 왕과 왕비가 폭격당했다는 소식 들었나?"

그레이스가 뒷방에 소지품을 놓는데 프릿차드 씨가 말했다.

"피투성이 왕과 왕비라니. 에번스, 그들도 우리랑 똑같다고. 그들도. 우리는 모두 다 한 운명이야."

손님들이 서점에 있는데도 저리 떠들고 있는 남자의 모습을 보며 당혹해하는 에번스의 모습이 훤히 그려졌다. 그레이스는 핸드백을 걸고 방에서 나오면서 손님들에게 주의를 기울였다.

"폭탄이 세인트 폴 St.Paul 성당 앞에 있는 땅에 박혔단 말이지?"

에번스가 힘주어 말했다. 급하게 이 남자가 있는 곳으로 가고 있는 게 분명했다.

"그래."

프릿차드 씨가 소리를 높였다.

 런던의 마지막 서점

"시계탑 바로 앞에. 대성당이 통째로 날아가서 산산조각 날 뻔했다고. 와서 그 폭탄 잔해를 한 번 봐야 해. 아주 엄청난 물건이야, 그거."

그가 말을 마치기가 무섭게 오후의 공습경보가 울어 댔다. 태비가 자기 자리에서 벌떡 일어나 프릿차드 씨의 발 옆으로 총총 뛰어갔다. 그는 '모닝 미니 Moaning Minnie(독일군 연막 발사기-옮긴이)'의 방해에 짜증이 가득한 눈빛으로 얼굴을 찡그리며 쳐다보았다.

"이 빌어먹을 성가신 공습 같으니. 아무래도 독일 놈들은 우리를 다 미치게 만들어서 이기고 싶은 것 같아."

그는 그렇게 투덜대면서도 에번스와 다른 손님들과 함께 그레이스를 따라 서점 밖으로 나왔다. 지하철역은 애초에 정부에서 폐쇄하기로 결정했었지만 대피소로 문을 열어 둔 상태였다. 폭탄 공격이 계속되다 보니 대피할 곳이 필요해졌기 때문이다. 특히 이렇게 많은 이들이 찾고 있을 때에는 더욱 그랬다.

그레이스는 사람들을 패링던 역으로 데리고 갔다. 지금은 근무 시간이 아니었지만 공습 감시원으로서 자신의 경험을 최대한 활용했다. 지하철표 값으로 1.5 펜스를 내고 싶지 않은 사람들을 위해 모퉁이에 있는 벽돌식 방공호로 우선 안내했다. 그레이스는 사이렌 음이 조용해지기 전에 에번스 옆 기울어진 벽에 자리를 잡고 자신이 가져온 책의 표지를 들었다.

어젯밤에 《미들마치 Middlemarch》를 막 읽기 시작한 참이었는데, 몇 챕터를 읽으면서 도로샤와 이 젊은 여성보다 훨씬 나이 많은 새 남편에 대한 이야기에 사로잡혀 있었다. 머리 위의 사이렌 소리가 그치고 지하철역 안에 있던 십수 명의 사람들이 웅성웅성 이야기하는 소리가 둥근 벽을 타고 울렸다. 승강장 양쪽 터널에서 낮고 으스스한 음과 함께 바람이 불어오자 머리카락이 뺨을 간지럽혔다.

그레이스는 모든 소리를 막고 책을 펼쳐 무릎 위에 올려놓고 읽기 시작했다. 밖에서는 이미 익숙해져 버린 전쟁 음이 들려왔고, 공군이 독일군을 막아내기 위해 달려들어 쏘아 대는 대공포 소리가 쾅쾅 울렸다. 그 와중에도 멀리서 폭탄이 떨어지는 소리가 밤보다는 덜 들렸다.

"뭐 읽고 있어요, 아가씨?"

그레이스 옆에 있던 여인이 물었다.

그레이스가 고개를 들자 저번 주에 자신이 달래주었던 젊은 엄마의 얼굴이 보였다.

"조지 엘리엇이 쓴《미들마치》예요."

머리 위에서 총소리가 요란하게 들렸다. 여인은 걱정스러운 얼굴로 위를 힐끗 바라보았다.

"어떤 이야기인가요?"

"도로샤라는 이름의 여자 이야기인데요."

그레이스가 답했다.

"도로샤에게는 자신과 결혼하고 싶어 하는 잘생긴 구혼자가 있지만 남자는 그녀의 눈에 차지 않았어요."

"왜 그렇죠?"

"나이 많은 목사를 더 좋아했거든요."

젊은 엄마는 소심하게 웃었다.

"그래요?"

"네."

그레이스는 손가락으로 책 사이를 잡아서 마지막으로 읽은 곳을 기억해 놓고는 몸을 약간 바로 세워서 앉았다.

"목사하고 결혼까지 한답니다."

"어떤 점이 그렇게 매력적이었을까요?"

파란 홈드레스를 입은 중년 여성이 물었다.

밖에서는 낮은 휘파람 소리가 들리더니 뒤이어 폭발이 일어나 땅이 흔들리고 불이 깜빡거렸다. 에번스는 그레이스에게 용기를 주려는 듯 고개를 끄덕이고 입가에 인자한 미소를 담았다.

"도로샤는 독실한 신자였거든요."

그레이스가 대답했다.

"그리고 그는 목사이자 학자였어요. 지적인 면 때문에 도로샤가 한눈에 반했죠."

"그 잘생긴 남자는 어떻게 됐어요?"

어떤 목소리가 물었다.

그레이스가 싱긋 웃었다.

"도로샤의 동생을 따라다녔답니다."

누군가 웃었다.

"멋지구먼!"

"그래서 그 둘은 잘 됐소?"

노란 스웨터를 입은 건장한 남자가 물었다. 그는 헝클어진 검은 머리에 구겨진 옷 덕분에 술집과 어울리지 이런 책에 별로 관심을 둘 것 같아 보이지 않았다.

"동생하고 그 잘생긴 남자요?"

그레이스가 물었다.

"아니면 도로샤하고 목사요?"

남자가 어깨를 으쓱했다.

"둘 다인 것 같소, 내 생각에는."

대공포에서 나오는 날카로운 소리가 머리 위에서 마구 울렸고, 그때 비행기가 낮게 급강하하며 엔진의 위잉 하는 소리가 동굴 같은 지하철역 안으로 메아리쳤다.

"모르겠어요."

그레이스가 손가락으로 페이지를 집은 채 책을 슬쩍 보았다.

"거기까지는 아직 안 읽었거든요."

"아."

부인이 말했다.

"그럼 계속 읽어요."

그레이스가 주저했다.

"그러니까…… 읽어 달라는 말씀이신가요?"

패링던 역의 플랫폼에 있던 모든 이들이 기대에 찬 눈빛으로 그레이스를 바라보았다.

"소리 내서요?"

수많은 사람들이 일제히 고개를 끄덕였다. 그중에 몇은 씩 웃기도 했다.

갑자기 그레이스는 너무나 수줍음을 많이 타던 어린 시절 소녀가 되어 버렸다. 반 아이들 앞에서 손에 분필을 들고 발가락으로 신발을 질질 끌던 그 아이. 모든 이들의 시선이 다 그녀 앞에 모인 가운데 그레이스의 속이 꼬이는 것 같았다.

"부탁해요."

젊은 엄마가 말했다. 또 다른 총성이 울리자 여자는 겁을 먹고 몸을 움츠렸다.

에번스의 눈썹이 위로 꿈틀거리며 말 없는 의문을 보냈다.

너무도 부끄러워 속으로는 거절하라고 소리를 질렀지만 그레이스는 책을 열고 급작스레 마른입을 한 번 핥고는 읽기 시작했다.

첫 두 문장을 읽을 때에는 혀가 꼬였고, 얼마나 많은 사람들이 자신의 실수를 알아차렸을까 불편한 마음을 의식했다. 그리고 저 멀리 어딘가에서 폭탄이 터져 굉음이 그레이스의 마음을 마구 어지럽힐 때에는 어디까지 읽었는지 잊어버리기도 했다.

하지만 읽으면 읽을수록 군중들의 얼굴이 사라지고 오로지 이야기만 머릿속에 들어왔다. 그녀의 세상은 도로샤의 세상 속으로 휩감겨 들어갔다. 책에서 도로샤는 학문적 열망을 간직하고 있던 한 남자와 로마로 비참한 신혼여행을 떠난다. 페이지를 넘기면 프레드를 만나는 장면이 나온다. 그는 삼촌이 보살피고 있는 여자와 결혼을 목표로 하던 건달이었다. 한편 도로샤의 전 애인은 그녀의 여동생에게 마음을 두고 있었다.

대공포가 불을 내뿜자 그레이스는 목소리를 더 높였다. 빛이 꺼졌다 켜졌다 할 때에도 곁눈질하며 보았던 다음 단어들을 기억해 내고 어떻게든 책을 읽어 내려갔다. 그리고 등장인물이 새로 나와 말할 때에는 각각의 인물들에 맞게 목소리를 만들어 냈다.

머리 위로 울부짖는 비명소리가 들리더니 쿵 하는 소리가 뒤이어 들리면서 지하철역이 어둠에 잠겼다.

"여기요."

누군가 핸드백을 뒤지느라 바스락거리는 소리가 났고, 잠시 뒤 그레이스의 손을 쿡 찌르며 손전등을 건네주었다. 그녀는 불을 켜고 책을 계속 읽어 나갔다. 곁에 있던 모든 이들이 그레이스가 들려주는 이야기에 빠져들었다.

그러다 상황을 종료하는 소리가 울리면서 그레이스는 책 속 세상에서 빠져나왔다. 눈 한 번 깜빡하고 나니 소설 속 세상에서 현실 세상으로 갑작스레 바뀌어 버렸다.

그레이스는 고맙다는 인사와 함께 손전등을 돌려주었다. 책을 보니 벌써 몇 챕터나 진행된 상태였다.

"내일 오후에도 여기에 올 건가요?"

부인이 물었다.

"공습경보가 울리면요."

그레이스는 지금까지 읽은 페이지 사이에 책갈피를 끼워 넣었다.

"그렇다면 오시겠군."

건장한 남자가 말했다.

그 젊은 엄마는 —나중에 알게 되었지만 키터링 부인이었다— 그레이스의 손에 있던 책을 보며 기대에 찬 눈빛으로 고개를 끄덕였다.

"《미들마치》도 가지고 오실 거죠?"

읽었던 데서부터 다시 시작하기로 약속을 하고 그레이스와 에번스는 서점으로 돌아왔다.

"지난번에 자네는 이 전쟁에서 무력감을 호소했었지."

그는 창문 간판을 '영업 중'으로 바꾸어 놓았다.

"하지만 저곳에서 겁에 질린 사람들에게 책을 읽어주었던 자네 모습에는 힘이 있었어."

"솔직히 말해서 그렇게 큰 소리로 책을 읽는 제 모습이 조금 바보 같았어요."

그레이스는 공습경보가 울리는 동안 계산대에 아무렇게나 늘어져 있던 책을 차곡차곡 쌓고는 손님이 돌아올 때를 대비해 옆에 두었다.

에번스가 고개를 저었다.

"전혀 바보 같지 않았어, 베닛 양. 자네는 이 전쟁을 바꿀 거야."

그는 뭉툭한 손가락으로 《미들마치》 표지를 톡톡 두드렸다.

"한 번에 책 한 권으로."

14

그날 오후에 일어났던 공격으로 받은 피해는 막심했다. 스트랜드Strand 한복판의 거리에는 거대한 구멍이 생겼다. 무려 600개가 넘는 독일 폭격기가 폭탄을 가득 싣고 영국 상공을 지나갔다. 하지만 아무리 런던을 어떻게든 더 파괴하려고 해도 영국 공군 역시 이에 맞서 방어할 준비 태세를 갖추었다.

물론 나치 공군은 그날 밤에도 찾아왔다. 언제나 그랬듯이.

그레이스는 근무를 하면서 자신이 맡은 구역이 다시 한 번 공격을 받지 않았음에 감사했다. 그래도 언제까지나 이렇게 남아 있지는 않을 터였다. 런던 나머지 지역은 서서히 벗겨져 나가 건물의 버팀목이 훤히 드러났고, 창문도 완전히 날아가 버려 꼭 텅 빈 해골을 연상시켰다.

다음 날 공습경보가 마구 울려 대자, 그레이스는 커다란 핸드백에 《미들마치》를 넣고 프림로즈 힐 서점 손님들을 패링던 역으로 데리고 갔다. 전날 그레이스의 낭독을 함께 듣던 사람들이 작은 무리를 이루어 기다리고 있었다. 그레이스의 얼굴이 보이자 사람들의 표정이 환해졌다. 특히 그레이스가 핸드백에서 책을 꺼내자 표정이 한층 더 밝아졌다.

사람들은 다음 날에도, 또 그다음 날에도 역으로 속속 모여들었다. 모일 때마다 사람들의 수가 조금씩 늘어났다.

하지만 9월 중반이 되자 날씨가 상당히 우울해졌다. 독일 전투기들이 매일 오후 공격을 퍼붓다가 단념할 정도였다. 그날은 공습경보 사이렌이 울리지 않아 일상에 방해를 받지 않는 보기 드문 날이었다.

그레이스는 한시도 낭비하지 않고 심프킨 마샬에서 책을 몇 권이나 주문해야 할지 알아보기 위해 최근 출간된 책 목록을 샅샅이 뒤졌다. 그때 입구에 종이 울리며 손님이 들어왔다. 작업이 끝나갈 즈음이라 방해를 받아도 그다지 개의치 않았다.

그레이스가 고개를 들자 패링던 역에서 매일 자신의 이야기를 듣던 그 건장한 남자라는 것을 알아차렸다. 그는 회색 양털로 짠 모자를 손에 들고 있었다.

"안녕하세요, 베넷 양."

그는 예의 바르게 고개를 숙였다. 그레이스는 모자를 벗은 그의 모습이 처음이었다. 머리 아래쪽은 회색과 갈색이 뒤섞였고 위로는 살짝 벗겨져 있었다.

"제 이름은 잭입니다."

그가 말했다.

"감사하다는 말을 하고 싶었어요. 책을 읽어준 것뿐만 아니라 제 목숨을 구해준 것도요."

"목숨을 구했다고요?"

그레이스가 놀라 그가 한 말을 따라 했다.

그가 고개를 끄덕였다.

"당신이 책을 읽기 시작하던 날, 저도 그곳에 있었어요. 어쩌다 우연이었죠. 보통 저는 오후에 하이드파크 근처에 있거든요. 그쪽에 있는 건물들을 수리하면서요."

그는 겸손의 표현으로 고개를 살짝 기울였다.

"제가 할 수 있는 만큼 하는 겁니다. 최근에는 이 근처에서 일자리를 찾고 있었어요. 공습경보가 울리는 동안 당신이 책 읽어주는 것을 듣기 위해 지하철역에 꼭 있고 싶었거든요. 그렇지 않았다면 마블 아치 역에 있었겠지요. 전에 제가 대피하던 곳이요."

그레이스는 충격을 받고 손으로 입을 막았다.

이틀 전 지독한 공격으로 옥스퍼드가Oxford Street의 거의 대부분이 박살나 버렸을 때, 폭탄이 마블 아치 역의 천장을 뚫고 떨어졌다. 역에는 공격이 끝나기만을 기다리는 사람들이 있었다. 대학살의 현장은 어마어마했다. 스톡스가 묘사한 바 그대로, 급기야 그레이스가 제발 그만하라고 애원할 정도였다. 폭탄에 죽지 않은 사람들도 폭탄 잔해에 갈가리 찢겨 나갔다. 부상 현장은 말 그대로 참혹 그 자체였다.

"저는 정말……."

그레이스가 뭐라고 말하면 좋을지 몰라 말을 더듬거렸다.

"그곳에 계시지 않아서 정말 다행이에요. 안전하셔서요."

잭이 훌쩍거리며 손등으로 코를 훔쳤다. 모자는 여전히 그의 두 터운 손가락 사이에 끼어 있었다.

"제가 온 이유는 그것뿐만이 아닙니다."

"네?"

그레이스가 미소를 머금었다.

"책 찾는 거 도와드릴까요?"

그는 모자를 다시 뒤틀었다.

"《미들마치》 아직 다 안 읽으셨잖아요. 저희 중 몇몇이 공습경보 가 울리길 예상하고 패링던 역 앞에서 줄을 서고 있었답니다. 경 보가 울리지 않아, 음…… 다음 이야기가 궁금했어요."

"저희요?"

그레이스가 그의 시선을 따라 프림로즈 힐 서점의 커다란 통유 리로 향했다. 서점 밖에 군중 한 무리가 모여 있는 모습이 보였다. 키터링 부인뿐만 아니라 그레이스가 기억하고 있는 다른 사람들 이 희망찬 미소로 손을 흔들고 있었다.

그레이스는 시선을 다시 잭에게 돌렸다. 잭은 망설이듯 빙긋 웃 으며 말했다.

"여기가 지하철역은 아니지만, 한 번 더 저희에게 책을 읽어주시겠습니까?"

그레이스는 에번스를 힐끗 바라보았다. 그는 사람들의 요청에 동의한다는 뜻으로 말없이 고개를 끄덕였다. 주름이 자글자글한 파란 눈으로 부모처럼 뿌듯한 시선을 보냈다.

그레이스는 입술을 깨물며 서점의 크기를 곰곰이 생각해 보았다. 작년에는 그러한 요청이 있어도 받아들일 수 없었다. 하지만 지금은……

"물론이죠."

그레이스가 대답했다.

"읽어드리고말고요."

그레이스는 둥근 철제 계단의 두 번째 줄에 자리를 잡았다. 사람들은 바닥에 앉거나 벽에 기대서서 그레이스가 낭독하는 《미들마치》를 들었다.

한 줄 건너 책장 꼭대기를 따라 에번스의 흰머리가 보였다. 그역시 그레이스가 책을 읽는 동안 그곳에 그대로 서서 함께 듣고있었다.

그레이스는 그 이후로 매일 낭독을 했다. 지하철역에서도, 공습 경보가 없는 날 서점에서도. 낮에는 이렇게 그레이스의 책 읽는 소리와 그 이야기를 듣는 사람들로 가득했지만 밤에는 오직 폭탄소리만 들릴 뿐이었다.

정말로, 한마디로 말해서, 비참했다.

스톡스와 함께 순찰을 나가지 않는 저녁에는 뒷마당에 묻어 둔 앤더슨 방공호 속에 몸을 구기고 우울하게 잠을 청할 수밖에 없었다.

공습경보가 울리던 어느 날 저녁, 그레이스와 웨더포드 아주머니는 앤디에 들어가기 전에 침구와 비상 용품이 들어 있는 상자를 준비했다. 비상 용품으로는 초와 그레이스가 요즘 읽고 있는 책인 버지니아 울프의 《파도 *The Waves*》, 차가 들어 있는 보온병 그리고 독일군이 더 이상 화학전에는 관심이 없는 것 같지만 어쨌든 방독면까지 챙겼다.

공습경보가 울릴 무렵 비가 퍼부었다. 두 여자는 폭우 속에 질펀질펀한 정원을 가로질러 달려야 했다. 앤디는 마치 잠자고 있는 야수처럼 봉긋이 솟아 있었다. 툭 튀어나온 혹에서는 뻣뻣한 털이 제멋대로 나 있었는데, 사실 그 위를 덮은 흙에서 토마토 새싹이 자라나고 있는 것이었다. 하지만 그레이스가 방공호 안에 발을 내딛자 차디찬 물이 고여 발목까지 차올랐다.

그레이스가 깜짝 놀라 비명을 지르며 펄쩍 뛰어올랐다.

"쥐가 나왔니?"

웨더포드 아주머니가 겁에 질려 뒤로 물러나며 물었다.

"빗물이 넘쳤어요."

그레이스는 젖은 신발을 흔들었지만 별 효과가 없었다.

"앤디가 다 마를 때까지 패렁던 역으로 가는 게 좋겠어요."

그레이스는 다시 집으로 돌아갔다. 발 한 짝이 물에 흠뻑 젖어 축축해지고 무거워지는 바람에 걸을 때마다 왠지 조롱하는 듯 찍 찍 소리가 났다. 웨더포드 아주머니는 서둘러 그레이스 뒤를 쫓았 지만 지하철역으로 가려는 기미를 보이지 않았다.

"서둘러 가면 그래도 괜찮은 자리를 찾을 수 있을 거예요."

그레이스는 가능한 나긋나긋한 말투로 아주머니를 서두르게 하 려고 애를 썼다.

시간은 이미 8시를 넘어서고 있었다. 보통 때라면 독일군이 야 간 공습을 시작할 시간이었다. 날씨가 좋지 않을 때는 공습을 하 지 않을 확률이 높았다. 하지만 다시 말해 지금 시간에는 통조림 속 정어리처럼 지하철역이 사람들로 북적일 것이라는 말과 같다.

그레이스는 요원으로 근무할 때 밤마다 그 광경을 보았다. 사람 들은 어디든 조금이라도 공간을 찾았다 하면 나란히 누웠다. 낯선 사람들이 가족처럼 가까이 붙어 앉았다. 플랫폼 바닥뿐만 아니라 계단이며 에스컬레이터에도 있었고 심지어 일부 지나치게 대담한 사람들은 기찻길 옆에서 잠을 자기도 했다.

아주머니는 주방 탁자에 앉아 보온병에서 차를 한잔 부었다.

"지금 그럴 시간 없어요."

그레이스는 더 이상 참을 수 없을 정도로 신경이 날카로워졌다.

"가야 한다고요."

그녀는 작게 한숨을 쉬고는 컵을 한쪽에 놓았다.

"난 가지 않을 거야, 그레이스. 너를 안심시키기 위해 앤디에 가 는 것뿐이야. 하지만 고백하자면 네가 집에 없던 낮 동안에는 한 번도 방공호에 간 적이 없단다."

아주머니는 피곤한 눈을 천천히 깜빡였다.

"지하철역에는 가지 않을 거야."

풍선 바람이 빠지듯 노여움이 그레이스의 몸에서 스르륵 빠져
나갔다. 대신 몸이 무겁게 욱신거렸다.

"하지만 안전하지 않을 거예요."

의미 없는 반박이었다. 지금 이 상황에서 말다툼해 봤자 아무
소용이 없다는 것을 이미 알고 있었다.

웨더포드 아주머니는 굳이 대답하려고 애쓰지 않았다. 그저 바
닥만 맥없이 바라볼 뿐이었다. 하얗고 노란 주방에 앉아 있는 아
주머니의 얼굴은 고통으로 주름졌다. 한때는 그렇게 활기 넘쳤던
주방이 지금은 칙칙하고 삭막해졌다. 다시 외모에 신경을 쓰기 시
작은 했지만 꽃무늬 홈드레스 대신 어두운 옷만 입었고 살이 자
꾸 빠지면서 허리띠도 점점 더 꽉 졸라매야 했다.

여성 자원봉사 모임이나 정성을 들여 만든 식사, 단순히 생존을
넘어 뭐라도 보여주고 싶어 하던 아주머니의 모습은 더 이상 온데
간데없었다. 마치 인생이라는 책이 완전히 백지로 바뀐 것 같았다.
아무런 일도 없고 목적도 없이 그저 뒤표지로 얼른 가서 끝마치
려고만 했다.

그레이스는 그날 밤 웨더포드 아주머니와 함께 집에 남았다. 앞
으로 어떻게든 지하철역에 함께 갈 수 있도록 설득할 방법을 찾으
리라 다짐했다. 하지만 그 후에도 아주머니를 설득할 때마다 매번

똑같은 반응만 돌아왔다. 그리고 한번은 자신도 콜린 곁으로 가고 싶다고 흐느껴 울며 고백하기도 했다. 그레이스는 그렇게 크나큰 고통 앞에 더 이상 언쟁을 할 수 없었다.

9월의 남은 날들 동안에는 야간 공격과 오후 공격이 더 빈번히 일어났다. 어찌 되었든 런던은 적응했다.

무엇보다 세상에 그 어떤 이에게도 영국인만 한 기상은 없었다. 그들은 전사였다. 그들은 용감히 받아들일 줄 알았다.

가게들은 매일 오후 4시에 문을 닫기 시작했다. 점원들이 밤교 대 근무를 시작하기 전에 잠을 조금이라도 자 두어야 했기 때문이다. 이제는 거의 모든 사람들이 직업을 두 개씩 가지게 되었다. 하나는 낮에 원래 하던 일이고 다른 하나는 밤에 자원한 일이었다. 불을 끄거나 폭탄을 감시하고 돌무더기를 뒤져 생존자를 찾거나 도움이 필요한 곳이라면 언제든지 달려가서 의료 지원을 했다. 밤의 런던은 사람들의 도움으로 활기를 띠었다.

그레이스는 이제 잠깐이라도 효율적으로 잠을 잘 수 있는 방법을 찾았다. 곧바로 잠들어 짧은 시간이라도 꿈을 꾸지 않고 깊은 잠에 빠졌다.

사람들은 8시가 되기도 전에 지하철역과 대피소에 줄을 서기 시작했다. 첫 번째 공습경보가 예상대로 울리면 더 좋은 자리를 차지하기 위해 일찍부터 도착했다. 정말 운이 좋을 때에는 침상에 누울 수도 있었다.

이제 사람들은 옷을 다 껴입고 자는 데 익숙해졌다. 심지어 어떤 이들은 목욕을 할 때에도 속옷을 입는다고 고백했다. 불시에 당해서 알몸으로 죽었다가 발견될까 봐 너무 무서웠기 때문이었다.

격변과 불확실성으로 점철된 세상에서도 편지는 우체국으로 계속 쏟아져 들어왔다. 비록 폭탄 공격으로 건물은 피해를 입었지만 여전히 열려 있다는 간판을 걸어 놓고 초로 불을 밝히며 운영했다. 하지만 우편배달부가 편지를 손에 들고 돌무더기로 주저앉아 버린 집 앞에 서 있는 모습은 너무나도 슬펐다.

전쟁 초기에 억눌렸던 영국 체신성Royal Mail의 우편 서비스는 이제 어느 정도 완화되었고, 그레이스는 비브와 조지에게서 조금 더 규칙적으로 편지를 받았다. 아이러니하게도 이제는 그들이 편지로 그레이스의 안전을 더 걱정했다. 과거에는 반대로 그레이스가 그들의 안위를 걱정했는데 말이다.

조지는 새로운 책을 추천했다. 위니프레드 홀트비가 쓴《사우스 라이딩 South Riding》이었는데, 그레이스는 이후에 지하철역에서 그 책을 읽어주었다.

책은 바로 그날 오전 심프킨 마샬에서 한 부 배달되었고 새 책이라 그런지 책 표지가 뽀드득 윤이 났다.

지난번 눅눅했던 날씨 이후 날이 차가워졌지만 창문으로는 한 줄기 빛이 들어왔다. 서점에는 아직 손님이 들어오지 않았고 에번스는 역사 서가에서 자신의 '일'을 하느라 바빴다. 그래서 그레이스 역시 창가 옆 아늑하고 조용한 곳을 찾아 앉았다.

한 줄기 햇빛이 구름 사이를 뚫고 나와 그레이스를 따스하게 비춰주었다. 그레이스는 잠시 멈춰 손가락으로 책 표지를 만지면서 조용한 평화를 만끽했다. 독서를 즐기면서.

표지는 매끈했고 빨간 집들이 점처럼 박혀 있는 노란 바탕에 검은 글씨로 인쇄되어 있었다. 그녀는 손가락 끝을 입술에 슬며시 대다가 책을 펼쳤다. 한 번도 펴지 않은 책이라 책등에서 끼이익 하는 소리가 났다. 마치 비밀스러운 세상이 이제 막 드러나려 하는 고대의 문 같았다.

그레이스는 첫 번째 챕터가 있는 페이지를 폈다. 책을 펼 때 들리는 소리가, 빈 가게에서 쉿 하고 조용히 속삭이듯 들렸다. 종이와 잉크에서는 특별한 향이 났다. 진정한 독서 애호가가 아니라면 설명할 수도 없고 알 수도 없는 그런 향이었다. 그녀는 책을 얼굴 가까이로 가지고 와서 눈을 감고 그 멋진 냄새를 마음껏 맡았다.

지금으로부터 일 년 전만 생각해도 정말 깜짝 놀랄 일이었다. 그렇게 작은 순간도 감사히 만끽한 적이 없었기 때문이다. 지금이 그때보다 더 많은 피해를 입었고 우울한 세상이지만 찾을 수만 있다면 단 한 톨의 기쁨이라도 다 가져갈 셈이었다. 그리고 책을 통해 그 많은 즐거움을 얻었다.

그레이스는 페이지를 하나하나 넘기면서 떠나는 모험을 소중히 생각했다. 그 순간만큼은 탈진과 폭탄, 배급으로부터 벗어났다. 등장인물의 마음속에 살면서 인간에 대한 심오한 이해는 더욱 깊어졌다. 시간이 흐를수록 그녀는 그러한 시각이 스스로를 더욱 인내심이 강하고 다른 사람들을 겸허히 받아들일 줄 아는 사람으로 만든다는 것을 알게 되었다. 만약 모든 이들이 그러한 태도로 다른 사람들을 인정할 줄 안다면 아마 전쟁 따위는 존재하지 않았으리라.

드문드문 비치는 햇살 아래 이러한 생각을 하기는 쉬웠지만, 불이 완전히 꺼진 런던 거리에서 스톡스와 함께하는 시간에는 반대로 훨씬 어려웠다.

날씨가 좋아지자 다시 폭격기들이 밀어닥쳤다. 비행기들은 맑고 청명한 하늘을 쉽게 뚫고 날아와 폭발물을 떨어뜨렸다. 그날 밤에도 그레이스는 근무 중이었다. 그때 친숙한 무인 조종기 소리가 반갑지 않은 손님이 왔음을 알렸다.

전투기들은 깜깜한 하늘 아래 살인귀처럼 날아 들어왔다. 탐조등이 빛기둥을 위아래로 쏘아 대자 전투기의 존재감은 더욱 명확해졌다. 지난 급습 때 전투기들은 지금쯤 배를 열곤 했다.

하지만 전투기는 여전히 비행을 계속하며 점점 소리가 커졌다. 그레이스 귓속의 솜털이 소음에 떨릴 때까지 소리도 커져만 갔다. 대공포 소리가 희미한 밤하늘을 갈라놓았다. 저 멀리서 피어오르는 매캐한 연기가 그 증거였다. 그레이스는 목을 길게 빼고 머리위 폭격기의 편대를 뚫어져라 바라보았다. 탐조등이 전투기를 막 지나간 순간 비행기 바닥이 갈라지면서 커다란 파이프 모양의 물체가 하늘 속으로 미끄러지듯 떨어졌다.

폭탄이다.

그레이스의 머리 위에.

그레이스는 완전히 얼어붙어서 위를 바라보았다. 마음속으로는 얼른 뛰라고, 뛰라고 비명을 지르고 있었지만 다리가 말을 듣지 않았다. 폭탄은 속도를 높이면서 점점 더 음을 높여 휘파람 소리를 냈다. 더더욱 가까워 오면서.

날카로운 음을 듣고서야 그레이스는 정신을 차렸고, 그 자리에서 몸을 돌려 스톡스의 팔을 붙잡고는 모래주머니를 쌓아 올린 벽 뒤로 몸을 끌어당겼다. 휘파람 소리는 악을 쓰는 소리로 바뀌었으며 그레이스는 몸 전체가 공포로 얼어붙었다.

별안간 소리가 끊겼고 그레이스의 심장 또한 멈춰 버렸다.

폭탄이 떨어졌을 때는, 폭발하기 바로 직전이 최악의 순간이었다. 폭탄이 어디로 갔는지 알 수 없을 때.

폭탄은 즉시 밝은 빛을 토해내며 터졌고 어마어마한 폭발음이 세상을 으스스할 정도로 침묵하게 만들었다. 불빛은 그레이스의 등 뒤로 마치 오븐을 열어 놓은 것처럼 뜨거운 바람을 뿜어냈다. 그레이스는 힘에 밀려 앞으로 몇 발자국 더 나아가 완전히 뻗고 말았다.

몸이 땅 위로 세게 떨어지며 그 순간 숨이 턱 막혀 버렸다. 그녀는 얼어붙은 채 눈만 깜빡거렸다. 한쪽 귀에 삐이익 하고 높은 음이 들리며 다른 소리는 아무것도 들리지 않았다.

노면에 부딪힌 볼이 아팠지만 턱에 걸려 있던 철모의 가죽끈 덕분에 모자가 떨어지지 않아 머리는 무사했다. 그레이스가 훅 숨을 내뱉자 얼굴 앞에 있던 먼지가 피어올랐다.

서서히, 세상이 다시 그레이스에게 돌아왔다. 대공포가 물속에서 들리는 메아리처럼 기묘하고도 아득한 소리로 쾅 대응하기 시작했다. 그레이스는 혹시나 팔다리가 떨어지거나 극심한 부상의 고통이 올라오지 않을까 해서 잠시 더 누워 있으면서 주위에 부서진 잔해를 만지작거렸다.

가슴은 땅과 부딪혀 욱신거렸다. 하지만 그 이상의 반응은 없었다. 그레이스는 후들거리는 팔로 땅을 밀면서 몸을 추스르고 앉았다. 떨리는 손으로는 재킷을 두드리며 부상을 입은 곳이 없는지 두껍게 먼지가 붙은 곳을 꾹꾹 눌렀다.

아무런 부상도 당하지 않았다.

왼쪽을 바라보자 자신과 비슷하게 멍한 표정으로 앉아 있는 스톡스가 보였다.

두 사람은 살아남았다.

하지만 다른 이들은 아닐지도 모른다.

갑자기 그레이스의 뒤로 어떤 소리가 밀려들어 왔다. 대공포가 아니라 폭탄이 휘파람 소리를 내며 날아오다 폭발하는 소리였다. 수많은 폭발음.

그레이스와 스톡스는 동시에 감각이 돌아온 것 같았다. 두 사람은 서로를 쳐다보더니 즉각 펄쩍 뛰어올랐다. 그들이 서 있던 벽가운데에는 구멍이 뚫렸고 모래주머니는 갈기갈기 찢어졌다.

두 사람이 그 뒤에 서 있지 않았다면 그들의 몸은 저 찢겨 나간

천 쪼가리처럼 되었을지도 모른다.

그레이스는 그 순간, 이 상황을 스스로 받아들이고 처리할 수 없다는 것을 깨달았다. 그래서 자신의 생각을 꼭 잠근 후 깔끔한 상자에 쑤셔 넣고 마음속 어두운 구석에 놓았다.

몇몇 집이 그들 앞에서 사라져 돌무더기가 되고 말았고, 뻘겋게 타오르는 불빛이 마치 부상을 입은 심장처럼 고동치고 있었다. 그레이스는 재빨리 집의 수를 세어 보고 폐허로 변해 버린 주택 중 세 집의 주민들을 대피소에서 봤다고 추정했다. 하지만 왼쪽에 남아 있던 한 집은 피폭되지 않고 그대로 서 있었다. 드리스콜 부인이 사는 집으로 부인은 2주일 전부터 대피소에 가지 않고 있었다.

그레이스가 그 집을 가리켰다.

"드리스콜 부인이요."

더 이상 말이 필요하지 않았다. 스톡스는 덩그러니 서 있는 그 집으로 쏜살같이 달려가더니 입을 떡 벌리고 있는 문 안으로 들어갔다. 문은 폭탄에 날아가서 사라지고 없었다. 그레이스는 뒤따라서 스톡스가 언제나 지시한 대로 그가 들어갔다 나오기를 기다렸다.

하지만 그는 다시 나타나지 않았다.

그레이스가 조심스럽게 안으로 들어갔다. 스톡스가 응접실에 서서 무언가를 뚫어져라 바라보고 있었다.

"스톡스 씨?"

그는 아무 말이 없었다.

그레이스가 그의 옆으로 다가와 멍한 눈빛을 쫓았다. 시간이 약간 지나서야 그레이스는 자신이 보고 있는 것이 한때 사람이었다는 사실을 깨닫게 되었다. 한때는 드리스콜 부인이었던 사람.

그레이스의 속이 뒤틀렸다. 하지만 이 광경을 마음속 작은 상자에 넣어 버렸고, 웨더포드 아주머니도 그런 상황에 처할지 모른다는 두려움도 같이 넣으며 주먹을 꼭 쥐었다.

"스톡스 씨."

그레이스가 말했다.

그는 그레이스를 쳐다보지 않았다.

"스톡스 씨."

그레이스가 다시 날카롭게 말했다.

그는 천천히 고개를 돌려 그레이스를 바라보았다. 마치 꿈을 꾸는 듯 동그랗게 뜬 눈은 초점이 없었다. 눈물 한 줄기가 그의 아래 속눈썹에 맺히더니 소리 없이 볼을 타고 흘러내렸다. 그는 그레이스가 옆에 있는 것을 보고 깜짝 놀란 듯이 눈을 깜빡였다.

"지금 우리가 부인을 위해 할 수 있는 일은 없어요."

그레이스는 사실만을 직시하는 어조로 말했다. 이런 상황에서 그렇게 목소리가 나올 수 있다니 자신도 모를 일이었다.

"우리가 도울 수 있는 생존자가 있는지 봐야 해요. 이웃인 샌포드 씨 집으로 갈게요."

그레이스는 벽을 향해 고갯짓으로 드리스콜 부인 집의 맞은편을 가리켰다. 그 집에 사는 노인이 같은 운명을 겪지 않기를 바라면서. 샌포드 씨도 마찬가지로 대피소에 가지 않고 있었기 때문이다. 이미 대피소에 가기를 포기한 사람이 너무나 많았다.

그들은 자신의 침대에서 자고 싶어 했고 정상적인 생활을 원했다. 하지만 그 누구도 세상이 전쟁 전의 상황으로 가기를 바랄 수 없었다. 이렇게 위험이 가득한 세상에서는 그럴 수가 없었다.

"샌포드 씨 댁 옆에 있는 연립주택 좀 돌아보시겠어요?"

그레이스가 동료에게 물었다.

스톡스는 고개를 끄덕이고 휘청휘청 밖으로 나갔다. 그레이스가 그의 뒤를 따르다 잠시 멈춰서 혹시라도 모를 폭발에 대비해 가스가 다 차단되었는지 확인했다.

집을 나서면서 남아 있는 드리스콜 부인을 다시는 쳐다보지 않았다.

남은 밤은 그저 흐릿하기만 하다가 마음속 그 상자로 생각이 강제 전환되었다. 그레이스는 다시 훈련받았던 내용을 떠올리는 데 집중했다. 부상당한 생존자들의 팔다리를 붕대로 묶고 소형 펌프로 잔불 끄는 일을 도왔다. 기름이 있는 땅에는 모래를 붓고, 냄새로 조금 전 떨어진 소이탄의 위치를 찾아내는 등 차례차례 하고 나니 해가 뜨고 무사히 밤이 지나갔다.

하지만 아침이 되어 집으로 가는 길에 —그렇게 다짐했는데도 불구하고— 마음속 뒤에 깊숙이 밀어 넣고 잠가 놓은 상자가 다시 요동치기 시작했다.

마치 그녀 앞으로 폭탄이 또 휘파람을 부는 것 같았다. 그레이스는 집 현관문을 벌컥 열고 마음속 비명소리가 잠잠해지자 위층으로 뛰어 올라갔다.

그리고 상자가 터지고 말았다.

그녀가 본 공포가 파편처럼 머릿속을 마구 공격했다.

드리스콜 부인에 대한 애도. 웨더포드 아주머니가 그녀처럼 될지 모른다는 공포. 그레이스 자신이 머지않아 산산조각 나 버릴지 모른다는 충격에 빠졌다. 파괴. 섬뜩한 상처. 재킷을 여전히 물들이고 있는 피. 죽음.

그날 밤 발견한 시신은 드리스콜 부인뿐만이 아니었다.

그레이스는 서랍을 휙 열어젖히고 신원 인식 팔찌를 찾을 때까지 미친 듯이 서랍 안을 뒤졌다. 매끈한 타원형 표면에 비브가 그레이스의 이름과 브리튼가 주소를 깔끔하게 새겨 넣어준 것이었다. 손이 너무나 벌벌 떨려 몇 번을 시도하고 나서야 손목에 제대로 찰 수 있었다.

그 일을 끝내고 나서는 그대로 바닥에 미끄러져 극심한 공포감이 어마어마한 파도처럼 밀려오든 말든 내버려 두었다.

그레이스는 이제 이 거대하고 압도적인 힘과 맞서 싸워야 했다. 그래야 내일 교대 근무로 돌아가 처음부터 다시 시작할 수 있을 테니까.

15

그레이스는 기적처럼 아침까지 쭉 잤다. 하지만 잠에서 깨자마자 폭탄이 떨어졌을 때 기억이 다시 떠올랐다. 마치 그때의 기억이 그림자 속에 몸을 숨긴 채 누워 있다가 의식이 돌아오기만을 기다리는 것 같았다.

기억은 그레이스가 서점으로 가는 길에도 따라다녔다. 폭탄을 맞은 건물들이 상처로 가득한 그녀의 머릿속을 꾹꾹 찔렀다. 매일 프림로즈 힐 서점에 종종걸음으로 갈 때마다 만나던 건물들은 파괴되어 부러진 기둥이 튀어나오고 벽돌 더미로 쪼그라들고 말았다. 웨더포드 아주머니를 위해 건포도를 따로 챙겨주었던 식료품점, 야도충을 없애는 데 도움을 주었던 약국, 조지와 데이트를 약속했던 모퉁이 카페. 그리고 더 많은 건물들. 손실을 입은 것은

 런던의 마지막 서점

그 건물들뿐만이 아니었다. 많은 집들이 그 자체가 껍데기였고 방들은 사라진 벽 때문에 마치 아이들의 섬뜩한 인형의 집처럼 안을 다 드러내 놓고 있었다.

길거리를 지나던 사람들은 호기심 없는 표정으로 파괴된 현장을 바라보았다. 어느 부부가 그 옆을 지나가고 있었는데 먼지를 뒤집어쓰고 손에는 때투성이 보따리를 들고 있었다. 남자의 얼굴은 딱딱하게 굳었고 여자는 울어서 눈이 벌게져 있었다. 지난밤 집을 잃어버렸다는 사실을 한눈에 알 수 있었다.

그래도 목숨을 잃지 않아서 다행이었다.

그레이스는 서점으로 들어가 오른쪽 뺨 위에 늘어진 머리를 걱정스럽게 쓸었다. 일할 때에는 머리를 감아올려 얼굴을 깔끔하게 하곤 했다. 다만 오늘은 아무리 메이크업을 두껍게 해도 볼에 난 멍이 가려지지는 않았기에 에번스가 걱정할 것이 뻔했다.

그는 고개를 돌리고 바로 의심스러운 듯 실눈을 떴다. 그레이스는 괜히 찔려서 머리를 다시 한 번 매만졌다. 이번에는 그의 시선이 손목으로 이어졌다.

그가 입을 굳게 다물었다.

"어젯밤에 클러큰웰에서 폭발이 일어났다고 들었는데."

그레이스는 에번스의 얼굴을 쳐다볼 수 없었다. 눈물이 줄줄 흘러내릴 때에는 더더욱. 그녀는 강해져야 했다. 지금보다 더 잘할 수 있었다.

에번스가 폭신한 카펫을 밟으며 계산대를 빙 둘러 나왔다.

"그레이스."

그가 인자한 목소리로 물었다.

"괜찮은 건가?"

그냥 괜찮다고 대답하고 그를 밀어내는 것이 더 쉬웠을 텐데, 그레이스는 에번스의 말투에서 묻어나는 온화함과 위로가 너무나 필요한 지금의 상황을 도저히 참기 힘들었다. 고개를 흔들면서도 아버지처럼 자신의 팔을 감싸는 그의 모습에 엄마가 돌아가신 이후로 오랜만에 따스한 품을 느끼며 자기도 모르게 이끌렸다.

그가 안아주는 동안 그레이스의 눈물이 터지고 입에서는 어젯밤 일어났던 일이 줄줄이 흘러나왔다. 그레이스는 자신이 보았던 것을 털어놓으며 마음의 짐을 조금은 내려놓았다. 이전까지는 알지 못했지만 에번스의 강인함이 그녀에게 지지대가 되어 주었다.

"나는 1차 세계대전에 참전했었지."

그레이스가 손수건으로 눈물을 닦는 동안 에번스가 말했다.

"자네는 절대 잊지 못하겠지만 그렇게 자네의 일부가 되는 거야. 아무도 볼 수 없는 흉터와 같지."

그레이스는 그가 한 말에 저절로 고개가 끄덕여졌고, 스스로 무너진 이후 소용돌이치던 감정은 마침내 처음으로 잠잠해졌다.

에번스의 위안과 조언 덕분이었을까. 그날 오후에는 다시 용기를 얻었다. 특히 심각한 공습경보가 지하철역을 울릴 때 효과가 있었다. 머리 위로는 전쟁의 불협화음이 끊임없이 울려 퍼졌고, 그 격렬한 소리 때문에 다른 소리를 구분해 내는 것은 불가능했다. 그녀에게 기지가 없었다면 휘파람 소리와 가슴을 울리는 천둥소리가 들릴 때마다 마음속에서 마구 휘몰아치는 극심한 공포에 굴복했을지도 모른다. 하지만 그러한 소리들은 그레이스가 낭독하는 소리를 더 크게 만들 뿐이었다.

나중에서야 알게 되었지만 한창 출근시간이었을 때 겨우 2킬로미터 남짓 떨어진 곳인 채링 크로스Charing Cross가 폭탄 공격을 극심하게 받았다고 했다.

그날 저녁, 웨더포드 아주머니와 함께 있을 때에는 멍든 얼굴을 들키지 않고 수월하게 넘어갔다. 두 사람은 지방이 많은 소고기에 정원에서 수확한 콩과 당근을 곁들여 저녁을 먹었다. 하지만 그녀에게 대피소로 가자고 설득하는 것은 실패하고 말았다.

두 사람은 이 문제에 대해 거의 매일 옥신각신했다. 그레이스는 아주머니가 자신이 아무리 이유를 자세하게 설명해도 이제는 제대로 듣지 않는다고 생각했다. 지금은 아니라고 쳐도 폭탄이 브리튼가를 강타하면 무슨 일이 일어날지 그레이스는 아주 잘 알고 있었다.

그날 밤 공습경보 업무를 준비하는 데에는 엄청난 용단이 필요했다. 옷깃에 핀을 꽂을 때에도 손이 바들바들 떨렸다. 무엇보다 그날 밤에는 또 무슨 일이 일어날지 결단코 알 수가 없었다.

스톡스 역시 평소와 같은 모습이 아니었다. 자신의 지식을 그레이스에게 줄줄이 읊어 댈 생각도 없어 보였고 채링 크로스에서 일어났던 폭발에 대해서도 별다른 언급이 없었다. 여느 때였으면

욕지기가 날 정도로 유혈이 낭자하는 상황을 장황하게 설명했을 텐데 말이다.

이번만큼은 그도 조용했다.

그리고 그레이스는 그의 그런 태도가 다행이라고 생각한 만큼, 그녀 내부의 불편한 곳을 파헤친 그의 침묵이 사실은 걱정이라는 것을 깨달았다.

스톡스 자신과 그리고 모두에 대한 걱정.

런던 나머지 지역에서 폭격을 당하는 소리를 몇 시간이나 듣고 난 후, 이제 소리마저 흔해 버려 수신기의 잡음처럼 뒤로 사라졌다. 그리고 자신이 담당하고 있는 구역이 조용해지자 그레이스는 더 이상 견딜 수 없었다.

"채링 크로스에서 일어난 일 들으셨을 텐데요."

그레이스가 결국 입을 열었다.

그는 달빛 아래서 입을 꾹 다물었다. 그레이스는 그의 사려 깊은 태도에 잠시 감탄했다. 어느덧 등화관제로 깜깜해진 런던 거리에 적응을 했기 때문이다. 심지어 전날 밤 폭격으로 턱에 상처를 입은 흔적도 알아볼 수 있었다.

"들었어."

그는 걸걸하면서도 쉰 목소리로 답했다. 그가 침을 꿀꺽 삼켰다.

"저 불쌍한 사람들."

그리고 그게 다였다. 팔다리가 절단 났다든가 모두 파괴되어 연기만 자욱하다든가 하는 말도 없었다. 망가진 집과 폭발로 인해 소름끼칠 정도로 피해를 입은 사람도 일절 언급하지 않았다.

두 사람은 다시 오랫동안 말이 없었다. 드리스콜 부인의 집을 저벅저벅 지나갈 때까지도 그랬다. 미망인의 유해는 이미 구조대가 발견하여 수습했다. 스톡스는 여전히 우뚝 서 있는 연립주택 앞에 멈춰 서서 손을 주머니에 찌른 채 생각보다 긴 시간 동안 바라보았다.

"자네에게 감사 인사를 하지 않았군, 베넷 양."

그가 고개를 숙였다.

"지난 밤…… 나…… 나는 스스로를 망각하고 있었어. 그리고 자네는 우리가 저곳에 왜 왔는지를 일깨워 주었지."

겸손해진 그의 태도는 앞서 침묵을 지켰을 때보다도 더 깊이 와닿았다.

"우리는 동료니까요."

"자네는 냉정을 유지했어. 자네 덕분에 사람들이 살아남은 거야."

그는 시선을 그레이스에게로 돌렸다.

"자네의 그 집중력에 감탄했네."

"제가 생각하기에는."

그레이스는 가만히 있을 수 없어 천천히 입을 열었다.

"제가 여자라서 그런 것 같아요."

그의 입가에 천천히 웃음이 번졌다. 마음에도 없는 웃음소리를 냈다.

"난 참 막돼먹은 놈이야, 그렇지?"

그레이스는 고개를 한쪽으로 기울였다. 그가 이미 알고 있는 답을 굳이 말하기 싫다는 표시였다.

그날 밤부터 두 사람은 서로 꽤 잘 맞았다. 함께 마주한 위험과 비극을 공유하며 우정 비슷한 감정을 발견해서였다. 그리고 이러한 감정은 둘 다에게 꼭 필요하기도 했다.

일주일 후, 안개와 앞으로의 예상으로 무거웠던 밤에 그들이 순찰하는 구역으로 폭탄이 더 떨어졌다. 피해는 극심했고 인명피해도 어마어마했다. 독일군은 계속해서 이른 아침까지 폭탄을 투하했다.

햇빛 한 줄기가 연기로 자욱한 공기를 뚫고 지나가서야 모든 소리가 해제되었다. 그레이스는 무너진 집 앞을 서성거렸다. 주민들이 지하에 있는 방공호로 들어가려 했다는 것을 알고 있었기 때문이었다. 그래도 작게나마 그들이 살아 있을 가능성도 있었다.

차량들이 대부분 낡고 훼손되었지만 중장비 구조대원들은 낡아빠진 트럭을 세우고 음울한 표정으로 그레이스에게 다가갔다. 저 남자들은 폭탄으로 인해 벌어진 최악의 상황을 목격했다.

다들 덩치도 크고 몇 주 동안 건물 잔해를 옮기느라 몸도 더 건장해졌지만 눈은 피폭된 집의 창문처럼 텅 비고 공허해 보였다.

그레이스는 대원들에게 어디를 파야 하는지 알려주고 자신이 서 있던 곳에서 혹시라도 만날지 모를 사람들의 이름을 부르며 돕기 시작했다.

"베넷 양."

새된 목소리가 그녀를 향해 외쳤다.

그레이스가 벽돌 무더기에서 몸을 일으키자 한 젊은 남자가 그녀를 향해 달려오는 모습이 보였다.

"당신을 찾아서 다행이에요."

그가 가쁜 숨을 몰아쉬었다.

"폭탄이 떨어졌어요. 웨더포드 부인의 집……."

순간 그레이스의 온몸이 얼어붙었다.

웨더포드 아주머니.

그레이스는 소년과 남자들 그리고 잔해들로부터 몸을 돌려 온힘을 다해 집으로 가는 길을 따라 전력 질주했다.

집에 도착해 보니 건물은 고스란히 남아 있었다. 하지만 그렇다고 안심할 수 없다는 사실을 누구보다 잘 알고 있었다. 어서 문을열어 아무 일도 일어나지 않았다는 것을 눈으로 직접 확인해야했다.

그레이스는 계단을 뛰어 올라가 한시도 지체하지 않고 문을 열었다. 순간 충격으로 몸이 완전히 굳어 버렸다.

모든 것이 아침에 두고 온 그대로였다. 빛바랜 카펫 아래 반짝반짝 윤이 나는 나무 바닥이며, 활짝 열려 있는 주방 문, 그 사이로 보이는 쾌활한 느낌의 연노랑 주방.

그레이스는 응접실로 뛰어 들어가며 웨더포드 아주머니를 큰 소리로 불렀지만 그곳은 텅 비어 있었다.

그레이스는 다시 한 번 가쁜 숨을 몰아쉬고는 주방으로 쏜살같이 달려가다가 웨더포드 아주머니와 거의 부딪힐 뻔했다.

"폭탄이 떨어졌다면서요."

그레이스가 울부짖었다.

아주머니가 피곤한 기색으로 미소를 지었다.

"그랬지, 얘야. 그런데 터지지는 않았어, 보이지?"

그녀는 손가락으로 주방 창문을 가리켰다. 거대한 폭탄이 앤더슨 방공호 바로 위에 떨어져 있었다. 폭탄 때문에 앤더슨은 가운데가 완전히 으스러져 버렸다. 폭탄은 그레이스의 키와 비슷한 길이에 등에는 지느러미 같은 것이 튀어나왔고, 칙칙한 금속체 위에는 모래가 층층이 쌓여 있었다. 하지만 몸체 내부에는 집을 폐허로 만들고 연약한 부분을 씹어 먹을 만큼 엄청난 양의 폭발물이 들어 있었다.

또다시 그레이스의 모골이 송연해졌다.

폭탄이 터졌다면 아주머니는 이 세상 사람이 아니었을 것이다. 몸이 갈가리 찢겨 나갔을 것이고 그리고 이어서 그레이스도 덮쳤을 것이다.

"이미 공습경보 본부에 알렸어. 이제 폭탄을 해체하러 여기로 올 거야."

아주머니는 아무래도 상관없다는 듯 태연한 어조로 말했다. 마치 폭탄의 위험성을 모른다는 듯이.

 런던의 마지막 서점

그레이스는 고개를 절레절레 저었다.

"아주머니 목숨이 날아갈 수도 있었어요. 폭탄이 터졌으면, 폭탄이 터져 버리면, 집이 완전히 박살나 버릴 테고 그러면 아주머니는……."

"하지만 그런 일은 일어나지 않았잖니, 아가."

웨더포드 아주머니는 그레이스 곁을 지나 탁자로 가서 차를 한 잔 따랐다. 얼마 전 그레이스가 준 작은 사슬 팔찌가 손목에 걸려 있었다. 평평한 타원 가운데에는 그녀의 이름과 주소가 깔끔하게 새겨져 있었다.

하지만 팔찌를 차고 있었다 해도 그레이스는 그냥 넘어갈 수 없었다. 아주머니의 옷소매를 그러당겨 주방에서 끌고 나갔다.

"하마터면 아주머니가……."

그레이스의 목소리가 흔들렸다.

"다칠 수도 있었다고요…… 그녀……처럼."

드리스콜 부인처럼.

"하지만 다치지 않았어."

웨더포드 아주머니는 한숨을 쉬었다. 마치 다치지 않아서 슬프다는 것 같아 보였다. 그래도 그레이스가 자신을 현관 밖으로 밀고 나가도 별다른 저항을 하지는 않았다.

"자칫하면 아주머니가."

그레이스는 호루라기를 불어 이제 막 교대를 하러 온 공습 감시원에게 폭탄 제거 부대가 도착하기 전에 주변을 먼저 정리하라고 일렀다.

마침내 두 사람은 몇 블록 떨어진 곳에 있는 여성 자원봉사회가 운영하는 매점에서 미지근한 차를 한잔 마셨다. 그레이스는 이제야 공포심을 겨우 누그러뜨리고 아주머니를 물끄러미 바라보았다.

"요즘 너무 힘드시다는 거 잘 알아요."

아주머니는 천천히, 고통스러운 얼굴로 눈을 깜빡이다가 이내 감아 버렸다.

"제발요."

그레이스는 잠긴 목소리로 애원했다.

"끔찍한 광경을 몇 번이나 목격했어요. 폭탄이 사람들에게 무슨 짓을 했는지 다 봤다고요."

아주머니의 시선이 그레이스의 코트로 향했다. 코트는 햇빛을 받아 모래 먼지와 핏자국을 훤히 드러냈다.

그녀가 이전에는 한 번도 알아채지 못한 것들이었다. 자원봉사자들을 비롯해 폭탄 피해자들 등 이동식 매점 근처에 머물고 있던 몇몇 다른 이들도 상태는 비슷해 보였다.

"아주머니가 저런 상태에 있는 모습을 보게 된다면 제가 어떻게 되겠어요?"

그레이스는 억지로 귓속말을 하다 목이 쉬었다.

"저는 정말이지……."

눈물 때문에 그레이스의 눈이 쓰라렸다.

웨더포드 아주머니는 손으로 자신의 입을 가렸다.

"오, 그레이스. 아가, 정말 미안하다."

두 사람은 폭탄 제거반이 불발탄을 안전하게 제거하러 올 때까지 몇 시간 동안 아무 말도 하지 않았다.

하지만 그날 밤, 그레이스가 공습경보 교대 근무를 마치고 패링던 역 입구에 줄을 설 준비를 하고 있을 때, 아주머니도 작은 짐꾸러미를 끼고 말없이 그레이스와 함께했다.

웨더포드 아주머니는 그날 밤부터 더 이상 고집을 부리지 않고 지하철역에서 잠을 잤다.

10월이 훌쩍 넘어가는데도 폭탄 공격은 계속되었다. 특히 보름달이 밝게 뜰 때 폭탄 소리는 절정에 달했다. 폭격기의 달, 사람들은 그렇게 불렀다. 참말로 딱 어울리는 표현이었다.

눈부신 달빛 아래 템스강은 마치 은빛 리본처럼 빛을 내며 깜깜한 런던을 휘감았고, 덕분에 독일군은 자신들의 목표물을 제대로 알아볼 수 있었다.

수백 명이 목숨을 잃었고 훨씬 더 많은 사람들이 부상을 입었다. 수천 명의 사람들이 집을 잃었으며 너무나도 많은 화재가 발생해 런던을 들쑤셨다. 공습 감시원들은 소방관 지원 업무에 배치되어 불과의 끝이 보이지 않을 싸움에 나섰다.

런던은 밤을 거듭할수록 살갗이 벗겨져 그 속의 해골을 점점 더 드러냈지만, 처칠은 여전히 독일로부터 가능한 많은 정보를 수집하려고 고군분투하고 있었다. 이 말은 결국 저녁 방송에서 사상자의 수는 나와도 어디에서 피해를 입었는지는 알 수 없다는 것을 의미했다. 폭격을 맞은 상점들은 새로운 지역에 다시 문을 열 수 있었지만 그 전에 어디에 있었는지는 밝혀지지 않았다. 설상가상으로 죽은 사람들은 제때에 부고 소식을 실을 수 없었고 그저 나중에야 사망한 달과 함께 명단이 나왔다.

그 모든 상황에서도 망가진 도시의 삶은 지속되었다. 사람들은 그들이 할 수 있는 곳에서라면 어디서든 즐거움을 얻으려 했고, 눈과 얼음이 휩쓸고 가기 전 아름다운 날씨가 남기고 갈 마지막 흔적을 어떻게든 만끽하고자 했다. 특히 앞으로 다가올 달은 이전의 그 어떤 겨울 못지않게 몹시 추울 것이기에.

그래서 10월 중순이 지나고 유달리 구름이 안 보이거나 비가 오지 않던 어느 멋진 날, 그레이스는 잠깐이라도 눈을 붙이고 싶다는 생각을 깔끔하게 버리고 햇살의 자취를 따라 조금이라도 걸어보고 싶었다. 그날 오후에는 심프킨 마샬에 넣었던 주문도 아직 오지 않아서 그레이스에게도 모처럼 기회가 생겼다.

그레이스가 에번스에게 주문 확인을 위해 나가도 되는지 넌지시 묻자, 그는 알겠다는 얼굴로 미소 지으며 천천히 다녀오라고 말했다. 그리고 그의 말대로 했다. 그레이스는 패터노스터가를 거닐며 평소보다 더 오래 걸었다. 공기가 좀 차가웠지만 햇볕이 따스했다.

그레이스는 그 운명적인 첫 방문 이후 여러 번 패터노스터가를 찾았다. 전쟁이 시작된 후에도 이곳을 찾는 사람들의 발걸음은 잦아들지 않았다. 오히려 대피소에서 긴긴밤을 지새우는 동안 조금이라도 위안을 삼기 위해 더 바쁘게 책을 찾았다.

길거리에 흔히 보였던 반짝이는 빨간 버스는 이제 잦은 폭탄 공격 때문에 극심한 피해에 시달렸다. 폭탄 맞은 도로변에 마치 버려진 장난감처럼 구겨져 있는 모습을 너무나 많이 목격했다. 망가진 대중교통을 대체하기 위해 초록색이며 파란색, 갈색 그리고 흰색 시외버스가 투입되었는데 그 와중에 빨간 버스도 간간이 보이기는 했다.

도로를 따라 늘어선 노점상들도 배급에 맞추어 요리법만 살짝 바꾸어 음식을 팔고 있었다. 손님들은 수준에 한참 못 미치는 맛에 불평을 했지만 여전히 음식을 사려고 줄을 섰다.

그레이스도 이제는 노점상 주인들뿐만 아니라 서점 주인과 출판업자들까지 모두 안면을 텄다. 느긋한 걸음으로 서점에 들어가 주인의 이름을 부르며 인사하고 새로 나온 책은 없는지 경쟁업자가 아니라 한 사람의 독자로서 물었다. 이렇게 책이 가득한 거리, 문학 애호가들이 모여 비슷한 생각을 가진 사람들과 함께 열정을 마음껏 채울 수 있는 곳을 걸어 다닌다는 것은 대단히 즐거운 일이었다.

이제는 다들 에번스의 서점이 패터노스터가로 이사 와야 한다고 주장하는 바를 잘 알고는 있지만, 프림로즈 힐 서점이 호시어 레인의 연립주택 사이, 지금 있는 자리가 아닌 다른 곳에 있는 모습을 상상하기 어려웠다.

그날만큼은 기분이 너무나 좋아서 프릿차드 앤 팟츠 서점까지 들르기로 했다. 그곳에 가니 프릿차드 씨가 태비 앞에서 줄을 가지고 춤추듯 놀고 있었다. 고양이는 자신의 보상에 꽂혀 광분한 듯이 허공에 대고 마구 앞발을 긁어 대느라 종소리가 울려도 돌아볼 생각조차 하지 않았다. 하지만 프릿차드 씨는 깜짝 놀라 줄을 떨어뜨리고 말았다. 줄은 바로 태비 위에 떨어졌다.

"바셋 양."

프릿차드 씨가 큼큼 헛기침을 하고는 긴 줄에 엉켜 있는 고양이에게 저리 가라고 손짓을 했다.

"내가 그러니까…… 뭘 하고 있었느냐 하면…… 쥐를 좀 더 잘 잡도록 반사 신경을 기르는 훈련을 같이 하고 있었지."

그레이스는 프릿차드 씨가 아직도 자신의 이름을 제대로 기억하지 못한 데다가 어설프게 핑계를 대고 있다고 눈치챘으면서도 밝게 웃었다.

"제가 보기에도 도움이 많이 될 것 같아요."

프릿차드 씨는 빛나는 눈으로 자신의 가게만 뚫어져라 쳐다보았고, 그레이스는 그의 눈빛을 보면서 그가 매우 혼란스러워하고 있다고 직감했다. 그는 자신의 어두운 재킷 속으로 더 깊숙이 머리를 집어넣고 혀를 차며 말했다.

"당신이 에번스네 서점에서 했던 일은 퍽 인상 깊었네만."

그는 주머니에 손을 쑥 집어넣었다. 얇은 입술은 여전히 앙다문 채였다.

"뭐 제안할 게 있다면……."

프림로즈 힐 서점은 이제 제대로 자리를 잡아서 프릿차드 앤 팟츠가 전통적 경쟁업체라고 생각지도 못할 만큼 훨씬 앞서 나갔다. 그래서 그레이스는 이 나이 든 남자에게 광고 관련 팁도 알려주고 어느 정도 조직력을 갖출 수 있는 노하우를 귀띔해 주었다. 두 번째 제안을 들을 때에는 인상을 조금 찌푸리기는 했지만 광고에 관한 조언은 열심히 고개를 끄덕였다.

그레이스는 원래 계획보다 더 오래 프릿차드 앤 팟츠에 머물렀다. 사실 그녀 자신이 견딜 수 있다고 생각한 것보다 더 오래 있었다. 서둘러 집으로 돌아갔지만 그 와중에도 그레이스의 시선을 잡아끄는 것이 있었다. 네스빗츠 파인 리즈의 창문 앞 커다란 간판에 쓰인 '오후의 낭독 시간'이라는 광고였다.

그레이스가 서점에서 지금까지 해 왔던 것과 똑같았다.

그녀는 저 근엄한 이웃이 내세운 저런 노골적인 표절을 보고 실소를 터뜨리려다 꾹 참았다. 사실 그다지 화가 나지도 않았다. 무엇보다도 이렇게 어두운 시대에 누구에게든 한 명이라도 더 책을 제공하여 기쁨을 줄 수 있다면 저 여자를 어찌 비난하겠는가?

물론 네스빗 부인이 오후에 낭독 시간을 가진다고 해서 프림로즈 힐 서점으로 오는 사람들이 줄어들지는 않았다. 폭탄 공격이 벌어지는 동안 패링던 역의 플랫폼은 사람들로 넘쳐 나기 일보 직전이었다. 공습이 없던 날 오후에 일 때문에 서점으로 올 수 없었던 사람들은 재빨리 다른 이들에게 어떤 내용을 놓쳤는지 물었다. 모두 전쟁이 내는 소리 너머로 그레이스의 목소리를 들으려 바짝 다가가 앉았다.

그레이스는 《미들마치》를 끝내고 《두 도시 이야기》와 《에마》를 비롯해 다른 고전 소설도 몇 권 더 읽었다. 《에마》는 키터링 부인이 읽어 달라고 졸랐던 책이었다.

대피소에 갈 필요가 없는 오후는 그레이스가 가장 좋아하는 시간이었다. 에번스는 그레이스가 구불구불한 계단의 두 번째 칸에 앉을 수 있도록 두꺼운 쿠션을 구해 왔고, 덕분에 그레이스는 폭탄이 내는 휘파람 소리와 단 한 번도 경쟁할 필요가 없었다.

비가 오는 어느 조용한 오후, 그레이스는 《사우스 라이딩》을 읽다가 뒤에 있던 그 소년을 처음 보았다. 조지의 추천으로 읽은 후 그 책은 그레이스의 마음에 깊이 울려 퍼졌다.

'책을 통해 우리는 위대한 희망을 찾을 수 있다.' 그는 촘촘하고 깔끔한 글씨로 그렇게 썼다. 검열관이 잘라낼 이유가 없는 단어들. '당신은 항상 내 생각 속에 남아 있습니다.'

그 편지는 그가 이전에 보냈던 모든 편지들처럼 그녀에게 소중했다. 하지만 저 두 줄이 특히 그녀의 마음속에 남아 하루에 몇 번이고 되뇌었다.

그리고 정말이지 《사우스 라이딩》은 그레이스에게 위대한 영감을 주는 책이었다. 1차 세계대전 이후 공동체가 한데 모였고, 교장 선생님은 달리 할 수 있는 것이 거의 없었던 그곳에 희망을 불어넣었다. 그것은 삶에 어떤 역경이 닥치든 극복해 내는 사람들에게 힘을 실어주는 이야기였다. 지금 영국이 처한 현실과 같았다.

낭독을 들으러 오던 그 소년은 키 크고 마른 체격이었고 헝클어진 검은 머리 위로 모자를 푹 눌러썼다. 성인 남성용 재킷을 걸쳤지만 어리고 깡마른 어깨에 걸려 있는 수준이었고 바지 역시 발목 위로 헐렁하게 걸쳐 있었다. 머리부터 발끝까지 모두 너무나도 더러웠다.

낭독회가 시작되자 소년은 슬그머니 들어와 우뚝 솟은 책장이 만들어낸 그림자에 앉았다. 하지만 자신이 눈에 띄지 않도록 노력할수록 더 시선을 잡아끌었다. 그레이스는 소년의 존재를 확실히 알고 있었다. 그가 긴 다리를 자기 앞에 오므리고 모자를 올려 지저분하고 깡마른 얼굴을 드러낸 채 얼마나 열심히 듣고 있는지. 소년은 이야기의 마지막 단어가 나올 때까지 계속 자리를 지키고 있다가 서점에 왔을 때처럼 모자를 낮게 잡아당기고는 조용히 그리고 재빨리 빠져나갔다.

그레이스가 그 소년을 본 것은 그때뿐만이 아니었다. 그날 이후로도 매일 서점에 왔다. 자신의 체격과 전혀 어울리지 않는 그 똑같은 옷차림으로, 여느 때처럼 때 묻은 모습으로, 눈에 띄지 않겠다는 다짐이 훤히 보인 채.

하지만 저렇게 절실함이 보이는 아이를 어떻게 그냥 지나칠 수 있을까?

그레이스는 그가 앉은 곳에 작은 선물의 의미로 음식을 두었다. 사과나 빵 한쪽 따위였는데 아이는 쳐다볼 생각조차 하지 않았다. 분명히 다른 누군가의 것이라고 생각했을 것이다. 그 아이는 도움이 필요했다. 그리고 그레이스는 그 도움을 줄 수 있는 사람이 누구인지 정확히 알고 있었다.

그레이스는 그날 저녁 웨더포드 아주머니와 함께 주방 식탁에 앉을 때까지 기다렸다. 두 사람은 감자 반죽 속에 채소를 섞어서 만든 울턴 파이 Woolton pie 를 저녁으로 먹었다. 아주머니는 정각 8시, BBC 아침 뉴스가 끝난 후 꼬박꼬박 〈더 키친 프론트 The Kitchen Front〉라는 방송을 들었는데, 여기에서 이 음식의 조리법을 듣고 식사 메뉴로 몇 번 만들곤 했다.

그레이스는 아무 맛도 나지 않는 파이 껍질 위에 소스를 더 붓고 지금이 그 이야기를 꺼내기 딱이라고 판단했다.

"여성 자원봉사회에서 일을 더 하실 생각 없으세요?"

아주머니는 냅킨을 입에 가져다 댔다.

"없는데."

그레이스가 예상한 대로 아주머니의 말투는 사무적이었다.

"지금 내 상태로는 누구에게도 도움이 될 것 같지 않구나."

"제게 아주 많은 도움을 주셨잖아요."

그레이스는 감사하다는 의미로 파이를 한입 물었다.

아주머니는 미소를 지을 듯 말 듯 입을 오므렸다.

"글쎄다, 너도 우리 둘을 위해 충분히 잘하고 있어. 힘을 내야지."

"누군가가 아주머니의 도움이 필요하다면요?"

"아무도 내 도움을 필요로 하지 않아."

"제가 필요해요."

그레이스가 받아쳤다.

"그리고 우리가 도움을 줄 수 있는 남자아이가 한 명 있어요."

"남자아이?"

웨더포드 아주머니가 그레이스를 바라보았다. 피곤하고 더 이상 견디기 힘들다는 눈빛이었다.

그레이스는 아이가 낭독회에 오게 된 사연과 그 소년이 지금 어떤 상태인지 설명했다.

"제가 보기에 그 아이는 돌봐주는 부모가 없어요. 보육원에 가기에는 나이가 너무 많았고요."

아주머니는 의자에 기대어 앉았다.

"불쌍해라."

슬프게도 많은 아이들이 비슷한 상황에 놓여 있었다. 실제로 보육원은 포화 상태였고 좀 더 큰 아이들이 어린아이들 대신 길거리로 내몰려도 이상하지 않았다. 그런 아이들은 도움의 손길을 필요로 하지 않았다. 아니면 스스로 그렇게 생각했다. 아이들의 상태는 누더기 옷과 움푹 팬 볼만 봐도 한눈에 알 수 있었다.

아주머니는 고개를 저었다.

"하지만 내가 뭘 할 수 있겠니?"

그레이스는 어깨를 추어올렸다.

"아주머니가 아실 거라 생각해요. 어떻게 도울 수 있을지는 모르겠지만 그 아이가 완전히 버림받기 전에 누군가 반드시 뭐라도 해야 할 것 같아요. 그 아이처럼 누군가의 보살핌이 필요한 사람들이 너무나 많아요."

웨더포드 아주머니는 그 말을 듣고 침묵했다. 하지만 그레이스는 그녀의 미간이 좁아지는 것을 알아챘다. 한때 반짝이며 불꽃이 일었던 눈이 스쳐 지나갔다. 이 중년의 여성은 별 관심이 없다는 태도로 일관했지만 속으로는 좋은 해결 방안을 찾아 머리를 굴리고 있는 것이 분명했다.

그날 밤 공습경보 교대 근무는 무척 힘들었다. 폭탄이 수없이 떨어졌는데 그중 하나는 그레이스와 스톡스를 아슬아슬하게 비껴 나갔다. 그리고 수많은 이들이 희생당했다. 독일군은 지뢰 폭탄을 투하하기 시작했다. 지뢰는 낙하산에 실려 내려가 폭발하여 전방 3킬로미터나 되는 거리까지 큰 피해를 입혔다.

그레이스는 감당하기 힘들 정도로 많은 희생자를 목격했고, 모두 그레이스의 가슴에 깊은 상처로 남았다. 각각 이름을 마음속에 새겨 두었고 저마다와의 기억은 머릿속에 꼭꼭 저장했다. 죽음에 큰 충격을 받은 이는 그레이스뿐만이 아니었다. 잔해 더미를 파헤쳐 시체든 남겨진 무엇이든 찾아내야 했던 중장비 구조대는 작업을 하면서 위스키 병을 주고받았다. 술의 도움 없이는 도저히 소름끼치는 일을 할 수 없었던 탓이었다. 그들이 목격한 장면은 아무리 해도 익숙해지지 않았다.

그레이스가 영혼까지 완전히 탈진하여 그날 아침 집으로 들어오는데 빵 굽는 냄새가 솔솔 풍겼다. 덕분에 기진맥진한·상태가 한

런던의 마지막 서점

결 나아졌다. 모처럼 웨더포드 아주머니가 몰래 숨겨 두었던 밀가루로 빵을 만들고 있었다. 마지막으로 빵을 만든 이후 반년 만이었다. 그녀가 밀가루를 아끼고 또 쟁여 놓아서 참 다행이었다. 지난 몇 개월은 무언가 배급받지 않았다고 해서 그것을 더 쉽게 구할 수 있는 것은 아니라는 사실이 여실히 드러났다. 그리고 그레이스는 저 먹음직스러운 빵 덩어리를 누가 받게 될지 알 것 같았다.

오후에 그레이스가 낭독회를 시작하기 직전 서점으로 들어온 웨더포드 아주머니는 날카로운 눈빛으로 주위 사람들을 훑어보았다. 그 소년은 그레이스가 읽기 시작하기 직전에 도착하여 자리를 잡던 참이었다. 그레이스가 마지막 장을 마치자 소년이 자리에서 일어났고 마찬가지로 아주머니도 일어섰다.

그레이스는 자신 앞에 놓인 책에 시선을 고정하면서 아주머니의 모습을 곁눈으로 살짝 바라보았다.

웨더포드 아주머니는 구석진 모퉁이에 있는 소년에게 다가갔다. 빵을 권하자 아이가 코를 킁킁대며 그 커다란 눈으로 조용히 그녀를 바라보았다. 너무 오랫동안 뚫어져라 쳐다보는 바람에 그레이스는 아이가 거절하면 어쩌나 하는 생각이 들었다.

아주머니는 고개를 끄덕이며 그레이스에게는 들리지 않는 목소리로 뭐라 말했다. 그러자 소년은 총알같이 빵을 집어서 재킷 아래에 쏙 집어넣고 서점 밖으로 잽싸게 달려 나갔다.

아주머니가 그레이스와 눈이 마주치자 뿌듯하다는 표정으로 고개를 끄덕였다. 그녀가 해낸 것이다. 최소한 아이는 오늘 하루만큼은 굶지 않고 음식을 먹게 되었다.

그레이스는 웨더포드 아주머니가 잘 해내리라는 것을 알고 있었다. 오늘 말고도 많은 나날이 남았다.

그날 오후, 이제 더 이상 집 바닥에 편지가 떨어져 있지 않았다. 보통 때라면 우편배달부가 구멍으로 편지를 밀어 넣고 간 그대로 남아 있었을 텐데. 편지는 잘 구분하여 현관문 근처에 가지런히 쌓였다.

편지 맨 위에는 비브가 보낸 주소가 있었다. 그리고 그 밑에는 조지가 보낸 또 다른 편지. 두 배로 받는 축복이라니 정말 행운이나 다름없었다. 편지를 펼쳐 보니 정말로 소녀처럼 소리를 꽥 지르게 할 만한 소식이 담겨 있었다.

비브와 조지가 크리스마스에 런던으로 돌아온다.

그레이스가 비브와 조지로부터 크리스마스 연휴 즈음에 방문하겠다는 편지를 받은 것은 10월 말이었다. 그로부터 일주일 후, 런던은 처음으로 폭탄이 한 번도 떨어지지 않는 밤을 보냈다.

날씨는 그야말로 최악이었다. 비가 옆으로 내리쳤고 천둥은 야수처럼 으르렁댔으며 번개가 구름 사이로 기다란 흔적을 남겼다.

그레이스는 스톡스와 교대 근무 중이었다. 두 사람 모두 다시는 공습이 오지 않기를 고대했다. 교대 근무를 하는 시간은 영영 끝나지 않을 것만 같았다. 그 지독한 살기(殺氣) 뒤에 찾아온 끊임없는 폭우로 시간은 하염없이 지루하게만 흘러갔다.

다음 날 아침, 지하철역에서 몸을 피했던 사람들은 개운한 표정을 지으며 밖으로 나왔다. 그레이스는 밤새 방해 없이 잘 쉬고 옷도 젖지 않은 모습에 괜히 샘이 났다. 하지만 그녀도 공습경보 근무가 끝난 뒤 쉴 기회를 얻을 수 있었다.

밤새 수시로 울려 퍼지는 공습경보 없이 통잠을 잘 수 있는 것만큼 기분 좋은 일은 없었다. 물론 계속 그 상태가 지속되지는 않았지만 그래도 폭탄 공격은 이전보다 뜸해졌다.

몇 주간 계속되었던 맹공격 이후 모처럼 마음 편하게 쉴 수 있는 기회가 생겼다. 누가 뭐라 해도 패링던 역은 많은 이들의 목숨을 살렸다. 패링던 역 덕분에 사람들은 강화 천장 아래에서 안전하게 잠을 청했다. 하지만 그렇다고 역이 완벽한 임시 숙소라고 볼수는 없었다. 바닥은 딱딱했고 지하에서 판매하는 차는 밖의 카페에서 파는 차보다 두 배는 더 비쌌다. 그리고 수많은 사람들이 자세를 바꾸고, 대화를 나누고, 기침을 하거나 코를 고는 소리가 밤새도록 메아리쳤다. 그중에서 특히 냄새는 말할 것도 없었다.

자기 소유의 침대 속에 폭신하게 누워 자는 것만큼 호사는 아니었지만 공습경보 사이렌에 시달리지 않고 잠을 자는 것만으로도 지하철역 바닥 위라고 해도 견딜 수 있었다.

계절이 바뀌며 영국의 날씨는 최악으로 돌아섰지만 런던 시민들은 이보다 더 기쁠 수 없었다. 안개와 비, 강풍 때문에 독일군들은 빈번하게 발이 묶였다. 하지만 불행하게도 이는 야간 공격이 더 무자비해지는 원인이 되고 말았다.

신문에서는 폭탄 공격을 받은 지역에 대해 연일 보도했지만 세부 내용은 검열로 잘려 나갔고 검열이 불가능할 때에는 일반적인 진술로만 채워졌다. 그 와중에도 런던 시민들에게 아이들을 무료로 시골에 다시 보낼 수 있다고 알려주기도 했다.

그레이스는 이렇게 그칠 줄 모르는 폭탄 공격을 겪어야 하는 아이들의 심정이 어떨지 상상할 수도 없었다. 자신의 낭독회에 찾아왔던 그 소년처럼.

그 사춘기 소년은 점차 웨더포드 아주머니를 보고도 겁을 내지 않게 되었다. 그레이스는 아주머니의 상냥한 모습을 보며 저절로 콜린이 생각났다. 겁먹은 아이를 정성스레 돌보는 모습과 콜린이 상처 입은 동물을 돌보는 모습이 겹쳐 보였기 때문이다. 결코 치유할 수 없는 내면의 연약한 부분을 건드리는 가슴 아픈 기억이었다.

그 어떤 것도 콜린을 대신할 수 없어.

하지만 웨더포드 아주머니가 서서히 일상으로 돌아오고 있다는 징조를 보여 다행이었다.

12월 중순 즈음에 아주머니의 인내심이 마침내 빛을 발했다. 소년은 낭독회가 끝나도 바로 가지 않고 아주머니와 이야기를 나누며 좀 더 서점에 남아 있었다. 그레이스는 두 사람 곁으로 조심스럽게 다가갔다. 혹시나 아이가 도망가려고 하지 않을까 걱정을 하면서.

"내가 너랑 아는 사이라는 거, 이 아이도 알더라."

아주머니가 그레이스를 향해 손을 흔들었다.

"이리 와서 지미와 인사 나누렴."

소년은 모자를 벗고 고개를 숙였다. 때가 묻어 칙칙해지고 기름진 머리 때문에 미안해하는 모습이었다. 고개를 들자 그레이스와 눈이 마주쳤다. 수척한 얼굴이었지만 청명하게 파랗고 커다란 눈이었다.

"이렇게 책을 읽어주셔서 고맙습니다. 그리고 음식 주신 것도요."

소년의 뒤에서 에번스가 도움이 필요하냐는 듯 북슬북슬한 눈썹을 위로 올렸다. 그레이스는 살짝 고개를 저었다.

"널 도와주게 되어 기쁜걸."

아주머니가 대답했다.

"혹시 부모님은 어디 계시는지 물어봐도 될까?"

지미가 발을 주춤했다.

"돌아가셨어요."

예상한 대답이었지만 그레이스는 슬픔을 억누를 수 없었다. 혼자서 살아가기에는 너무 어린 나이였다.

"부모님이 어떻게 돌아가셨는데?"

아주머니가 불쑥 물었다.

아이가 어깨를 추어올렸다.

"어느 날 밤에 나가셨는데요, 공습이 일어나기 바로 전에요. 그리고 다시는 돌아오지 않았어요. 폭탄 때문이었겠죠, 아마도."

지미가 순박하면서도 아이 같은 목소리로 말했다. 그는 자신의 턱을 어루만졌다. 솜털 같은 어두운 수염이 이제 막 드문드문 보이기 시작했다.

"부모님은 저희에게……"

지미가 자신의 말실수에 눈이 동그래졌다.

"저한테요, 부모님이 제게 곧 돌아올 거라고 하셨는데 영영 돌아오지 않았어요."

하지만 아주머니는 이럴 때 그냥 지나치는 사람이 아니었다.

"저희?"

그녀가 힘주어 말했다.

"지미, 애야. 우리가 너에게 피해를 주지 않을 거라는 거 알잖니."

지미는 낡아 빠진 구두로 바닥을 긁었다.

"제 동생 사라하고 저요."

그러면서 그레이스를 살짝 바라보며 얼굴을 붉혔다.

"동생도 누나 이야기를 좋아해요. 동생을 데리고 나와도 될지 걱정되었어요. 너무 어려서요. 하지만 집에 가면 제가 들은 이야기를 들려줘요."

"크리스마스에 우리 집으로 오렴."

아주머니가 말했다.

"동생도 데리고 와. 네가 입을 만한 옷도 몇 벌 있단다."

아주머니가 마지막으로 말한 부분은 그저 가볍게 나온 말이었지만 그 의미는 결코 가볍지 않다는 것을 그레이스도 알고 있었다. 그 옷은 그냥 '옷 몇 벌'이 아니라 콜린의 옷이었기 때문이다.

아이는 불안한 표정으로 눈치를 살폈다.

"생각해 볼게요."

"꼭 와야 해."

아주머니가 주소를 알려주며 말했다.

"맛 좋은 크리스마스 푸딩도 먹고 잘하면 트리클 타르트도 먹을 수 있을 거야."

지미는 이미 달콤한 맛을 본 것처럼 침을 꿀꺽 삼켰다. 그는 고개를 끄덕이고는 들릴듯 말듯 고맙다고 인사하며 재빨리 서점 밖으로 빠져나갔다.

"당신도 꼭 와야 해요, 에번스."

아주머니가 말했다.

"크리스마스에 혼자 자가 격리하느니 우리와 함께 있는 게 더 낫지 않겠수."

에번스는 책장 뒤에 몸을 숨기고 있다가 고개만 빠끔 내밀었다.

"아줌마는 여전히 오지랖이 넓으시구먼?"

"당신도 여전히 괴팍하시구먼?"

아주머니는 저런 반응을 기대했다는 표정으로 그를 바라보며 입술을 오므렸다.

그는 대답 대신 코웃음을 쳤다.

"그러면 2시 괜찮은 거지요?"

웨더포드 아주머니가 밝은 어조로 물었다. 그레이스가 사랑했던 바로 그 반짝이는 눈빛이었다.

에번스가 다시 책장 뒤로 사라졌다.

"좋소, 2시."

며칠 뒤, 그레이스는 서점 일을 마치고 찰스 디킨스의 《크리스마스 캐럴*A Christmas Carol*》을 읽으며 소파에 푹 파묻혀 있었다. 찰스 디킨스의 작품은 이미 여러 권 읽었지만 이 책만은 특별히 크리스마스에 읽으려고 아껴 두었다.

집 안 응접실은 크리스마스 분위기로 꾸며 놓았지만 예년 같은 모습은 아니었다. 나무의 장식품은 등화관제 기간 동안 소등이 의무화되는 바람에 빛을 잃고 말았고, 신선한 상록수 나뭇가지 대신 색깔이 있는 신문지로 화환을 장식할 수밖에 없었다. 연하장 역시 종이 배급에 영향을 받아 벽난로 위에 힘없이 서 있었다. 종이가 전보다 작고 너무 얇아져 제대로 세울 수 없던 탓이었다.

어렸을 때 엄마와 함께 보냈던 그런 크리스마스는 이제 없다. 그 누구도 더 이상 축배를 들지 않았다. 사람들 대부분이 연휴에 런던에 있지도 않았다. 전쟁 중이니 당연했다.

시골에 친척이 있는 사람이라면 그 핑계로 친척들을 보러 갔다. 그레이스 빼고 모두.

그레이스가 책의 첫 장을 막 펼치려는데 문에서 딸랑거리는 소리가 났다.

웨더포드 아주머니는 이미 집에 있었다. 주방에서 한창 저녁을 준비하며 소시지 비스무리한 것들로 기적을 만들어 내고 있었다. 그 말은 즉 이 집에 들어올 수 있는 열쇠를 가지고 있는 다른 사람이라는 뜻이었다.

비브.

그레이스는 너무나 기뻐 꺅 소리를 지르고는 의자에서 용수철처럼 튀어나왔다. 비브는 짐을 내려놓고 선하고 밝은 주홍색 입술로 밝게 웃으며 응답했다.

군모 아래 둥글게 말린 붉은 곱슬머리가 여전히 사랑스러운 그녀는, 카키색 군복을 입은 모습이 세상 그 어떤 멋진 복장보다도 훨씬 세련되어 보였다.

"그레이스."

비브가 그레이스를 와락 껴안았다. 품에 안긴 비브에게서 여전히 달콤한 향기가 났다. 축축한 모직 코트와 바깥 추위에 가려 이전만큼 강하지는 않았지만 말이다.

그레이스는 가장 사랑하는 친구를 꼭 껴안았다.

"네가 집에 돌아와서 너무나 좋아."

"진짜 진짜 오래 걸렸지."

비브가 얼음장 같은 손을 그레이스의 볼에 댔다.

"내가 너 얼마나 보고 싶었는지 알아? 꽥꽥아."

"비브?"

웨더포드 아주머니가 주방 문을 밀고 나와 눈물이 그렁그렁한 눈으로 잠시 멍하니 바라보았다.

"어머나, 다시 와서 너무나 반갑구나, 얘야."

비브가 환하게 웃었다.

"저도 아주머니와 다시 만나게 되어 너무나 좋아요."

비브는 아주머니에게 다가가 오랫동안 그녀를 감싸 안았다. 콜린의 죽음을 두고 두 사람이 다시 슬픔을 나누었다. 편지만으로는 전할 수 없는 그런 감정이었다.

비브의 어깨에 기대어 괴로운 표정을 짓고 있는 아주머니에게서 다 이해한다는 말을 읽을 수 있었다. 그녀는 뒤로 물러서서 손수건으로 눈가를 꾹꾹 찍었다.

"가서 짐 풀어라. 주전자 좀 올려놓을게. 어느 방이든……."

아주머니는 침을 삼켰다.

"어느 방이든 원하는 곳에 있어도 돼."

그녀는 무슨 말인지 설명하기도 전에 서둘러 나가 버렸다. 하지만 지금 이 순간 그 어떤 설명도 필요하지 않았다.

콜린의 방이라는 것.

"난 지금도 방 같이 쓰고 싶은데."

비브가 군모를 벗고 현관문 옆 모자 선반에 놓았다.

"여군 부대에 있는 내내 다른 여자 세 명하고 같이 방을 썼거든. 그러니까 네가 그 공간을 다 쓰는 데 너무 익숙해져 있지 않다면 말이야."

"나 그동안 너무 외로웠어."

친구가 가방을 잡기도 전에 그레이스가 먼저 들었다. 그리고 계단 위로 가지고 올라갔다.

둘이 함께 쓰던 방에 들어서자 그레이스는 비브가 전에 쓰던 철제 레일 침대 위에 가방을 올려놓았다. 침대는 비브가 떠나고 처음 세탁한 뒤로 여전히 깔끔하게 정돈되어 있었다.

비브가 짐을 푸는 동안, 두 사람은 마치 떨어져 있던 시간이 전혀 없었다는 듯 마지막으로 헤어졌던 이 방에서 다시 시작하는 느낌이 들었다.

그레이스는 정원에서 채소를 기르던 일에서부터 야도충 때문에 고생한 경험담을 이야기했고 비브는 이야기를 듣고 웃음을 터뜨렸다. 그리고 웨더포드 아주머니와 콜린, 지미에 대해 이야기할 때에는 비브를 울리고 말았다. 공습 감시원으로 활약한 일과 스톡스에 대한 이야기도 했는데, 그 일이 얼마나 위험한지 그리고 자신이 목격했던 그 끔찍한 광경은 빼놓고 말했다.

비브는 그레이스를 잘 알고 있었기에 그것은 별 문제가 되지 않았다. 그레이스가 런던에서 지냈던 일에 대해 이야기를 마치자 비브는 그레이스에게 다가가 그녀의 팔에 걸린 팔찌를 다정하게 만졌다.

"여기는 내가 생각한 것보다 더 좋지 않구나."

비브가 나직하게 말했다.

"다 말하지 않아도 돼. 하지만 나도 공습 감시원이 어떤 일을 하는지 잘 알아. 네가 하는 일이 엄청나게 위험하다는 것도 당연히 알고."

"우리 모두 자기 몫을 할 뿐이야."

그레이스가 말했다. 친구가 무사히 돌아온 모습을 보게 된 이 기쁜 날에 그러한 문제를 계속 거론하고 싶지 않았다.

"너는 어땠어? 네가 말하려던 게 모두 검열당해서 지워졌지 뭐야. 그래서 내용이 뭘까 혼자 궁리해야 했지."

비브가 다시 환하게 웃었다.

"오 그래? 그럼 무슨 내용이었는지 말해 봐."

"너는 스파이였어."

그레이스가 말했다.

"프랑스로 갔지. 됭케르크에 있는 동안 남자들을 잔뜩 싣고 있던 배 몇 척을 구했어. 그러고는 히틀러의 비밀을 캐내려고 밍크 코트를 입고 독일로 날아가지. 너는 임무를 훌륭히 수행했고 이제 우리가 필요한 모든 정보를 다 가졌으니까 전쟁은 곧 끝날 거야."

비브가 웃었다.

"와, 그럴 수만 있다면. 사실은 레이더병으로 일했어. 믿거나 말거나."

비브는 분홍색 카디건을 접어서 서랍 안에 넣었다.

"그런데 말이야, 내가 생각보다 수학을 잘하더라고."

"난 별로 놀랍지 않은걸."

그레이스가 솔직하게 말했다. 그녀의 친구는 언제나 자신의 지적 능력을 과소평가하는 경향이 있었다.

"레이더병으로 일하는 건 어땠어?"

비브가 서랍장 앞에서 발뒤꿈치를 뒤로 젖히고 앉았다.

"엄청 재미있었어. 하지만 한편으론 슬프기도 했어. 남자들이 독일에 폭탄을 투하하러 가는 모습을 보는 일이거든. 어떤 여자들은 비행기 타고 날아가는 남자들과 결혼도 했어."

입술 안쪽을 깨무는 건지 입이 뒤틀렸다.

이번 전쟁에서 너무나 많은 것이 입 밖으로 나오지 못하고 지나갔다. 침묵 속에서도 너무나 쉽게 짐작할 수 있었다.

그레이스는 독일 전투기들이 격추되는 모습을 차고 넘치게 목격했다. 영국이 나치 폭파범들에게 무엇을 주던 똑같이 돌려받으리라는 것도 잘 알고 있었다. 남자들 중 일부는 결국 집에 돌아오지 못했다.

"그래도 댄스홀은 정말 좋았어."

비브는 일어나서 침대 옆 서랍장을 열어 빨간 손톱용 매니큐어를 꺼냈다. 여군 부대로 떠나기 전 남겨 놓고 간 것이었다.

"거기에 있는 남자들은 밤새도록 춤춘다고 줄을 섰어. 그리고 자기도 모르는 새 동이 틀 때까지 계속 췄단다."

비브는 뚜껑을 열었다. 익숙하고 짜릿한 냄새가 방안 가득 찼다. 그 냄새는 늦은 밤 드레이튼의 농가와 들판에서 보냈던 여름날 오후, 윤기 나는 땅 위에 떠다니던 씨앗 부스러기를 집었을 때 그리고 언젠가 런던으로 가자는 이야기를 나누었을 때 맡았던 것과 비슷했다.

그레이스는 어릴 적 기억을 떠올리며 밝게 미소 지었다. 그때만 해도 그들이 이곳에 있으리라고는 전혀 생각하지 못했다. 그레이스는 공습 감시원으로 활약하면서 동시에 서점 직원으로 일하고, 비브는 여군에서 레이더병 업무를 맡고.

"남자들이야 항상 너랑 춤추고 싶어서 줄을 섰지."

그레이스가 놀리듯 말했다.

"그건 아닌데."

비브가 엄지손톱에 매니큐어를 바르자 가운데에 체리색 빨간 줄무늬가 남았다.

"웨스트엔드West End에 가 본 적 있어?"

런던의 웨스트엔드라. 그곳에 있는 호텔들은 긴긴밤 동안 지하를 댄스홀로 개방했는데, 가기는 쉬웠지만 돌아오기는 무척 힘들었다. 밤에는 지하철역이 대피소로 쓰이느라 지하철 운영을 하지 않았고 택시들은 폭탄이 떨어지는 한복판으로 가기를 거부했기 때문이다. 그래서 대부분의 사람들은 댄스홀에 갈 때 갈아입을 옷과 댄스홀 입장료, 하룻밤 머물 호텔비와 함께 다음 날 아침에 먹을 수 있는 아침밥까지 커버할 수 있는 비용을 가지고 갔다.

"네가 나보다 더 잘 알 것 같은데."

그레이스는 침대 위에서 다리를 오므린 채로 오도카니 앉아 있었다.

비브는 새로 칠한 손톱을 유심히 보다가 그레이스에게로 시선을 돌리고는 웃음을 터뜨렸다.

"꼭 가 봐야 해. 다들 웨스트엔드가 밤에 얼마나 재미있는지 떠들어 댄다고. 날 믿어 봐. 너도 아주 마음에 들걸."

그레이스 혼자였다면 아마 싫어했을 것이다. 그레이스도 분명히 알고 있었다. 어쨌든 밤에 여유가 있었던 것도 아니었으니. 하지만 비브와 함께라면 즐겁고 재미난 시간을 보낼 수 있을 것 같았다.

그레이스가 고개를 끄덕였다.

"그럼 한 번 가 보자."

비브의 눈이 반짝였다.

"최고로 좋은 시간을 보낼 거야. 장담해."

비브의 말은 틀리지 않았다. 다음 날 밤, 그레이스는 어느덧 2실링짜리 칵테일 댄스를 즐기러 그로스베너 하우스 호텔Grosvenor House Hotel에 와 있었다.

두 사람은 가장 예쁜 스윙 드레스를 차려입었다. 비브는 자신의 손톱과 입술에 어울리는 밝은 빨간색 주름 스커트를 입었고, 그레이스는 비브에게서 빌려 입은 담청색 짧은 소매 드레스를 입었다. 두 사람은 매서운 12월 추위에 대비해 따뜻한 코트로 무장하고 파크가Park Street로 향했다. 그로스베너 호텔은 주위에 모래주머니를 높이 쌓아 놓은 상태로 둘을 맞이했고 창문은 어두운 하늘에 대응하여 암막 커튼이 단단히 드리워져 있었다.

그레이스와 비브는 하룻밤 보낼 때 쓸 가방을 프런트에 놓고 대강당으로 안내를 받았다. 반짝이는 바닥과 높은 천장 사이로 재즈 선율이 울려 퍼지는 가운데 사람들이 댄스홀 위에서 입구를 향해 몸을 빙글빙글 돌며 춤을 추고 있었다. 양말을 신은 남자들이 지터버그Jitterbug(경쾌하고 템포가 빠른 춤으로 '지르박'이라고도 부름-옮긴이)를 추며 열심히 다리를 치켜들었고, 아가씨들은 어찌나 신나게 엉덩이를 흔드는지 획획 돌아가는 치마 안으로 속바지가 살짝 보일 정도였다.

런던의 마지막 서점

열광의 도가니에 그레이스의 심장도 두근거렸다. 지난 몇 달 동안 그녀를 혼란 속에 가두어 놓았던 피로감이 스르륵 빠져나갔다.

비브가 프렌치 75s를 두 잔 주문하자 그레이스가 호기심 어린 표정으로 씩 웃었다.

"내가 가장 좋아하는 거야!"

비브가 라이브로 터져 나오는 음악을 뒤로하고 큰 소리로 그레이스에게 외쳤다.

"프렌치 75mm보다 펀치Punch(과일즙이나 향료에 술을 섞은 것-옮긴이)가 더 많대. 그러니까 춤추다가 댄스홀 밖으로 나가떨어질 수도 있다는 말이야, 꽥꽥아."

음료가 높은 잔에 담겨 왔다. 거품이 잔 옆으로 춤을 추었다. 음료는 톡 쏘면서도 달콤해서 그레이스의 혀를 간지럽혔고 술기운이 몸에 따스하게 올라왔다. 한 모금만으로도 그동안 억제해 왔던 감정이 녹아내렸고, 영혼은 이미 밴드의 라이브 음악에 몸을 싣고 무대 위로 이끌리고 있었다.

그레이스와 비브는 밤새도록 추고 또 추었다. 군인과도 추고, 일 때문에 징집되지 않은 남자들하고도 추고, 둘이서 함께 추기도 했다. 밤이 끝나갈 무렵 그레이스는 하도 웃어서 입이 아플 지경이었고 밤새 술 마시며 춤추고 받은 기운으로 여전히 짜릿함이 남아 있었다.

기습 공격이 시작된 이후, 언론들이 독일로부터 끊임없이 맹공격을 받고 있다고 칭한 이래 이렇게 모든 것을 제쳐 둔 적은 처음이었다. 폭탄 생각은 단 한 번도 하지 않았다. 뿐만 아니라 독일이 일으킨 파괴에 대해서도, 아무리 열심히 일을 해도 세상을 다시 올바르게 바꿀 수 없다는 절망도 지금만큼은 머릿속에서 지워 버렸다.

그녀는 살아 있었다.

젊었다.

그리고 즐거움을 만끽했다.

이것이야말로 그레이스와 비브가 누려야 했던 런던에서의 삶이었다. 젊음과 행복 그리고 그 모든 것을 즐기는 삶. 지금까지 너무나 오랫동안 접어 두어야 했던 바로 그런 삶이었다.

댄스홀의 열기는 다음 날 아침이 되도록, 옷을 새로 갈아입고 그로스베너를 나와 눈발이 날리고 연기가 피어오르는 현실로 돌아왔어도 그레이스의 입술에 여전히 만족스럽게 남아 있었다.

대낮이 되니 친숙한 전쟁의 냄새가 한 방을 먹이듯 그레이스의 코로 훅 들어왔다. 그리고 그 순간 유쾌한 기분이 산산이 박살나 버렸다. 돌무더기 잔해와 깨진 유리 조각들이 말끔하게 청소된 호텔 입구 바로 저편에 어질러져 있었다. 주변 건물들 내부는 여전히 불타오르고 있었고, 공중에 날아다니는 기름 냄새 때문에 근처에 방화물질이 있음을 알 수 있었다.

그제야 그레이스는 공기 중에 날아다니는 알갱이들이 눈송이가 아니라 재라는 것을 알아차렸다.

"택시를 불러드릴까요?"

호텔 직원이 물었다.

"안에 있는 동안 어떻게 이런 일이 일어났는지도 몰랐던 거죠?"

그레이스가 망연자실해서 물었다.

"정말 아무 소리도 나지 않았는데요."

"모래주머니 덕분이죠."

직원이 자랑스럽게 가슴을 활짝 폈다.

"모래주머니를 많이 확보해 놓은 덕분에 폭탄 소리를 완전히 가릴 수 있답니다."

그레이스의 온몸에 소름이 돋았다. 얼음장처럼 차가운 바람과는 아무 관계가 없었다. 사람들은 공습경보가 울리고 있다는 안내를 단 한 번도 받지 않았다. 저렇게 수많은 사람들이 몰린 한가운데에 폭탄이 떨어졌으면 어떤 일이 벌어졌을지는 안 봐도 훤했다. 모두가 춤추고 술에 취해 흥청거리며 아무 일도 감지하지 못했다. 그레이스의 등골이 서늘해졌다.

그리고 그렇게 깨닫고 나니 곧바로 무거운 죄책감이 가슴을 짓눌렀다.

시민들은 밖에서 폭탄을 맞고 집과 생명을 잃어버렸는데, 그리고 자원봉사자들은 밤새도록 생명을 구하고 자신이 할 수 있는 일이라면 무엇이든 뛰어들었을 텐데 그레이스는 춤을 추고 있었다.

그녀에게 고통이 밀려들어 왔다. 자신도 여기에서 다른 사람을 도울 수 있었다. 응급처치를 해 주고, 구조대원들에게 누가 도움이 필요하고 어디로 가야 사람들을 구할 수 있는지 알려줄 수도 있었다. 수동펌프로 불을 *끄*는 일을 도와줄 수도 있었다. 그리고 또……

비브가 그레이스의 팔을 자기 쪽으로 잡아끌었다.

"어서, 이제 지하철역으로 가야지."

"나도 도울 수 있었어."

그레이스는 계단을 조심하라는 직원의 말을 듣고 간신히 몸을 바로 세웠다.

"그러다 죽을 수도 있었어."

비브는 그 어느 때보다도 날카로운 말투로 대꾸했다.

사실 그 안에 있던 이들 모두 죽을 수도 있었다. 두꺼운 벽과 모래주머니는 그다지 큰 도움이 되지 않았다. 그곳이 지하라 할지라도. 피난민들이 안전하다고 믿었던 그 수많은 대피소들이 폭탄이 떨어지고 난 후 돌무더기에 묻히고 말았다. 그리고 호텔은 사람들에게 공습경보가 울린다고 결코 말하지 않았다.

발을 디딜 때마다 깨진 유리가 빠각 소리를 냈다. 어딘가에서 여전히 불길이 일었고 산산조각이 난 벽돌 더미의 열기가 두 사람 쪽으로 퍼져 나왔다.

"사태가 이 지경인데 밖을 걸어 다닌 거야?"

비브가 조용히 물었다.

"당연하지."

그레이스가 얼굴을 찡그렸다.

"어젯밤에도 여기에 왔어야 했어."

"아니야."

비브가 그레이스 앞에서 멈춰 서서 그녀와 눈을 맞추었다.

"너는 몸이 너덜너덜해지도록 일했어. 단 하룻밤이라도 기분전환을 해야 했고, 네가 실지로 그렇게 해서 기뻐."

비브는 공포에 질린 얼굴로 주위를 둘러보고는 다시 그레이스에게 시선을 돌렸다.

"하나님 맙소사, 네가 그동안 봐야만 했던 것들이."

그러고는 그레이스에게 달려들어 와락 껴안았다. 비브에게서 예전 향기가 났다. 공기 속 매캐한 냄새를 지워 버리는 달콤한 꽃향기가.

"너는 정말 용감해."

비브가 속삭였다.

"정말 정말 용감해."

용감하다.

그레이스는 그 말을 듣고 깜짝 놀랐다. 자신은 용감하지 않았다. 그저 공습 감시원이 해야 할 일을 훈련받은 대로 했을 뿐. 그래도 그레이스가 자신을 소개할 모든 단어 중 마지막 말은 '용감하다'가 될 것이다.

비브가 몸을 곧추세우고는 눈물을 닦고 위를 올려다보며 자조적인 웃음을 터뜨렸다.

"이렇게 있다간 내 화장 다 망치겠어. 가자. 얼른 집에 가야 오후까지 제대로 쉴 수 있지."

그 말을 듣고 그레이스의 볼이 발갛게 달아올랐다.

조지가 오늘 오후 늦게 그레이스를 데리러 올 예정이었다. 그를 마지막으로 본 지 벌써 일 년이 넘었다.

전날 밤 몇몇 남자가 그레이스에게 저녁을 함께 먹자고 하거나 편지를 써 달라고 요청했다. 어떤 이들은 키스해 달라고 노골적으로 요구하며 그녀의 입술이 그들이 경험할 마지막이라고 장담하기까지 했다. 그레이스는 가능한 상냥하게 일일이 거절했고, 한 번 춤을 춘 상대와는 또다시 추지 않도록 신경을 썼다. 그렇지 않으면 남자들이 자신에게 관심이 있다고 착각해 버릴 테니.

그날 오후 낮잠을 한숨 자고 난 뒤, 비브는 그레이스가 입을 옷을 찾아준다며 부산하게 요란을 떨었다. 두 사람은 실크가 들어간 체리색 주름 드레스에 의견이 모아졌다. 그레이스는 너무 화려하다고 생각했지만 비브가 그레이스에게 안성맞춤이라고 우긴 덕분이었다. 드레스는 펌프스Pumps(발등이 드러나는 여성용 구두-옮긴이)와 테두리를 빨갛게 장식한 검은 지갑과 딱 어울렸다. 머리는 비브의 손길을 거쳐 최신 유행으로 매만졌다. 그레이스의 얼굴 반대 방향으로 컬이 예쁘게 말렸다.

비브는 여기에 더해 그레이스의 입술도 빨갛게 칠하려고 했다. 립스틱 덕분에 확실히 빨간 드레스가 더 돋보였다. 그레이스가 입었던 옷 중에 가장 과감한 옷이었고 마지막으로 신은 새 스타킹만큼이나 번지르르한 느낌이었다.

"그 남자는 아마 널 보자마자 쓰러질걸."

비브가 완벽하게 다듬은 눈썹을 들어 올리며 말했다.

그레이스는 친구의 반응에 얼굴을 붉혔다.

"특히 네 볼이 그렇게 발그레해지면."

비브가 좋아하면서 손뼉을 짝짝 쳤다.

두 사람이 아래층으로 내려가자 현관에서 기다리고 있던 웨더 포드 아주머니는 가슴 위에 손을 얹었다.

"어머나, 그레이스."

그레이스는 얼굴이 화끈거렸다. 아주머니는 뭐든지 너무 격하게 반응해서 자못 긴장이 되었다. 그렇지 않아도 평소의 그레이스를 생각하면 오늘은 너무 과했다. 온통 빨간색에 실크, 수수함이라고 는 전혀 없이.

"너무 아름답구나, 얘야."

아주머니가 고개를 절레절레 젓고 긴 한숨을 내뱉었다.

"네 엄마가 지금 너의 모습을 봤더라면."

그레이스가 뭐라 대답하기도 전에 현관문 종이 울렸다. 그레이 스는 마지막 계단에서 하마터면 엎어질 뻔했다.

그레이스와 조지는 이른 저녁을 먹기로 약속했었다. 그래야 야 간 공습경보에 방해를 받지 않고 그레이스가 작업을 하러 나갈 수 있기 때문이었다. 시계를 보니 조지가 1분 일찍 왔다는 걸 알 수 있었다.

웨더포드 아주머니는 '오' 하는 입 모양으로 기대감을 한껏 나타냈다. 그러고는 현관문 뒤로 물러나 그레이스가 문을 열도록 했다. 그레이스는 문손잡이를 획 돌리지 않고 속마음보다 훨씬 더 천천히 문을 당겼다.

맞은편에 조지가 있었다. 그는 그레이스가 지난 몇 달 동안 편지로 자신의 일상생활을 세세히 전달해 주었던 남자이면서, 그녀의 가장 내밀한 속마음을 공유하던 남자이기도 했다. 무엇보다도 그녀에게 독서의 세상을 알려준 남자였다.

그리고 이제, 1년여의 시간이 지나고 드디어 그를 다시 볼 수 있게 되었다.

그레이스는 자신의 시선이 조지의 매력적인 초록 눈동자와 마주
치자 심장이 멎는 줄 알았다.

그렇게 수많은 날이 지나 드디어 그가 눈앞에 서 있다. 어두운
머리는 깔끔하게 옆으로 빗어 넘겼고, 각진 청색 공군 유니폼 차
림에 군기가 딱 잡힌 차렷 자세였다. 그레이스가 안으로 들어오라
는 인사를 하던 순간 조지의 입이 떡 벌어지면서 단 한마디도 하
지 못했다.

그는 침을 꿀꺽 삼키고는 헛기침을 했다.

"베넷 양, 그레이스. 당신 오늘⋯⋯."

그는 적절한 표현을 찾지 못한 듯 고개를 저었다.

그가 오늘처럼 말을 제대로 하지 못하는 모습을 본 적이 없었다. 이전에 함께 마주했을 때 그는 언제나 유려하고 자신감이 넘쳤다. 그레이스는 자신이 그를 동요하게 만들었다는 사실에 부정할 수 없을 만큼 짜릿했다.

"정말 아름다워요."

그가 입 한쪽이 처질 정도로 씩 웃었다.

"너무나 아름답군요."

그는 등 뒤에서 팔을 빼서 그레이스에게 책을 내밀었다. 고급스러운 자줏빛 표지 위에 고리 모양 서체로 제목에 금박을 입혔고, 사람들 무리 한가운데에 남자가 통 위에 서 있는 그림이 보였다.

《허영의 시장 Vanity Fair》.

"꽃 한 다발 들고 오고 싶었는데 꽃이 다 양배추 밭으로 바뀌어 있더라고요."

그는 책을 다시 살펴보려는 듯 살짝 기울였다.

"그래서 꽃 다음으로 좋은 것을 가져왔어요. 당신도 마음에 들어 하면 좋겠어요. 그리고 지난번 편지에서 이 책을 읽었다는 말이 없는 것 같아서요."

"아직 안 읽어 봤어요."

그레이스가 책을 받았다. 별안간 자신과 많은 이야기를 공유한 이 남자 앞에서 왠지 부끄러워졌다.

"그리고 이게 꽃보다 훨씬 좋아요."

그레이스는 집 안으로 몸을 돌리고는 현관문 옆 작은 탁자에 책을 내려놓았다. 바로 뒤에서 웨더포드 아주머니와 비브가 눈을 동그랗게 뜨고 얼굴은 한껏 기대에 찬 표정으로 자신을 바라보고 있었다. 그레이스가 웃음을 터뜨렸다.

"저의 가장 친한 친구들을 소개시켜 드릴게요. 웨더포드 아주머니와 비브예요."

조지가 집 안으로 걸어 들어오자 그레이스는 우선 비브를 소개시켜 주었다. 비브는 공손히 인사를 나누었고, 그다음 그가 웨더포드 아주머니에게 고개를 돌리자 그녀는 터져 나오는 감탄을 주체하지 못하고 계속 손부채질을 했다.

아주머니는 빨갛게 상기된 얼굴로 그가 영국으로 돌아온 사연과 켄트에 살고 있는 부모님의 안부 등을 물으며 화기애애하게 대화를 나누었다.

서로에 대한 소개가 끝나자 조지는 그레이스에게로 돌아가 팔을 내밀었다. 그는 그레이스를 밖으로 인도하고는 함께 밖에서 기다리고 있는 택시로 향했다.

그가 도착하기 전까지만 해도 초조함에 안달복달했는데 이제는 더없이 행복하고 짜릿한 기분으로 마음이 녹아내렸다. 서로의 생각과 고민을 잘 알고 있다는 것, 여기에는 큰 의미가 있었다. 무엇보다도 펜보다 목소리로 생각을 전하기가 훨씬 쉬웠고 두 사람 사이에 더 이상 부정할 수 없는 끈끈한 관계가 만들어졌다.

정식 데이트는 오늘이 처음이었지만 서로에 대해 너무나 잘 알고 있다. 게다가 서로를 잘 이해하고 있었다.

조지는 택시 문을 열어 운전석 가까운 곳으로 그레이스가 먼저 들어가도록 한 후, 뒤이어 차에 올랐다. 면도용 비누 향이 작은 공간을 가득 메웠다. 오래전 서점에서 서로 이야기를 주고받았을 때가 떠오르는 친밀한 향이었다.

"당신 낭독회를 어떻게 진행하고 싶은지 너무나 알고 싶어요."

그가 먼저 말을 꺼냈다.

그레이스는 낭독회에 참석하는 사람들이며 자신이 읽어주는 책에 대해 말해주었다. 이야기를 듣는 조지의 얼굴에 미소가 번졌다. 그동안 택시는 거리를 순조롭게 지나갔다. 이따금 보이는 '우회' 표지판을 보고 폭탄에 구멍이 뚫린 곳을 피해 길거리를 누볐다.

그레이스는 카도마 카페Kardomah Cafe처럼 작은 식당에서 저녁을 먹을 거라 생각했다. 모래주머니를 겹겹이 쌓았기 때문에 공습 대피소로 쓰기에 충분할 정도로 안전한 곳이었다. 그런데 두 사람이 리츠Ritz 호텔의 아치 모형 입구에 들어서자 그레이스는 너무 놀라 입을 다물 수 없었다.

이렇게 좋은 곳에는 평생 한 번도 와 본 적이 없었다. 그저 드레이튼에서 따분한 나날을 보낼 때 비브와 밤새 수다를 떨며 상상만 해 본 정도였다.

"저는……."

그레이스가 말을 더듬었다.

"저는 우리가 그냥 카페에 갈 줄 알았어요."

조지가 그레이스를 보며 환하게 웃었다.

"삼일짜리 휴가 동안 당신을 볼 수 있는 기회가 단 한 번뿐이라면 조금이라도 소중히 쓰고 싶어요."

그는 택시에서 나와 그레이스에게 손을 내밀었다.

"당신만 괜찮으시다면."

그레이스는 손가락을 그의 따스한 손바닥 위에 올려놓고 기꺼이 그의 도움을 받아 택시에서 내렸다.

"더할 나위 없죠."

그가 그레이스의 손을 자신의 팔꿈치 안에 넣었다. 호텔 직원이 문을 열며 환영의 인사를 건넸고 두 사람을 리츠 호텔의 호화로운 식당 내부로 안내했다. 식당에는 테이블이 여럿 있었는데, 깨끗한 리넨 천이 각각 두 장 그리고 고급 의자가 놓여 있었다. 얼마나 대단할까 나름대로 기대를 해도 그 기대를 훨씬 뛰어넘었다.

샹들리에도 하나만 있는 것이 아니라 여러 개였다. 타원형 모양의 천장에 화관으로 모두 연결되어 있었는데, 마치 최고급 목걸이 같은 보석류를 아래로 늘어뜨린 모습이었다. 호텔 내부는 발끝에 소용돌이 문양의 두꺼운 양탄자에서부터 페인트칠한 벽과 천장에 이르기까지 어느 곳 하나 빠지지 않고 모두 화려하게 빛이 났다.

마치 전쟁이 존재하지 않는 런던의 어느 구역에 들어선 것 같았다. 사람들이 입은 옷은 폭탄을 피해 대피소로 뛰어가거나 잔해가 흩어진 거리 위를 휘청거리며 가기에는 전혀 어울리지 않았다. 공기 중에는 설탕과 질 좋은 고기가 어우러진 고급 음식 냄새가 풍겼다. 어딘가 보이지 않는 곳에서는 피아니스트의 손가락이 건반 위에서 사부작사부작 춤을 추며 여름과 웃음소리를 연상시키는 섬세한 곡조를 만들어 냈다.

안쪽에는 우아한 크리스마스트리가 서 있었는데 색을 입힌 신문 쪼가리가 아닌 반짝이는 장식품들이 사이사이 보였다.

두 사람은 2인용 테이블로 안내를 받았다. 테이블 위에는 꽃병이 놓여 있었는데 달리아로 보이는 꽃이 한 다발 꽂혀 있었다.

조지가 꽃을 보고 얼굴을 찡그렸다.

"내가 찾을 땐 양배추밖에 없었는데."

그레이스가 짜릿한 흥분을 주체하지 못하고 웃음을 터뜨렸다.

"당신은 리츠가 아니잖아요."

웨이터가 다가와서 메뉴판을 건넸다. 맨 위에는 고급스러운 필기체로 르 울턴 파이 Le Woolton Pie (울턴 파이를 고급스럽게 표기한 것-옮긴이)라 쓰여 있었다. 그레이스는 글씨를 보고 미소를 지었다. 리츠에서도 울턴 파이를 고급스럽게 이름 지어주고 대접한다는 걸 알면 웨더포드 아주머니가 어떤 표정을 지을지 훤히 보였다.

그녀는 르 울턴 파이를 깔끔하게 포기하고 대신 완벽히 익힌 로스트비프를 골랐다. 뒤에 음식이 나왔을 때 느꼈지만 선택은 기대 이상이었다. 육즙이 풍부하고 부드러워 보이는 것이 동네 정육점에서 간신히 구했던 고기와 달리 지방이 많지 않아 확연히 달랐다.

조지도 같은 음식을 주문하고 전채 요리로 당근 샐러드부터 시작했다.

"당근 샐러드?"

그레이스가 눈썹을 치켜올리며 놀란 표정을 지었다.

"당근이 밤에 앞을 보는 데 도움이 된다는 게 사실이에요?"

"정부가 그렇게 말하던데요."

조지가 눈을 찡긋했다.

최근 다양한 벽보를 통해 당근 소비를 독려하며 야간 시력 증진에 탁월한 능력이 있다는 홍보가 한창이었다. 특히 조종사에게 도움이 된다나.

"당신은 어떻게 생각해요?"

그레이스는 가볍게 질문을 던졌지만 정말 궁금하기도 했다. 사실 평소보다 당근을 더 많이 먹기는 했지만 등화관제 시에 순찰을 다닐 때 큰 차이를 느끼지는 못했다.

그가 히죽 웃었다.

"독일군도 조종사에게 먹일 정도로 효과가 좋지요."

"진짜요?"

조지가 웃음을 터뜨리고 나서야 그레이스는 그가 일부러 질문의 답을 비껴가고 있다는 것을 알았다. 이것은 그가 전쟁에 임하는 노력의 일환이었다. 그레이스가 조지에게 프랑스에 있었는지 물었을 때 그는 단 한 단어로만 대답했다. 됭케르크. 그의 조심스러운 표정과 그가 목격했던 것이 무엇인지 잘 알고 있었기에 그레이스는 더 이상 묻지 않았다.

조지는 13부대 소속으로 스코틀랜드의 애클링턴 Acklington에 배치되었다. 그곳에서 전투기 조종사로 호커 허리케인 Hawker Hurricane을 탔다고 한다. 그리고 그도 됭케르크에 있었다. 됭케르크에 관해서는 일부 정보 외에는 그레이스도 아는 것이 별로 없었다. 전쟁의 세부사항을 공유하는 것은 매우 민감한 일이기 때문에 특히 그것이 영국 공군에 관한 일이라면 그가 쉽게 말할 수 없다는 것을 잘 알고 있었다.

'Loose lips sink ships(입이 가벼우면 화를 부른다). Be like dad and keep mum(민감한 문제를 함부로 말하지 말라).' 그리고 다른 슬로건 모두 침묵을 지키라는 뜻을 담고 있었다.

"이제 말해 봐요. 내가 《몬테크리스토 백작》을 좋아할 거라고 어떻게 알았어요?"

이번이야말로 그가 거리낌 없이 이야기할 수 있는 주제였다. 그의 멋진 초록빛 눈이 반짝이는 것만 봐도 알 수 있었다.

"다들 《몬테크리스토 백작》을 좋아하니까요."

"당신이 특히 그런 것 같은데요."

그레이스는 자신이 하던 말을 끊고 와인을 한 모금 마셨다. 그가 오래된 책의 뒷이야기를 마저 해 주기를 바랐다.

"할아버지가 저에게 주신 책이에요."

조지의 미소에 온화함이 묻어났다.

"어렸을 때 해마다 기차를 타고 할아버지의 별장이 있는 도싯Dorset에 가곤 했어요. 별장이 절벽 위에 있어서 바다가 훤히 보였지요. 거기에 엄청나게 큰 서재가 있었어요."

그는 크기를 보여주려고 손을 넓게 벌렸다.

런던의 마지막 서점

"책이 거의 집 절반을 차지했죠. 전부 고전들로 꽉 채워져 있었고요. 하지만 그 고전이야말로 제게 일순위였어요. 대학에 다니기 시작한 후로 더 이상 별장에 가지 못해서 할아버지가 우편으로 책을 보내주셨지요."

"도싯."

그레이스가 뒤로 기대앉아 아련한 표정으로 미소를 지었다.

"아주 아름다운 곳이라고 들었어요."

"맞아요."

조지가 손가락을 구부려 와인 잔을 감쌌다. 생각에 잠긴 듯 고개가 살짝 기울어졌다.

"그곳이 그리워요. 바람이 실어 오는 바다 냄새. 그리고 낭떠러지 끝에 서 있을 때 바람이 계속해서 머리와 옷을 잡아당길 때도요. 날이 좋으면 바닷가로 내려가곤 했어요. 모래는 뜨거운데 바닷물은 차가운, 그런 곳이었죠."

그레이스는 그 순간 바닷가에 있는 자신의 모습을 떠올렸다. 해변에서 불어오는 맹렬한 바람이 머리카락과 옷을 잡아당기고 있는 모습을.

"듣기만 해도 정말 좋네요."

"언젠가 당신도 한 번 가봐야 할지도요."

그가 잔을 들어 말 없이 건배를 하고는 와인을 한 모금 마셨다.

그때 웨이터가 들어와 그레이스가 대접받았던 것 중에 가장 호사스러운 음식을 식탁 위에 놓았다. 그레이스는 식사를 하면서 런던에서의 삶이 얼마나 바뀌었는지 이야기했고, 조지는 스코틀랜드에서 사귄 조종사 친구들에 대해 들려주었다. 물론 자신이 허락된 한도 내에서 일부분이었지만.

그레이스는 식탁 뒤로 드리워진 암막 커튼을 흘끔 바라보았다.

"여기에 이렇게 있으니 전쟁 중이라는 느낌이 들지 않아요."

조지가 식당 주위를 둘러보았다.

"아닌 척 할 수 있죠. 놀이처럼요?"

"아닌 척이요?"

그레이스가 똑같이 따라 하면서 웃었다. 어릴 적부터 무엇이 되었든 가장해서 행동한 적이 없었다. 너무 유치하고 터무니없었지만 즉각 마음이 끌렸다.

"네 그래요."

그가 와인을 한 모금 마시고는 생각에 잠겨 고개를 기울였다.

"전쟁이 한 번도 일어나지 않은 것처럼. 당신은 서점에서 일하고 있어요. 책에 대해 예리하고 남다른 시선을 가지고 있는 사랑스러운 서점 직원이죠."

그레이스는 웃음을 참을 수 없었다.

"그리고 당신은 문학을 사랑하고 유머 감각이 넘치는 매력적인 엔지니어이지요. 항상 올바른 말을 할 줄 알고요."

그가 웃음을 터뜨렸다. 입가에 미소가 어린 그의 얼굴이 마치 소년처럼 보였다.

"좋아요. 내일 우리는 깃털처럼 흩날리는 눈을 맞으며 거리를 걸을 계획이에요. 하이드파크에서 흘러나오는 캐럴을 들으면서 말이 지요. 당신에게 꽃을 한 다발 선물하겠어요."

그가 눈썹을 치켜세우고 자줏빛 달리아를 눈빛으로 가리켰다.

"장미가 좋겠는데요."

"그리고 《크리스마스 캐럴》을 공연하는 극장을 찾겠지요."

그레이스가 덧붙였다.

"저 그 책 정말 좋아해요."

웨이터가 다가와서 더 필요한 것은 없는지 묻는 동안 조지는 잠시 말을 멈추었다.

"조금 유치하기는 하지만, 이맘때 즈음이면 매년 읽었어요. 지금도 중반 정도 읽고 있답니다."

"저도 좋아해요."

그레이스도 솔직하게 말했다.

"크리스마스 직전에 읽으려고 아껴 두었어요."

"찰스 디킨스는 언제나 섬세하고 기억에 남는 이야기를 쓰지요."

찰스 디킨스는 그레이스에게도 특별히 가장 선호하는 작가가 되었다. 그래서 조지가 이렇게 말한 것만으로도 그녀는 신이 나서 의자를 앞으로 잡아당겼다.

"《픽윅 클럽 여행기 _The Pickwick Papers_》 읽어 봤어요?"

그가 생각에 잠겨 눈을 게슴츠레하게 떴다.

"분명히 읽었는데 꽤 오래전이라서. 내용은 잘 기억이 안 나요."

"그럼 꼭 다시 읽어 봐요."

그레이스가 열정적으로 몸을 앞으로 기댔다.

"픽윅이라는 사람이 '피퀴안'이라고 불리는 친구 몇몇과 함께 영국 시골로 여행을 떠나요. 일종의 모험기인데 웃긴 데가 많아요. 이를테면……."

그러다 막 기억이 난 장면을 떠올리며 자신의 손가락을 입술에 지그시 갖다 대었다.

"미리 얘기하지 않을래요. 당신이 한 번 읽어 봐야 해요. 그럼 또다시 놀랄걸요."

그녀를 바라보는 조지의 얼굴에 환하게 미소가 비치고 눈은 반짝반짝 빛났다.

"바로 읽어 볼게요. 다음에 편지 쓸 때 가장 인상 깊었던 장면을 꼭 알려줄게요."

둘의 대화는 계속되었다. 그들이 읽었던 책과 서로 편지를 주고 받으며 나누었던 것 중 글로 쓰기에는 너무 길었던 내용을 덧붙이며 이야기꽃을 피웠다.

이렇게 아름다운 곳에서 함께 시간을 보내며 폭격 생각을 뒤로 미루기란 참 쉬운 일이었다. 풍미 가득한 소스에 신선한 소고기 요리를 먹으며 배급으로 나오는 비루한 끼니를 잊는 것도, 조지에게만 집중하며 바깥세상을 잊는 것도.

너무나도 빨리 두 사람의 데이트가 막바지에 이르렀다. 그레이스는 야간 교대를 하러 돌아가야 했고 조지도 마지막 지하철을 타고 켄트로 돌아가 부모님과 함께 캔터베리 Canterbury 에서 크리스마

런던의 마지막 서점

스를 보내기로 되어 있었다.

그레이스와 조지가 택시를 타고 집으로 가는 길, 두 사람의 대화는 썰물처럼 빠져나가 말없이 다정한 침묵으로 남았다. 마치 두 사람 모두 다음에 만날 날을 기약하며 마지막 시간의 여운을 느끼고 있는 것 같았다.

조지는 그레이스가 차 밖으로 나와 현관으로 올라가는 모습을 물끄러미 바라보았다. 등화관제의 영향으로 현관으로 가는 문은 커튼으로 완벽히 가려져 있었다.

그레이스는 문 앞에서 잠시 멈춰 섰다. 조지보다 겨우 반걸음 앞서 있었다. 택시에서 나란히 탔던 일만 빼면 오늘 밤 내내 같이 있던 시간 중에 가장 가까운 거리였다. 조지의 깨끗한 향에 마음껏 취했고 마법 같았던 오늘 밤을 한순간도 빼놓지 않고 마음에 담아 두고 싶었다.

"오늘 이렇게 멋진 저녁을 함께 해 줘서 고마웠어요."

그레이스가 평소보다 벅찬 어조로 말했다. 숨도 제대로 쉴 수 없는 순간인데 어떻게 평소처럼 말을 할 수 있을까.

"솔직히 말해서 몇 달 동안 오늘 같은 밤을 생각해 왔어요."

조지가 더듬거리며 그레이스의 손을 찾았다. 어둠 속에서 느껴지는 다정한 손길이었다. 이어서 그가 따스한 손가락으로 그레이스의 손을 잡았다.

그레이스의 피부가 왠지 모를 기대감에 찌릿찌릿해졌다. 번개가 치기 전에 일순간 정적이 감도는 느낌이었다.

"나도 그랬어요."

"편지 주고받을 때 참 좋았어요."

그의 중저음 목소리가 친근하게 들렸다.

"하지만 전쟁 때문에 힘들다는 거 알아요. 런던에서 다른 남자를 만나길 원한다 해도 나는……."

"싫어요."

그레이스가 재빨리 말을 가로막았다.

두 사람 모두 웃음을 터뜨렸다. 부끄러우면서도 자못 긴장한 웃음이었다.

"당신이 쓰는 편지 전부 다 고대하고 있을게요."

그레이스가 엄지손가락으로 그의 손등을 어루만지며 한층 가까워진 친밀감을 느꼈다.

"그리고 놀라운 일이나 재미있는 일이 있을 때마다 당신과 비브에게 가장 먼저 편지를 써서 알려줄 거예요."

"내게는 당신에게 기다려 달라고 부탁할 권리가 없어요."

그가 반 발짝 더 다가왔다. 이제는 그의 숨결이 느껴질 정도로 가까워졌다.

"이 전쟁이 언제까지 이어질지 알 수 없잖아요."

"당신은 기다릴 가치가 있어요, 조지 앤더슨."

그레이스의 심장이 콩닥콩닥 뛰었다.

그가 다른 한 손을 들어 부드럽게 그레이스의 왼쪽 뺨에 대고 자신의 입을 그녀의 입술과 마주했다. 그녀의 마음을 모조리 앗아간 달콤하고도 부드러운 키스였다.

그는 드레이튼에서 만났던 사이먼 존스처럼 열렬하지는 않았지만 그레이스는 그래서 더 좋았다.

조지는 그런 류의 사람이 아니었다. 사려 깊고 배려심이 넘치며 자신이 하는 일은 무엇이든 혼신의 힘을 다했다. 그의 키스는 부드러우면서도 가벼웠지만 그녀 마음 깊은 곳을 감동시켰다. 그 마음 깊은 곳은 영원히 그의 것이 되리라는 것을 그레이스는 알고 있었다.

"잘 있어요, 내 사랑 그레이스."

그가 검지로 그레이스의 턱을 어루만졌다. 아쉽게 헤어져야 했지만 발길이 떨어지지 않았다.

"다음 편지 기대하고 있을게요. 그때까지 몸조심하겠다고 약속해 줘요."

"당신도 그렇게 약속한다면요."

그레이스가 조지의 눈을 가만히 들여다보았다. 그녀의 눈은 이미 그에게 빠진 상태였다.

"당신이 얼른 돌아오길 간절히 바랄게요."

그가 그레이스를 보며 환히 웃었다. 어둠 속에서 하얀 치아가 반짝였다.

그레이스가 현관문을 열고 들어가자 비브와 웨더포드 아주머니가 소스라치게 놀랐다. 현관에 딱 붙어 무슨 일이 일어났는지 궁금해하던 참이었기 때문이다.

그레이스가 문을 닫는 동안 아주머니는 천장만 바라보며 미안한 표정을 지었다.

"현관에서 차라도 마시고 있었어요?"

그레이스가 놀렸다.

"오, 그만해."

비브가 손을 저었다.

"우리가 엿듣고 있었다는 거 너 알고 있잖아. 한 마디도 듣지 못했는데 그렇게 간드러지게 말하다니 너무해."

밖에서 택시가 시동을 거는 소리가 들리더니 그렇게 조지를 태우고 떠났다.

두 사람이 언제 다시 만날지 그 누가 알까? 운이 좋아 봐야 몇 달 안이다.

그레이스는 손가락을 입에 가져다 대었다. 그의 입술이 전해준 따스함이 여전히 남아 있었다. 몇 달이 걸리든 행복하게 그를 기다릴 것이다. 심지어 몇 년이 걸린다 해도.

세상에 조지 앤더슨 같은 남자는 없으니까.

"음."

웨더포드 아주머니가 못 참고 입을 열었다.

"이제 이야기 좀 해 보렴."

콜린이 전쟁터로 떠난 이후로 그레이스가 봐 왔던 모습보다 더 괜찮아진 것 같아서 그레이스는 데이트 때 있었던 일을 세세히 공유했다. 음, 거의 다. 심장을 가까이 맞대고 키스했던 일은 남겨 두었다. 그와 그녀만을 위해.

이번 크리스마스는 작년 런던에서 누렸던 것에 비해 많은 것이 부족했다. 캐럴을 부르는 가수들은 계속되는 폭탄 공격으로 거리 공연을 생략했다. 한때 문을 활짝 개방했던 극장들은 이제 몇 개 남지 않았는데, 많은 극장들이 피해를 입어 운영을 할 수 없었다.

그래도 기적이 찾아왔는지 그레이스와 비브는 크리스마스이브에 팬터마임 공연에 겨우 갈 수 있었다. 어린 시절을 떠올리게 하는 크리스마스 특별 공연이었다. 물론 런던에서 하는 공연이 드레이튼보다 훨씬 수준이 높기는 하지만 말이다.

웨더포드 아주머니는 늘 그렇듯 연료를 절약하는 방식을 따랐다. 바로 오븐에 그릇을 가득 채워 한 번에 요리를 모두 해 버리는 것인데, 아주머니가 준비하는 음식이 크리스마스 만찬이라는 사실에 비추어 볼 때 퍽 대단한 재주이기는 했다. 또한 그녀는 주방에서 써야 하는 재료가 배급품이라 해도 나름대로 훌륭히 해냈다. 정부에서는 크리스마스에 대비해 차와 설탕의 배급량을 두 배로 늘렸고, 아주머니는 비밀리에 저장해 놓은 재료와 합쳐 아주 요긴하게 활용했다.

식탁 위에는 당밀 타르트와 무화과 푸딩 그리고 크리스마스 케이크가 올라왔다. 과자류에 흔히 들어갔던 말린 과일이 이번에는 빠진 케이크였다. 음식에는 모두 반투명색 호랑가시나무(뾰족한 모양의 잎사귀에 빨간 열매가 달린 크리스마스 장식으로 쓰이는 나무-옮긴이)로 장식이 들어갔는데 엡섬 Epsom산 소금에 밀랍을 먹인 초록색 잎사귀를 담가 만든 것으로 식품부에서 제안한 크리스마스 만찬 요법이었다.

아주머니는 겉보기에 기분이 좋아 보였지만 억지로 쾌활해 보이는 모습 속에 갈라진 틈이 그레이스에게는 보였다. 아무도 보지 않는다고 생각했던 순간, 그녀의 입꼬리가 서서히 내려가고 불현듯 밀려오는 고통에 괴로워하는 표정이 이목구비에 순간순간 드러났다.

그레이스도 그 고통이 무엇인지 알고 있었다.

상실.

콜린을 떠나보낸.

그의 부재는 팔다리가 떨어져 나간 것과 다름없었다. 아니, 심장이 사라진 것과 같았다.

그의 미소, 그의 다정함 그리고 그에게서 비치는 빛. 그가 없는 크리스마스는 영영 이전과 같지 않을 것이다. 호랑가시나무 잎사귀나 색칠한 신문 조각으로 아무리 많이 꾸민들 그 상실감을 사라지게 할 수는 없었다.

전쟁 상황임을 고려해 올해에는 선물을 주고받지 않기로 했지만 그래도 모두 작은 성의 하나씩은 준비했다. 아주머니는 향이 나는 비누를 어렵게 구해 그레이스와 비브에게 주었다. 비브는 두 사람에게 두터운 목도리를 짜주었고, 그레이스는 초콜릿 약간을 구해 아주머니와 비브에게 주었다. 초콜릿은 밀랍 종이로 포장되어 있었다. 이제 은박지는 전쟁 물자로 쓰이고 있기 때문이었다. 그리고 맛도 예전보다 덜 달고 푸석푸석했다. 하지만 비브와 아주머니가 선물 상자를 열고 무척이나 기뻐하는 모습을 본 그레이스는 '초콜릿은 초콜릿이구나'라고 생각했다. 어떤 형태로 오든지 간에 말이다.

저녁 식사는 보기에도 좋았지만 맛도 훌륭했다. 그렇게 구속이 많은 시대 속에서도 설탕이 주는 마법이 더해졌기 때문이다. 에번스는 이럴 때 쓰려고 아껴 두었던 와인을 한 병 가지고 왔고, 웨더포드 아주머니와 함께 예의 그 선하게 빛나는 눈빛으로 마치 남매지간처럼 서로 티격태격하며 즐거운 오후 시간을 보냈다.

하지만 지미와 여동생은 찾아오지 않았다. 아이들의 빈자리는 무척 크게 느껴졌다. 특히 웨더포드 아주머니에게 더욱 그랬다. 불 꺼진 트리 아래에 놓인 선물 꾸러미가 덩그러니 남아 있었다. 하나는 콜린이 입었던 옷을 지미의 마른 몸에 맞추어 수선한 것이었고, 그 옆에 놓인 꾸러미는 비브가 지미의 동생을 위해 만든 여자아이용 드레스 몇 벌과 코트였다.

다음 날 비브는 카이스터 Caister로 돌아가야 했다. 크리스마스가 가져다준 잠깐 사이의 기쁨은 재처럼 가라앉고 집은 그 어느 때보다도 어둡고 외로워진 느낌이 든다는 슬픈 깨달음만 남았다.

특히 아주머니는 비브가 떠나자 마치 콜린을 또다시 떠나보낸 듯 극심한 영향을 받았다. 그나마 감정을 추스를 수 있는 유일한 시간은 이틀 뒤에 있었던 복싱 데이 Boxing Day(크리스마스 다음 날을 휴일로 지정한 것-옮긴이)였다. 아주머니는 그날 오후 프림로즈 힐 서점에서 그레이스가 진행하는 낭독회에 갔다. 손에는 먹고 남은 크리스마스 케이크를 담은 큰 상자에 롤빵 몇 개 그리고 아이들에게 줄 선물이 들려 있었다.

서점에 도착한 지미는 웨더포드 아주머니의 얼굴을 보자 여전히 부끄러움이 가득한 표정이었지만 그레이스가 낭독을 마친 뒤에도 도망가지는 않았다.

"보호소에서 먹을 걸 주었어요."

그가 모자를 벗었다. 얼굴에는 미안함이 가득했다.

"배급품을 받고 싶지 않았어요."

이 황폐한 세상에서, 그레이스와 웨더포드에 비하면 가진 것도 없는 아이가 보여주는 사려 깊은 태도가 그레이스의 가슴을 콕콕 찔렀다.

"우리 걱정은 하지 않아도 돼."

그레이스가 말했다.

"우리는 먹을 수 있는 양보다 훨씬 더 많이 가지고 있단다."

아주머니가 그의 앞에 상자를 내려놓고 뚜껑을 열었다. 그리고 커다란 유리그릇에 담긴 크리스마스 케이크를 지미와 여동생을 위해 포장한 선물 옆에 놓았다.

지미가 놀라서 바라보았다.

"너무 많이 나누어 주시는데요."

아주머니는 그러지 말라는 듯 손을 저었다.

"너희들 먹으라고 만든 거야. 그런데 오지 않았잖니."

"더 큰 꾸러미도 열어 봐."

그레이스가 재촉했다. 지미가 선물을 열어 보는 것이 아주머니에게 어떤 의미인지 잘 알고 있었기 때문이다.

지미는 잠시 망설이다가 상자에서 꾸러미를 꺼냈다. 그는 아이들이 으레 하는 것처럼 포장지를 찢지 않았다. 대신 꾸러미를 묶고 있는 끈을 풀고는 손으로 감아 작은 묶음으로 만든 뒤 상자 옆에 놓았다. 그제야 종이를 조심스럽게 접어 조금이라도 찢어지지 않게 했다.

아무것도 가진 게 없는 사람의 사려 깊은 모습이었다. 포장용지가 혹여 나중에 또 쓰일지도 모른다고 생각했기 때문이다. 그에게는 안에 있는 물건뿐만 아니라 포장지도 모두 선물이었다.

지미는 오랫동안 옷을 응시했다. 칼라가 달린 셔츠 세 벌, 바지세 벌, 스웨터 두 벌에 두꺼운 코트까지. 그러다 갑자기 코를 힘껏 훌쩍이고는 때가 탄 재킷 소매로 코를 문질러 닦았다.

"너무 많아요."

아이가 목이 메어 말했다. 그러고는 눈물이 그렁그렁한 눈으로 고개를 들고는 입을 굳게 다물었다.

아주머니가 고개를 절레절레 저었다.

"그렇지 않아."

그날 오후, 웨더포드 아주머니는 슬픔의 무게를 내려놓고 여성 자원봉사회 지원 업무를 재개하러 씩씩하게 떠났다. 이번에는 기습 공격으로 부모를 잃은 고아들을 돕는 데 집중했다. 아주머니는 굉장한 열의를 가지고 일했는데 이는 그레이스가 본 진정한 크리스마스의 기적이었다.

이틀 후, 그레이스가 스톡스와 함께 또 다른 야간 근무를 준비하고 있던 중이었다. 그때 평화로운 정적을 깨고 공습경보 사이렌이 날카롭게 울렸다. 그레이스는 사이렌 소리에 놀라 자빠질 뻔했다. 그도 그럴 것이 크리스마스이브 이후 무언의 정전 협정으로 계속 조용했기 때문이다. 머리 위에는 짙은 구름이 깔려 있어 폭탄을 떨어뜨리기에 적합한 날씨가 아니었다. 특히 지금처럼 이른 저녁은 더욱 그랬다.

저녁 6시가 되고 몇 분 지나지 않았지만 그레이스는 웨더포드 아주머니를 패링던 역으로 데리고 가서 사람들과 함께 줄을 서도록 한 뒤 서둘러 공습경보 초소로 달려갔다. 무엇보다 한 시간도 채 안 되는 시간 동안 대피소에 있기는 무의미했다. 특히 기회주의자들이 지하철역 특정 장소를 자기 자리라고 우기며 늦게 도착한 사람에게 2실링에 팔려고 할 때도 있었다.

그레이스가 초소에 도착할 즈음 스톡스는 이미 와 있었다. 그도 틀림없이 그레이스와 같은 생각을 하고 있었다. 그녀를 보고 헛웃음을 지었기 때문이다. 그의 얇은 입술이 콧수염 아래로 쭉 찢어졌다.

"독일 전투기가 오늘은 좀 일찍 오시는구먼."

"우리 야간 근무 시작할 때까지 기다렸다가 왔으면 참 예의가 바르다 했을 텐데요."

그레이스는 턱 아래로 늘어진 철모의 가죽끈을 단단히 여몄다.

스톡스는 동의한다는 표시로 끙 소리를 냈다.

밖에서는 지나가는 전투기의 진동이 아주 강하게 느껴졌다. 그레이스는 신발 바닥에 울리는 엔진 소리를 느낄 수 있었다.

오늘 밤은 필시 예감이 좋지 않다.

그레이스는 모래주머니를 안전하게 쌓아 놓은 초소를 떠나 12월 말의 습하고 차가운 밤을 향해 나아갔다. 하지만 그레이스의 눈에 들어온 것은 등화관제로 인한 어둠이 아니었다. 저 멀리 주황색이 반짝이고 있었다. 런던 인근 지역에서 불이 일어났다. 템스 강 근처다. 세인트 폴 대성당 바로 옆.

머리 위에서 폭격기들이 덜컹거리며 배를 열고 몇 블록 떨어진 거리를 폭파했다. 물체가 떨어지며 작은 원통들을 쏟아냈고, 익숙한 소리가 그레이스의 귀에 들렸다. 막대기 수십 개가 지붕을 뚫고 도로를 강타하더니, 뒤이어 쉬익 하는 소리가 나며 그 충격으로 불꽃이 무섭게 일었다.

"소이탄이에요."

그레이스는 소형 펌프의 코일 모양 튜브를 어깨에 걸면서 스톡스에게 외쳤다.

그가 자신의 뒤에 있는지 굳이 뒤돌아볼 필요가 없었다. 가까이 따라오고 있다는 걸 알고 있었기 때문이다. 둘 사이의 거리가 불과 몇 분밖에 되지 않는다는 것을 피차 알고 있었고 쉽사리 진압하기 어려운 불길은 계속해서 솟아나고 있었다.

두 블록을 지나 첫 번째 소이탄을 발견했다. 내부에서 마그네슘을 무자비하게 뿜어내며 빛이 하얗게 파편처럼 번쩍이고 있었다. 현관 대부분에는 이제 물 양동이와 모래, 심지어 모래주머니까지 준비되어 있었다. 그레이스는 모래주머니를 움켜쥐었다. 우선 자신을 보호할 요량으로 모래주머니를 얼굴 위에 든 다음 번쩍이는 빛 위에 떨어뜨렸다. 주머니가 타면서 모래가 쏟아져 나오면 불꽃을 꺼뜨려서 더 큰 피해를 막을 수 있을 것이다. 효과가 제대로 나올지 확인할 시간도 없었다. 모래주머니야 얼마든지 많았으니까.

"베넷 양."

스톡스가 불렀다. 그는 이미 양동이 옆 소형 펌프 위에 발을 올려놓고 호스를 그레이스가 있는 곳까지 내밀고 있었다.

그레이스는 호스를 잡고 덤불 몇몇이 불타고 있는 가장 가까운 집으로 달려갔다. 그러고는 분사구의 스위치를 누르고 불이 꺼질 때까지 물을 마구 뿌렸다.

언제나 그렇듯 마그네슘은 건들지 않도록 주의를 기울여야 했다. 물과 닿으면 터질 수도 있기 때문이었다. 화재 초반, 소이탄에서 밝은 흰 녹색 불꽃을 발산할 때만 조심하면 되었지만 혹시라도 폭발하면 어마어마하게 끔찍한 결과를 낳았다.

그들은 계속 거리를 따라 반복해서 불을 끄러 다녔다. 모래주머니와 분사기로 불꽃을 끄고 두 사람 중 한 명이라도 너무 빨리 지치지 않도록 소형 펌프로 대신 불을 끄기도 했다. 마침내 두 사람은 겨우 화재를 진압했다. 둘은 숨을 헐떡이며 조금 전 화재 진압을 끝낸 건물의 벽에 기대 축 늘어졌다. 완전히 진이 빠져 12월 밤인데도 불구하고 더위를 느꼈지만 마침내 승리로 끝이 났다.

그때 머리 위에서 또 다른 비행기 떼가 윙윙거렸다.

쉬이익.

그레이스의 심장이 내려앉았다.

툭.

첫 번째 소이탄이 그들 발에서 겨우 몇 미터 떨어진 인도 위에 떨어졌고 쉬익 소리를 내며 불꽃이 살아났다.

툭.

두 번째는 숨 한 번 내뱉기도 전에 떨어졌다.

이제는 소이탄을 하나하나 구별하기도 불가능해졌다. 마치 커비 머리핀(스프링이 달린 머리핀-옮긴이) 통에서 마구 버려지는 것처럼 너무 많은 소이탄이 두 사람 주위에 덜거덕하는 소리를 내며 움직였다.

그 순간 그레이스와 스톡스는 새로 떨어진 마그네슘 불꽃의 물결과 싸워야 했다. 마그네슘 탄은 거리를 낮처럼 환히 밝혔다. 두 사람은 화염과 싸우면서 모퉁이를 돌았다. 그때 소방서 근처인 올더스게이트가Aldersgate Street 근처에 왔다는 것을 알게 되었다. 하지만 소방서 역시 불타고 있었기에 소방대원들은 밖에서 바퀴 달린 물 탱크로 건물 벽에 물을 뿌려 댔다.

저 멀리 강어귀를 향해 익숙한 무인기가 오고 있었다. 또 다른 쉬익 소리. 그리고 비처럼 런던에 쏟아지는 소이탄.

자신들의 소방서를 지키기 위해 분투하는 소방대원들은 별 도움이 되지 않을 터였다. 싸우는 수밖에 없었다. 그 전투가 얼마나 오래 걸리든 상관없었다.

그레이스와 스톡스는 자신들의 구역에서 난 불을 끄려고 고군분투했다. 그 사이에 강 근처의 화염은 점점 밝아졌다.

두 사람은 프림로즈 힐 서점을 몇 번씩 지나가며 안전한지 확인했다. 다행히 공격을 받지 않고 멀쩡했다. 에번스는 웨더포드 아주머니를 데리고 패링던 역에 가 있었다. 둘 다 안전하다는 생각에 그레이스는 마음을 놓을 수 있었다.

하늘이 다홍빛으로 밝게 빛나고 있는 와중에도 서점은 암막 커튼을 굳게 친 채 조용히 자리를 지키고 있었다. 그렇게 점검을 하고 있는데 검댕투성이에 땀으로 범벅이 된 소방대원과 마주쳤다.

"당신들 구역에 이상이 없으면 우리 좀 도와주시오."

그가 먼 곳을 가리키며 뛰기 시작했다.

"패터노스터 광장. 아무 거라도 가져와요."

18

정신없이 뛰어다닌 덕분에 열이 났지만 등골은 서늘해졌다. 광장과 연결되어 있는 패터노스터가의 서점 지구는 어떻게 되는 거지? 서점에 바로바로 책을 공급해 주던 심프킨 마셜은 어떡하나? 인쇄기와 출판사들 그리고 그 많은 서점들은 괜찮은 걸까?

그레이스와 스톡스는 지체할 시간이 없었다. 수동 펌프와 빈 양동이를 챙겨서 소방대원을 따라 몇 블록을 내달렸다. 한 걸음씩 가까이 갈 때마다 화염이 점점 더 뚜렷해지며 마치 하나의 불길처럼 치솟았고, 사방이 소방관들로 가득 찬 가운데 소방차에서는 불꽃이 마구 뿜어 나왔다.

폭탄이 쉬익 하고 떨어지고 당연히 이어지는 폭발음과 함께 대공포가 독일 비행기를 향해 뿜어내는 천둥소리도 더욱 커졌다.

그레이스와 스톡스가 패터노스터가에 가까워질수록 공기가 점점 뜨거워지며 급기야 오븐 안에 들어간 것처럼 숨쉬기조차 힘들어졌다.

"그레이스, 여기서 멈추어야 해."

스톡스가 몸을 굽히고 숨을 돌리느라 헐떡였다.

그는 또 뭐라 말을 했지만 근처에서 폭탄이 쉿 소리를 냈고, 찰나의 순간 잠시 침묵이 흐르더니 귀청이 터질 정도로 큰 폭발이 일어나면서 발아래 땅이 우르릉 쾅쾅하고 흔들렸다.

"여기서 멈출 수는 없어요."

그레이스는 속도를 내며 전속력으로 달리고는 패터노스터가 모퉁이를 돌아 멈춰 섰다.

거룩한 자들이 축복을 내리던 거리에는 지옥이 내려왔다.

화염 속에서 숨이 막힐 듯한 연기 기둥이 뿜어져 나왔고 타 버린 책의 낱장들은 잔해가 어지러이 널린 거리 위에 흩어졌는데, 그 모습이 마치 뜯겨 나간 날개에서 떨어진 깃털 같았다.

모든 것을 집어삼킬 듯한 대화재로 거리는 빨갛게 번쩍거렸지만 그래도 몇몇 건물은 별다른 피해를 입지 않고 남아 있었다. 건물 주인들이 지붕 위에 화재 감시인을 두고 있던 덕분이었다. 하지만 그런 곳은 극소수에 불과했다.

서점에는 불이 붙기를 기다리는 불쏘시개처럼 마른 책이 가득했다. 대부분의 서점에서 불이 슬레이트(지붕을 덮을 때 쓰는 점판암-옮긴이) 지붕을 타고 올라가 값비싼 나무 인테리어 장식 위에서 사악하게 춤을 추었다. 그리고 산산조각이 난 창문으로 이어져 외부의 페인트칠을 시커멓게 그을려 버렸다.

수백만 권의 장서 보유를 장점으로 내세우며 홍보했던 심프킨 마샬은 장례식장의 장작더미처럼 모두 불타 버렸다.

그레이스의 오른쪽에 있던 건물은 내부에서 불이 점화했는지 화염이 더욱 거세졌다. 안에서 불꽃이 탐욕스럽게 넘나들며 깔끔하게 정돈된 책꽂이의 책등을 핥고 지나갔다.

건물은 마치 야수의 숨결처럼 요동치며 지나가는 것이라면 모두 집어삼킬 기세였다.

그때 누군가 그레이스의 이름을 불렀고 야수 같은 건물이 무시무시한 기세로 포효했다.

그레이스는 움직일 수 없었다. 눈앞에 놓인 그 끔찍한 광경에서 눈을 뗄 수 없었다. 저 많은 책들이, 수백만 권이나 되는 책들이, 이제는 사라져 버렸다.

무언가 단단한 것이 그녀와 충돌하면서 그레이스는 땅바닥에 쓰러지고 말았다. 극렬한 열기가 그녀를 향해 훅 불어오는 동시에 땅에 심하게 부딪혔다. 모래와 먼지 알갱이들이 볼과 손등을 따끔하게 쏘아 댔다.

멍한 상태에서 잠시 어리둥절해 있다가 눈을 깜빡이자 스톡스가 자신을 감싸주고 있었다는 걸 알게 되었다. 묵직하게 우뚝 서 있던 건물은 이제 돌무더기 잔해로 남았고 벌겋게 번쩍이는 벽돌들이 굴러다녔다.

"다쳤나?"

스톡스가 전쟁의 소음을 뒤로하고 외쳤다.

그레이스가 고개를 저었다.

"물을 찾아야 해요."

그가 슬픈 눈으로 주위를 둘러보았다.

"생존자를 찾아야 해."

물론 그의 말이 맞았다. 불은 진압하기에 이미 너무 커져 버렸다. 사방에 소방대원들이 물탱크가 바닥나도록 물을 뿌리고 있었지만 화마에는 역부족이었다.

프릿차드 앤 팟츠는 그레이스가 있는 곳에서 겨우 가게 몇 개 떨어진 거리에 있었는데 불이 붙지 않은 소수의 서점 중 하나였다. 하지만 바로 옆쪽이 폭격을 당해 건물 상당 부분이 사라졌고 그 옆의 가게도 허물어졌다.

다행히 패터노스터 광장에 있는 건물에는 사람들이 많지 않았다. 대부분 시골로 떠나 새해에 돌아오기로 되어 있었기 때문이다. 하지만 갈 곳이 없는 사람들도 있었다.

프릿차드 씨처럼.

의심할 여지없이 그는 서점 위 주택에 있을 것이다. 특히 지하철 역과 벽돌로 막은 건물들 바닥이 쓰레기투성이라고 불평을 하며 공공 대피소를 자주 매도했던 것에 비추어 보면 말이다.

그레이스는 서점으로 쏜살같이 달려갔다. 문은 이미 폭탄을 맞아 날아가고 없었다. 안으로 들어가 보니 서점은 어두컴컴했고 창문을 통해 들어오는 불빛만 안을 비추고 있었다. 책은 책장에서 떨어져 바닥에 아무렇게나 흩어져 있었는데 마치 추락한 새처럼 날개가 벌어지고 망가진 상태였다.

밖에서 쉬익 소리가 들리고 무언가가 쾅 부딪히면서 건물 전체가 흔들렸다. 천장에서 회반죽이 눈처럼 떨어졌고 책이 몇 권 더 책장에서 떨어졌다.

"프릿차드 씨!"

그레이스가 소리쳤다.

그는 대답이 없었다.

예의를 차릴 시간 따위는 없었다. 그의 집으로 향하는 문을 찾아 노크도 하지 않고 서둘러 계단 위로 올라갔다. 그 와중에도 건물은 토대가 불안정해져 약간씩 흔들렸다.

그레이스는 밖에서 반짝이는 주황색 불에 의지하며 집을 수색했다. 집 안 상태는 아래층 서점만큼이나 황폐했다. 그레이스는 기울어진 골동품 장식장 아래로 마른 다리 같은 것이 툭 튀어나와 있는 것을 보고 숨이 턱 막혔다.

"프릿차드 씨."

그레이스가 다시 불렀다.

아무런 대답이 없자 그레이스는 장식장 앞에 무릎을 굽히고 아래에 있는 사람이 정말 그 노인이 맞는지 확인했다. 가구를 억지로 밀어 보았지만 꿈쩍도 하지 않았다. 근처 어딘가에서 폭탄이 폭발하자 건물은 금방이라도 무너질 것처럼 마구 흔들렸다.

정말 무너질지도 몰라.

하지만 가느다란 팔목에서 맥박을 찾아본 후 장식장은 어떻게 되든 상관이 없어지고 말았다. 더 이상 프릿차드 씨를 구할 수 없었다. 이미 세상을 떠났기 때문이다.

또 다른 폭탄이 떨어졌다. 이번에는 너무나 강력해서 그레이스가 균형을 잡을 수 없을 정도였다. 바로 그때 그레이스의 귀에 애처로운 울음소리가 들렸다.

그레이스는 소리가 나는 곳으로 달려가 안간힘을 쓰며 소파 아래를 살펴보았다. 그곳에 겁에 질린 태비가 있었다. 그녀는 황급히 고양이를 안아 올렸다. 태비는 반항할 시도조차 하지 않았다. 대신 그레이스가 건물 밖으로 뛰쳐나오는 동안 그녀에게 꼭 매달려 있었다.

밖에서는 스톡스가 거리 한가운데에 서 있었다. 그동안 그의 양 옆에는 불이 무섭게 타올랐다. 의용 소방대에서 온 남자들은 호스를 불꽃 쪽으로 겨누었다. 유니폼은 황동 분사구에서 나온 물로 흠뻑 젖었지만 자신이 위치한 곳에서 결코 움직이지 않았다.

스톡스가 태비를 물끄러미 바라보고는 아무 말도 하지 않았다.

"다른 생존자는?"

장식장 아래에 맥없이 깔려 버린 프릿차드 씨의 모습이 떠올랐다. 그레이스는 태비를 더 꽉 껴안고 고개를 저었다.

바람이 좁은 골목길을 휩쓸고 화염을 부채질했다. 그러자 불이 미친 듯이 커지며 여기저기에 불꽃을 마구 날렸다. 그들 주위의 열기가 더욱 팽창하여 그레이스를 짓눌렀다. 마치 골수가 밀랍처럼 녹아내리는 것 같았다.

어렸을 때 모닥불에서 빛나는 불씨를 보면 불의 요정처럼 참 아름답다고 생각했다. 지금은 아름답다거나 마술 같다는 것과는 완전히 다르다. 화염은 탐욕에 젖어 잔인하게 불타올랐고 무엇이든 무자비하게 파괴했다.

"여기서 벗어나야 해."

스톡스의 얼굴이 땀으로 번들거렸고 점점 더 커지고 있는 불로 시선을 획 돌렸다.

"이제 남은 물이 없어. 여기서 우리가 할 수 있는 일은 없다고."

그레이스는 프릿차드 씨를 떠나 갈 곳이 없는 태비를 데리고 세인트 폴 대성당으로 갔다. 그곳은 다행히 아직까지는 화마가 영향을 미치지 않았다. 피난처를 찾고 있던 교구민 중 한 명이 고양이를 맡아주겠다고 해서 그 작고 겁에 질린 고양이는 교구민의 품에 안겼다.

그레이스와 스톡스는 다시 불타는 거리로 돌아갔다. 비행기는 여전히 머리 위에 있었다. 짙은 연무 때문에 보이지는 않았지만 무인기의 엔진 소리와 반복적으로 폭탄이 떨어지는 소리 그리고 사람을 미치게 할 정도로 퍽퍽 하는 소이탄 소리로 알 수 있었다.

소방대원이 불타는 건물 앞에 서 있었지만 그의 손에 들린 호스는 축 처진 채 비어 있었다.

"수도 시설에 폭탄을 터뜨리고 있어요."

그들이 도와주러 다가오자 소방대원이 말했다.

"템스강에서 물을 끌어오는 것은 어때요?"

스톡스가 물었다.

폭탄 공격으로 물을 공급하는 수도 시설이 끊어질 경우에 대비해 안전 대책으로 수도 중계기가 있었다. 그러면 물을 공급하는 원천으로 템스강을 쓸 수 있었다.

소방대원은 화마가 건물을 삼키는 모습을 아무런 미동도 없이 바라보았다. 그의 눈빛이 한없이 무기력해 보였다.

"조수가 너무 낮아요."

그레이스의 피부가 열기로 따끔거렸다.

"그 말은……?"

남자는 패배한 표정으로 고개를 떨어뜨렸다.

"물이 없다고요. 그저 불이 다 삼키도록 내버려 두는 것 말고는 다른 선택을 할 수 없어요."

불은 내키는 대로 주변을 다 태워 버렸다. 그레이스와 스톡스가 혹시라도 살아 있을지 모를 사람들을 돕기 위해 분투하는 동안, 소방대원은 화염이 만족할 줄 모르는 탐욕으로 건물을 다 불태워 버리는 모습을 그저 바라볼 수밖에 없었다. 대략 300년 전, 런던에 대화재가 일어났을 때를 재현한 모습이었다. 당시의 화재는 런던 중심부를 숯과 재로 만들어 버렸고 이번에도 똑같은 기세였다.

그레이스는 윌리엄 에인즈워스가 지은 《올드 세인트 폴 *Old St. Paul's*》의 한 장면을 떠올리며 몸서리를 쳤다. 런던을 삼켜 버린 대화재에 대한 내용이었다. 다른 점이 있다면 주인공이 했었던 것처럼 멈출 수 없었다는 것이다.

그레이스와 스톡스는 계속 사람들을 구하며 태어나서 가장 긴 긴밤을 보냈다. 그 모든 과정 동안, 그레이스는 필사적으로 에너지를 끌어모았다. 그렇게 완전히 녹초가 된 가운데에서도 이런 힘이 있으리라고는 그녀 자신도 몰랐다.

영원할 것만 같던 시간이 지나고 아침이 찾아왔다. 폭탄 공격과 끊임없이 지속되던 소이탄 투하도 끝이 났다. 연기는 폐허가 된 건물 위로 여전히 짙게 피어오르고, 완전히 끄지 못한 불에서 타닥타닥 타는 소리가 났다.

너무나 많은 파괴로 완전히 기진맥진한 그레이스는 태비를 데리러 가기 위해 세인트 폴 대성당으로 향했다. 대성당으로 달음박질하는 길에 연기가 너무 짙어서 저 오래된 성당이 무사히 서 있기는 할까 하는 무시무시한 두려움이 그녀를 사로잡았다.

그레이스는 성당이 패터노스터 광장의 다른 곳들처럼 희생양으로 무너지지 않기를 바라며 숨을 참았다.

순간 바람이 훅 불어왔다. 그을린 벽돌의 열기와 불꽃을 깜짝 놀라게 할 정도로 차가웠다. 연기 기둥의 방향이 바뀌고 서서히 사라지자 하늘이 조각조각 드러났고 세인트 폴 대성당의 돔이 기적적으로 손상을 입지 않은 모습으로 나타났다.

첫 번째 대화재 기간에 대성당은 마침내 무너지기 직전까지 3일을 버티고 서 있었다. 그 이후 재건축되어 지금까지 자리를 지키고 있다. 하지만 대성당은 단순한 건물 이상이었다. 예배를 드리는 장소이면서 갈 곳을 잃은 영혼을 구제하는 곳이었다.

그곳은 지옥의 한가운데에서도 여전히 선이 존재한다는 것을 보여주는 상징이었다. 또한 영국의 정신을 대표하는 곳이었다. 그러한 전멸과 상심에 맞서 계속해서 우뚝 자신의 자리를 지켜 왔다.

"런던은 감당할 수 있다."

스톡스가 그레이스 옆에서 걸걸한 목소리로 말했다. 그 영묘한 광경은 그를 넘치는 애국심의 물결로 인도한 게 틀림없었다. 그는 기습 공격이 시작된 이후 정부에서 장려했던 슬로건을 부르고 또 불렀다.

더욱 놀라운 것은 태비가 무사했다는 점이다. 얇은 이불에 싸여 교회 의자 가장자리에서 만족스럽게 자고 있었다. 그레이스는 시커멓게 그을린 손으로 담청색 꾸러미를 들어 올렸다. 그러자 태비가 호박색 눈을 깜빡거리며 잠에서 깼다.

그레이스가 그 작은 고양이를 들어 올리자마자 녀석은 발톱으로 살포시 매달려 편히 안겼다. 고양이도 제대로 안았겠다, 그레이스는 스톡스가 브리튼가 그녀의 집에 데려다주는 것도 그냥 내버려 두었다. 그도 얼른 집으로 가 잠을 자야 한다고 우기기에는 너무 피곤했다.

피곤에 완전히 절어 있었지만, 그리고 누가 그러자고 한 것도 아닌데 두 사람은 먼 길을 돌아 프림로즈 힐 서점 앞을 지나갔다.

서점은 언제나 그랬듯이 여전히 아늑하고 안전하게 자리 잡고 있었다.

그레이스는 서점이 피해를 입지 않은 것에 감사했다. 특히 이렇게 많은 이들이 큰 손실을 입은 때에 말이다.

에번스는 이른 아침 경보 해제 음이 울린 후 어김없이 자신의 집으로 올라갔다.

모든 집이나 사람들에게 운이 따르지는 않았다. 두 사람의 담당 구역인 이즐링턴에서는 수많은 집들이 소이탄으로 인해 지붕에 피해를 입었고 상당수의 가구가 폭탄을 맞았다. 하지만 패터노스터 가에 비하면 이 정도 피해는 아무것도 아니었다.

이제 이글거리는 화재 현장에서 멀어지고 나니 공기가 차가워져 몸서리를 쳤다.

두 사람이 그레이스의 집에 도착하자 스톡스는 가볍게 목례를 하고는 클러큰웰가에 있는 자신의 집 방향으로 비틀거리며 걸어 갔다. 그레이스가 계단을 다 오르기도 전에 웨더포드 아주머니가 문을 열며 뛰어나왔다.

"그레이스."

아주머니가 숨도 못 쉬겠다는 표정으로 손을 목에 가져다 댔다.

"오, 하나님 감사합니다. 무사했구나, 우리 아가. 어서 들어와, 어서."

그레이스는 너무나 피곤해서 나머지 계단도 느릿느릿 걸어 올라 집으로 들어갈 수밖에 없었다. 목은 뜨거운 공기 속에 몇 시간이

나 숨을 쉬느라 데어 버렸고 가슴도 매연으로 꽉 들어찬 듯 답답했다.

"정말 끔찍하다고 들었어."

아주머니가 문을 닫고는 그레이스 옆에서 초조하게 부산을 떨었다.

"정말 그랬니? 아냐, 대답하지 않아도 돼. 네 모습을 보니 어땠는지 알겠다. 불쌍한 것. 하나님 감사합니다, 이렇게 무사해서. 이제 집에 왔어. 차 한잔 줄까? 아니면 먹을 거라도? 뭐 필요한 거 없어?"

아주머니가 걱정스럽게 말을 쏟아붓다가 멈칫하고는 그레이스가 안고 있는 꾸러미를 바라보았다.

밖의 날씨는 너무나 추워서 짙은 안개가 얼음 파편으로 뒤덮인 것처럼 보였다. 런던 중심부에서 일어난 대화재에서 멀어진 직후 그레이스는 태비를 이불로 덮어 온기가 남아 있도록 했다. 이제 얇은 천을 벗겨내자 밤새 그 끔찍한 일을 겪고 나서 여전히 졸린 눈을 하고 있는 고양이가 나왔다.

아주머니는 손가락을 입에 댔다.

"그 아이…… 혹시……?"

"태비예요."

그레이스가 먹먹해진 목소리로 말했다.

아주머니는 말없이 그레이스의 볼에 손을 대고는 태비의 머리 위에 손을 얹었다.

"네가 그 마지막……"

웨더포드 아주머니의 목소리가 잠겼다.

"네가 그 마지막 생명체로구나, 콜린이 구한."

별안간 뭔가 기억이라도 난 듯 그레이스를 날카롭게 쳐다보았다.

"프릿차드 씨."

그레이스는 고개를 저었다. 구조대원들에게 그의 위치를 알려주고 시신을 제대로 찾을 수 있도록 당부한 터였다.

"아주머니가 태비를 맡아주셨으면 좋겠어요."

그레이스가 쉰 목소리로 말했다.

"제가 보기에 지금 무척 겁을 먹었어요. 사랑으로 돌봐줄 사람이 필요해요."

아주머니는 몸을 떨며 깊은 한숨을 내뱉었다.

"나도 똑같이 느낀단다, 작은 태비야."

그녀는 그레이스의 품에서 태비를 꾸러미와 함께 들어 올렸다.

그레이스는 목욕을 하면서도 너무나 피곤해서 작은 욕실에 그을음 자국이 남아도 신경을 쓸 수가 없었다. '한숨 자고 나서 정리해야지'라고 생각했지만, 나중에 보니 이미 말끔하게 청소가 되어 있었다. 욕실에서 기분 좋은 석탄산 세제 냄새가 은은하게 퍼지며 반짝거렸다.

아래층으로 내려갔더니 아주머니가 고맙다는 인사는 하지 말라는 듯 손을 흔들며 태비를 어르고 있었다. 태비도 몸을 쭉 내밀고 자신의 얼굴을 아주머니에게 비비고 있는 것을 보니 고양이도 그녀에게 푹 빠진 모양이었다. 그만큼 아주머니도 매우 기뻐했다.

그레이스는 채소와 토끼 스튜로 간단히 식사를 한 후 집을 나서 서점으로 향했다. 누가 뭐라 해도 삶은 계속되어야 하고 여전히 해야 할 일이 있었기 때문이다.

축축한 공기가 얼얼할 정도로 차가워서 밖에 나서자마자 단숨에 숨을 들이마셨다. 매캐하게 타는 냄새가 바람을 타고 오니 그 전날 밤에 일어났던 일이 모조리 떠올랐다.

"너지!"

그때 이웃집 계단에서 퉁명스러운 목소리가 들렸다.

그레이스는 추위 속에서 눈을 깜빡였다. 네스빗 부인이 그녀의 집 난간에 꼿꼿하게 서 있는 모습이 눈에 들어왔다. 평소 깔끔한 매킨토시 차림과는 달리 그을음이 묻어 있었고 눈은 벌겋게 충혈되어 있었다.

부인은 고개를 들어 뒤로 젖히고는 그 날카로운 코 위로 무섭게 노려보았다.

"지금 내 서점에 다녀오는 길이야. 뭐가 남았나 해서."

그곳에서 본 광경은 말 그대로 엄청난 충격이었을 것이다. 그레이스는 부인을 향해 완전히 몸을 돌려 진심 어린 유감을 표했다.

"정말 안됐어요."

"그러시겠지."

건너편에 있는 여자가 새된 소리를 냈다.

부인의 톡 쏘는 힐난은 이제 적응이 될 법도 하건만 저 가시 돋친 말들은 이번에도 생채기를 세게 남겼다.

"뭐라고 하셨어요?"

"너 지난밤에 거기에 있었지."

네스빗 부인은 장갑을 콕 집어 한 손으로 단번에 휙 빼 버렸다.

"좀 더 제대로 했어야지. 우리 집에 재고를 미리 갖다 놓지 않았다면 아마 서점에 아무것도 남지 않았을 거야. 아무것도."

부인은 손에 있던 장갑을 훅 들어서 맨손에 탁 쳤다.

"이렇게 많은 사업체들이 다 불타 버리다니 변명의 여지가 없어, 없다고."

그레이스는 어젯밤 자신이 했던 일들과 그 수많은 자원봉사자들이 보였던 투혼을 대변하는 말이 혀끝에서 맴돌았다. 너무나 많은 소이탄들이 떨어졌다. 중심가가 타격을 받았고 공교롭게 딱 그 시간에 템스강은 썰물이었다. 하지만 이 여인에게는 그 어떤 마음의 빚도 지지 않았다. 그레이스와 다른 이들이 온 힘을 다해 최선을 다했을 때는 더욱 그랬다.

분노가 차가운 공기를 맞고 서서히 사그라졌다.

라디오에서는 12명 이상의 소방관이 사망했고 200명 이상이 부상을 입었다고 보도했다. 용감한 남성들은 다시는 가족들의 환영을 받으며 집으로 돌아오지 못했다. 다시는 그들에게 사랑한다는 말을 전하지 못할 것이다.

"지난밤에 여러 사람들이 화재 진압을 하다 목숨을 잃은 게 당신에게는 행운이었겠죠."

그레이스가 딱딱한 어조로 말했다.

"이제 나머지는 당신이 채우면 되겠네요. 남은 우리들은 너무 서툴러서 말이에요."

네스빗 부인의 얼굴이 확 달아올랐다.

"이 무례한……"

하지만 그레이스는 더 이상 들으려 하지 않고 이미 나머지 계단을 총총 내려가 버렸다. 그렇지 않으면 저 여자에게 성큼성큼 걸어가서 저 뼈밖에 없는 얼굴을 철썩 때렸을 테니.

그레이스의 입에서 하얀 김이 모락모락 피어났다. 일부러 다리 근육에 힘을 꾹 주고 불이 날 정도로 빠르게 걸었다. 어찌나 빠르게 갔는지 앞에 프림로즈 힐 서점이 있는데 못 알아볼 정도였다.

그레이스는 의도한 것보다 훨씬 더 세게 문을 밀어젖혔다.

에번스가 고개를 휙 들었다.

"베넷 양?"

"저 여자."

그레이스가 꾹 눌러 담았던 격한 감정을 쏟아냈다.

"정말 진절머리 나는 여자예요."

"지금 서점에는 아무도 없는데."

그가 계산대를 돌아 두 손을 포개고는 한때 불룩 나와 있던 배 위에 얹었다.

"무슨 일이 있었는지 얘기해 보게."

그레이스는 네스빗 부인이 자신에게 했던 말과 그 전날 밤 있었던 일을 이어서 이야기했다. 프릿차드 씨에 대해 이야기할 때는 말이 제대로 나오지 않았다.

에번스는 코로 깊은 한숨을 쉬며 먼 곳을 멍하니 바라보았다.

"그는 대피소로 가야 할 이유를 완전히 외면해 버렸지. 그와 같은 생각을 하고 있는 사람이 많다니 참 딱한 일이야."

그가 천천히 고개를 저었다.

"불쌍한 녀석 같으니. 태비를 돌봐주어서 고맙네."

"제 생각에는 웨더포드 아주머니가 더 좋아하시는 것 같아요."

에번스는 희미하게 미소를 지었다.

"태비는 부인에게 도움이 될 거야. 그리고 네스빗 부인에 대해서는……."

그 여자의 이름만 들어도 그레이스는 다시 분노로 부글부글 끓었다.

"내 생각에는"

그가 천천히 말을 꺼냈다.

"네스빗 부인은 자기 서점에서 일어난 일 때문에 큰 상처를 받았어. 그래서 가장 먼저 눈에 들어온 사람에게 그렇게 말을 심하게 내뱉은 거지."

에번스는 안타깝다는 표정으로 고개를 살짝 기울였다.

"그리고 그 사람이 하필이면 자네였던 거고."

"그렇다고 그렇게 무자비하게 말할 필요는 없잖아요."

그레이스는 자신이 너무 심통을 부린다는 걸 알고 있었지만 그 여자는 정말로 불쾌했다.

에번스는 두꺼운 안경을 매만졌다.

"자네 최근에 《크리스마스 캐럴》 읽었지, 그렇게 기억하는데."

그레이스가 고개를 끄덕였다.

"에브니저의 불행한 어린 시절이 그를 어떻게 만들었는지 자네도 봤지. 그의 사업이 한 줌의 재로 끝나 버리면 어떤 느낌을 받을지 생각해 보게."

과연 에브니저 스크루지는 네스빗 부인에게 적절한 비교 대상이었다. 그때까지만 해도 그레이스는 두 인물을 조합할 생각조차 해본 적이 없었다. 하지만 분노가 상처를 감추기 위한 도구라는 말은 맞았다. 특히 상처가 약하기 그지없는 감정이라면 말이다.

마찬가지로 에번스도 그레이스가 서점에서 처음 일하던 날, 자신의 딸에 대한 기억을 감추기 위해 퉁명스럽게 굴었더랬다.

네스빗 부인의 삶에서 어떤 부분이 그녀를 그렇게 힘들고 쓰라리게 만들었는지 누가 알겠는가?

그것은 그레이스가 이전에 곰곰이 생각해 보지 못한 새로운 이해 방식이었다.

"감사해요."

그레이스가 말했다.

"그렇게는 한 번도 생각을 못해 봤어요."

에번스는 아버지처럼 애정 어린 손길로 그레이스의 뺨을 토닥이며 말했다.

"자네는 참 좋은 영혼을 가졌어, 그레이스 베넷."

"그리고 사장님은 뛰어난 선생님이시고요."

그레이스는 그날 일하는 내내 오전에 나누었던 대화를 곱씹어 보았다. 덕분에 삼촌도 다시 보게 되었다. 추한 성격은 타고나는 것이 아니라 만들어지는 것이었다. 아마도 고난을 견디느라 그의 성격이 험악하게 변했을지도 모른다.

그런 생각이 들자 갑자기 그를 다른 시각으로 보게 되었다. 분노가 아니라 연민으로. 그리고 자신을 그토록 모질게 대한 것도 그레이스 본인 때문이 아니라 그 자신과 관련이 있다는 것도 알게 되었다.

그레이스는 이런저런 생각에 잠겨 자신 앞에 있는 빈 책장을 뚫어져라 바라보았다. 책장은 심프킨 마샬에서 들어올 예정이었던 신간 도서를 위해 칸을 비워 놓은 상태였다. 지금은 더 이상 채울 수 없는 주문이 되고 말았지만.

좋은 생각이 스쳐 지나갔다.

"궁금한 게 있어요……."

그레이스가 큰 소리로 말했다.

"패터노스터가에서 폭격을 맞은 서점을 위해 작은 공간을 마련해 주면 어떨까요?"

에번스는 몇 발자국 떨어져서 책에 푹 빠져 있다가 안경 너머로 그레이스를 바라보았다.

"어떻게?"

"아직 불에 타지 않은 책이 남아 있는 서점이 있다면 공간을 제공하는 거죠. 그러면 책이 팔려도 어느 서점의 책인지 바로 알 수 있잖아요."

뭐니 뭐니 해도 그레이스와 에번스는 오류 하나 없이 판매 실적을 기록하여 보존해 놓고 있었다.

"그러면 서점 주인도 최소한 지금 있는 재고에서 이익을 남길 수 있어요."

"꽤나 어려운 일이 되겠는걸."

에번스가 주저했다.

"절 의심하시는 거예요?"

"전혀."

에번스의 얼굴에서 웃음이 퍼져 나갔다.

"필요한 책장은 모두 가져다 쓰게."

그는 그레이스가 일찍 퇴근하도록 허락해 주었다. 그녀는 패터노스터가의 서점 주인들에게 어떻게 연락할 수 있을지 알아보는 임무에 착수했다.

어젯밤 화재 이후 처음으로 서점 중심가로 가는 길, 무너진 건물들을 지나가며 두려움도 점점 커졌다. 도착하기도 전에 연기 냄새부터 흘러나왔고, 자신의 눈앞에 놓인 광경을 보자 그레이스는 가슴이 무너져 내렸다.

패터노스터가에는 남은 것이 거의 없었다. 건물 잔해는 연기 아래에 덮여 있었고 폐허 속 깊은 곳에는 여전히 불씨가 살아 있었다. 한때 번잡했던 거리는 대부분 파괴되고 말았다. 양옆에 위풍당당하게 서 있던 건물들은 이제 벽돌과 먼지 구덩이에 지나지 않았고, 홑벽 몇몇 개가 사각형으로 구멍이 뚫린 채 헛되이 서 있었다. 그 사각형 구멍은 물론 창문이 있던 자리였다.

그레이스는 폭삭 가라앉은 건물터 앞에서 양복을 입고 서성이는 남자에게 다가갔다. 그곳은 한때 우아함을 자랑하던 서점으로, 반짝이는 초록색 페인트로 간판을 마감했고 신문으로 만든 작은 새가 내부 진열용 창에 매달려 있었다.

"스미스 서점 사장님이신가요?"

그는 망연자실한 표정으로 그레이스를 바라보았다. 그녀가 공습 경보 활동을 하면서 너무나 자주 보아 왔던 표정이었다. 남자는 알아볼 수 없을 정도로 미약하게 고개를 끄덕였다.

"너무나 아름다운 서점이었는데 진심으로 유감입니다."

그레이스는 조심스럽게 다가갔다.

"저는 호시어 레인에 있는 프림로즈 힐 서점에서 왔는데요."

그레이스는 남자의 생계수단이었을 법한 곳에서 일어난 참상에 대해 생각했다.

"저희는 책장에 공간을 마련해 폭격을 입은 서점을 도와주려고 하고 있어요. 사장님께서도……."

감정이 물밀 듯 밀려와 목이 메었다.

"사장님도 남은 책을 저희에게 가져오실 수 있어요. 그러면 책이 팔릴 때마다 이익을 받으실 수 있도록 보장해 드리겠습니다."

그레이스는 서점의 정보가 적힌 작은 카드를 건네주었다.

그는 말없이 카드를 받고 뚫어져라 바라보았다.

"정말 유감이에요."

그레이스가 다시 말했다. 또다시 징글징글하게 무력감이 들었다.

"제가 더 도울 수 있는 일이 있기를 바랍니다."

"고맙소."

그가 나긋한 목소리로 말을 하고는 다시 슬픈 눈을 무너져 버린 잔해로 돌렸다.

그레이스는 또 다른 서점 주인을 딱 한 명 더 만났다. 역시 같

런던의 마지막 서점

은 제안을 하고 똑같이 얼떨떨한 반응이 돌아왔다.

무슨 대답이든 상관없었다. 어떤 책도 살아서 돌아오지 못했으니까.

그레이스는 실의에 빠진 채 런던 서점가의 잔해에서 몸을 돌려 집으로 향했다. 눈에 모래가 들어간 듯 극도의 피로를 견딜 수 없었기 때문이다. 하지만 브리튼가로 가는 도중에 그날 밤 화재에도 손상되지 않은 책을 가지고 있는 서점 주인이 정확히 한 명 있다는 사실이 퍼뜩 떠올랐다.

네스빗 부인.

그레이스의 마음은 전쟁이 일어난 듯 복잡해졌다. 한쪽에서는 네스빗 부인에게 올바른 일을 하라고 주장하며 부인이 내뱉은 모진 말로 받은 상처와 싸우라고 했지만, 한편으로는 더 모진 말로 복수를 하고 싶은 마음도 있었다. 네스빗 부인이 자신에게 했을 때와 똑같이.

그레이스는 드디어 마음을 굳혔다. 스스로를 더욱 독하게 만들지 않으려 했다. 네스빗 부인과 같은 사람에게도.

네스빗 부인의 집으로 가는 계단을 반쯤 올라가고 있는데 익숙한 목소리가 그녀를 불렀다.

"그레이스, 헷갈린 거야?"

웨더포드 아주머니였다.

"지금 밤도 아닌데 엉뚱한 집으로 가고 있네. 잠을 더 자야겠구나, 애야."

아주머니는 여성 자원봉사회에서 제공한 회녹색 유니폼을 입고 있었다. 모임에서 이제 막 돌아온 모양이었다. 아주머니의 볼이 상기되어 있었고 눈은 생기가 넘쳐 밝게 빛나고 있었다.

그레이스는 계단에서 내려와 네스빗 부인에게 하려던 말을 재빨리 설명했다. 웨더포드 아주머니가 등을 살짝 펴서 몸을 세우고 어깨에 힘을 주었다.

"그렇다면 나도 함께 가야겠다."

그레이스가 말리기도 전에 아주머니가 말을 가로막았다.

"저 짐승 같은 여편네와 혼자 맞서게 하지 않을 테야. 특히 네가 그렇게 선한 의도로 가는 거라면 말이다."

그레이스와 웨더포드 아주머니는 네스빗 부인이 사는 집의 황동 문고리를 빠르게 두드렸다.

부인은 차가운 날씨에 걸맞게 두 사람을 맞이했다.

"당신들 집은 옆에 있는데."

부인은 초승달 같은 눈썹을 날카롭게 추켜올렸다.

"아니면 잊어버리셨나?"

"부인을 보러 왔어요."

그레이스가 말했다.

"아니면 차 한잔 얻어 마실 수도 있고."

웨더포드 아주머니가 차가운 손을 맞비볐다. 네스빗 부인이 손님들을 대하는 태도에 크게 개의치 않는 모습이었다.

"여기에 계속 이렇게 있다가는 동상에 걸리겠어."

네스빗 부인은 한숨을 쉬며 문을 열었다.

"들어와요. 주전자를 올려놓을 테니."

부인은 두 사람을 응접실로 안내했다. 호화롭게 생긴 파란색 벨벳 소파는 산 지 얼마 되지 않아 보였다. 방은 엄숙한 아름다움이 서려 있어 마치 만지면 안 되는 깨지기 쉬운 물건들로 가득 찬 박물관 같았다. 닦은 지 얼마 되지 않은 작은 탁자에서부터 여러 가지 장식품까지 깔끔하고 질서 정연하게 정돈되어 있었고 젊었을 적 네스빗 부인으로 보이는 사진이 드문드문 놓여 있었다.

그레이스와 웨더포드 아주머니는 푹신한 소파 끄트머리에 어색하게 몸을 얹었다. 왠지 몸을 기대서 손질된 벨벳에 자국을 남기면 안 될 것 같았다. 몇 분 뒤 네스빗 부인이 쟁반에 다기를 챙겨 왔고 고급 도자기로 만든 찻잔을 건네주었다. 찻잔이 어찌나 얇은지 창문에 빛이 반사될 정도였다.

"뭘 해 드리면 될까요?"

네스빗 부인이 물었다.

"손님 대접을 받으려고 배급받은 차와 설탕을 축내는 것 빼고 말이지."

그레이스는 설탕 그릇에 손을 가져가려다가 다시 슬그머니 집어넣고 밍밍하게 먹는 쪽을 택했다.

"프림로즈 힐 서점에 부인의 책을 놓을 공간을 마련하려고 해요. 부인의 책을 팔 수 있도록요. 물론 부인께서는 책을 팔고 남은 이익을 받으실 거예요. 그리고 손님들에게도 부인의 서점에서 가져온 책이라고 알려드릴 계획이고요."

부인의 눈썹이 올라가며 이마에 잔주름이 생겼다.

"진심이야?"

"네."

그레이스는 차를 한 모금 마셨다. 당연히 차 맛은 밍밍했다. 이미 차를 한 번이나 두 번 우려낸 탓이다. 원치 않는 방문객들에게는 이마저도 최선이었다.

그런데 놀랍게도 네스빗 부인의 눈에서 눈물이 그렁그렁 맺히더니 고개를 돌려 버렸다.

"남편을 사랑하지 않았으니 이 모양 이 꼴이지."

그녀는 레이스가 달린 손수건으로 눈 밑을 찍어냈다. 손수건은 실제 용도로 쓰이기보다는 장식용에 더 가까워 보였지만 말이다.

"나는 오로지 서점 때문에 남편과 결혼했어요. 마지막으로 아버지의 관심을 받으려고. 그래서……."

부인은 조금 진정하고 나자 웨더포드 아주머니와 그레이스를 불청객인 양 바라보았다.

"무슨 말인지 모르겠어? 신은 내게 벌을 주고 있는 거야."

"정말 오만하기 짝이 없구먼. 정말 당신의 그 이기적인 행동 때문에 신이 모욕을 주려고 런던에 폭탄을 퍼부었다고 생각하는 거요?"

웨더포드 아주머니가 한숨을 지었다.

"네스빗 부인, 사리에 맞게 생각 좀 제대로 하고 모처럼 좋은 제안을 받았으면 활용을 해 봐요."

그레이스는 차를 마시다 사레들릴 뻔했다.

네스빗 부인은 분을 참지 못해 씩씩거렸다.

"어떻게 내 집에 들어와서 그런 말을."

"왜냐하면 누군가는 꼭 해야 하니까."

웨더포드 아주머니는 설탕을 한가득 떠서 차에 넣었다.

"당신은 그레이스에게 사과하고 이 아이가 제공하는 후한 기회를 받아들인다고 말해야 해요. 그러고 나서 채비를 하고 나랑 같이 보육원으로 책을 읽어주러 갑시다."

"보육원?"

네스빗 부인이 믿을 수 없다는 듯 눈을 깜빡였다.

"책을 읽어주러?"

"서점에서 매일 낭독회 열었잖아요, 안 그래요?"

네스빗 부인은 그레이스를 슬쩍 보더니 고개를 들고 흥 콧방귀를 뀌었다.

"맞아요."

"별다른 스케줄이 없는 것 같으니 말인데, 책에 목마른 아이들이 있어요."

웨더포드 아주머니가 차를 저었다.

"흠."

네스빗 부인이 머리를 치켜들었다.

그레이스와 아주머니가 기대하는 표정으로 바라보았다.

네스빗 부인은 뽐내듯 천천히 차에 설탕을 약간 넣었다. 그러고는 얇은 손잡이에서 새끼손가락만 우아하게 올리고 차를 한 모금 마셨다. 이어서 세트로 놓은 찻잔에 컵을 딸칵하고 올려놓고는 한숨 돌렸다.

"당신 제안을 받아들이겠어요, 베넷 양."

부인은 이렇게 말하면서 발밑에 최고급 카펫만 뚫어져라 바라보았다.

"고마워요."

"그리고 보육원도?"

웨더포드 아주머니가 재촉했다.

네스빗 부인이 시선을 위로 올렸다.

"차를 다 마시고 나갈 준비를 하지요."

웨더포드 아주머니가 의기양양한 표정으로 활짝 웃었다.

"아주 좋아요."

1940년에서 1941년은 그레이스와 아주머니 둘 다 특별한 일이 없이 넘어갔다. 특별한 일을 누리기에는 할 일이 너무나 많았다.

다음 달이 넘어가면서 웨더포드 아주머니는 네스빗 부인에게 보육원에 오라고 설득할 일이 점점 줄어들었다. 부인이 알아서 가기 때문이었다. 네스빗 부인이 특별히 디자인한 네스빗츠 파인 리즈 책장은 많은 관심을 받았기 때문에 부인은 매우 흡족해했다.

프림로즈 힐 서점의 혜택을 받은 서점 주인은 네스빗 부인뿐만

이 아니었다. 폭탄으로 완전히 기능을 상실해 버린 도시에서 문을 열 수 있는 건물은 많지 않았고, 패터노스터가의 서점 주인들 사이에서는 입소문이 퍼져 나갔다. 그래서 스미스 씨를 포함한 서점 다섯 개가 추가로 자신들에게 할당된 책장을 활용했다. 그레이스가 만든 작은 신문지 새를 만들어 지정된 구역에 장식을 했고, 오후 낭독 시간에는 프림로즈 힐 서점에서 보유하고 있는 책은 물론 각각의 서점 책들도 돌려가며 읽었다. 얼마 지나지 않아 서점에 오는 손님들은 자신의 단골 가게에서 소유한 책뿐만 아니라 다른 서점의 책도 알게 되었다.

지미는 여전히 낭독회에 빠짐없이 참석했다. 이 고아 소년은 이제 밥도 잘 얻어먹고 깨끗했으며 자신에게 맞는 옷을 입고 왔다. 게다가 나중에는 어린 여동생 사라도 데리고 와서 웨더포드 아주머니를 매우 행복하게 해 주었다. 지하철역에서 그레이스가 들려주는 이야기를 듣던 사람들이 서점에도 찾아왔는데, 친구들도 몇몇 더 데리고 왔다. 또한 다른 서점의 주인들도 손님들과 함께 들어왔다. 이렇게 다른 서점에 공간을 제공해 준 일은 서점 주인들에게 많은 혜택을 주었지만, 본의 아니게 프림로즈 힐 서점 역시 재고가 빠르게 감소해 이득을 톡톡히 보았다. 심프킨 마샬이 더 이상 책을 제공할 수 없는 가운데 종이 배급 문제로 다른 공급자를 찾기도 여간 어려운 일이 아니었다. 게다가 다른 서점들을 도와주기 위해 찾아온 손님들이 프림로즈 힐 서점의 상품 또한 종종 같이 구매하기도 했다.

그레이스는 조지에게 패터노스터가에서 일어난 일과 프림로즈 힐 서점이 어떻게 그리 사랑받는 서점이 되었는지 그리고 손님들이 문학에 관한 토론을 하느라 서점에 더 오래 머무는 이야기 등을 편지로 전했다. 그레이스는 그들의 대화를 듣는 것만으로도 조지가 미치도록 보고 싶었다. 유려하게 책을 묘사하던 말들 그리고 그녀를 새로운 이야기로 자연스럽게 이끌어 주던 모습이 모두 그리웠다. 그는 혹시라도 다음 몇 달 뒤에 런던을 방문하게 되면 꼭 서점에 가기를 간절히 바란다고 답장했다.

'내 집처럼 편안한 프림로즈 힐 서점 안에 있고 싶어요.'

그는 이렇게 고백했다.

'문학을 주제로 이야기꽃을 피우고 특히 아름다운 서점 직원이 사랑스러운 목소리로 이야기를 들려주는 곳.'

조지의 편지를 읽는 순간 그레이스의 마음이 따스해졌다. 그 앞에서 책을 읽는다는 생각을 하자니 지하철역에서 처음으로 책을 읽었던 때가 생각나 아직은 좀 걱정스럽지만 말이다.

비브의 편지에도 기대가 만발했다. 특히 몇 달만 있으면 런던으로 배치될 예정인데 자세히 말할 수는 없지만 새로운 임무를 맡을 것 같다고 했다. 비브의 쾌활한 모습은 편지를 환히 밝혔고 그레이스는 다시금 친구가 너무나 보고 싶어졌다.

유례없이 조용한 서점의 아침, 에번스가 계산대 앞에서 장부에 있는 일련의 숫자들을 계산하고 있었다.

"자네는 내가 훌륭한 선생님이라 했었지."

그가 장부 가운데에 연필을 놓고 그레이스를 바라보았다.

"나도 역시 자네에게서 퍽 많은 것을 배웠다고 알려주고 싶네."

그레이스가 의아한 표정으로 에번스를 바라보며 스테판스 서점의 빈칸에 책을 채웠다.

"자네의 인정(人情)이 만들어 온 것을 보게."

그는 다른 서점을 위해 마련한 책장을 가리켰다.

"자네는 다른 이들을 돕기 위해 자네의 모든 것을 바쳤어. 공습 감시원 일뿐만이 아니고 여기서도. 다른 서점 주인들에게 그리고 책을 읽어주는 사람들에게. 밖에서는 생명을 구했지. 여기서는 영혼을 구했고 말이야."

그의 쉴 새 없는 칭찬에 그레이스의 볼이 화끈 달아올랐다.

"너무 과장하시는 것 같아요."

그레이스가 말을 더듬으며 대답했다. 하지만 그의 말 속에 담긴 진정한 기쁨 덕분에 그레이스의 마음이 따스하게 피어올랐다.

에번스의 얼굴에 서린 미소로 보아 그도 그레이스의 진심을 잘 알고 있었다.

네스빗 부인이 예의 그 거만한 분위기를 뿜어내며 문을 밀고 들어왔다. 하지만 이번에는 평소와 좀 달라 보였다. 얇은 허리에 허리끈을 질끈 묶어 입고 다녔던 어두운색 매킨토시며 머리에 푹 눌러쓰고 핀으로 빈틈없이 고정해 놓은 필박스 모자(여성들이 쓰던 챙이 없고 납작한 모자-옮긴이)가 오늘은 보이지 않았다. 대신에 여성 자원봉사회의 둔탁한 초록색 유니폼과 모자가 눈에 들어왔다.

"오 이런, 날 그런 눈으로 보지 말아 줘, 베넷 양. 여성 자원봉사자를 처음 보는 것도 아니면서, 원."

네스빗 부인은 자신의 책장으로 성큼성큼 걸어갔다. 그녀의 실용적인 낮은 굽 구두가 바닥 위에서 또각또각 소리를 냈다.

그레이스는 네스빗 부인이 이렇게 바뀌도록 만든 장본인인 웨더포드 아주머니에게 감탄하며 아무 말도 하지 않았다.

"지금 당신네 서점 장부 정리를 끝낸 참이오. 원하시면 이리 와서 좀 보시구려."

에번스가 장부를 들어 네스빗 부인에게 보여줄 준비를 했다. 장부에는 부인이 서점에 들를 때마다 매번 요청했던 숫자들이 깔끔하게 적혀 있었다.

"아뇨, 괜찮아요."

부인은 대수롭지 않다는 듯 대답하며 책장에서 밝은 노란색의 어린이책을 꺼내 들었다.

"보육원에 가져다줄 책을 몇 권 가지러 왔어요. 거기 있는 책들은 진심 최악이거든요."

그녀는 다섯 권을 더 고르고는 에번스를 향해 책을 흔들었다.

"이 책은 재고 목록에서 지워줘요. 아이들에게 갖다줄 테니까."

에번스는 짙은 눈썹을 치켜올리며 믿을 수 없다는 듯 그레이스를 바라보았다.

"바로 그렇게 하죠."

그는 책 가운데에 놓았던 연필을 끄집어내어 장부에 책 제목을 적었다.

"고마워요, 에번스."

부인은 건조한 어조로 대답했다.

"고마워해야 할 사람은 내가 아닌데."

그는 그레이스를 향해 고개를 끄덕였다.

네스빗 부인은 그레이스 앞에서 멈춰 서더니 곰곰이 생각에 잠겼다. 꼿꼿한 자세가 잠시나마 누그러졌다.

"고마워요, 베넷 양. 모두 다."

부인은 다시 오만한 자세로 머리를 들고 서점을 떠났다.

그다음 달은 그레이스의 일일 낭독회 덕분에 덩달아 서점의 인기도 올라가며 활기를 띠었다. 포일스 서점이 그 악명 높은 차로 유명 인사를 끌어들였다면, 프림로즈 힐 서점은 그레이스의 낭독회와 더불어 책을 읽고 난 뒤 사람들이 삼삼오오 모여 이야기를 나누며 토론을 벌이는 것으로 차별화했다.

웨더포드 아주머니는 여성 자원봉사회 유니폼 차림으로 매일 같이 서점에 들러 혹시 자신의 손길이 필요한 고아가 없는지 날카로운 눈매로 둘러보았다. 아주머니는 그 어느 때보다도 이전의 모습과 더 닮아 있었다. 비록 깔끔하게 빗어 넘긴 머리에 이제 은발이 더 많이 보이지만 말이다. 아주머니가 진심으로 화를 낸 적이 딱 한 번 있었는데, 3월에 들어서 새로운 배급품 목록을 보았을 때였다. 잼. 아주머니는 목록을 보고 몹시 비통한 표정으로 반응했다.

"그다음은 뭐야? 치즈?"

폭탄 공격은 이제 정기적으로 지속되어 런던은 더 이상 예전의 영광으로 돌아갈 수 없었다. 이렇게 전쟁으로 너덜너덜해지고 진이 빠졌지만 그레이스는 계속해서 밤이면 밤마다, 낮이면 낮마다 사람들을 대피시켰다. 트럭들은 폭탄이 만들어 놓은 분화구를 우회해서 다녔고 주부들은 끼니를 만들 때 쓸 배급품을 받으려고 줄을 섰다. 또한 사람들은 아침에 우유병을 수거할 때마다 문 앞에 있는 폭탄 잔해들을 빗자루로 쓸어 치웠다.

이렇게 삶은 계속되었다.

날씨는 말 그대로 끔찍했다. 짙은 안개에 간헐적으로 눈과 얼음이 내리고 햇빛은 보기 힘들었다. 영국 사람들은 이런 끔찍한 날씨를 사랑하기에 이르렀다. 예정된 폭탄 공격이 날씨 덕분에 취소되었기 때문이다.

독일군은 잔뜩 흐린 날씨를 보고 물러났다가 '팁 앤 런Tip and Run'이라고 부르는 기습 작전으로 다시 공격을 시작했다. 도시 상공 위로 지나가면서 목표물을 정하지 않고 아무 데나 폭탄을 떨어뜨린 뒤 재빨리 철수하는 공격 방식이었다. 이렇게 무계획적인 공격의 효과는 별로 크지 않았고 이전 공격보다 인명 피해도 훨씬 적었다.

그레이스는 계속해서 비브와 조지에게 편지를 썼다. 그들에게 편지를 부칠 우체국을 찾는 일은 여전히 어려웠다. 때로 우편배달부가 병 속에 촛불을 밝히고 '우체국은 여기'라고 쓰인 팻말을 들고 서 있기도 했다. 전보를 전달하는 소년들은 더 큰 어려움을 겪었는데, 유니폼을 말쑥하게 차려입고 전보를 받는다고 적힌 판지를 줄에 엮어 목에 걸고는 이리저리 뛰어다녔다. 전보를 보내고 싶은 사람들은 소년의 등을 임시 테이블 삼아 메시지를 적곤 했다.

공습경보에서 하는 일은 여전히 고달팠지만 그래도 훨씬 덜 무서워졌다. 이전에는 너무나 많은 비행기가 보이거나 수많은 폭탄 근처에 있기만 해도 공포의 도가니에 빠졌었지만 이제 더 이상 그 정도는 아니었다. 공습경보가 울리면 그레이스와 스톡스는 굳이 서두르려 하지 않고 무인기가 보이거나 대공포 소리로 독일군이 가까이 있다고 파악될 때 움직였다.

4월은 새로 식물을 심는 달이었다. 웨더포드 아주머니가 이번에는 식물을 심기 전에 능숙하게 정원에 이름표를 붙였다. 태비는 아주머니가 가는 곳마다 졸졸 따라다녔다. 이제 둘은 떼려야 뗄 수 없는 사이가 되었다. 그러니 아주머니가 정원에 식물을 심으러 나갔을 때에 태비도 흙을 밟으며 종종걸음으로 그녀 곁을 지키는 것은 놀랄 일이 아니었다.

"걱정 안 해도 된다, 그레이스."

아주머니가 기름진 흙에 씨앗을 모두 심고 난 후 말했다.

"이제 상추 심는 것도 문제없어."

그 후 며칠 동안 새싹이 고개를 내밀고 비가 촉촉이 땅을 적시는 가운데 날씨도 온화해지면서 서점도 새로운 손님을 맞으며 번창해 나갔다. 하지만 그즈음 그레이스는 에번스의 상태가 다소 좋지 않다는 것을 알아차렸다. 시작은 그가 안쪽 방에서 작은 상자를 들고 나올 때부터였다. 그는 별로 무겁지 않은 물건을 들고도 비틀거렸고 계산대에 도착해서는 심하게 숨을 헐떡였다. 그레이스가 무슨 일인지 물었지만 그는 손을 저으며 그레이스를 물리쳤다.

며칠 뒤, 그레이스는 에번스가 작은 안쪽 방에서 가슴에 손을 얹고 있는 모습을 보았다. 그의 얼굴은 자주색으로 달아올라 있었다. 그레이스가 의사에게 가 보라고 채근했지만 에번스는 당연히 말을 듣지 않았다. 정말 고집쟁이 영감 같으니.

4월 첫째 주, 마치 체에 밀가루를 거른 듯 슬레이트 지붕에 하얗게 서리가 내린 아침이었다. 그레이스는 서점에 도착해서 에번스가 계산대 위에 완전히 기대어 있는 모습을 발견했다.

"사장님?"

그는 고개를 들지 않았다. 대신 신음 소리를 내며 왼손을 구부렸다.

그레이스는 문을 열어젖히고 거리를 지나가는 행인들에게 도와달라며 비명을 질렀다. 그리고 가방을 떨어뜨리고 재킷을 벗어던지며 계산대로 재빨리 뛰어 들어갔다. 공습 감시원으로서 훈련받은 대로 즉각 처치에 들어갔지만 도움을 주고 있는 대상이 에번스라는 생각에 머리가 팽팽 어지러웠다.

그레이스는 에번스의 무게를 지탱하면서 조심스럽게 그를 바닥에 눕혔다.

"진정하시고 숨을 규칙적으로 쉬어 보세요."

그레이스는 폭탄을 맞은 희생자들을 돌볼 때처럼 달래는 목소리로 말했다. 하지만 이번만큼은 목소리가 떨렸고 평정심도 잃고 말았다.

에번스는 숨이 제대로 쉬어지지 않는 듯 몸부림을 치면서 숨을 헐떡였고 얼굴은 고통으로 마구 일그러졌다. 언제나 강인하고 평정심을 잃지 않았던 남자. 그토록 약하고 숨도 제대로 쉬지 못하는 상태의 에번스를 봐야 한다니 정말로 감당할 수가 없었다. 내버려두면 그녀를 그냥 집어삼킬 듯한 감정이 파도처럼 밀려들어 왔다.

에번스의 이마는 땀으로 흥건했고 얼굴은 평소답지 않게 창백해졌다. 입술 역시 파랗게 질려 있었다. 에번스의 몸에 어떤 이상이 생겼든지 간에 반드시 의사가 와야 했다. 그녀가 평소 주었던 도움은 눈에 보이는 부상을 완화할 뿐이었다. 무력함이 미칠 것 같은 절망이 되어 그녀를 파고들었다. 세상 어떻게 안심을 시켜 준다한들 아무런 도움이 되지 않았다.

에번스가 그레이스의 손을 잡았다. 얼음장처럼 차갑고 땀으로 축축하게 젖어 있었다.

"앨리스."

그가 이를 갈았다.

"괜찮을 거예요."

그레이스가 단호히 말했다.

하지만 괜찮지 않았다. 그레이스도 그걸 알고 있었고 어떻게 해야 상황을 조금이라도 더 편하게 해 줄 수 있을지 알지 못했다.

그의 몸이 갑자기 뻣뻣해지더니 눈이 커졌다. 마치 무언가에 크게 놀란 것처럼 얼굴이 훅 불룩해졌다.

"누가 곧 여기로 올 거예요."

그레이스가 갈라지는 목소리로 말했다.

"누가 곧 여기로 올 거라고요."

모든 사람에게는 빛이 있는데 죽음이 그들을 데리고 가면 마치 손전등의 건전지가 다 닳은 것처럼 그 빛도 희미해졌다. 그레이스는 이전에도 그 눈빛을 본 적이 있었다. 한 노파가 건물에 깔려 있을 때 어떻게든 살아남으려 매달리던 모습을.

에번스의 눈에 서린 빛도, 지성과 친절함 그리고 건조한 유머로 빛났던 그 빛이, 너무나 밝고 생생하던 그 빛이 이제는 꺼지고 말았다.

"안 돼요."

그레이스는 고개를 흔들었다. 가슴이 콱 막히고 목이 메어 왔다. 손가락을 그의 손목에 대어 보았지만 아무런 맥박도 느껴지지 않았다.

"안 돼."

그레이스는 조심스럽게 배가 위로 가도록 몸을 돌려놓고 팔을 구부려 손등이 카펫 위의 이마를 받칠 수 있게 했다. 망가진 몸을 고칠 수는 없지만 누군가가 숨을 쉬지 않을 때 다시 호흡할 수 있게 되돌려 놓는 법은 훈련을 잘 받아 놓았다. 우선 그의 어깨뼈 사이에 손바닥을 넣고 자신의 몸무게에 지탱해 그가 숨을 쉴 수 있도록 했다. 그다음 그레이스는 에번스도 따라 하길 바라며 숨을 들이마시고 그의 팔꿈치를 뒤로 당겼다. 그리고 계속해서 그가 숨을 한 번 더 쉴 수 있도록 강제로라도 이 행동을 반복했다.

입구에서 종이 울렸다. 말도 못할 정도로 힘든 고통 속에서 그 소리는 날카롭고 추하게만 들렸다.

"도움이 필요한 사람이 있다고요?"

남자의 목소리가 들렸다.

"여기예요!"

그레이스가 소리쳤다.

남자는 정장을 입고 옆에는 검은 가죽 가방을 들고 있었다. 희 끗희끗한 머리는 헝클어져 있었고 눈은 피곤에 절어 퀭한 모습이 었다.

그레이스는 공습 감시원으로서 의료진에 인계하기 전 자신이 했던 일에 대해 설명했다. 단 지금은 환자와 아는 사이라는 점이 이 전과 다를 뿐. 평생 아버지가 있어 본 적이 없던 그레이스에게 에 번스는 아버지처럼 사랑하는 존재였다. 그리고 지금, 그 사람은 세 상과 작별을 고했다.

의사는 그녀의 어깨 위에 손을 올렸다.

"당신은 최선을 다했어요. 더 이상 할 수 있는 것은 없었소."

이미 수없이 말을 해 왔을 테지만, 그는 진심을 다해 눈썹을 찌푸리며 말했다.

"유감입니다."

유감입니다.

그렇게 엄청난 일에 고작 이렇게 보잘것없는 말이라니. 그레이스의 삶에 없어서는 안 될 사람이 그렇게 생을 마감했다. 그는 스승이며 친구요, 아버지와 마찬가지였다.

그리고 이제 그는 떠났다. 영원히.

유감입니다.

에번스의 시신이 실려 나가고 서점은 이상하리만큼 조용했다. 그레이스는 전쟁이 시작되고 처음으로 프림로즈 힐 서점 문을 일찍 닫고 집으로 터벅터벅 걸어갔다. 머릿속은 멍했고 발은 그냥 아무 생각 없이 끌려갔다.

그레이스가 현관문을 열자 웨더포드 아주머니가 소리를 질렀다.

"어머나 세상에, 코트는 어디 갔니?"

아주머니가 가까이 다가왔다.

"무슨 일이야, 그레이스? 비브 일이니? 오 하나님, 제발 비브 일이 아니라고 해 줘."

그레이스는 고개를 저었다. 제대로 저은 건지 본인도 느낄 수 없을 정도였다.

"사장님이요."

웨더포드 아주머니의 얼굴이 일그러지고 두 여자는 또다시 감당할 수 없는 슬픔에 서로를 부둥켜안았다.

하지만 그 상황 속에서도 그레이스는 다음 날 서점 문을 열었다. 그리고 그다음 날에도, 또 다음 날에도. 손님들은 에번스의 소식을 물었고 걱정 어린 말투 속에서 그에게 많은 정이 들었다는 사실을 보여주었다. 하지만 손님들의 그러한 질문은 에번스가 그레이스에게 크나큰 의미였던 만큼 그녀의 벌어진 상처를 더욱 파고들었다.

그레이스는 마음을 다잡기 힘들어 했고 슬픔은 걷잡을 수 없이 커졌다. 매번 서점의 문을 열고 들어갈 때마다 에번스가 그곳에 있을 것만 같았다. 건성건성 인사를 건네며 빈틈없이 장부를 정리하고 있을 것만 같았다. 계산대 뒤 빈자리가 보일 때마다 심장을 한 번씩 내리치는 것만 같았다.

아무리 현실을 받아들이는 데 실패를 해도, 아무리 지금 이 상황을 믿고 싶지 않다고 해도 에번스는 이미 떠나고 없다.

결국 에번스의 장례식에 참석하고 나서야 그레이스는 비로소 그의 부재를 받아들였다. 그의 관이 땅 밑으로 내려간 그 순간에. 비가 내리던 그 날, 마치 세상도 퍼시벌 에번스의 죽음을 애도하는 것 같았다.

그레이스는 여전히 매일 오후 낭독회를 열었다. 그녀가 에번스를 머릿속에 담아 두지 않았다면, 그만의 뿌듯한 미소로 그레이스를 격려했던 그 모습이 마음속에 없었더라면, 이 상황을 헤쳐 나갈 수 없었을지도 모른다.

밤이 되어 서점 문을 닫을 때마다 그녀는 언제나 그랬던 것처럼 안쪽 방 금고에 돈을 넣었지만 앞으로 어떻게 될지는 안갯속 같기만 했다. 서점이 어떻게 될지 그레이스로서는 알 길이 없었다. 사장님이 한 번도 얘기한 적이 없는 시골의 사촌이 물려받게 될까?

일주일도 채 되지 않아 그레이스는 답을 알게 되었다. 스산한 오후 어느 날 낭독회를 마친 후에 한 나이 지긋한 신사가 그레이스에게 다가왔다.

드문 일은 아니었다. 새로 낭독을 들으러 온 사람들이 책에 대해 그녀와 이야기를 나누고 싶어 했으니까. 아니면 다른 제안이 있다거나. 보통은 책에 대해 기꺼이 이야기를 나누지만 오늘은 그럴 기분이 아니었다. 가슴이 무너져 자꾸 웅크리고 싶어질 때는 더더욱.

"그레이스 베넷 양이십니까?"

남자가 물었다.

"뭐 필요한 게 있으신가요?"

"저는 헨리 스펜서라고 합니다. 스펜서 앤 클락의 담당 변호사이지요."

그가 그레이스를 보며 미소 지었다.

"괜찮으시다면 이야기를 좀 나누고 싶은데요."

그레이스는 웨더포드 아주머니를 바라보았다. 그녀는 이야기가 들릴 정도로 가까이에 있었다. 아주머니가 손으로 시늉을 하며 그레이스가 남자와 함께 가야할 것 같다고 내비쳤다.

런던의 마지막 서점

그레이스는 안쪽 방으로 따라오라고 남자에게 손짓을 하고는 공간이 너무 비좁은 것에 대해 사과했다. 심프킨 마샬에서 주문을 받을 수 없으니 이제야 방에 쌓인 재고를 소진하게 되었다. 그래서 상자 대다수가 밖으로 나갔지만 원체 공간이 작아 여전히 비좁았다.

"저는 일반적으로 고객이 근무하시는 곳에 오지 않습니다."

스펜서 씨가 말했다.

"하지만 에번스는 제 친구이기도 했어요. 베넷 양과 개인적으로 대화를 할 수 있는 기회가 있기를 바랐습니다."

그레이스는 먹먹함에 목이 메었다.

"아시다시피 에번스는 가족이 없습니다."

스펜서 씨가 주머니에 손을 넣어 열쇠 몇 개를 꺼냈다.

"모두 당신에게 남겼어요. 서점과 서점 위 주택, 그가 소유한 모든 재산은 이제 베넷 양에게 상속되었습니다."

그레이스가 놀라 눈만 끔뻑거렸다.

"저요?"

"네, 베넷 양. 제가 이해한 바로는 당신이 지금의 프림로즈 힐 서점을 만들었어요. 당신처럼 서점에 많은 애정을 쏟은 이는 없었다는 사실을 에번스는 당연히 알고 있었겠지요."

그는 그레이스에게 열쇠를 건네며 서류에 서명하라고 했다. 그레이스는 손이 너무 떨려 글씨를 제대로 쓸 수 없을 지경이었다.

그녀는 서점 입구 열쇠를 알아보았다. 자신이 가지고 있는 열쇠와 똑같았기 때문이다.

"다른 두 개는 어디 열쇠인가요?"

그레이스가 물었다.

그는 크기가 더 큰 열쇠를 가리켰다.

"그 열쇠는 집 열쇠입니다. 다른 건 잘 모르겠어요."

그가 말을 마치자마자 그레이스는 그 열쇠가 어디 것인지 정확히 알 수 있었다. 에번스의 안전 창고. 그레이스는 그가 나치의 화염에서 구한 소중한 책들을 보여주었던 날을 회상했다. 벌써 몇 달 전 일이다. 아득히 오래전 일 같은데. 그렇지만 한편으로는 바로 어제였던 느낌이기도 했다. 그의 지혜로운 말을 전하며 그 자신의 위대한 생각을 그녀뿐만 아니라 세상과 함께 나누었다.

서점은 이제 그레이스의 것이 되었다. 그녀는 프림로즈 힐 서점을 더욱 밝게 그리고 빛나게 만드리라 그 어느 때보다도 진심으로 다짐했다. 더 이상 그녀 자신을 위해서가 아닌 에번스를 위해.

20

그레이스는 《오디세이 *Odyssey*》의 표지를 덮었다. 에번스가 살아 있을 때 즐겨 보던 책 중에 하나였다. 그리고 이제 그녀는 오후에 이 책을 읽어주고 있는 중이다. 서점이 없었다면 지난 몇 달간은 견디기 훨씬 어려웠을지도 모른다.

그레이스는 책에 푹 빠져 지냈다. 정신없이 책을 팔고 정신없이 책을 읽었다.

"이제 좀 괜찮아졌어요, 아가씨?"

나이 지긋한 부인이 그레이스의 팔에 손을 얹으며 물었다. 스미스윅 부인이라고 불리는 이 여인은 목에 항상 진주 목걸이를 걸고 다녔다.

그레이스가 고개를 끄덕였다. 어떻게 지냈는지 물어볼 때마다 노상 하는 대답이었다.

"사장님이 좋아했던 책을 읽으면 정말 도움이 되는 것 같아요."

그레이스가 솔직하게 답했다.

"감사합니다."

"저렇게 오래전에 쓰인 책이 이렇게 재밌을 줄이야, 생각도 못했다우."

스미스윅 부인이 알게 모르게 눈을 찡긋했다.

"저도 그랬어요."

그레이스가 가볍게 웃으며 말했다.

"사장님은 그 책들 모두 무척이나 사랑하셨답니다. 한 번 읽어보길 참 잘한 것 같아요."

"다 읽어줘요."

스미스윅 부인이 격려하며 말했다.

"그리고 우리가 여기 와서 들을게요."

그레이스는 고맙다는 인사로 고개를 끄덕이고는 계산대 뒤에 올려놓고 다른 책들과 섞이지 않도록 했다.

그 책은 서점 위 에번스의 집에 있는 거대한 책장에서 빼 온 책들 중 하나였다. 어찌나 많이 읽었는지 책의 낱장마다 다 낡아 끝이 반들반들해졌다. 표지의 한쪽 모서리는 움푹 패어 있었고, 어떤 구절은 손가락을 오래 가져다 댔는지 잉크가 여러 군데 얼룩져 있었다. 손때가 많이 묻어 있지만 소중한 책이었다.

서점을 운영하고 또 밤에는 공습 감시원으로 긴 시간 활동하다

보니 에번스의 집을 정리할 시간이 좀처럼 나지 않았다. 폭탄은 이제 전보다 덜 떨어지지만 여전히 요원이 필요한 곳이 많았다. 매일매일이 너무나 피곤함의 연속이어서 서점 위 작은 집으로 이사 갈 준비는커녕 에번스가 남긴 유산을 정리하기도 벅찼다. 솔직히 웨더포드 아주머니와 조금 더 함께 살 수 있게 되어 기쁘기도 했다. 혼자서 이 일을 감당할 정도로 그레이스는 아직 강하지 못했다.

그동안 너무나 많은 죽음이 있었다.

너무나 많이.

어머니. 콜린. 에번스. 프릿차드 씨. 지난 끔찍한 몇 달 동안 그녀가 목격한 폭격 희생자들 모두.

그 짧디짧은 시간 동안 너무나 많은 이들을 잃었다. 약해진 댐으로 파도가 계속 밀려드는 것처럼 상실감은 서서히 그녀를 집어삼켰다. 그렇게 상실감이 점점 커질수록 그레이스는 더욱 일에 몰두했다.

웨더포드 아주머니는 그레이스의 이런 모습이 마음에 들지 않았다. 그래서 그녀가 너덜너덜해져 들어올 때마다 한마디씩 하며 조금이라도 더 먹으라고 음식을 내밀었다. 하지만 그레이스는 아무리 해도 입맛이 돌아오지 않았다. 리츠 호텔에서 데이트를 할 때 '르 울턴 파이'라고 부르던 울턴 파이도, 심지어 닭고기가 보인다고 해도 소용없었다.

그녀 주변에는 어찌하여 이렇게 다들 부서지고 목숨을 잃기만 하는 걸까? 매일 같이 집은 파괴되고 사람들이 목숨을 잃었다. 밤은 어둠으로 완전히 뒤덮였고, 음식은 싱거운 데다 기름만 잔뜩 끼었다. 끊임없이 울려 퍼지는 공습경보 사이렌 소리는 지금 이 상황이 영원히 끝나지 않으리라 다시 한 번 일깨워 주고 있었다. 전쟁은 끝날 줄 몰랐고 마치 영영 이렇게 살아가게 될 것만 같았다.

에번스의 죽음을 알리고 난 후, 비브와 조지에게 보내는 답장도 소홀해졌다. 그녀의 머릿속에 떠오르는 낱말들은 전쟁 중에 쓰는 편지에 넣기에는 너무 무거웠다. 그 이상 그들에게 짐을 지워주면 안 될 것 같았다.

그레이스는 마지못해 전면 유리창의 장식을 다시 정리했다. 미적인 일에 초점을 맞추면 저릿한 기분을 고려하지 않아도 되기 때문이었다.

익숙한 얼굴이 옆으로 다가왔다.

네스빗 부인의 시선이 깔끔하게 정돈된 책 사이를 훑고 지나갔다. 책들은 색칠한 신문지로 만든 종이꽃 가운데에 놓여 있었다. 꽃들은 앞으로 다가올 봄을 표현했다. 아직은 우중충하고 보슬비가 내리는 날씨가 지속되고 있지만 말이다.

"진열을 바꾸려는 거야?"

부인이 가볍게 코웃음을 쳤다.

"이번 주만 해도 벌써 두 번째 아닌가?"

그레이스가 어깨를 으쓱했다.

"손님들을 더 끌어모을 수 있을 거예요. 그러면 우리 모두에게도 이득이겠죠."

네스빗 부인은 생각을 나누기에는 너무 관심이 없는 주제라는 투로 콧노래를 부르더니 여성 자원봉사회의 재킷에 늘어진 실오라기 하나를 잡아 뜯었다.

"네가 완전히 지쳐서 나가떨어지면 우리에게는 아무 이득도 없어."

그레이스는 건성으로 키득 웃었다.

"농담으로 하는 말 아니야."

네스빗 부인이 냉담하게 말했다.

"진심으로 하는 말인데, 베넷 양. 네가 아무리 열심히 일해도 에 번스를 돌아오게 할 수는 없어."

네스빗 부인이 그간 내던진 그 모진 상처 중에서도 이번에 내뱉은 말이 가장 뼈아팠다.

그레이스의 눈에 눈물이 차올랐다.

"제발 나가주세요."

"지난번에 내가 들어야 할 이야기를 했다고 했지. 그리고 지금 내가 친절하게 되돌려주는 거라고."

네스빗 부인의 태도가 조금 누그러졌다.

"믿거나 말거나 이런 말을 하는 나도 괴롭기는 매한가지야."

가슴을 후벼 파는 모진 말만큼이나 걸핏하면 성만 내는 여자가 갑자기 이렇게 동정심을 보이니 그레이스의 가슴은 더욱 미어졌다.

"필요하면 내가 널 도울 수도 있어. 하루나 이틀 정도. 점원을 새로 구할 때까지는."

네스빗 부인은 무슨 대단한 희생정신이라도 보여주었다는 듯 한숨을 내뱉었다.

"하지만 이런 식으로는 네가 계속하지 못해."

웨더포드 아주머니가 그레이스에게 했던 말과 똑같았다. 별안간 네스빗 부인이 이 말을 하게 된 계기가 웨더포드 아주머니 때문은 아닐까 하는 생각이 스쳤다.

"웨더포드 아주머니가 이렇게 하라고 시켰어요?"

그레이스가 물었다.

네스빗 부인이 흥 하고 비웃었다.

"나도 눈이 있단다, 얘야. 그리고 너는 지금 소멸될까 봐 두려워하는 거센 바람이야."

그레이스는 부인의 말을 인정하고 싶지 않아 주의를 다른 데로 돌려 버렸다.

네스빗 부인은 더 이상 말을 하지 않고 몸을 돌려 또각또각 소리를 내며 나가 버렸다.

그날 저녁, 그레이스는 웨더포드 아주머니가 네스빗 부인을 ―아니면 다른 누구라도― 보내 자기가 일을 너무 많이 한다고 꾸짖게 해서 잔뜩 화가 났다. 문을 열고 언제나 친구라고 믿었던 아주머니와 정면으로 부딪칠 기세로 들어갔다.

"그레이스."

아주머니가 뚱한 목소리로 불렀다.

"그레이스, 너니?"

아주머니의 발걸음 소리가 주방에서 들렸다. 뒤이어 태비가 근처에 있는지 달래고 어르는 소리로 바뀌었다.

그녀가 주방 문을 밀고 나왔다.

"오, 그레이스."

아주머니가 원통한 목소리로 말했다.

"이제 치즈도 배급 목록에 추가한대. 치즈까지!"

그녀의 시선이 하늘 위로 올라갔다.

"아주머니가 네스빗 부인한테 저랑 이야기해 보라고 보냈어요?"

그레이스는 목소리에 날카로움을 애써 삼키며 물었다.

아주머니가 코웃음을 지었다.

"내가 왜 개인적인 일로 그 여자를 보내겠니."

"그러면 부인을 시켜서 저더러 일 너무 많이 하지 말라고 전한 게 아니라는 거죠?"

그레이스가 미심쩍은 듯 엉덩이에 손을 얹었다.

그러자 아주머니가 웃음을 터뜨렸다.

"최소한 듣기는 했구나. 하지만 나도 계속 얘기할 거야. 그리고 그럴 때마다 너도 내 말을 무시하겠지. 그러다가 어느 날 내가 왜 그렇게 너에게 경고를 했는지 깨닫게 될 거야."

아주머니가 태비를 안아 올렸다. 고양이가 그녀의 턱을 비비자 그녀는 애정 어린 손길로 머리를 만져주면서 말을 이었다.

"안심하렴, 나는 그 누구도 대신 보내지 않아. 내가 충분히 너에게 이렇게 잔소리를 늘어놓을 수 있는걸."

웨더포드 아주머니가 주저했다.

"그런데 다른 문제로 좀 상의를 하고 싶구나."

그레이스는 끔찍한 뉴스일까 싶어 마음을 단단히 먹었다. 요즘에야 대부분 뉴스가 그렇기는 하지만.

"지미와 사라를 입양하는 게 어떨까 고민 중이었어. 어떤 경로를 거쳐야 하는지도."

아주머니는 태비를 고양이 털 뭉치 가운데에 내려놓았다.

"아이들이 우리와 같이 사는 문제에 대해 너는 어떻게 생각하는지 의견을 좀 듣고 싶구나."

아이들은 잘 지내고 있었다. 한 주 한 주 지날수록 눈에 띄게 좋아졌다. 둘 다 지금까지 낭독회에 참여하고 있고, 종종 아주머니의 집에 들러 저녁을 함께하거나 정원 일을 돕기도 했다. 아이들은 조용하기 짝이 없었던 집에 다시 웃음소리가 들리게 했고, 아주머니가 그 웃음소리를 계속 듣는다는 생각만 해도 그레이스의 입꼬리가 절로 올라갔다.

"너도 그렇게 생각할 줄 알았다."

아주머니가 환하게 웃었다.

"내일 아이들과 이야기해서 걔들도 받아들일 수 있는지 알아보려고 해."

그레이스는 대답 대신 고개를 끄덕이고 자기 방으로 올라갔다. 온몸에 피로가 몰려왔다. 그녀가 좋아하는 딱 그런 상태였다. 이제 잠이 들려고 할 때 고통스러운 기억 때문에 안절부절못하고 몸을 뒤척이는 일은 없을 것이다. 그날 밤에는 어둠에 기꺼이 굴복할 셈이었다.

옷장을 열고 코트를 걸다가 공습 감시원 유니폼이 눈에 들어왔다. 최근에 파란색 모직물 옷을 새로 받았는데 남자는 전투복이었고 여자는 튜닉에 치마였다. 오늘 밤은 비번이라서 유니폼을 꺼내 입을 일은 없었다.

그레이스는 억지로 잠을 쫓아내고 아주머니와 저녁을 먹었다. 웨더포드 아주머니는 그레이스가 조금이라도 더 먹도록 배급이라는 것을 강조하며 남기면 죄책감이 들게끔 했다. 베이컨과 버터, 치즈 가루와 고기 한 조각 등 그 어떤 것이라도 낭비하기에는 너무나 소중한 음식이었다.

저녁 식사를 마치고 설거지를 한 후 패링던 역에서 밤을 보내기 위한 채비를 했다. 공습경보는 이전보다 뜸해지기는 했지만 혹시 모르니 지하철역에서 밤을 보내는 것이 여전히 더 나았다.

공습경보가 울리기까지 기다렸다가 지하철역으로 내려가면 혼잡한 바닥에 앉을 자리가 나지 않았다. 그래서 사람들은 저녁나절에 이불 꾸러미를 들고 줄을 설 준비를 하러 나갔다. 그때 그레이스는 흐린 하늘이 맑아지고 있다는 것을 알아차렸다. 피부에 소름이 돋으며 온몸에 털이 곤두서는 것 같았다.

그날 밤은 폭격기의 달이 뜰 예정이었다. 구할 수만 있다면 모두 다 덮어 버릴 구름이 필요했다.

특히 템스강의 수위가 낮을 때에는.

마음 한구석에 두려움이 엄습했다. 아마도 너무 피곤해서 예민하게 반응한 거겠지.

두 사람은 지하로 내려갔다. 이미 밤을 보낼 공간을 마련해 놓은 사람들을 넘어 함께 자리를 잡을 수 있는 곳을 찾았다. 하지만 그레이스는 아무리 피곤해도 마음을 놓을 수가 없었다.

보통은 주변에서 사람들이 이야기를 하거나 코를 곤다고 해도 너무 피곤해서 몇 분 만에 꿈도 안 꾸고 잠이 들곤 했다. 그러나 그날 저녁만큼은 잊을 수 없는 기억이 자갈 주머니처럼 머릿속을 헤집고 다녀서 자꾸 잠에서 깼다.

공습경보는 그날 밤 11시 이후 언젠가에 날카로운 울음소리를 내뱉었지만, 머리 위의 보도와 흙이 가림막 역할을 해 준 덕분에 약하게 들렸다. 하지만 그다음에 울리는 폭탄 소리는 좀처럼 줄어들지 않았다.

끼이익 하는 폭탄 소리. 대공포가 쾅쾅 하고 울리는 소리. 폭탄이 떨어지는 곳마다 엄청난 굉음과 함께 폭발하며 모든 것을 다집어삼켜 버렸다. 천장에서는 회반죽이 덩어리째 떨어지고 흰 먼지가 날렸다. 불은 깜빡깜빡하더니 완전히 꺼지고 말았다.

그래, 사람들은 이런 소리에 익숙해지기는 했지만 머리 위에서 울리는 소리는 평소보다 훨씬 더 심각했다. 그레이스의 가슴을 저몄던 불안감이 더 커졌다.

웨더포드 아주머니는 커다란 초록색 가방을 끌어안고 한 손은 안으로 찔러 넣었다. 그레이스는 그 손으로 태비를 쓰다듬고 있다는 걸 알고 있었다. 지하철역에 동물을 데려오면 안 되지만, 아주머니는 그 작은 고양이를 혼자 두고 올 수 없었다. 그리고 다행히 이 영리한 녀석은 가방 속에 얌전히 있던 덕분에 아침이 되면 집에 무사히 돌아갈 수 있었다.

밤이 깊어질수록 연이어 쾅쾅거리는 소리는 한 시간 동안 지속되었고 새벽이 되어서야 맹공격은 완전히 끝났다. 그레이스를 뒤흔들어 놓던 불길한 예감이 더욱 예리하게 확고해졌다. 끈질기게.

무언가 잘못되었다.

촉이 그러했다.

개미가 피부를 간지럽히듯 아니면 홍수가 나기 전에 대기가 물기를 잔뜩 머금은 듯. 무언가 나쁜 일이 일어났다.

공습해제를 알리는 사이렌이 단음조로 울려 퍼지자 패링던 역에서 피난하던 사람들은 나가기 위해 줄을 섰다. 그레이스는 그 줄을 다 기다리자니 인내심이 한계에 달했다. 제자리에 가만히 있지 못하고 발만 동동 굴렀다.

출구로 향하는 사람들의 행렬은 느릿느릿했고, 그레이스는 역에서 빠져나오고 나서야 왜 그런지 알게 되었다. 하늘은 온통 불바다에 검은 연기가 자욱하게 피어오르고 있었다. 집들은 금이 가고 쪼그라져 있었으며 어떤 집은 아예 통째로 날아가 버렸다. 쭉 이어져 있던 연립주택들이 마치 이가 빠져 들쭉날쭉한 모양새로 웃고 있는 것 같았다.

그레이스의 심장이 평소와 달리 빠르게 뛰었다. 손바닥에는 이미 땀이 흥건했다.

"오 그레이스."

아주머니는 말문이 막혔다.

"정말 끔찍해."

그레이스는 재빨리 집으로 달음박질쳤다. 모퉁이를 돌아갈 때는 눈앞에 펼쳐질 광경이 너무나 두려워 숨이 넘어갈 지경이었다.

아주머니가 뒤에서 거친 숨을 몰아쉬었다.

"태비를 데리고는 못 뛰겠어."

하지만 그레이스는 깔끔하게 일렬로 서 있는 연립주택들을 유심히 살펴보느라 그녀의 목소리가 귀에 들어오지 않았다. 아주머니의 집도 원래 있던 모습 그대로 무사했다. 창문에는 이전에 연보라색 페튜니아를 심었던 곳에 토마토 싹이 트고 있었다.

마음속 두려움이 한층 더 커졌다.

온몸의 피가 얼어붙는 것 같았다.

서점.

"저 빼고 가세요."

그레이스가 웨더포드 아주머니에게 말했다.

아주머니가 무슨 말이냐고 묻기도 전에 그레이스는 가슴에 이불 꾸러미를 꼭 움켜쥐고 호시어 레인으로 바람처럼 달려갔다. 매캐한 연기 때문에 목이 타는 듯이 아팠고 눈도 쓰라렸지만 지하철역에서 웅크리며 하룻밤을 보낸 뒤 집에 돌아오는 사람들을 돌아보며 계속 속도를 높였다.

그레이스는 설령 무자비한 맹공격이 있었다 해도 무사할 거라고 스스로를 다독여야 했다. 무엇보다도 에번스가 그녀에게 서점을 맡겼으니까. 하지만 한 발짝 한 발짝 가까워질수록 불안감이 점점 엄습해 왔다.

모퉁이를 돌아 호시어 레인에 다다르자 그레이스는 돌연 걸음을 멈추었다. 눈앞의 모습에서 불안의 이유를 알게 되었다.

거리는 불이 꺼진 뒤 검게 그을려 있었다. 서점 바로 오른쪽 건물은 폭탄 공격을 입고 완전히 무너져 벽돌만 쌓여 있었다.

프림로즈 힐 서점은 그대로 있었다. 그러나 멀쩡한 것은 아니었다. 창문마다 유리가 날아가 버렸고 책의 찢어진 낱장들이 도로 위 잔해들 사이에서 보이지 않는 바람을 타고 흩날렸다. 문도 어디론가 사라지고 서점 내부에 내용물들은 어지러이 널려 있었다. 지붕은 일부가 떨어져 나갔지만 지붕 근처에 벽토는 불에 그을렸을 뿐 그나마 건물을 태우지는 않았다.

그레이스의 심장이 오그라들어 순수한 공포의 영역으로 빨려 들어갔다. 눈앞에 놓인 광경을 떨치지 못하고 완전히 몸이 굳은 채 마냥 서 있을 수밖에 없었다. 갑자기 불어오는 돌풍에 그녀의 치맛자락이 바스락거렸고 근처의 불에서 열기와 재가 바람을 타고 날아왔다.

이대로 서점을 운영하기란 불가능했다. 언제나 강인함을 잃지 않았던 그녀의 의지는 가리가리 찢겨 나갔다.

그레이스는 몸을 질질 끌며 움직이기 시작했다. 훼손된 건물을 향해 발을 내딛는 순간 손에 들고 있던 침구가 스르르 빠져나갔다. 그레이스를 둘러싼 세상은 근처에 일어난 불로 산산조각이 났고 발밑의 깨진 유리조각들은 그녀가 내뱉는 거친 숨소리와 뒤섞였다.

가까이 가서 보면 더 괜찮을 거라는 믿음은 서점 바로 앞에 멈춰 서자마자 처참히 부서졌다. 이곳은 그레이스가 영혼을 쏟아부은 곳이며 에번스가 평생을 바쳐 열심히 일한 끝에 이룩한 결정체였고 그녀가 구축한 독서의 세계라는 공동체였다.

그레이스는 숨을 고르려고 안간힘을 썼다. 속에서 천불처럼 일어나는 고통에 도저히 숨을 쉴 수 없었다. 창문에 장식용으로 만들었던 작은 신문지 꽃이 깨진 유리와 먼지에 뒤섞여 굴러다니다가 그녀의 발 앞에 멈추었다. 그레이스는 몸을 굽혀 꽃을 집었다. 종이를 꼬아 만든 줄기는 손가락으로 집었을 때 차갑고 단단했고, 분홍색 꽃잎은 그날 막 만든 것처럼 티 하나 없이 깨끗했다.

그레이스는 안으로 들어가야 했다. 직접 두 눈으로 보기 위해.

다른 것은 몰라도 비밀 창고 안에 있는 귀중한 책들이 무사한지 확인해야 했다.

그레이스는 벌어진 입구로 들어가 떨어진 책들을 밟지 않도록 조심하며 아수라장 사이를 천천히 걸어갔다. 책들을 구해야 했다. 그럴 수만 있다면.

그레이스는 자신의 책들과 다른 서점의 책들을 어떻게 숨아내야 할지 갈피를 잡을 수 없었다. 그러다 뒤늦게 파란 잉크로 이름을 찍었던 일이 생각났다. 이런 일이 일어나기 전에 세세하게 정리를 해 두어 참말로 다행이었다.

그렇다고 다른 서점 주인들에게 도움이 되는 것은 아니었다. 그들 서점만큼이나 이곳도 거의 쓸모가 없게 되었기 때문이다. 이제 이 책들은 어디에도 갈 곳이 없다.

그렇게 생각하니 눈물이 볼을 타고 흘러내렸다. 자신을 의지하던 사람들에게 이제는 더 이상 도움을 줄 수 없었다.

안쪽 방문도 사라져 버렸고 작은 탁자는 쇳덩어리로 짓이겨져 구석에 찌그러져 있었다. 천만다행으로 금고는 여전히 벽 안에 그대로 남아 있었다. 그레이스는 온 힘을 다해 찬장 서랍을 열고 손전등을 꺼냈다. 벌벌 떨리는 손으로 금고를 열고 숨을 죽였다.

에번스의 유산이 그가 위험에서 구하고 수집한 저 귀중한 책들 속에 있었다.

문이 둔탁한 소리를 내며 열리자 그레이스는 그제야 참았던 숨을 내쉬었다. 히틀러의 증오로 비롯된 불길에서 구출된 책들은 또다시 죽음 직전에 살아남았다. 책들은 두꺼운 철제 뼈대 속에 사방이 둘러싸여 벽 안에 안전하게 보관되어 있었다.

그레이스는 책들을 꺼내어 브리튼가에 있는 자신의 집에 가져다 놓을까 잠시 고민했다. 하지만 다시 생각해 보니 철제 상자 안에 두는 편이 더 낫다고 판단했다. 막 문을 닫으려는데 종이 한 장이 그녀의 눈에 들어왔다.

봉투였다.

그녀가 읽을 수 없는 독일어 제목 사이에 귀퉁이 하나가 튀어나와 있었다. 그 자리에서 종이를 뽑아 보니 뒷면에 에번스의 비스듬한 글씨로 그레이스의 이름이 보였다.

그레이스의 숨이 턱 막혔다. 그녀는 봉투 안으로 손가락을 밀어 넣어 깔끔하게 쓰인 편지를 꺼냈다.

이 편지를 읽으시는 분께

저는 그레이스 베넷 양을 추천하기 위해 이렇게 펜을 들었습니다. 베넷 양은 제가 운영하는 프림로즈 힐 서점에서 지난 6개월간 근무했습니다. 제 어수선한 가게가 그녀로 인해 우아하게 탈바꿈하였습니다. 덕분에 인지도도 높아지고 상당히 높은 매출을 기록했습니다.

베넷 양은 예의 바른 젊은 여성으로 매우 훌륭한 인성과 날카로운 지성을 갖추고 있습니다. 솔직히 말해서 머리도 꽤 좋습니다.

당신이 베넷 양을 고용하지 않는다면 당신은 바보입니다. 그리고 베넷 양을 떠나보낸 저야말로 더 심한 바보이지요.

제 서점은 저의 손길이 더해져도 이보다 더 나을 수 없었습니다.
감사합니다.

퍼시벌 에번스

그레이스는 머릿속으로 에번스의 목소리를 들을 수 있었다. 그의 목소리는 끝으로 갈수록 더욱 맹렬해졌다.

'제 서점은 이보다 더 나을 수 없었습니다.'

그녀 주변의 잔해물은 다른 말을 하고 있었다. 그레이스는 조심스럽게 편지를 다시 봉투에 집어넣고 금고를 잠갔다.

서점이 없었다면 모두를 실망시켰을 것이다. 재고를 팔기 위해 그녀를 의지해야 했던 사람들, 책을 통해 위로를 받고자 했던 사람들 그리고 그녀 자신은 말할 것도 없고. 에번스까지.

그녀는 모든 걸 잃고 말았다.

21

　그레이스는 잔해 속을 뒤져서 수습할 거리가 있는지 보는 것 말
고는 할 수 있는 일이 없었다. 건전지를 아끼려 손전등을 끄고 작
은 방을 나오며 떨어진 물건에 발이 걸려 넘어지지 않도록 조심했
다. 너무나 많이 널려 있었으니까.

　책이며 유리, 책장에서 떨어져 나간 물건들이 여기저기에 흐트
러져 있었다. 위에는 먼지와 재가 곱게 깔려 있었다.

　마른 몸을 한 남자가 입구의 문간 앞에 떡 하고 서 있었다. 그
레이스는 그림자 안에 몸을 숨기고 공습경보용 호루라기를 챙겨오
지 않은 것을 후회했다.

　도둑들이 엉망이 된 가게와 집으로 몰래 들어오는 일은 너무나
도 흔했다. 특히 조금 전처럼 폭격이 어마어마하게 일어났을 때에

런던의 마지막 서점

는 더 심했다. 가족이 집에 돌아왔는데 집안의 남은 물건은 이미 도둑질을 당하고 없는 안타까운 일이 빈번했다. 대부분의 좀도둑들은 누군가가 크게 소리치면 무서워서 도망가 버렸다. 하지만 어떤 도둑은 대담해서 인기척이 들리거나 말거나 그냥 그 자리에 가만히 있기도 했다.

"여기서 뭘 하는 거죠?"

그레이스는 남자가 도망가기를 바라며 날카롭게 말했다.

그 인물의 형체는 움직이지 않았다.

그레이스는 손전등을 더 꽉 움켜쥐었다. 아무것도 없다면 그가 너무 가까이 왔을 때 손전등으로라도 칠 작정이었다.

"베넷 양?"

스톡스가 대답했다.

"당신이오?"

그레이스는 안도의 한숨을 길게 내뱉고 그가 자신의 모습을 볼 수 있도록 입구로 걸어갔다.

늘 그렇듯 서점을 떠나기 전에는 항상 전원을 끄고 나갔다. 그렇지 않았으면 서점에 불이 붙어 내부가 다 타 버렸을지도 모른다. 불을 다시 켜기 전에 전등이 손상을 입지 않았는지 먼저 살펴보아야 했다.

스톡스는 재킷과 바지 차림으로 서점 안으로 걸어 들어왔다. 책을 밟지 않으려 까치발로 조심조심 그레이스에게 다가왔다.

"서점이 공격을 받았다는 말을 들었어."

그가 주변을 둘러보고는 얼굴을 찡그렸다.

"정말 안 됐구먼."

"스톡스 씨 집은 괜찮아요?"

그레이스가 물었다.

그가 고개를 끄덕였다.

"불운했던 이들이 많아. 정말이지 지난밤은 최악이었네. 런던에서 사망자만 천 명이 넘는 것으로 추정하고 있어. 하나님, 그들의 영혼을 구해주소서. 부상을 입은 사람은 그보다 두 배 더 많고. 그리고 불은 여전히 진압 중이네."

그는 눈이 어둠에 적응하자 가늘게 뜨면서 위를 올려다보았다.

"그래도 다행히 여기는 무너지지 않고 잘 서 있군. 일부는 수습할 수 있겠어."

그레이스는 공감할 수 없는 희망이 그의 목소리에 어려 있었다.

"서점을 보러 와 주셔서 고마워요, 스톡스 씨."

그레이스는 감사하다는 표정으로 그를 바라보았다. 지난 몇 달을 같이 다니다 보니 뜻밖에 그가 친구 비슷하게 느껴졌다. 그들은 폭탄 공격도 같이 겪었고 함께 죽음을 목격했으며 힘을 합쳐 생명을 구했다.

그레이스는 몸을 굽혀 발밑에 있는 책을 주웠다. 표지는 다 벗어지고 페이지도 구겨져 있었다. 다시 몸을 펴기 전에 책을 세 권 더 주웠는데 우선 책을 털어내어 유리 조각들을 떨어뜨려야 했다.

우두커니 서 있던 스톡스의 눈이 커졌다.

"자네 설마 전부 혼자 정리하려는 건 아니겠지, 응?"

그레이스는 자신 앞에 펼쳐진 아수라장을 골똘히 바라보았다.

책들은 이리저리 찢겨 나가고 책장은 산산조각으로 부서졌다. 역사 서가라고 쓰인 팻말은 귀퉁이 하나만 매달린 채 먼지가 뽀얗게 앉아 있었다.

그레이스가 스톡스를 향해 고개를 돌리자 그가 경례를 하고 있는 모습이 보였다.

"스톡스, 인명구조 팀, 출근 보고합니다."

그가 군기가 잡힌 손을 눈썹 위에서 내려놓았다.

"뭐가 되었든 여기 있는 것들을 혼자서 처리하는 것은 무리야."

"제가 어찌 거절하겠어요?"

"못하지."

그가 환하게 웃었다.

두 사람은 오전 내내 작업을 했고 오후까지 이어졌다. 책들이 입은 피해는 생각보다 크지는 않았다. 그리고 지붕도 온전하게 남아 있지는 않았지만 집은 서점에게 충분한 피난처가 되어 주었다. 지금까지는.

정말이지 에번스의 집을 더딘 속도로 치운 것과 웨더포드 아주머니의 집에서 아직 살고 있어서 참 다행이었다.

그레이스와 스톡스는 유리를 쓸어 담고 도저히 고칠 수 없는 책장은 수거해 가도록 밖에 내놓았다. 잠깐 쉬는 시간이라고는 차 한잔 마실 때와 스톡스가 어렵게 구해 온 피시앤칩스를 먹을 때

뿐이었다.

비록 전날 밤에 쪽잠을 자기는 했지만 그 잠깐의 수면 덕분에 지금껏 무리 없이 작업을 할 수 있었다. 그녀의 셔츠 드레스는 먼지와 검댕이 덕지덕지 묻어 있었고 손에는 오물 범벅이었다. 스톡스와 함께 서점 바닥에 남은 잔해를 치우면서 그레이스는 책 무더기를 바라보았다. 책들을 마구잡이로 쌓아 올린 탓에 어떤 책등은 삐죽 나와 있고 어떤 책은 거꾸로 또 다른 책은 옆쪽으로 아무렇게나 놓여 있었다. 종류별은 고사하고 서점별로 분류도 되어 있지 않아 다시 한 번 고단한 업무가 될 터였다. 하지만 서점도 마찬가지로 힘들겠지.

마치 에번스의 서점에서 일하던 첫날 같았다. 다른 점이라면 그가 없다는 것. 그리고 세상이 완전히 뒤바뀌어 버렸다는 것이었다.

그레이스는 감정이 벅차올랐다. 혼란스러우면서도 앞이 너무나 막막해 울고 싶은 건지 웃고 싶은 건지 알 수 없었다. 사실 둘 다 한꺼번에 하고 싶다는 충동이 일었다.

"이 정도면 꽤 많이 구해낸 거야."

스톡스가 격려하듯이 말했다.

"무슨 일이죠?"

익숙한 목소리에 그레이스가 고개를 돌렸다. 키터링 부인이었다. 흘끗 시계를 보고 오후 낭독회 시간이 거의 다 되었다는 것을 확인했다. 그 말은 즉 서점을 찾는 이가 부인만은 아니라는 뜻이다. 몇 분 지나지 않아 여지없이 열댓 명은 더 서점으로 들어왔다.

부인은 서둘러 그레이스에게 달려갔다. 땅에 떨어진 물건들을 주워 담으며 그 크고 온화한 갈색 눈을 크게 떴다.

"이렇게 되다니 어쩌면 좋아요. 당신이 지금까지 어떻게 해 온 건데, 이 서점도 다 당신이 만들어 온 건데."

부인의 동정 어린 말이 그레이스의 가슴 깊숙이 퍼져 있던 상처에 메아리쳤다.

"정리할 거예요."

그레이스는 용기를 있는 힘껏 끌어모아 대답했다. 물론 생각만큼 용기가 생기지는 않았다.

하지만 그녀는 영국의 국민이었다. 그보다 더, 런던 시민으로서, 폭탄 공격과 방화로 전쟁의 폭격 세례를 받았다.

키터링 부인 뒤로 몇 명이 더 서점 안으로 들어오기 시작했다. 사람들 모두 눈앞의 피해 현장을 보고 얼떨떨한 눈으로 빤히 바라보았다.

스톡스가 그레이스의 어깨를 살짝 움켜쥐었다.

"도와주셔서 감사합니다, 스톡스 씨."

그레이스는 고마워하며 미소를 지었다.

"원한다면 더 오래 있을 수 있어."

인정 넘치는 제안은 고마웠지만 이미 퀭해진 그의 눈은 얼마나 피곤한지 여실히 드러나 있었다. 그래도 그는 떠나기를 주저했다.

"집에 가세요, 스톡스 씨. 여기는 제가 맡을게요."

웨더포드 아주머니의 나긋나긋한 목소리가 두 사람 사이의 대화에 녹아들었다.

스톡스가 아쉬워하며 살짝 웃었다. 그도 아주머니와 옥신각신까지 할 필요가 없다는 것을 알고 있었다. 마지막으로 경례를 한 뒤 그는 서점을 떠났다. 보나마나 집에서 꿈도 꾸지 않고 아주 깊은 잠을 잘 것이다.

"그레이스, 어머나 세상에."

아주머니가 그레이스의 팔을 잡았다.

힘들 때 아주머니의 도움은 큰 힘이 되었지만, 그레이스가 이렇게 쇠약해진 상황에서는 마치 어머니와도 같은 아주머니의 품에 푹 빠진다면 무너져 버리기 십상이었다.

대신 그레이스는 감사하다는 표정으로 빙긋 웃고는 고개를 흔들었다.

때로 웨더포드 아주머니는 그것이 최선이라는 것을 알 때 뒤로 물러나 주었다. 다행히 지금이 그런 순간 중에 하나였다. 아주머니는 알겠다는 뜻으로 고개를 숙이고는 궁금한 표정으로 눈을 동그랗게 뜨고 기다리고 있던 지미와 사라에게 돌아갔다.

그레이스는 방독면이 들어 있던 자신의 커다란 가방을 뒤져 사람들에게 소리 내어 읽어주던 《제인 에어 *Jane Eyre*》를 꺼냈다.

"베넷 양, 그렇게 할 필요 없어요."

키터링 부인이 말했다.

"오늘은 안 해도 돼요."

하지만 그렇게 만류한다 해도 그녀의 어머니가 언제나 용기를 불어넣어 주었듯 그레이스는 등을 더욱 꼿꼿이 세웠다.

"오늘따라 그 어느 때보다도 이 책이 필요한 것 같네요."

최소한 그레이스만큼은 그랬다. 그녀가 언젠가 재건할 것을 다시 상기시켜 주는 것으로서.

언젠가.

어떻게든.

그레이스는 두 번째 계단으로 올라갔다. 아직 빗자루질을 하지 않은 상태여서 대충 파편을 치웠다. 스미스윅 부인이 그녀 앞에 손수건을 내주었다. 그레이스는 감사한 표정으로 빙그레 웃었다.

계단은 창문 가까이에 있어서 손전등의 도움이 없이도 충분히 책 속 글자들을 알아볼 수 있었다. 그레이스는 계단에 앉아 그녀 주변에서 반신반의한 표정으로 모여 있는 사람들의 얼굴을 바라보았다. 그때 자신이 뭐라도 이야기를 꺼내야 한다는 생각이 불현듯 들었다.

하지만 무슨 얘기? 서점이 입은 피해를 복구하는 데 얼마나 걸릴지 모르겠다고? 특히 또다시 기습 공격이 내려와 남은 것마저 다 무너져 버릴지도 모르는데? 아니면 폭우가 먼저 내려 집 위로 물이 새면 서점 전체가 다 망가질 수도 있다.

그중에서도 가장 잔인한 운명이 그녀의 생각을 읽은 듯, 낮게 우르릉하는 소리가 깨진 창문을 통해 들려왔다. 폭풍이 온다는 징조였다.

절망이 저 밑까지 그녀를 끌어내렸다. 어두운 심연까지 빨아들여 버리겠다고 위협하는 것 같았다.

"모두들 와 주셔서 감사합니다."

그레이스는 확신이 없는 목소리로 말했다.

《제인 에어》가 그녀의 무릎 위에 놓여 있었다. 이는 모두를 하나로 묶어주는, 전쟁과 위험에 맞서 그들을 통합하는 상징이었다. 제인 에어에게는 용기가 있었다. 자신과 맞닥뜨린 그 모든 것에 대처할 수 있는 엄청난 용기가. 그리고 그레이스도 그 순간 책 속의 주인공으로부터 많은 용기를 끌어내고자 했다.

"여러분도 아시다시피 프림로즈 힐 서점은 지난밤 폭격을 맞았습니다. 많은, 많은 런던 시민들이 당한 것처럼요."

그레이스는 책 표지 위에 손을 포갰다.

"서점이 언제 다시 정상으로 돌아올지 말씀드릴 수는 없습니다. 저도 모르……."

목소리가 잠겨서 다시 목을 가다듬었다.

"서점을 계속할 수 있을지조차 모르겠어요."

그레이스는 이미 너무나 익숙해진 얼굴들을 면면이 바라보았다. 모여서 철학적 토론을 즐겨 했던 교수들, 키터링 부인처럼 책 표지 사이를 빈집의 탈출구로 삼았던 주부들 그리고 중장비 구조대들처럼 자신이 본 참상을 잊기 위해 독한 위스키 대신 그 이상이 필요했던 사람들. 또한 사라와 함께 앉아 있던 지미까지도. 지미는 웨더포드 아주머니가 지켜보는 가운데 동생을 소중히 감싸 안고 있었다. 아주머니의 걱정스러운 표정에서 서점이 얼마나 심각

런던의 마지막 서점

한 상황인지 읽을 수 있었다.

아주머니는 언젠가 에번스가 그랬던 것처럼 묵묵히 용기를 주며 고개를 끄덕였다.

"저는 여러분 모두에게 지금의 프림로즈 힐 서점을 만드는 데 도움을 주셔서 감사하다는 말씀을 드립니다."

그레이스가 말을 이었다.

"책은 우리를 하나로 묶어줍니다. 그 안에는 사랑이 깃들어 있고, 우리를 모험의 세계로 데리고 가기도 합니다. 역경의 시대에 근사하게 시선을 분산시켜 주고요, 우리에게는 언제나 희망이 있다고 상기시켜 주기도 합니다."

또다시 천둥소리가 우르릉하고 들렸다. 이번에는 소리가 더 컸다.

몇몇이 근심 어린 표정으로 힐끗 쳐다보았다. 지붕 일부가 떨어져 나갔기 때문에 위층에서 오랫동안 빗물을 막아주는 수밖에 없었다.

그레이스가 처음 낭독을 할 때 찾아왔던, 투박한 얼굴의 잭은 고개를 돌려 옆에 있던 일행과 말을 나누었다. 그들 모두 얼굴을 찌푸리며 천장을 힐끔 바라보았다. 틀림없이 모두 같은 생각을 하고 있을 것이다.

"우리에게 프림로즈 힐 서점이 없다고 해도……."

그레이스는 《제인 에어》를 부드럽게 끌어안았다.

"우리에게는 언제나 책이 있다는 사실을 기억해 주세요. 그러면 용기와 긍정적인 마음을 항상 지니게 될 것입니다."

그레이스를 향한 사람들의 얼굴은 마치 장례식에 참석한 이들처럼 숙연했다. 근처에 있던 여자는 가방에서 손수건을 꺼내어 눈물을 적셨다.

그 누구도 서점을 더 이상 운영할 수 없다는 사실을 의심하지 않았다. 그리고 그들이 옳을지도 모른다.

잭과 함께 온 두 남자는 조용히 서점을 떠났다. 동시에 쾅 하고 번개 치는 소리가 머리 위에서 울려 퍼졌다.

"저는 《제인 에어》를 마칠 때까지 책을 읽겠습니다."

그녀는 책장 사이에 끼워 놓은 책갈피를 가리켰다. 앞표지보다는 뒤에 더 가까웠다.

"그리고 그 후에는……."

"제발 낭독회를 그만두지 말아주세요."

뒤에 있던 누군가가 소리쳤다.

"이곳은 런던에 마지막으로 남은 서점이에요."

또 다른 앳된 목소리가 외쳤다.

지미였다.

웨더포드 아주머니는 지미의 어깨에 손을 얹고 굳게 입을 다물었다. 눈에서는 금방이라도 눈물이 터져 나올 것 같았다.

그레이스는 고개를 저었다.

"분명히 저희 서점이 마지막은 아닐 거예요."

그도 그럴 것이 그레이스는 포일스 서점이 이 근처에서 계속 영업하리라 생각했다. 이 서점의 주인은 지붕에 《나의 투쟁》 사본을 늘어놓았다는 소문이 돌았다. 여섯 층 높이나 되는 할인도서를 독일군의 공격으로부터 무사히 지키기 위한 노력의 일환이었다.

이 작전은 효과가 있었다. 비록 한 번은 서점 앞에 거대한 구멍을 남기고 책을 잃어버릴 뻔했지만 지금까지도 계속 영업을 하고 있었다.

그런 시대에도 그들은 어떻게든 견뎌냈다.

"그렇지만 물론 우리 서점 같은 곳은 또다시 없을 거예요."

그레이스는 목이 메어 와 책을 열고 책갈피를 치웠다. 얼른 책을 읽기 시작하지 않았다면 아마 용기를 잃었을지도 모른다.

"그리고 아직 몇 챕터 너 남아 있어요."

어느덧 그레이스는 제인의 이야기에 푹 빠져 버렸다. 주인공이 겪은 고통에 공감하며 그러면서도 그녀가 보여준 강인함과 용기를 만끽하기도 했다. 순식간에 두 챕터만 읽으려고 했던 것이 세 챕터로 이어졌고 비로소 그만 읽어야겠다는 생각이 들었다.

하지만 그만두고 싶지 않았다. 계속 책을 읽고 싶었다.

《제인 에어》에서 제인이 손필드를 떠나 노숙을 하고 굶주리면서도 보여주었던 기개는 그레이스가 자신에게 닥친 고난을 뒤로하고 책에 절로 빠지게 만들어 주었다.

하지만 사람들은 자신의 본업으로 돌아가야 했고 그레이스도 마찬가지였다.

밖에 비가 내리고 있는 것을 본 그레이스는 아쉬워하며 책을 내려놓았다. 물이 벽 안으로 스며들어 되돌릴 수 없을 정도로 피해를 입기까지는 시간이 그다지 오래 걸릴 것 같지 않았다.

그러면 프림로즈 힐 서점은 이제 문을 닫고 그녀가 진심을 다해 만들어 온 모든 것들이 사라질 것이다.

그때 남자 몇 명이 잭을 선두로 깨진 창문 앞에 도착했다. 서점 안으로 들어오는 잭의 큰 손에는 모자가 들려 있었다.

"낭독회를 놓쳐서 유감입니다."

다른 사람들도 뒤이어 들어왔다. 그들은 서로 낮은 소리로 웅얼거리며 손전등으로 벽과 천장을 비춰 보았다.

그곳에 가면 안 되는.

"동료들을 데리고 와야 했거든요."

잭이 말했다.

"그래야 당신 서점을 수리할 수 있으니까요."

"다시 말씀해 주시겠어요?"

그레이스는 자신의 귀를 의심하며 중얼거렸다. 당연히 그레이스는 그의 말을 제대로 알아듣지 못했다. 당연히 그의 말뜻은…….

"서점을 수리하러 왔습니다."

그는 동료들에게 몇 가지 지시사항을 큰 소리로 말했다.

그들 중 한 명이 왁스를 먹인 리넨 천을 유리가 날아가 버린 입구 창가에 겹겹이 씌우고는 창틀에 못을 박았다. 빛이 가려져 실내는 다소 어두워졌다.

"우리가 서점을 복구할게요. 당신은 계속 책만 읽으세요."

그가 눈을 찡긋했다.

"이 친구들이 아직 낭독회에 와 본 적이 없어서요. 이제야 흥미가 생겼네요."

그레이스는 힘없이 웃었다. 도움을 받아들이기보다는 흐느껴 우는 쪽에 가까웠다.

"좋아하시는 책이라면 뭐든 읽어드릴게요."

"친구들도 당신이 그렇게 말하길 바랐답니다."

그는 동료들에게 몸을 돌려 일련의 지시사항을 알려주고 다시 그레이스를 바라보았다.

"이제 좀 쉬어요, 베넷 양. 가게는 안전하게 관리할 수 있을 거예요. 도둑들이 들어오지 못하게 안전 시스템을 구축해 놓았거든요. 물론 밤에도요."

"잭."

목구멍에서 말이 나오려다 꽉 막혔다. 그가 베풀어 준 친절에 대한 감사와 진심 어린 존경심을 표현하고 싶었다.

"고마워요."

감사와 칭찬의 의미로 할 수 있는 말이 달리 없었다.

웨더포드 아주머니가 다가와 그레이스의 어깨에 손을 얹었다. 그렇게 다정하게 그레이스를 집에 데려가 따뜻한 저녁을 먹이고 침대에 안심하고 들어가는 모습까지 지켜보았다.

그날 일어났던 많은 우여곡절에 완전히 기진맥진해져 버린 그레이스는 뼈가 빠질 듯이 밀려오는 피로함에 완전히 손을 들고 말았다.

그레이스는 흐릿한 회색빛을 느끼며 잠에서 깼다. 암막 커튼이 드리워진 상태였고 밖에는 비가 오고 있었다. 입은 푸석푸석한 케이크처럼 메말라 있었고 머릿속은 희미한 기억들로 몽롱하기만 했다. 극도의 피로감 때문일까, 몇 달 전 비브와 그로스베너 하우스 호텔에서 마셨던 프렌치 75s보다 지금이 훨씬 더 뒤죽박죽이었다.

별안간 모든 일이 다 기억났다. 폭탄을 맞은 서점, 스톡스가 서점을 치우고 물건들을 수습해 주었던 일, 그 엉망진창 가운데에서 진행되었던 낭독회. 그리고 잭이 동료들을 데리고 와서 서점을 복구할 수 있도록 도와주었던 것.

그레이스는 침대에서 뛰쳐나와 서둘러 옷을 갈아입고 잭 일행이 오후에 완성하기로 했던 일이 어떻게 되었는지 보러 갔다. 최소한 지붕에 방수포를 덮어 에번스의 집에 물이 새지 않도록 해 주었으면 하는 바람이었다.

그레이스는 몸단장을 하고 아래층으로 내려갔다. 웨더포드 아주머니가 응접실에 앉아 무릎에 태비를 앉히고 얼러주고 있었다.

"네가 언제 깨어날까 궁금해하던 참이었어."

아주머니가 큭큭 웃으며 작은 고양이의 귀 뒤를 긁어주었다. 태비는 나른한 듯 눈을 감으면서 그녀의 손길을 받아들였다.

"어젯밤에는 공습경보를 듣지 않고 무사히 밤을 보내서 너무나 기쁘단다."

"밤이요?"

그레이스가 놀라 물었다.

"그래, 얘야. 너 어제 오후에 와서 계속 잤어."

아주머니가 고개를 들었다.

"그리고 또 너한테도 아주 잘되었지. 휴식이 절실히 필요했으니까. 잭도 그게 최선이라 말했고. 정말 착하지 않니? 그는 네가 가게를……."

"서점."

그레이스가 서둘러 현관으로 달려갔다.

"가기 전에 뭐 좀 먹어야지."

아주머니가 불렀다.

하지만 그레이스는 이미 현관을 쏜살같이 빠져나가 프림로즈 힐 서점으로 달려가고 있었다. 다시 한 번 서점 앞에서 충격을 받고 미끄러지듯 멈춰 섰다. 지붕에 방수포라도 덮여 있기를 바랐지만 아무것도 없었다.

지붕 위에는 슬레이트가 있었다. 짝이 맞지 않는 기이한 모양들이 모여 지붕을 견고하게 만들었다. 창문은 왁스를 입힌 리넨 천으로 덮여 있었는데, 창틀에 팽팽하게 늘여 놓아서 마치 북에 쓰는 가죽 같았다. 불에 검게 그슬린 벽토마저도 페인트로 덧칠해져 있었다.

서점은 마치 아무 일도 일어나지 않은 것 같았다. 그레이스는 문 앞으로 걸어 들어갔다. 문이다!

테두리를 보니 더 큰 크기에서 잘라낸 듯 보였지만 검은색 페인트로 새로 코팅하여 오히려 더 멋져 보였다. 그레이스는 움푹 들어간 놋쇠 손잡이를 돌린 후 서점 안으로 들어갔다.

익숙한 종소리가 그녀를 반갑게 맞이했다.

특별한 광경과 함께.

높낮이와 색깔이 가지각색인 책장들은 자투리 목재를 가져와 만들었고, 벽을 따라 다양한 책들을 넣을 수 있도록 마련되었다. 그리고 서점 중앙에 있던 책장들도 먼지를 털어내고 책으로 채워졌다.

정갈한 글씨로 쓰여 있던 안내 표시판 또한 다시 한 번 원래 있어야 할 자리에 걸려 있었다. 게다가 광고 문구도 새로 진열했다.

정말이지 가슴이 벅차오를 정도로 너무나 황홀한 날이었다. 완벽한 기적이었다.

그리고 낭독회를 통해 얼굴을 익힌 많은 이들이 피곤하지만 밝은 미소로 그녀를 바라보고 있었다.

"저는……."

그레이스는 말을 잇지 못했다.

"여러분이 이걸 다 하신 거예요?"

"밤새도록 그리고 거의 하루 종일 했답니다."

키터링 부인이 말했다.

"밤에 공습경보가 울리지 않아서 다행이었어요."

"아직 정리를 다 하지는 못했다우."

스미스윅 부인이 미안한 듯 목에 걸린 진주 목걸이를 만지작거렸다.

"하지만 계속 이어서 할 거예요."

"지금까지도 훌륭하게 잘했어요, 스미스윅 여사님."

잭이 그녀를 보며 고개를 끄덕였다.

부인은 눈가에 주름을 지으며 활짝 웃었다.

"정말 놀라워요."

그레이스가 나직이 말했다. 계속해서 몇 시간이고 바라본다 해도 자신의 서점이 다시 정상으로 돌아왔다는 것을 믿지 못할 것이다.

"서점을 재정비하는 데 폐품을 쓸 수밖에 없었어요."

잭이 상황을 검토하는 듯 눈을 가늘게 뜨면서 주위를 흘긋 보았다.

"하지만 꽤 견실하게 수리되었답니다. 독일이 또다시 폭탄을 터뜨리지만 않는다면요."

"어떻게 보답을 해 드리면 좋을지 모르겠어요."

그레이스는 가슴이 너무나 벅차올라 터질 것만 같았다.

"모두들 자기 몫을 다해서 도와주고 싶어 했어요."

잭이 사람들을 보며 고개를 끄덕였다.

그가 뒤로 물러나자 어린 사라가 앞으로 나왔다. 파란색과 흰색의 물방울무늬 드레스를 보니 웨더포드 아주머니가 남긴 천으로 만들어 준 옷이었다.

사라는 숨을 깊게 들이마시고는 배우처럼 목소리를 낮게 깔고 말했다.

"언니는 매일 사람들에게 책을 읽어주셨죠. 하지만 언니가 읽어준 것은 단순히 이야기만이 아니었어요. 우리 모두에게 안식처가 되어 주었지요."

사라가 마지막 말을 천천히 말하고 마치자 지미가 엄지손가락을 치켜들었다. 사라는 여느 아이들처럼 뿌듯한 표정으로 몸을 비비 꼬다가 다시 한 번 깊게 숨을 쉬고는 그레이스와 눈을 맞추었다.

"그리고 언니는 우리에게 책을 그냥 읽어주는 사람이 아니에요. 영웅이에요."

그 말을 듣자 그레이스는 아무 말도 할 수 없었다. 너무나 고마운 마음에 머리가 어지러워지고 발이 후들거렸다.

잭이 그녀에게 다가왔다.

"당신은 제 생명을 구했어요, 베넷 양. 당신이 책을 읽어주지 않았더라면 저는 마블 아치에서 폭탄에 날아가 버렸겠지요. 감사합니다."

그는 대답을 기다리지 않고 감사의 뜻으로 고개를 숙이고는 뒤로 물러났다. 키터링 부인이 그레이스의 옆에 와서 잭의 자리를 대신했다.

"서점에서 울고 있던 저를 당신이 봐 주셨을 때, 저는 절망스러운 나날을 보내고 있었어요. 그런 제가 앞으로 나아갈 수 있도록 힘이 되어 주셨지요. 고마워요."

그녀가 자리를 떠나자 이번에는 지미가 앞으로 나왔다.

"누나와 웨더포드 아주머니가 했던 만큼 저는 사라를 돌볼 수 없었어요. 누나와 아주머니는 우리에게 아무것도 없을 때 음식과 옷을 주셨지요."

"그리고 지금은 집도."

사라가 그의 옆에서 쑥스러운 표정으로 고개를 쏙 내밀었다.

"고마워요."

"나도 그렇게 되어 정말 기뻐."

그레이스는 아이들이 웨더포드 아주머니와 함께 사는 데 동의했다는 것을 알아차리고 이렇게 대답했다.

둘이 손을 잡고 물러나자 스미스윅 부인이 앞으로 나왔다.

"내 아들 토미는 전쟁터에서 세상을 떠났고, 또 내 남편 도널드도 그렇게 되었다우."

부인은 고개를 숙이고 있다가 신중한 모습으로 어깨너머를 둘러보았다.

"모르시겠지만 당신은 내 목숨도 구해주었어요."

스미스윅 부인은 그레이스가 제대로 못 들을 정도로 나지막하게 말했다.

"스스로 일어날 수 있도록, 적에게 모든 것을 잃었다고 생각될 때 그래도 언제나 친구를 만들 수 있다는 걸 보여주었지요."

한 사람씩 한 사람씩 앞으로 나왔다. 어떤 남자는 폭탄 공격으로 다리를 다쳤을 때 그레이스가 붕대로 묶어주었는데, 그동안 그녀가 읽었던 《몬테크리스토 백작》 줄거리를 들려주어 아픔을 잊을 수 있었다고 말했다. 독서 친구를 찾을 만한 공간을 찾고 있던 어떤 교수는 프림로즈 힐 서점에서 비로소 찾았다고 말했다. 패터노스터가에 떨어진 폭탄으로 모든 것을 잃어버린 가게 주인 그리고 네스빗 부인까지. 부인은 과거 자신이 저지른 행동을 사과하고 그레이스가 자신을 위해 해 준 일 모두에 대해 감사 인사를 했다.

마지막으로 웨더포드 아주머니가 엷은 미소를 띠며 앞으로 나왔다.

"너도 날 살렸단다, 그레이스 베넷. 내가 콜린을 잃고 아무것도 남지 않았다고 생각했을 때 너는 삶의 목적이 있다고 일깨워 줬어. 게다가 어디로 가야 할지 방향도 알려주었지."

아주머니는 지미와 사라를 바라보았다. 사라가 밝은 표정으로 애정 어린 손 인사를 보냈다.

"네 엄마가 이 지구에서 그 누구보다도 잘 알겠지만 지금 이 말을 하고 싶구나. 네 엄마는 너를 자랑스러워하실 거야. 너의 희생 정신, 너의 용기 그리고 너의 힘."

아주머니는 그레이스를 따듯하게 안아주었다.

"그리고 나도 네가 자랑스럽다, 그레이스."

둘이 서로 떨어질 때쯤 잭이 자신의 작업복 주머니에 손을 넣고 그레이스 옆에 서 있었다.

"죄송합니다만 베넷 양에게서 확인을 받아야 할 게 있어서요."

그레이스는 서점뿐만 아니라 자신이 이렇게 소중하다고 여기도록 많은 사람들이 보여준 애정과 감사에 가슴이 벅차올랐다. 그녀가 잭을 따라 밖으로 나가자 작업복 차림을 한 남자들이 기다란 나무 간판을 들고 있었다.

"서점 이름이 프림로즈 힐이라는 건 알고 있는데요."

잭이 말했다.

"하지만 지금 상황을 고려해 볼 때 이 이름이 더 적절하다고 생각해서요."

그가 고개를 끄덕이자 남자들이 간판을 뒤집었다. '런던의 마지막 서점'이라고 페인트칠한 글자가 나왔다.

그레이스가 웃음을 터뜨렸다. 사랑과 우정, 기쁨이 범벅이 된 웃음이었다. 게다가 정말 완벽한 이름이었다. 에번스가 살아 있었다면 그도 동의했으리라 여겨졌다.

"정말 멋져요."

그레이스가 말했다.

"하나만 살짝 수정해도 될까요?"

잭이 흥미롭다는 듯 눈썹을 올렸다. 그러자 키터링 부인이 페인트 통과 붓을 들고 왔다. 그레이스는 작은 글씨로 그 아름다운 상호 아래에 필기체로 다음과 같이 썼다.

'모두 환영합니다.'

"잘했어, 그레이스."

웨더포드 아주머니가 손뼉을 쳤다.

"잠시만요, 하나만 더요."

누가 말릴 새도 없이 지미가 앞으로 뛰어나와 붓을 페인트 통에 담갔다. 그는 몸을 돌려 자신이 쓰고 있는 글씨를 가리더니 장난스럽게 웃으며 간판을 뒤집었다.

그레이스의 환영 문구 밑에는 투박한 글씨로 당돌한 선포문이 쓰여 있었다.

'히틀러 빼고.'

모두 환하게 웃음을 터뜨렸다. 그 사이에 남자들이 서점 문 위에 새로운 간판을 달았다.

사라가 그레이스의 치마를 잡아당겼다.

"무슨 일이야, 꼬마 아가씨?"

그레이스가 아이에게 물었다.

사라가 애원하는 눈빛으로 그레이스를 올려다보았다.

"지금 책 읽어주시면 안 돼요?"

잔뜩 기대하는 눈으로 그레이스를 보는 이는 사라뿐만이 아니었다. 그곳에 있는 모든 사람들이 비록 피곤했지만 열정적인 눈빛으로 기다리고 있었다.

"지금보다 더 행복할 수는 없을 거예요."

그레이스는 반짝이는 검정 문 앞으로 사람들을 이끌었다.

"신사 숙녀 여러분, 런던의 마지막 서점에서 여러분을 맞이하게 되어 대단히 기쁩니다."

환호성이 치솟는 가운데 그레이스는 사람들을 서점 안으로 이끌고 2층 계단 자신의 자리에 앉았다. 그러고는 잠시 망설이면서 서점을 만들어 준 사람들의 얼굴은 물론 자신의 마음까지 모두 살펴보았다. 그레이스의 시선은 에번스가 틀어박혀 있었던 역사

서가로 휙 옮겨 갔다. 그 짧은 순간 에번스가 정말로 그곳에 있는 느낌이 들었다.

그녀는 눈물 젖은 얼굴로 미소를 지으며 책을 펴고 읽기 시작했고, 사람들을 폭탄이 없는 세상으로 데려가 주었다.

때로 상실과 두려움도 있었다. 그러나 그러한 도전에 맞설 용기 또한 있었다.

영혼과 사랑이 깃든 사람들이 있는 세상에는 강인함과 승리로 용기를 불어넣어 주는 이야기가 가득하기에 언제나 희망이 찾아올 것이다.

1945년 6월

패링던 역은 군인들과 시민들로 발 디딜 틈이 없었다. 시민들은 가장 좋은 옷을 입고 역에 도착했다. 사실 몇 년 동안 배급받았던 옷과 별 차이가 없지만 말이다. 그레이스도 별반 다르지 않았다. 작고 하얀 꽃무늬가 있는 파란색 원피스를 입고 있었는데 옷단은 이미 빛이 바래기 시작했다.

그레이스는 서점을 자주 비우지 않았다. 서점이 바쁠 때에는 특히 그랬다. '런던의 마지막 서점' 이면에는 위대한 감성이 서려 있었지만 공식적으로는 '에번스 앤 베넷'으로 이름을 바꾸고 간판도 파란색으로 페인트를 칠하여 문 위에 걸어 놓았다. 서점은 전쟁 중에도 단골 고객들이 꾸준히 드나들었고 이제 그레이스에게 그들은 손님보다는 친구에 더 가까웠다. 하지만 오늘은 모처럼 지미에게 가게를 맡기고 나왔다.

지미는 재능 많은 직원이 되어 열심히 그레이스를 도왔고 그녀만큼이나 열렬한 독서 애호가가 되었다. 툭하면 책장 사이에서 자기도 모르게 이야기에 빠져 있곤 했는데, 그런 지미의 모습이 에번스와 너무나 닮아 있어 도저히 혼을 낼 수 없었다.

그레이스는 자신의 손목시계를 들여다보았다. 시계는 이전에 공습 감시원이었던 시절 필수품으로 가지고 다녔던 것으로, 작은 째깍 바늘 위에 발광 페인트가 칠해져 낮에는 초록빛이 나는 흰색이었다. 하지만 밤에는 수없이 많은 공습 속에 도움이 되었다.

3시 5분 전.

프림로즈 힐 서점이 무너지고 '에번스 앤 베넷'이 잿더미 위에서 일어나던 그 운명적인 밤이 바로 런던에 마지막으로 대공습이 벌어지던 날이었다. 그 후 4년 동안에도 간간이 일어나기는 했지만 1945년 5월 8일 마침내 전쟁은 끝이 났다.

축하의 열기는 어마어마했다. 연인들은 길 위에서 춤을 추었고, 사람들은 바지와 치마를 들어 올리고 분수대 위에서 마음껏 물을 튀겼다. 식료품점에서는 비축해 두었던 설탕과 베이컨을 쏟아내었으며, 이웃 주민들은 오랜만에 마음껏 축제를 즐겼다. 또한 한때 상공에서 적을 사냥했던 대공포는 이제 구름 위에서 조명을 켜고 승리의 곡예비행을 했다.

그레이스와 웨더포드 아주머니는 지미와 사라를 데리고 화이트홀Whitehall(런던에서 관공서가 많이 있는 거리-옮긴이)에 갔다. 그곳은 처칠이 독일을 물리치는 데 성공했다고 알리는 연설을 보기 위해 모여든 군중으로 인해 열띤 분위기였다. 왕과 왕비도 장엄하고 우아한 모습으로 발코니에 모습을 드러내어 국민들에게 감사 인사를 전했고, 승리를 거둔 데에 자랑스러움을 표했다. 공주는 육군 여성 부대 유니폼을 입고 있었는데 그 모습을 본 그레이스는 더 크게 환호성을 질렀다.

영국은 견뎌냈고 영웅을 낳았다.

그레이스는 지하철역에서 다시 한 번 손목시계를 확인했다. 3시가 가까워지자 사람들이 플랫폼으로 점점 더 몰렸고 기대감에 찬 분위기가 고조되었다.

병사들은 이제 더 자주 집으로 돌아왔다. 징집된 사람 중에 가장 먼저 돌아오는 이들은 대개 여성들이었는데, 이제 전쟁도 끝났으니 적을 이겨야 하는 의무는 더 이상 없었다. 이에 모두가 열광적인 반응을 보인 것은 아니었는데, 비브처럼 자신의 일에 모든 열정을 다 쏟아부은 사람들이 특히 그랬다.

비브는 최초로 남녀 혼성으로 대공포 부대에 투입되어 지난 4년 동안 이스트엔드에 주둔했다. 그곳에서 같은 부대원 여성 몇 몇과 함께 숙소 생활을 했다.

드디어 그녀는 더 이상 근무할 필요가 없다는 통지를 받았고, 전보에 자신이 패링던 역에 도착하는 시간만 간단히 적은 후 그레이스에게 그곳에서 만날 수 있는지 물었다.

비브가 집으로 온다.

448

그레이스는 전보를 통해 비브가 급작스럽게 여군 부대를 떠나야 한다는 사실을 달가워하지 않는다는 걸 대번에 알 수 있었다. 두 사람은 비브의 휴가 때마다 자주 만났지만 비브가 먼저 그레이스에게 만나자고 한 적은 한 번도 없었다.

마침내 기차가 플랫폼에 도착하고 문이 쉬익 소리를 내며 열리자 엄청난 수의 군인들이 쏟아져 나와 사랑하는 이의 품에 안겼다. 비브는 비슷한 유니폼을 입은 무리 속에서도 금세 눈에 띄었다. 그도 그럴 것이 붉은 머릿결과 밝은 미소로 언제나 돋보였으니까. 6년간의 전쟁을 치르고도 절대 변하지 않는 것이 있었다.

그레이스는 큰 소리로 친구를 부르며 달려가 몇 년 동안이나 만나지 못한 것처럼 서로 얼싸안았다.

"너 괜찮은 거야?"

그레이스가 물었다.

비브는 한숨을 크게 쉬고 빨간 입술을 굳게 다문 채 고개를 끄덕였다. 가능하면 긍정적으로 받아들이려 했지만 입가에는 여전히 실망감이 묻어 있었다.

그들 주변에서는 사람들이 서로 밀고 당기며 재회의 기쁨에 들썩이거나 서둘러 집으로 가기도 했다.

"나 그곳에서 정말 엄청난 일을 해냈어."

비브가 말했다.

그레이스는 마지막으로 꼭 안고 놔주었다.

"당연하지."

"우리 둘 다 해냈어."

비브는 짐을 어깨에 걸치고 그레이스의 손을 잡았다.

"공습 감시단에서 했던 일이 그립니?"

"나는 그때 느꼈던 열기가 그리워."

그레이스가 대답했다. 그리고 그 말은 사실이었다. 물론 평화로운 시간이 훨씬 낫다. 하지만 지난 몇 년 동안 열기가 돈 것도 사실이었다. 그것은 다음 날 아침에 일어났을 때 살아 있다는 감사함이었다. 또한 영원히 지속될 것만 같았던 위험의 압박에서 비롯된 것이었다. 그때는 알지 못했지만 이제는 그런 감정이 사라졌다는 것을 느꼈다.

"스톡스 씨는 우리 서점에 너무 자주 와. 보고 싶어 할 틈도 없다니까."

그레이스가 사랑스러운 미소를 지으며 말했다.

"하지만 밤에 잠을 더 잘 수 있게 되어 좋아."

"아무튼 우리는 이제 또 새로운 모험을 떠날 거야."

비브는 자기 마음대로 되지 않을 때 새로운 세상을 찾으려 하는 원래 버릇으로 돌아갔다. 그리고 이제 그녀의 관심은 넓은 어깨에 가슴에는 반짝이는 핀을 달고 두 사람 옆을 지나가는 군인에게 꽂혔다.

"아마도 잘생긴 남편하고?"

"그리고 가게도 운영해야 하고."

그레이스는 친구의 웃음을 자아내며 손을 꼭 잡았다.

"네 멋진 서점은 어떻게 되고 있어?"

그레이스의 생각이 서점으로 향했다. 세련되고 깨끗한 그녀의 서점. 책이 주제별로 정리되어 있는 곳. 책장은 폐품으로 만들어서 짝이 맞지 않지만 전쟁이 휘몰아치는 가운데에서도 그레이스는 계속 책을 읽었고 이제 그곳에 모인 모든 사람들이 가까운 친구가 되었다. 대공습 이후 그녀가 도움을 준 서점 주인들은 드디어 자신의 서점을 되찾았고 서점마다 감사의 표시로 '런던의 마지막 서점'을 위한 선반을 따로 마련해 놓았다.

그레이스는 '에번스 앤 베넷'의 하나하나가 모두 좋았다.

"그랬어?"

비브가 웃으며 물었다.

"그렇게 행복한 얼굴로 바뀔 만큼?"

그레이스가 에스컬레이터를 보며 비브를 쿡 찔렀다.

"그랬지."

에스컬레이터 계단을 오르며 두 사람이 함께 패링던 역에 도착했던 시절이 절로 떠올랐다. 전쟁이 일어나기 전 고향 드레이튼을 떠나 폭탄이니 대공포니 따위에 둘러싸일 것이라고는 상상도 못했던 시절. 그레이스가 책과 사랑에 빠지기 전의 그 시절.

비브와 그레이스 둘 중 어느 한 사람이 그렇게 따분하고 무색한 삶을 살았다고 생각하는 건 말도 안 되는 일이었다.

전쟁이 끝난 다음 날, 그레이스는 삼촌인 호레이스에게 연락을 보내 그들이 무사한지 확인하고 사랑한다는 말을 전했다. 옛날에는 그렇게 하면 화가 나도 애써 참는 것이라 여겼다. 지금은 그것이 연민이라는 것을 알고 있다.

삼촌은 여전히 무뚝뚝한 말투로 답신을 보냈지만 그레이스에게 자신들은 잘 지내고 있으며 시골에 놀러 오고 싶으면 그렇게 해도 된다며 초대도 했다. 사실 삼촌의 답변은 기대한 것 이상이었다.

이렇게 취약한 관계를 개선하게 된 것은 순전히 에번스 덕분이었다. 물론 이것 말고도 빚진 것이 훨씬 많지만.

그레이스와 비브는 웨더포드 아주머니의 집으로 가는 길 내내 수다를 떨었다. 비브는 한때 그레이스와 함께 쓰던 방에 머물 예정이었다. 그레이스는 이제 에번스 앤 베넷의 위층 주택에 살고 있었다. 이곳은 침대 두 개를 넉넉히 넣기에는 너무 작았다. 브리튼가에 가까워지자 비브는 그레이스의 손을 잡았고 미소는 다시 반짝였다.

두 사람은 모퉁이를 돌아 아이들처럼 뛰어 황동 문고리가 달린 초록색 문으로 부리나케 올라갔다. 비브가 문을 열고 들어가자 웨더포드 아주머니와 사라가 환호하며 맞이했다. 두 사람은 비브를 환영하기 위해 색칠한 신문지로 띠를 만들어 달았고 아주머니는 남겨 놓은 설탕과 밀가루로 케이크도 만들었다.

이후 몇 주 동안, 그레이스와 비브는 마지막으로 함께 시간을 보냈던 곳에서부터 다시 시작했다. 여군 부대와 공습 감시단에서 벗어나 영화관과 카페에 갔고, 밤이 되면 극장도 가고 물론 재즈 클

럽과 댄스홀에서도 밤을 보내며 새로이 얻은 여가 시간을 즐겼다.

그 모든 과정 속에서도 그레이스의 서점이 있었다. 아이들이 시골에서 돌아오고 군인들도 전쟁터에서 귀환하면서 이제는 친구가 된 단골손님들은 그들이 사랑하는 이들과 함께 서점을 찾기 시작했다. 그레이스는 그들의 남편과 아내 그리고 아이들을 만났다.

지미 역시 사람들 앞에서 큰 소리로 책 읽어주기를 좋아했고 매주 토요일 오후에는 아이들을 위해 시간을 더 할애했다.

어느 토요일 오후, 키터링 부인이 딸과 함께 서점에 들어왔다. 엄마처럼 예의가 바르고 동그란 눈에 예쁜 갈색 머리를 한 소녀였다. 그레이스는 키터링 부인이 딸과 함께 있을 때만큼 많이 웃는 모습을 본 적이 없었다. 아이와 함께 움직이고 행동할 때마다 무한한 어머니의 사랑이 흘러넘쳤다. 또한 머지않아 곧 전역할 남편도 열렬히 기다리고 있었다.

8월의 어느 화창한 토요일 오후, 그레이스는 잠시 한숨을 돌렸다. 손님들이 모두 서점을 차지하고 있는 가운데 그녀는 《포에버 엠버 *Forever Amber*》를 들고 햇볕이 내리쬐는 창가로 가서 벽에 기대어 책을 펼쳤다.

종이와 잉크의 친근한 향기가 그녀를 끌어들였고 이내 새로운 이야기에 푹 빠져들었다. 문학의 세계에 정신이 팔린 나머지 입구 종소리도 어느새 놓쳐 버렸다.

"독서가 이보다 더 아름답다고 생각해 본 적이 없어요."

익숙하고 풍부한 목소리가 들렸다.

"지금까지는요."

그레이스가 화들짝 놀라 고개를 들자 책이 손에서 떨어졌다.

"조지."

그가 몇 발자국 떨어진 곳에 서 있었다. 여느 때처럼 깔끔하게 다려진 공군 유니폼을 입고 여전히 잘생긴 얼굴이었다. 그는 보라색 양배추를 손에 들고 있었다.

"아직도 꽃 대신 양배추가 대유행인 것 같군요."

"당신이 리츠 호텔이 아니라서 그래요."

그레이스는 조지에게 달려가 그의 품에 안겼다. 그 순간 양배추가 가볍게 쿵 소리를 내며 바닥에 굴러떨어졌다.

두 사람은 전쟁을 치르는 동안 편지를 주고받으며 마음속 깊은 곳을 공유하고, 드물지만 그가 휴가를 올 때마다 조금이라도 짬을 내어 함께 시간을 보내며 한층 더 가까워졌다.

"이제 완전히 전역한 거예요?"

그레이스가 그의 눈을 지그시 바라보며 물었다. 아무리 봐도 성에 차지 않는지 그를 계속 눈에 담고 싶었다. 그레이스는 그가 정말 자기 앞에 온 건지 확인하려고 자신의 손을 그의 따스한 손에 포갰다. 정말로 그가 그녀 앞에 있었다.

"그럼요."

조지가 그레이스의 뺨을 어루만졌다.

"영원히."

그레이스는 눈을 감고 그의 가슴에 머리를 기댔다. 그의 깨끗하

런던의 마지막 서점

면서도 너무나 멋진 체취를 맡으며 그리고 이제는 익숙해진 그의 모직 유니폼에 뺨을 비빌 때 나는 소리를 음미하며.

"내가 뭘 가지고 왔는지 정말로 안 물어볼 거예요?"

그의 목소리가 그녀의 뺨을 통해 울렸다.

그레이스가 놀란 얼굴로 바라보았다.

"여기서 더 이상 원하는 게 있을까 생각했어요."

"그럴까요?"

그가 씨익 웃고는 재킷 주머니에 손을 집어넣었다.

"책도?"

그의 손이 허공에 맴돌았고 기대에 찬 표정으로 눈썹을 추켜올렸다.

그레이스는 허리를 펴고 즐겁게 박수를 쳤다.

어느새 서로 책을 교환하는 것이 두 사람 사이에서 전통처럼 되었다. 그의 책은 수많은 군인들이 읽었던 탓에 낡고 해졌지만 그 안에 담긴 이야기는 언제나 읽는 이를 매료시켰다.

"빈손으로 당신에게 돌아올 수 없었어요."

그가 직사각형 모양의 초록색 책을 꺼냈다.

책은 그녀의 손보다 조금 더 큰, 이상한 모양이었다.

"미국에서 만든 책이에요. 군인들 유니폼 주머니에 들어가도록 특별히 만들어졌지요."

그레이스가 묻기도 전에 조지가 미리 답했다.

"머리를 꽤 잘 썼죠, 솔직히."

"그러네요."

그레이스는 책을 유심히 보다가 굵은 노란색 제목을 소리 내어 읽었다.

《위대한 개츠비 *The Great Gatsby*》?"

책의 맨 왼쪽에 있는 검은 원에 '군인용 편집본'이라는 표시가 있었다.

"모든 미국인들이 이 책에 열광한답니다."

"아직 안 읽어 봤어요?"

그레이스가 놀라서 물었다.

"저는 그 악명 높은 에번스 앤 베넷 서점 주인이 그 책을 읽어 주었으면 하는 생각이 더 간절하거든요."

그가 자신의 커다랗고 따뜻한 손을 그레이스의 손 위에 얹었다. 이제 두 사람이 함께 그 책을 잡았다.

"당연히 요청하신 대로 하겠어요."

그레이스의 입가에 미소가 피어올랐다.

"내가 고맙다고 말했는지 기억이 안 나요."

그가 캐리 그랜트 Cary Grant (영국의 영화배우--옮긴이)처럼 늠름한 얼굴로 눈썹을 들어 올렸다.

"뭐에 대해 고마워하려고요?"

"내가 책을 사랑하게끔 가르침을 준 거요."

그레이스가 애정 가득한 눈길로 서점을 둘러보았다.

그가 진짜배기 표정으로 얼굴을 찌푸렸다.

"당신이 스스로 알게 된 거예요. 내 덕분이 아니라. 당신 내면의 열정을 스스로 찾은 것뿐이죠."

그의 말에 그레이스는 가슴이 부풀어 올랐다. 또한 마음속 깊은 곳에서 새롭게 찾은 열정의 일부가 조지와 함께 시작했음을 깨달았다. 그 매개체는 바로 그가 선물로 주었던《몬테크리스토 백작》이었다. 또 다른 열정의 일부는 에번스와 서점에게 있고, 또 나머지 일부는 그녀가 책을 읽어주는 사람들, 어두운 시대에 고통을 잊게 해 주고 사랑과 웃음으로 인도했던 그 사람들에게 있었다. 심지어 전쟁도 그녀가 열정을 불태우도록 동기부여가 되어 주었다. 벗어나야 한다는 절박함 그리고 상실과 공포가 아닌 다른 것을 느끼고 싶다는 갈망을 심어주었다.

그녀가 진정으로 책을 사랑하고 '에번스 앤 베넷'에 정열을 쏟게 이끌어 준 원동력은 문학의 힘에 이끌려 공동체로서 함께 모인 모든 이들, 또는 그녀의 서점을 여전히 '런던의 마지막 서점'이라 불러주던 오랜 단골들이었다.

감사의 말

제2차 세계대전에 관한 소설을 쓰는 것은 제 오랜 꿈이었습니다. 이러한 꿈을 이루도록 도와주신 편집자 피터 조셉과 편집 보조 그레이스 토워리 그리고 대리인 로라 브래드포드에게 감사 인사를 전합니다.

지속적인 지원을 아끼지 않은 엘라이자 나이트에게도 감사 인사를 전하고 싶습니다. 우리가 함께 이룩해 온 커리어에서 놀라운 경험이었죠. 트레이시 엠로와 그녀의 어머니도 고마워요. 제가 꾸준히 작업할 수 있도록 도움을 줘서요. 마리엘레나 브라운과 나의 멋진 어머니, 재닛 카즈미스키도 시간을 내어 초고를 읽어주셨습니다.

그리고 제 가족에게도 무한한 감사를 표합니다. 책을 쓰는 내내 나의 편이 되어 주었던 존 소마. 제 아이들을 기꺼이 맡아주어서 제가 마감일까지 무사히 끝낼 수 있었습니다. 내 사랑하는 딸. 너는 나의 가장 열렬한 팬이자 드디어 내 책 중 하나를 읽을 수 있게 되었구나.

언제나 딸을 자랑스러워하는 나의 부모님. 평생 너무나 많은 사랑을 받았습니다. 두 분께 깊이 감사드립니다.

또한 지금 이 순간에도 손에 책을 들고 자신의 꿈을 이루기 위해 노력하는 모든 독자들에게 진심을 담아 감사 인사를 전합니다.

매들린 마틴

런던의 마지막 서점

1판 2쇄 발행 2022년 11월 30일

글쓴이 매들린 마틴
옮긴이 김미선

편집 박재언, 이순아
디자인 문지현, 성영신

펴낸이 이경민
펴낸곳 ㈜동아엠앤비
출판등록 2014년 3월 28일(제25100-2014-000025호)
주소 (03737) 서울특별시 서대문구 충정로 35-17 인촌빌딩 1층
홈페이지 www.dongamnb.com
전화 (편집) 02-392-6901 (마케팅) 02-392-6900
팩스 02-392-6902
전자우편 damnb0401@naver.com
SNS f ⓘ 🖂

ISBN 979-11-6363-569-7 (03840)